芭蕉ハンドブック

尾形仂【編】

三省堂

序

かつて寺田寅彦は「俳諧の本質を説くことは、日本の詩全体の本質を説くことであり、やがてはまた日本人の宗教と哲学をも説くことになるであろう」(「俳諧の本質的概論」)と断じた。俳諧という極小の詩を、日本の詩全体ないし日本人の精神文化を代表するものにまで高めたのは、いうまでもなく芭蕉である。

その芭蕉について知るために、編者らはさきに、芭蕉の全作品と書簡・評語ならびに門人らの手に成る俳論・伝記等の一次資料を一冊に網羅し、厳密な校訂を加えて『新編芭蕉大成』を世に送った。

本書は、いわばその姉妹篇として、これから芭蕉を読んでみようとする人々のためのよき手引きとなるよう、芭蕉の発句・連句・紀行文・日記・俳文・書簡・俳論等の各分野の中からそれぞれ代表的な作品や部分を取り上げ、口語訳を中心とする平易な評釈や注解を施すとともに、芭蕉を理解する上で重要なキー・ワードについて解説した「芭蕉語彙辞典」や年譜・索引等を加えたものである。

幸いにして本書を通じ、一人でも多くの人々が芭蕉に親しみ、日本人の精神伝統について思いを深めていただけたら、編者としてこれに過ぎる喜びはない。

本書を編むに当たっては、『新編芭蕉大成』同様、嶋中道則氏らの協力にあずかったことを、深甚の謝意をこめて言い添えておく。

尾形　仂

●編者

尾形　仂（おがた・つとむ）

一九二〇年（大正九年）東京生まれ。東京文理科大学国語国文学科卒。東京教育大学教授・成城大学教授を経て現在成城大学名誉教授。国文学者。著書に『新編芭蕉大成』（編者代表）『俳句と俳諧』『歌仙の世界』『松尾芭蕉』『俳文学大辞典』（共編）など。

●編集協力者代表

嶋中道則（しまなか・みちのり）

一九四九年（昭和二四年）山口県生まれ。東京教育大学大学院文学研究科修士課程修了。現在東京学芸大学教授。共編著に『新編芭蕉大成』。

●執筆

尾形　仂　**第一部・全編の校訂**

嶋中道則　**第三部・全編の校閲**

野々村勝英　**第二部「俳論」・第三部・第四部**
（京都教育大学名誉教授・前大阪工業大学教授）

中野沙恵　**第二部「書簡」・図版選定**
（聖徳大学教授）

宮脇真彦　**第二部「連句」「紀行文・日記」**
（立正大学助教授）

本間正幸　**第二部「発句」**
（成城学園高等学校教諭）

安田吉人　**第二部「紀行文・日記」「俳文」・第四部**
（成城学園短期大学部非常勤講師）

・ただし、第二部「発句」「連句」は編者・尾形が全面的に書き改め、その他の諸編も、第三部「芭蕉語彙辞典」以外は大幅な加筆補訂を施した。

凡例

一　本文は『新編芭蕉大成』に拠ったが、適宜、漢字・仮名を当て替え、送り仮名を加えるなど、読みやすい形に改めた。また、第二部「芭蕉鑑賞事典」においては、底本のもとの形は（　）に入れて右傍に示し、底本にない文字を補った場合には、その文字の右に・印を付すなど、底本の表記を復元できるよう配慮した。ただし、第三部「芭蕉語彙辞典」の引用本文においては、煩瑣を避けるため、底本のもとの形を示すことを省略した。

二　他編に重出する発句等については、↓を付して参照する編を以下の略号を用いて示した。

「発句」↓発（句番号）　「連句」↓連
「紀行文」↓紀　「俳文」↓文
「日記」↓日　「書簡」↓書
「俳論」↓論

三　第二部「発句」では、本文の下に（　）を付して出典を示し、切字は切、季語は季の略号で示した。また、本書における通し番号を付した。

四　第二部「連句」では、季語を季の略号で示し、句の番号をたとえば、初折の裏一句目は（ウ1）、名残の折の表一句目は（ナオ1）のように示した。

五　第二部「紀行文・日記」「俳文」「俳論」においては、「発句」に重出する句の現代語訳は省略し、「発句」の句番号を示すにとどめた。

六　第三部「芭蕉語彙辞典」においては、芭蕉の作品に頻出する語、芭蕉特有の用語が見られる語、芭蕉を理解する上で重要と思われる語等を基準に項目を選定した。門人たちが記録した芭蕉の遺語も、この中に含めてある。記述にあたっては、見出しを現代仮名づかいの仮名表記で掲出、次に〔　〕を付して漢字および古典仮名づかいの表記を掲げた。また、同辞典内に立項されている項目には＊、参照項目には↓を付して示した。

目次

第一部

芭蕉への招待

芭蕉の現在

平成十二年（二〇〇〇）六月二十一日（木）の『朝日新聞』紙上に発表された「この一〇〇〇年〝日本の文学者〟読者人気投票」の結果によれば、一位夏目漱石・二位紫式部・三位司馬遼太郎、以下、宮沢賢治・芥川龍之介に次いで、芭蕉は六番目に挙げられている。ちなみに、明治以前の作家で五十位以内に入っているのは、十四位清少納言・二十九位小林一茶・三十四位近松門左衛門ら七人にすぎないから、現代人とは馴染みの薄い古文で書かれた文学の作者としては、芭蕉の名は現代人にとって断トツに親しみ深い存在として心に刻みつけられていると見ていいだろう。

一方、同年の夏、八月二十五日から三十日にかけて、ロンドンとオックスフォードを中心にイギリス各地で「世界俳句フェスティヴァル二〇〇〇」が開催されたが、その実行委員長で英国俳句協会副会長の滝口進氏が、一九九七年の秋、その下準備を兼ねて来日した折、次のような話を聞いたことがある。

――イギリス人のハイク（英語による）は、思想的・哲学的なものが入っていないと満足せず、論理とか思考とかを容れない単なる感性の詩として完結することの多い日本の俳句に対しては、とかく反論を提出したりすることもあるが、その場合、芭蕉がこう言ったというと、黙って引っ込む、つまり、彼ら英国ハイジンにとって、芭蕉という名は絶対的権威をもって受け止められている。云々《うんぬん》。――

このことは、英国人の間における芭蕉に対する高い評価の一端を示すものといえる。

海外におけるハイク事情に詳しい佐藤和夫氏によれば、芭蕉の「古池や蛙飛びこむ水の音」の句の外国語訳は百種以上に上るとのこと。同じく星野恒彦氏によれば、『おくのほそ道』についても九種の英語訳のほか、露・仏・独・スペイン・ポルトガル・イタリアの各国語訳があるよしで、私自身もドイツ語訳や中国語訳や韓国語訳などにかかわった、それぞれの国の研究者たちから、翻訳の苦心について聞かされたことがある。このこともまた、イギリスのみならず広く世界各国における、芭蕉の文学に対する深い関心と高い評価のほどを物語るものといっていいだろう。

こんなふうに、現代の日本において国民的人気を集め、広く海外においても高く評価されている芭蕉について、正当な認識をもった上で、これを現代に生きるそれぞれの立場からとらえ直し、二十一世紀の明日に向けて伝えてゆくことは、今日の日本人に課せられた、いわば責務といってもいい。

本書は、そのための基本的な入門書として、芭蕉の主要な作品と言説を集成し、平易な解釈と鑑賞の手引きを加えて、諸種の参考事項を添えたものである。

初めにまず、芭蕉が現代とは異質などんな時代を、どんなふうに生きたかを展望しつつ、芭蕉の美意識や文学精神、現代とのかかわりなどについて、簡単に述べておきたい。

第二次黄金時代

芭蕉が生きた元禄時代は、井原西鶴や近松門左衛門らが同時代人として活躍し、日本の文学史上、紫式部や清少納言らの女流文学者を輩出した十世紀末から十一世紀初頭にかけての第一次黄金時代に対し、第二次黄金時代に挙げられている（先ほどの「この一〇〇〇年〝日本の文学者〟読者人気投票」では、近松は三十四位、西鶴は五十位以内にも入っていないが、それはおそらく当時の風俗に密着した文体の難解さによるもので、文学史的価値と人気投票とは必ずしも一致しない）。

芭蕉が、その〝旅の詩人〟としての生涯を代表する『おくのほそ道』の旅を行ったのは、元禄二年（一六八九）のことで、それはちょうど寛永十年以来五段階にわたって発布された徳川家光による鎖国令が完成した寛永十六年（一六三九）から、五十年後に当たる。

優れた国文学者であるとともに俳句評論家としても知られた神田秀夫氏（一九一三〜九三）によれば、日本における文学の黄金時代は、外国との交渉が途絶えてほぼ百年ないし五十年後に出現するという。そういえば第一次の黄金時代は、菅原道真《みちざね》の建議によって遣唐使の派遣が停止された寛平《かんぴょう》六年（八九四）から約百年後に将来された。その百年ないし五十年という年数は、ちょうど鍋《なべ》の中にいろいろの具を入れて蓋《ふた》を閉ざし、グツグツと時間をかけて煮込むことによって美味な料理ができあがるように、海外から渡来したさまざまな文物が日本の風土の中で消化吸収され血肉化されて、日本独自の文化ないし文学が形成されるまでに要する時間である。海外との交渉の杜絶《とぜつ》以来、第一次黄金時代の出現まで約百年かかったものが、第二次黄金時代の場合に五十年に短縮されたのは、それだけ時代の歩みが早くなったせいだろうとのこと。

明治以降は、時代の歩みがさらに早くなったどころか、鍋の蓋は開きっ放しで、グツグツと煮込み独自の味を出すいとまがない。つまり、もう日本には平安中期や元禄時代のような、文学の黄金時代が出現する日は来ないだろう、というのが神田氏の予見だった。

国際化時代の今日、鎖国という条件の実現はあり得ず、またあってはならないが、それにしても近年の日本語の乱れ、哀弱、片仮名語の氾濫、そして日本語の満足な修得もおぼつかない中での英語公用語論といった愚策が冗談ではなく取り上げられようとしている現状を顧みれば、なるほど神田氏の言うとおり、日本文学の黄金時代はもう来ない、といった思いに誘われないではない。

ともあれ、芭蕉は、そうした文学史上きわめて幸運な時代を生き、元禄文学の一翼を担った人物であったことを、まず大きく押さえておこう。とりわけ芭蕉が、第二次黄金時代の担い手たちの中でも、日本の原初以来の長い伝統をもち、各時代文学の軸をなしてきた五・七・五の短詩形の彫琢《ちょうたく》を通して、日本語の可能性を極限まで追究した作家であったことを銘記しておく必要がある。

出自─天正伊賀の乱

芭蕉は寛永二十一年（一六四四。十二月十六日、正保と改元）、伊賀国《の》阿拝《あえ》郡小田郷上野赤坂町（現在、三重県上野市赤坂町）に、松尾与左衛門の次男として生まれた。赤坂町は元禄以前の上野城下の古地図によれば「百姓」町と注記されており、江戸期の熱心な芭蕉研究家であった仙台の俳人遠藤曰人《わつじん》が伊賀の所伝にもとづき文政五年（一八二二）に編んだ「芭蕉翁系譜」には、「父与左衛門ハ全ク郷士ナリ。作リ（耕作）ヲシテ一生ヲ送ル」と記されている。

伊賀で松尾氏といえば、思い合わされることがある。伊賀の国は芭蕉が郷里をいつも「山家」と呼んでいるように

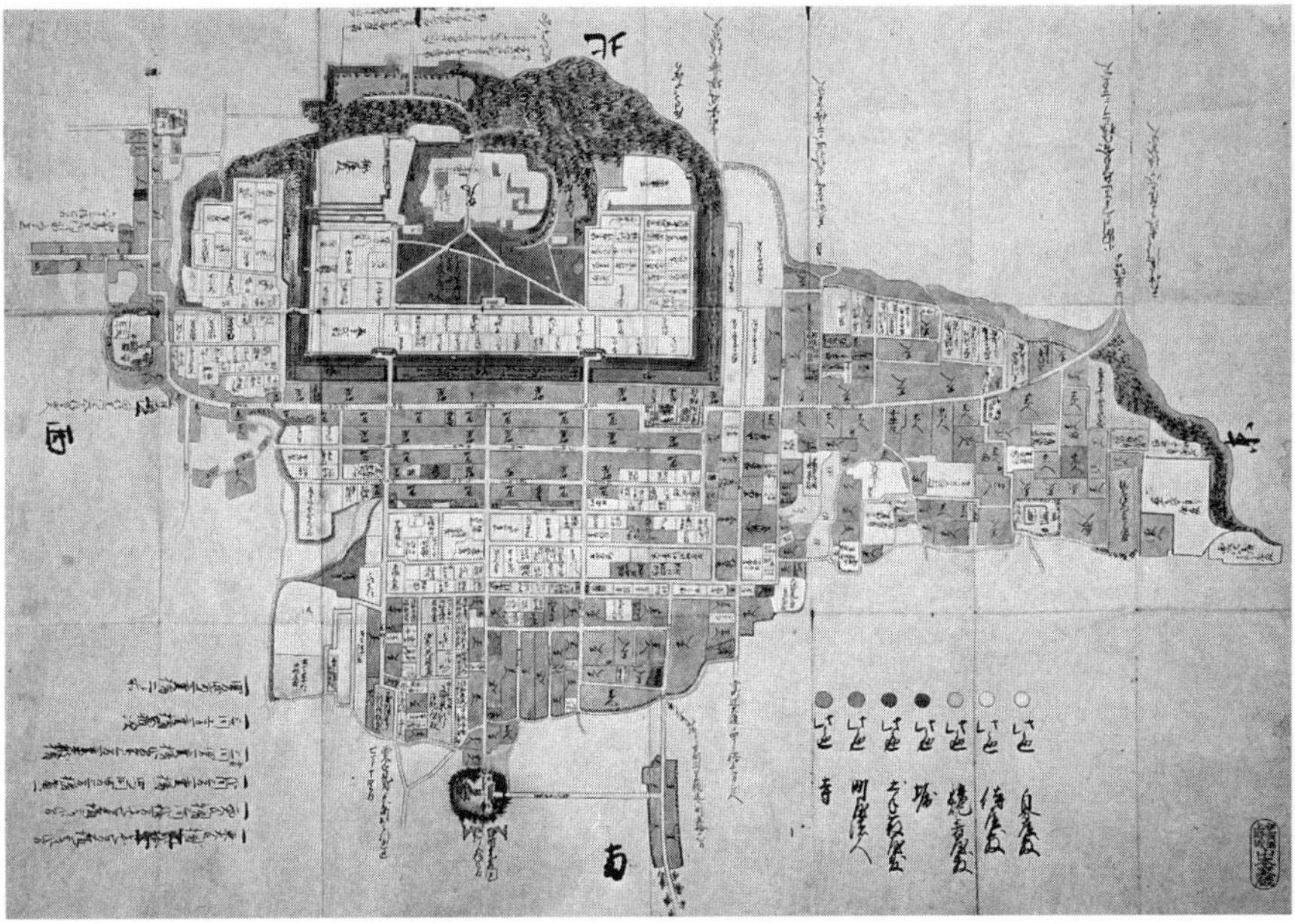

上野城下絵図　藤堂藩絵師上西庄五郎画

険しい山国で、有力な戦国大名を出すような地理的基盤がなく、群小の土豪が各地に割拠して侵略し合い、いわゆる伊賀の忍法もその間に練磨されたものという。ところが、芭蕉の生まれる六十五年前（といえば祖父の代ぐらい）の天正七年（一五七九）、織田信長の次男北畠信雄《のぶかつ》が伊勢に次ぎ伊賀侵攻を開始するや、それまで相反目していた伊賀衆は一致団結してこれを撃退した。

これに怒った信長は天正九年九月、大軍を催し、軍事拠点となる神社仏閣をことごとく焼き払う徹底的な焦土侵攻作戦を展開し、伊賀の地侍《ぢざむらい》たちを殲滅《せんめつ》掃討したが、その戦闘のすさまじさは今も伊賀人《いがびと》の語り草になっているという。

これを天正伊賀の乱といい、その一部始終は、伊賀土豪の後裔《こうえい》で上野の民間学者として知られる菊岡如幻《じょげん》の『伊乱記』（延宝七・一六七九稿）に詳述されているが、それによれば、信長に反抗し勇戦した伊賀侍の中に松尾氏の名も見える。

壊滅的打撃を受けた後、天正十年本能寺の変による信長の死を知って、逃亡潜伏先から徐々に在地に復帰しはじめた伊賀侍たちに対し、秀吉の命を受けて伊賀の国主となった筒井順慶の養子定次は、厳しい残党狩りを行ったが、徳川時代に入り、慶長十三年（一六〇八）、伊予今治《いまばり》から伊勢・伊賀二十二万九百五十石（のち三十二万三千九百五十石）の城主となった藤堂高虎は、融和懐柔策を取り、中世伊賀の豪族名家の後裔を無足人（苗字・帯刀を許される無給の武士）の制度に組み入れた。

『伊賀国無足人名前扣《ひかえ》帳』の古いものは残存しないが、近世後期のそれには、上柘植《かみつげ》に五家、鵜山《うやま》に三家以下、計十一家の松尾姓が見える。芭蕉の松尾家が無足人待遇を受けたかどうかは古い資料がなく不明だが、生家の規模から見て、無足人クラスの中世伊賀土豪の後裔であったことは確かだろう。

とすれば、芭蕉の血の中には、中世から近世に移る動乱の中で本拠地を追われた敗残者の血が色濃く流れていたことになる。芭蕉の、何の材木の役にも立たず雨風に傷つきやすい芭蕉という植物にあやかったその俳号が示しているような、近世社会における無用者としての自覚と、定住の栖《すみか》をもたぬ漂泊の人生のよってきたる根には、きわめて深いものがあったといわなければならない。

出仕―俳諧との結びつき

松尾家の次男で幼名を金作といったと伝えられる芭蕉は、たぶん十代の末ごろ、伊賀付《づき》五千石の侍大将藤堂新七郎良《よし》精《きよ》の嫡子主計《かずえ》良忠宗正のもとに出仕した。市川柏莚《はくえん》（二代目市川団十郎の俳名）の『老《おい》の楽《たのしみ》』には、晩年の芭蕉に接した小川破笠《はりつ》の談により役職を料理人と伝え、前記臼人の『芭蕉翁系譜』には台所用人と記している。芭蕉より二歳年長の良忠は、藩祖以来文事を重んじた藤堂家の家風の中で、当時流行の貞門俳諧の宗匠北村季吟を師と仰ぎ蟬吟《せんぎん》と号して俳諧を愛好したので、今日芭蕉十九歳の折の発句短冊が残り、二十一歳の折には主従ともに貞門俳書に入集していることからも推測されるように、実質的には俳諧の相手役としての伽《とぎ》として召し抱えられたものであろう。

先ほどの『伊乱記』の著者菊岡如幻の養子で江戸の俳諧師として活躍した沾涼《せんりょう》編の俳諧系譜『綾錦《あやにしき》』（享保一七・一七三二）には、芭蕉のことを如幻の導きで季吟門に入ったと記している。学校も図書館もない当時、おそらく芭蕉は民間学者・蔵書家として知られた如幻のもとで教養を身につけ、そのことが伽として出仕する機縁となったものと思われる。

芭蕉が新七郎家で名乗ったと伝える忠右衛門宗房の名乗りが、蟬吟から良忠宗正の二字を与えられたものと推測されることからも、蟬吟の寵愛ぶりが偲《しの》ばれよう。いずれにしても、新七郎家に仕え蟬吟の相手をしたことが、芭蕉を俳諧と結びつけ俳諧に狂わせる端緒となったわけだから、新七郎家への出仕は、芭蕉の生涯にとってきわめて重要な契機となったものといわなければならない。

しかるに、芭蕉が二十三歳になった寛文六年（一六六六）四月二十五日、蟬吟良忠は二十五歳の若さで没し、十八歳の弟良重が家嫡となった。

芭蕉は蟬吟の位牌《いはい》を高野山報恩院に納める使者を務めた後、致仕《ちし》（辞職）を乞うも許されず、ついに無断で出奔して京都に遊学したというのが、後世の伝記作者たちの筋書だが、たぶん芭蕉のような存在は代替わりがあればすぐに解雇の対象とされ、致仕を引き止められるようなことはなかったはずである。それよりも、その後延宝三年（一六七五）に至るまで、芭蕉は貞門時代の諸俳書に、いずれも「伊賀上野住宗房」として入集《にっしゅう》しているので、家中への出仕の有無は別としても、引き続き伊賀にいたことは確かだろう。

寛文十二年（一六七二）二十九歳の正月、芭蕉の宗房は、当時の流行唄《はやりうた》を詠み込んだ自他の発句六十句を左右につがえ、これまた流行唄や流行語を縦横に駆使した才気あふれる判詞（勝負判定の理由を述べる詞）を加えた三十番の発《ほっ》句合《くあわせ》を編み、これを『貝おほひ』と名づけて上野の天神社に奉納した。

それは芭蕉の、時代の流行への関心と豊麗な詩藻を示すものではあっても、一部でいわれるような京都遊学や放蕩《ほうとう》体験を証《あかし》するものではあるまい。諸家の日記に知られるように、当時は予想外の情報社会で、都市の流行は風のように伊賀の山国にも絶えず押し寄せていたのである。

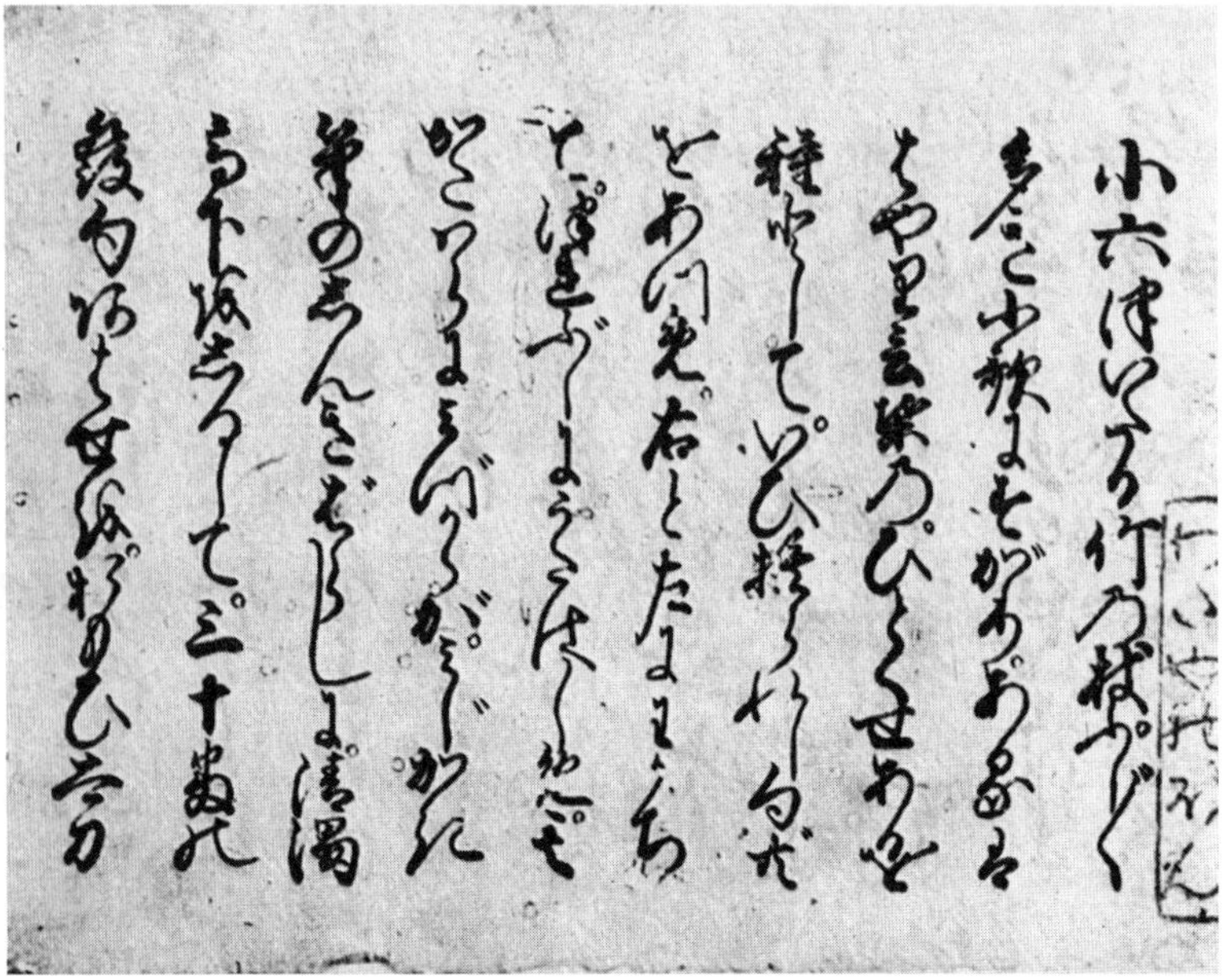

『貝おほひ』

東下―俳諧師

それよりも重要なのは、芭蕉がこの処女撰集を上野の天神社に奉納したことの意味である。菅原道真《みちざね》を祀《まつ》る天神社は、文学、なかんずく連歌・俳諧の神であった。三十番発句合『貝おほひ』の奉納は、北村季吟が宗匠として独立するに際し、明暦二年（一六五六）祇園《ぎおん》奉納俳諧連歌合を催した先例にならい、ひそかにプロの俳諧師として立つ決意を神前に披露し、前途の文運を祈願したものであろう。

とはいえ、俳諧が好きで優れていれば、だれでもすぐに俳諧師になれたわけではなく、それ相当の資格が必要だった。芭蕉が三十一歳の延宝二年（一六七四）三月、故主蟬吟の師でもあった京都の北村季吟から、連歌・俳諧の秘伝書『誹諧 埋木《うもれぎ》』の伝授を受けているのも、いわば大学の卒業免状を手にしたようなものといっていい（季吟は権門勢家に出入し処世に長けた人物で、一介の処士への伝授は考えにくく、この時芭蕉は何らかの形で藤堂家の光を背後に負っていた可能性が高い）。

多くの伝記作者は、芭蕉が江戸に下ったのを、『貝おほひ』の成った寛文十二年の春のこととしているが、前述のように延宝二年まで「伊賀上野住宗房」として諸俳書に入集していること、延宝二年京の季吟から『埋木』の伝授を受けていること、延宝三年五月江戸で催された宗因《そういん》一座の俳席に初めて桃青号で出座していることなどを考え合わせれば、その東下はおそらく延宝二年春で、東下とともに宗房から桃青へと改号したものと思われる。

芭蕉が俳諧師として立つために江戸へ下ったのは、京都は松永貞徳に始まる貞門俳壇の本拠地、大坂は西山宗因を総師と仰ぐ談林俳諧の発祥地で、ともに新進俳人の食い入る余地はなく、ちょうど上方《かみがた》を食いつめた商人が、新興都市江戸で一旗揚げようと図る、いわゆる〝江戸稼《かせ》ぎ〟にならったものだろう。

芭蕉が志した俳諧師というのは、士農工商の四民の外の方外と呼ばれる存在で、当時俳諧といえば数人で五・七・五と七・七とを交互に連ねてゆく連句が中心だったが、その式目（規則）や心得に通じ、俳席へ出て連句の進行を捌《さば》いたり、素人《しろうと》俳人たちの作を添削し評点を付したりする職業だった。

江戸へ下った芭蕉はまず伊勢出身の上方系俳諧師高野幽《ゆう》山《ざん》の執筆《しゆひつ》（書記役）を務め、いわばインターン生活を経験した後、延宝五年（一六七七）三十四歳の折、宗匠として独立、恒例による万句興行を催して江戸俳壇にお披露目《ひろめ》を済ませ、日本橋小田原町の借家に俳諧師の看板を出すことになる。なぜ日本橋かといえば、日本橋は市中経済の中心地であるとともに、俳諧の愛好者である富裕な町人が多く住み、江戸俳壇の中心地でもあったからである。

とはいえ、俳諧師だけではなかなか食っていけなかったらしく、以後数年、神田上水の水役《みずやく》という事務職を兼業しなければならなかったのもやむを得ない。

深川退隠―〝わび〟の演出

石の上にも三年の諺《ことわざ》どおり、俳諧師桃青の名は次第に京・大坂にも知られ始め、延宝八年（一六八〇）三十七歳の四月には『桃青門弟独吟廿歌仙』も刊行されて、その中の嵐蘭《らんらん》の歌仙（三十六句形式の連句）に「桃青の園《その》には一流ふかし」と見えるなど、ようやく江戸俳壇に地歩を確立したさまが窺われる。だが、その年の冬、意外にも芭蕉は江戸俳壇の中心地日本橋を去り、生活の資を少数の門人の喜捨にゆだねて川向こうの新開地である深川の草庵に隠栖《いんせい》

『芭蕉翁絵詞伝』　深川芭蕉庵

した。そこは門人で幕府出入りの魚商を営む杉風《さんぷう》が生簀《いけす》の番小屋を提供したものだという。

隅田川のほとりの草庵は、初め杜甫の詩にあやかり泊船堂と名づけたが、翌年の春、李下《りか》という門人が庭の風情《ふぜい》にもと贈った植物の芭蕉がよく根づき繁茂したので、人々は草庵を芭蕉庵と呼ぶようになり、やがてそれは芭蕉の号ともなった。

なぜ芭蕉は深川に退隠したのか。当時の芭蕉の言説に徴すれば、一つには市中の喧騒《けんそう》と、不特定多数の顧客を対象とした俳諧師生活の俗臭に耐えかねたことが挙げられる。とすれば、それは武家社会を離れ郷里を捨てた上、士農工商の外の方外の生活からも脱出したことになる。

もう一つ、この前後の芭蕉の言説の中に「侘び」「茶」の語の頻出することから推せば、芭蕉の深川入庵と、当時興隆の気運にあった侘び茶との間に、深い関係のあったことが思われる。

〝侘び〟とは失意・不如意という意味であったのが、中世に入り平安以来の美的価値体系が崩壊する中で、物質的乏しさの中にかえって精神的充足感を求め、そこに新しい風

雅を見いだそうとする美意識が成立する。一方、〝寂び〟もまた、もと物が成熟し内なる本質が外に顕現してくる意だったのが、やがて枯淡閑寂といった美意識に変わってくる。

　それらの美意識は中世の和歌・連歌の理念として説かれたのが、千《せんの》利休の師武野紹鷗《じょうおう》によって茶道の理念に取り入れられた。利休の孫千宗旦《そうたん》は、徹底した侘び数寄《ずき》によって乞食宗旦と呼ばれたが、その宗旦四天王の一人山田宗《そう》偏《へん》による『茶道要録』（延宝三刊）『茶道便蒙抄』（延宝八成）などの刊行・成立が物語るように、当時芭蕉の周辺には侘び茶復興の波がヒタヒタと押し寄せていたのである。

　してみれば、芭蕉の深川退隠は、もともと和歌・連歌の理念にもとづくその侘び茶の精神を、文字どおり侘びしい貧困の生活の演出を通して、俳諧という言葉の営みの中に生かすための芸術的実践だったといえはしないか。むろんその根底には、無用者としての自認と、無為自然を説く『荘子《そうじ》』の思想的影響や杜甫《とほ》・西行ら詩歌の道の先人からの複合的影響のあったことも無視できないけれども。

　こうして延宝末から天和年間（一六八一～四）にかけての草庵生活の中から、「櫓《ろ》の声波を打って腸《はらわた》氷る夜や涙」「芭蕉野分して盥《たらひ》に雨を聞く夜かな」「氷苦く偃鼠《えんそ》が咽《のど》をうるほせり」など、自己の貧困の生活を『荘子』や杜詩など漢詩文の中のものとしてとらえ直すことによって詩化した、漢詩文調による〝侘び〟の俳諧が成立する。それは貞門・談林の言語遊戯を乗り越える、新しい人生詩としての蕉風俳諧の誕生だった。

天和の治―元禄文学の誕生

　芭蕉が深川の草庵に入った同じ延宝八年の五月、四代将軍家綱が没し、八月その弟綱吉が五代将軍を継いだ。綱吉は旧来の元老・門閥政治を断ち切るため、大老酒井忠清の職を免じて堀田正俊に代え、諸大名の移封や諸官僚の更迭《こうてつ》を断行して専制体制を確立する一方、庶民に対しては奢侈《しゃし》を禁じ倹約を強制するなどの厳令を次々と発したので、これまで家綱時代の放漫な財政政策のもとで寛文・延宝と伸長を重ねてきた町人の自由な文化的エネルギーは、この綱吉の緊縮弾圧政策のもとで大きな打撃を受けることになる。

不幸なことに、延宝八年から天和にかけて全国的飢饉に見舞われ、江戸ではさらに大火が相次いで、芭蕉庵も天和二年（一六八二）十二月二十八日の振袖火事で焼失した。

延宝初年以来、町人の享楽生活を明るく笑い飛ばしてきた談林俳諧が崩壊したのも、一つには無軌道な笑いに走ったための内部崩壊ということもあるが、それよりも談林俳諧をささえてきた町人たちに、俳諧に遊ぶ経済的・精神的余裕がなくなったことのほうが大きかろう。

それまで談林の旗手として活躍してきた大坂の西鶴が、浮世草子の第一作『好色一代男』を述作刊行したのは天和二年十月のことである。それは天和二年の時点で現代を横に見渡し浮世のありさまと世の人心《ひとごころ》を描いたものではなく、それ以前の万治・寛文・延宝年間の遊里をモデルに描いた、いわば新興町人の青春の挽歌といってもよかった。

近松が今日知られる最初期の作『世継曾我《よつぎそが》』を宇治加賀《かがの》掾《じょう》のために書きおろしたのが翌天和三年、また竹本義太夫のために『出世景清』を書き与えたのは、その二年後の貞享二年（一六八五）のことである。

芭蕉の〝侘び〟の詩を結集《けつじゅう》した天和二年の千春《せんしゅん》編『武蔵曲《むさしぶり》』、天和三年の其角《きかく》編『みなしぐり』とともに、ここに元禄の新しい文学が出現したことになるが、これら三者には共通して見てとれる特色がある。

西鶴の浮世草子は、『可笑記《かしょうき》』『目覚草《めさましぐさ》』『浮世物語』など従来の仮名草子が持ち続けてきた政治への批判や風刺を受け継ぐことなく、好色の種々相の中に見える人間の真実をとらえようとした。近松の『世継曾我』も『出世景清』も、粉本とした曾我物や景清説話の政治劇・抵抗文学としての側面を切り捨て、曾我兄弟や景清を巡る女人像に新しい人間的息吹《いぶき》を吹き込むことに脚色の重点を移している。芭蕉もまた貞門の教化性や談林の権威に対する嘲笑とは無縁に、本来政治への志を孕《はら》んだ述志の詩としての杜詩を〝侘び〟の範と仰ぐことによって人生詩としての蕉風俳諧を樹立した。

つまり、これら三者を代表とする元禄文学は、綱吉初世の弾圧の季節の中で、政治への展望と批判を喪失させられた代償として、いちずに人間の真実へと深まるところに成立したことになる。芭蕉の生きた時代が、庶民の生活にとって暗い陰に蔽われた時代だったことを見落としてならないだろう。

旅―歌枕を訪ねて

こうして天和年間の草庵生活の中で、時代の暗さを象徴するかのような〝侘び〟の詩としての蕉風俳諧が誕生し、その成果が『みなしぐり』に結集されると、芭蕉にとって、貞享元年（一六八四）八月から翌年四月にかけての『野ざらし紀行』の旅から、貞享四年八月の『かしまの記』の旅、同年十月から翌年四月にかけての『笈《おい》の小文《こぶみ》』の旅、その帰途八月の『更科《さらしな》紀行』の旅を経て、元禄二年（一六八五）三月から九月にかけての『おくのほそ道』の旅に至る、一連の旅の季節が始まる。

芭蕉は〝旅の詩人〟と呼ばれ、生涯を旅の中に明け暮れたように思われがちだが、紀行文を残した旅は、この五回に限られ、あとは延宝三年春の東下の旅、翌年夏の一時帰省の旅と、『おくのほそ道』の旅に続く上方《かみがた》滞在から江戸への帰途の元禄四年十月の旅、それに元禄七年五月最後に上方へ上った〝後の旅〟の四度の旅があるのみ。旅中に没

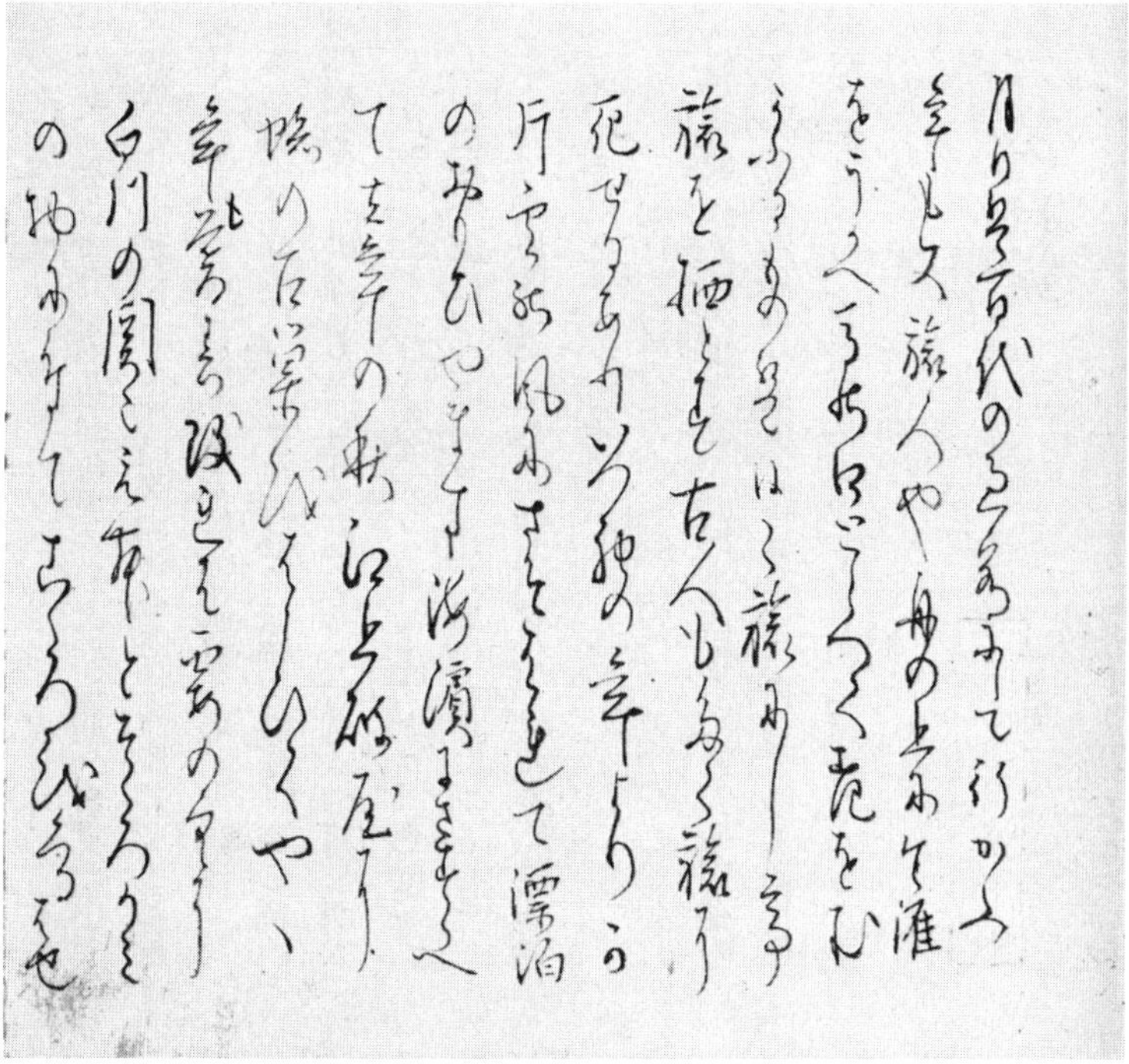

野坡本『おくのほそ道』の冒頭部

した〝後の旅〟を別にすれば、紀行文を書き残さなかったのは、いずれも実用の旅ばかりである。

なぜ芭蕉は、四十一歳から四十六歳の間に集中的に旅を重ね、紀行文を書き残したのか。

俳諧史を鳥瞰すると、天和・貞享から元禄初年の間は、談林俳諧崩壊後の中央俳壇の低迷期に当たっている。当時の俳書の刊行点数を調べてみると、談林期の延宝年間には毎年三十点を超えていたのが、この間は毎年五点前後にとどまり、元禄三年に至ってようやく二十点台に回復し元禄四年の三十点台へと続く。そのいわば俳壇ナベ底時代ともいうべき時期に、少ない点数の中でも中央都市に代わる地方俳書の擡頭《たいとう》が目につく。

もう一つ、この間は俳壇全般に、談林俳諧の滑稽から漢詩文調を経て、平明な〝景気〟の句（叙景句）へと向かう、俳風の大きな転換期に当たってもいた。

とすれば、この期間に行われた芭蕉の旅は、一つには地方俳壇の開拓という、俳諧師としての実利的意味を伴っていたともいえる。事実、これらの旅を通して、尾張《おわり》をはじめ伊勢・伊賀・美濃《みの》・近江《おうみ》・京都・出羽・加賀等の地に蕉門の誕生を見た。

だが、それよりも芭蕉が俳風の一大転換期の自覚の中で、芭蕉庵での読書による漢詩文調の観念性を脱却し、歌枕（古人が名歌を詠み残した名所）を巡礼することによって、日本の風土に刻みつけられた詩心の伝統を探り、そこに新風開発のための源泉を汲もうとしたことの意味のほうが大きい。芭蕉の詩の揺るぎなさは、そうした旅の実践を通し詩歌の伝統を自己の内面に骨肉化していた点にある。それとともに、新風開発のための新しい伴侶との出合いを求めようとしたことも見のがせない。

『野ざらし紀行』『笈の小文』『おくのほそ道』などの紀行文は、苦難の旅路の果てに、能因・西行らの古人や現存の人々との魂の出合いを重ね、新風を切り拓《ひら》いてゆく過程を、紀行の形に託し、象徴的につづったものにほかならなかった。

乞食《こつじき》の自覚

芭蕉は旅にあっても、草庵の生活においても、常に自らを乞食と呼んでいた。

深川の草庵に入った翌天和元年秋に草《そう》した「乞食の翁」句文の中には、「自ら乞食の翁と呼ぶ」の文言《もんごん》が見える。貞享二年暮れの「めでたき人の数にも入らん老いの暮れ」の句の前書《まえがき》には、「乞うて食《くら》ひ、貰《もら》うて食《くら》ひ、やをら飢《かつ》ゑも死なず、年の暮れければ」と書いている。門人土芳《どほう》の『三冊子《さんぞうし》』によれば、『笈の小文』の旅の途次、折から雨の中をわざわざ駕籠《かご》を降り菰《こも》をまとって大坂入りをしたのを門人がなぜと尋ねたのに対し、こうした繁華の地では自分が「乞食行脚《こつじきあんぎゃ》の身」であることを忘れてはいけないからだと答えたという。『おくのほそ道』日光の章でもまた、自分のことを「かかる桑門《さうもん》（僧侶）の乞食順礼ごときの人」と呼んでいた。

それは一つには、生産・流通にかかわる社会的に有用な何の職業にも携わることなく、もっぱら門人たちの喜捨によって生きている自分自身のありようを、自嘲的に呼んだものでもあるだろう。だが、一方ではまた芭蕉は「薦《こも》を着て誰人《たれびと》います花の春」の自句に関連して、大垣の此筋《しきん》・千川《せん》という若い兄弟に宛てた手紙の中で、西行作と伝えられる『撰集抄《せんじゅうしょう》』の中に多くの乞食の遁世者の逸話が収められていることに言及し、これはその西行の心を思い返し、華やかな新年の都の路傍にどんな高貴な魂の持ち主が薦を着た乞食姿で隠れておられることかと思いやったものだと説いている。つまり芭蕉にとって〝侘び〟の極みとしての乞食とは、現世的ないっさいの欲望を捨て去った、人間としての最も純粋なありかたとしてとらえられていたのである。

最も純粋な言葉である詩は、そうした最も純粋な生きかたの中からこそ生まれる。詩人として徹しようとするならば、乞食の境涯に徹しなければならない。そこに芭蕉が自らを「乞食の翁」と呼び、「乞食行脚の身」であることを忘れてはならぬと自戒した理由があった。考えてみれば、詩人としてこれほど強い生きかたはないであろう。

今も昔も、多くの人々は現世的なしがらみを超脱した芭蕉のような生きかたにあやかりたいと思う。だが、現実生活の中では、それは事実上不可能というに近い。せめては芭蕉の俳席に列し、ともに連句を巻いている時間だけでも、日常性の煩わしさから解放され、日曜隠者として閑雅な気分に浸りたい。そう願う人々が芭蕉の周囲に集まってきて、蕉門という強固な文芸協同体としての集団を形成する。

芭蕉は乞食の生きかたを標榜《ひょうぼう》して旅と草庵の生活を繰り返したが、しかし、かれは人間を嫌い孤独に徹しようとしたのではなかった。そうしたよき連衆《れんじゅ》（連句の仲間）たちとともに、歌仙《かせん》（三十六句形式の連句）という言葉の織物を織り続けた。言い換えれば、連衆とともに複眼的視座で、五・七・五と七・七の言葉を通し、たえず新しい世界と人生を発見し続けようとしたのである。

不易流行と〝かるみ〟

天和年間における蕉風の成立以来、芭蕉は二つの大きな課題を背負って歩んできた。

「新しみは俳諧の花」という芭蕉の言葉もあるように、漢詩・和歌・連歌等の伝統文芸に対し、新興の文芸としての俳諧は新しさを求めてたえず変化してゆくところに詩としての命がある。常に新しい眼でものの命を発見し、それを新しい言葉で表現してゆかなければならない、というのが課題の一つである。

しかし、一方ではまたそれは、確乎たる文学の伝統につながり、古今不変の価値の実現をめざすものでなければならない。そのことが、芭蕉にとってのもう一つの大きな課題だった。

門人たちの中には、ひとたび確立された様式にしがみついてその枠を出ようとしない守旧派もいれば、ただ新しくさえあればよいと思っている進歩派もいる。それらをどう統合して、ともに進んだらいいのか。

そうした二つの課題に応える蕉風の指導理念として唱えられたのが、〝不易流行〟の思想であった。不易とは永遠不変ということ、流行とは流動変化すること、その二つは実はイコールであって、ともに〝風雅の誠〟（詩歌における真実心。純粋な詩情）にもとづいている。つまり、真実を追求することによってたえず自己脱皮をとげ変化してゆくところにこそ、俳諧という詩の不変の本質があり、俳諧の永遠不変の価値は、そのような真実の追求をめざしたたえざる変化・自己脱皮の努力の中から生まれる、というのである。

　それは、宇宙の根源的主宰者としての〝造化《ぞうか》〟の、恒常不変の原理を〝理〟、生成創造の活動力を〝気〟とし、その二つのはたらきの発する本体を〝誠〟とする、当時の時代思想であった宋学《そうがく》の論理構造をモデルに、俳諧の本質と実践上の当為《とうい》について説いたものにほかならない。門人の去来《きょらい》が、芭蕉が〝不易流行〟を説いたのは、『おくのほそ道』の旅を終えた年の冬からだったと伝えるように、それが読書による机上の思索を通してではなく、日々が変化の連続の中で、変化することこそがこの世の不変の真実であることを体で感じ取った長途の旅を通して形成され確信されたものであるところに、重い実践的意味がある。

　芭蕉が蕉風俳諧の指導理念として〝不易流行〟を提唱し、それにもとづいて実践の上でめざしたもの、それは〝かるみ〟の実現だった。俳諧は五・七・五ないし七・七の最短小詩形である。それをもって人事や自然を過不足なくとらえ、人生に対する自己の思いを託そうとすれば、いきおい思い入れのみが先行し、表現はゴタゴタと晦渋《かいじゅう》・混濁を極めざるを得なくなる。論理を優先させた散文的説明は敵である。何とかして言葉を惜しんだ暗示的で平易な文体を確立できないものか。それが『ほそ道』の旅以後の芭蕉の最大の課題となった。

　そして迂余曲折の果て、最晩年には、いっさいの芸術的身構えを捨て、淡々と日常的な風物や哀歓の中に詩情を探り、できるだけ日常的な言葉で、心のリズムがそのまま表現のリズムとなって定着するような、対象と詩と人生が一如となった境地へと抜け出てゆく。

永遠の夢

　元禄七年（一六九四）五月、芭蕉は上方への最後の旅に上った。それは元禄四年の冬に戻って以来、江戸の連衆たちと工夫を凝らす中でようやく一つの確信に達した〝かるみ〟の俳風を、上方の門人の間に唱道し句座をともにすることにより、より確かなものにするためである。そこにも、個を中心とする近代の文学とは異なり、強固な文芸協同体としての連衆とともに、他との調和の中で自分を生かしながら、合作文芸としての連句という詩的織物を織り上げようとする、芭蕉の特異な生きかたが示されている。

そしてその年の九月、前年大坂に俳諧師としての門戸を開いた門人洒堂《しゃどう》と在地の門人之道《しどう》との不和を調停するために大坂に上り、その最中に病に倒れ、ついに十月十二日大坂に客死したことは、まさに連衆とともに生き人と人との和を重んじた芭蕉の生涯を象徴するものといっていい。

芭蕉の作品が孤独のつぶやきに終わらず、幅広い共鳴音を伴って私どもの胸に甦《よみがえ》ってくるのは、芭蕉がその創作の基盤に、そうした同時代の連衆をもっていたからだが、それとともに杜甫や西行など和漢にわたる詩歌の先人たちを強固な歴史的協同体としてもっていたからでもある。芭蕉は同時代の連衆たちとともに、漢詩・和歌・連歌・茶道など、それぞれの道の先人たちと心の対話を交わし伝統を反芻しつつ、たえず新しい創造をめざして、俳諧という織物を織り続け、暗い陰に蔽われた元禄の世に、綱吉の政権とは別次元の、言葉による美の王国を築き上げたのだった。

死の四日前の十月八日深更、大坂御堂前の花屋仁右衛門方の病床で、門人に筆を執らせ、辞世ではなく「病中吟」として詠み遺《のこ》した「旅に病んで夢は枯れ野をかけめぐる」の句は、〝乞食順礼〟としてたえず俳諧の花ともいうべき〝新しみ〟を追い続けた芭蕉の、生涯の軌跡を集約するものということができるだろう。古来、夢は神仏と相まみえる場とされてきたが、旅の途上に倒れた病床の夢の中でさえ、どこかに突破口を求めて蕭条《しょうじょう》たる枯れ野をいらだたしくさまよい続ける自己の旅姿を幻視しているところに、神仏の救済を求めることなく、永劫に〝新しみ〟を求めてやまぬ、芭蕉の創造への思いの深さが偲《しの》ばれる。

近代文学の誕生以来金科玉条視されてきた〝個〟の神話が崩壊し〝独創〟の可能性が行き詰まりに瀕する一方、人々がコンクリートの密室の中で人間連帯の回復を模索しつつある現在、二十一世紀への創造に向けて、芭蕉の示唆するところは大きい。

芭蕉は「古人の跡を求めず、古人の求めたるところを求めよ」と教えたが、その芭蕉の「求めたるところを求め」るための手引きとして、本書が少しでも役立つところがあればと思う。そしてさらに、現代の芭蕉研究の最先端に立ち芭蕉のすべての作品と言説を集大成した『新編芭蕉大成』に直接ついて、諸者自身の手で芭蕉の永劫の夢をとらえ出されるなら、編者として喜びこれに勝るものはない。

第二部

芭蕉鑑賞事典

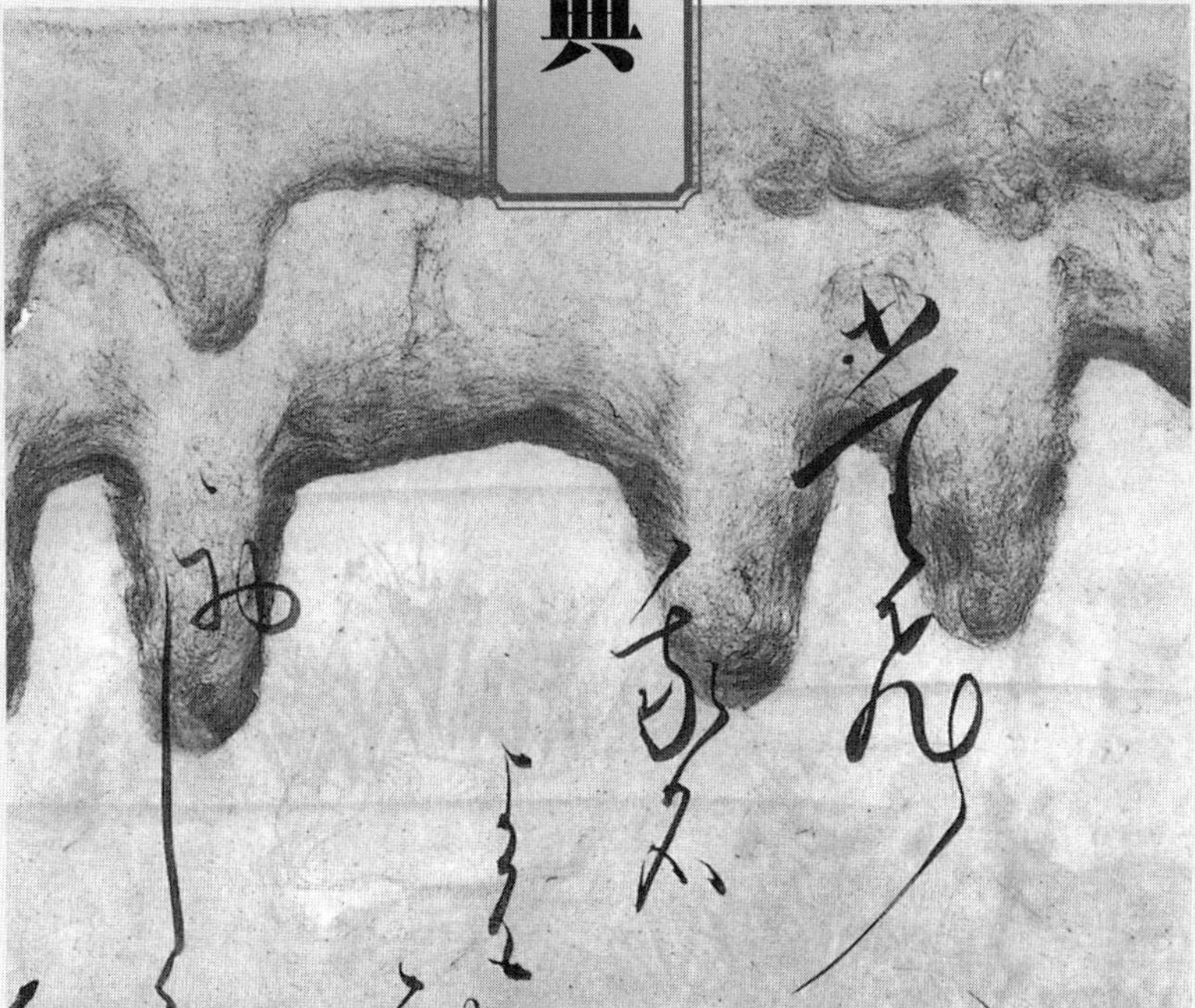

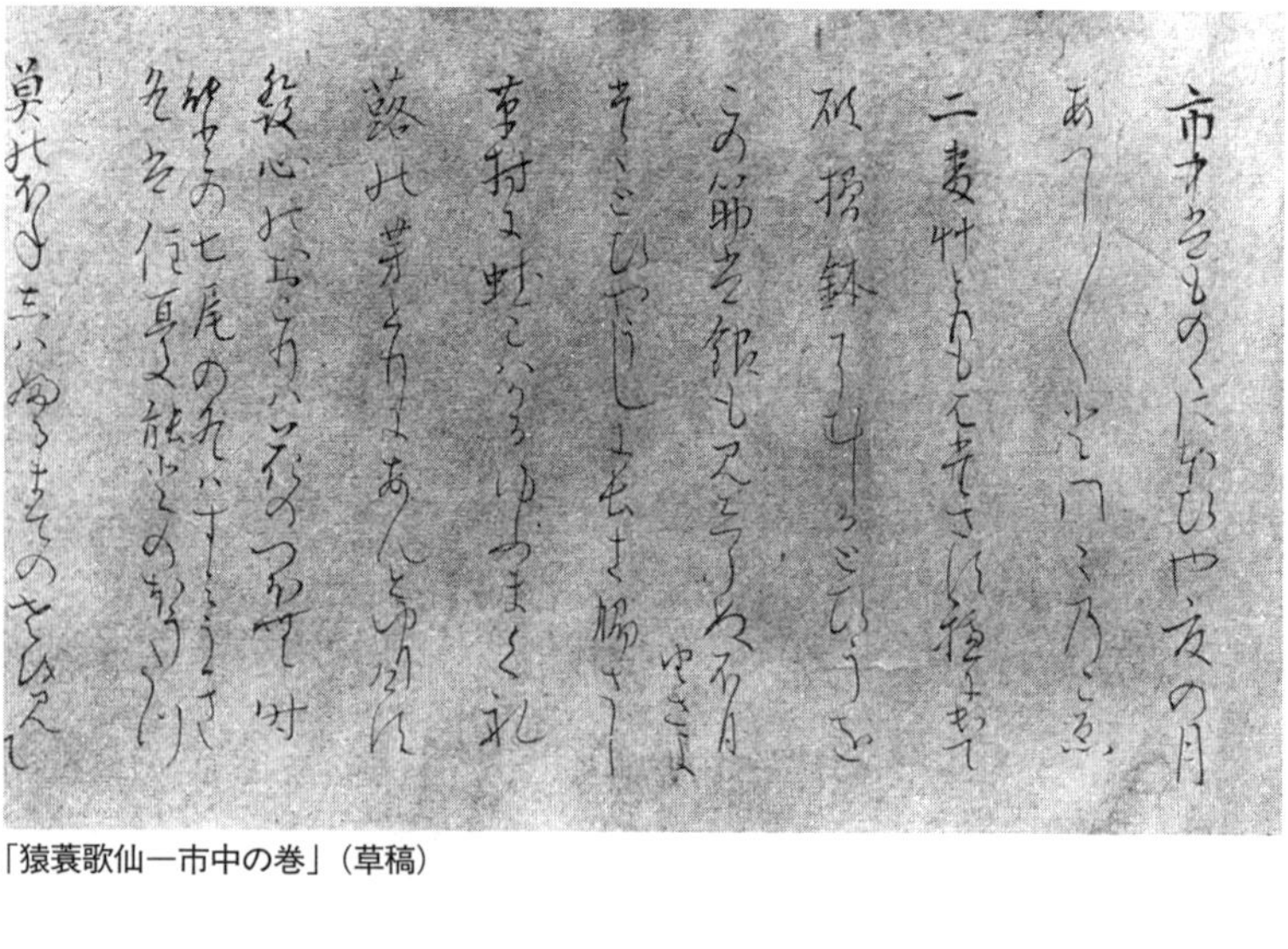

「猿蓑歌仙―市中の巻」（草稿）

発句解題

芭蕉が生涯に残した発句は存疑を除き、わずかに九八四句(『新編芭蕉大成』による)であるが、作風の変化のめまぐるしさは他に類を見ないものがあった。次の六期に分けて、その特徴に簡単に触れておきたいと思う。左にあげた時期の順に百句を選び、簡単な解釈と鑑賞を示して読解の便に供した。

Ⅰ　寛文時代(一六六二―一六七二)　貞門俳諧の洗礼を受け俳諧に手を染めた時期。縁語・掛詞、謡曲のもじり、本歌取りなど、ことばによる笑い中心の句を詠んだ。

Ⅱ　延宝時代(一六七三―一六八〇)　談林俳諧の影響を受けた時期。寓言調の句や、意外な見立て・もじりなどによる奔放な庶民的笑いを中心とする句を詠んだ。

Ⅲ　天和時代(一六八一―一六八三)　延宝の末年以来、句体・内容ともに漢詩趣味の強い句を残した時期。反俗貧寒の生活の中で杜甫など先人の詩を反芻《はんすう》し、新しい「侘び」の詩情を詠出、蕉風俳諧を樹立した。

Ⅳ　貞享時代(一六八四―一六八八)　旅の実践を経て、漢詩文調の観念性から脱却した時期。和歌伝統を反芻し、反俗耽美の精神〝風狂〟を俳諧の支えとした。

Ⅴ　元禄時代前期〔元禄元~四年〕(一六八八―一六九一)　『おくのほそ道』の旅を通して「不易流行」の理念に開眼した時期。私意を退けた「物我一如」の境地から多くの佳句を残し、その成果を『猿蓑』に結実した。

Ⅵ　元禄時代後期〔元禄五~七年〕(一六九二―一六九四)　作為や技巧を排した〝軽み〟を摸索・提唱した時期。日常卑近の現実に詩を求め、それを日常の言語で表現しようとした。

「枯枝に」発句短冊

春や来《こ》し年や行きけん小晦日《こつごもり》 ①　（千宜理記）

寛文二年（一六六二）作。新春がもう来てしまったのか、それとも今年はもう行ってしまったのであろうか、今日はまだ小晦日だが、の意。「小晦日」は大晦日《おおみそか》の前日。前書に「廿九日立春ナレバ」とあるように、「年内立春」を詠んだ句。在原元方の和歌「年の内に春は来にけりひととせを去年とやいはん今年とやいはん」（『古今集』）を下敷きに、伊勢の斎宮《さいぐう》の和歌「君や来し我や行きけん思ほえず夢かうつつか寝てかさめてか」（『伊勢物語』）をもじったもの。十二月二十九日が立春に当たるのは宣明暦《せんみょうれき》によれば、寛文二年。とすれば、芭蕉の作品中、制作年次のわかる最も古い句になる。季小晦日（冬）、切や。

姥桜《うばざくら》咲《さ》くや老後の思ひ出《い》で ②　（佐夜中山集）

寛文四年（一六六四）またはそれ以前の作。姥桜が咲いているのだ。老後の思い出に一花咲かせようと、精一杯咲いているのであろうか、の意。謡曲『実盛』の「老後の思ひ出これに過ぎじ」という詞章を裁ち入れたところが貞門俳諧的趣向である。厚化粧をし、着飾った老女の面影が目に浮かぶ。季姥桜（春）、切や。

あら何《なに》ともなやきのふ《（ハ）》は過ぎて河豚《（ふくと）》汁　③　（江戸三唫）

延宝五年（一六七七）作。ああ何ともなかったことだ。昨日は無事に過ぎ去り、結局河豚汁には当たらなかった、の意。「あら何ともなや」は謡曲の慣用句で、ここは「昨日と過ぎ今日と暮れ」の詞章を含む『芦刈』から取ったもの。「ああ、しょうもない」など失望・落胆の意を表す台詞《せりふ》を、何事もなかったことを喜ぶ庶民感情の表現に転じた点に談林俳諧的笑いがある。[季]河豚汁（冬）、[切]や。

枯枝《かれえだ》に烏のとまりたるや秋の暮　④　（東日記）

延宝八年（一六八〇）作。枯れ枝に烏が止まっている。これこそが秋の夕暮れの風情というものであろう、の意。『新古今集』の三夕《さんせき》の歌などを念頭に置きながら、俳諧における「秋の暮」とはこれだと示してみせたもの。『枕草子』以降、烏といえば、群れになってねぐらへ向かう姿を連想するのが通例だが、ここは葉の落ちた枝に一羽だけ止まって動かない烏を詠んだもので、水墨画の「寒鴉《かんあ》枯木」の画題を十七文字の詩形に置き換えたかの感もある。画面に二十数羽の烏を配した画賛があるが、旧来の連想に従った絵師の曲解によるもので、芭蕉の作意とは関係ない。改案は「かれ朶《えだ》に烏のとまりけり秋の暮」。中七を「けり」に改めることによって、枯枝に烏の止まっていることに気づき、宇宙的な寂寥感に味到する詩人の内面の動きを伝えている。字余りは当時の風潮で、閑寂美への開眼《かいげん》は蕉風の誕生につながる。[季]秋の暮（秋）、[切]や。

櫓《ろ》の声波ヲ打《（う）》つて腸《はらわた》氷《こほ》ル夜や涙《（なみだ）》　⑤　（武蔵曲）

延宝八年（一六八〇）作。前書に「深川冬夜ノ感」とある。舟の櫓が波を打つ音を聞きながら、腸も凍り付く厳寒の夜、密かに涙を流すことだ、の意。隅田川に臨む深川の草庵で貧寒と孤独にあえぐ自分の姿を、浣花渓《かんかけい》に臨む成都の草堂での杜甫の詩境に重ね合わせた句。「涙」は孤独・寂寥の涙であるとともに、孤独を通して杜甫の詩精神を確かめえたことに対する感激の涙でもある。漢詩文調は初期

蕉風の特色。季 氷ル（冬）、切 や。→文

芭蕉野分《のわき》して盥《たらひ》に雨を聞く夜かな（哉）⑥（武蔵曲）

天和元年（一六八一）作。前書に「茅舎《ぼうしゃ》ノ感」とある。「芭蕉」の署名の見える最も早い句。庭の芭蕉は野分に激しくはためき、家の中では屋根を漏る雨垂れを盥に受けてその音を聞きしめていることだ、の意。「芭蕉」は古来、秋風に破れる姿にあわれさや無常感を託して詠まれてきた。一句は杜甫が茅葺きの屋根を暴風に吹き飛ばされた際の感懐を詠んだ「八月秋高クシテ風怒号シ、我ガ屋上ノ三重ノ茅ヲ巻ク、……牀頭屋漏リテ乾ケル処無シ、雨脚麻ノ如クニシテ未ダ断絶セズ」（「秋風破屋ノ歌」）の詩句や、蘇東坡の「牀牀漏ヲ避ク幽人ノ屋」（「連雨ニ江漲《みなぎ》ル」）「破屋常ニ傘《さん》ヲ持ス」（「朱光庭ガ喜雨ニ次韻ス」）などの詩句に想を得たもの。芭蕉は雨音の中に、遠く杜甫や蘇東坡が聞いた雨漏りの音を聞き付け、その風懐を反芻しながら〝侘び〟の詩情を創造していったのである。季 芭蕉・野分（秋）、切 かな。

世にふるもさらに宗祇《そうぎ》のやどりかな（哉）⑦（みなしぐり）

天和二年（一六八二）作。前書に「手づから雨のわび笠をはりて」とある。室町の連歌師宗祇はこの世を時雨のようにはかない一時の宿りと観じたが、私もまた宗祇のように流離漂泊の生涯に徹していきたいものだ、の意。宗祇の句「世にふるもさらに時雨のやどりかな」の「時雨」を「宗祇」に置き換え、宗祇の詩心を反芻しながら宗祇と同じ道を歩もうとする決意と風狂の喜びを示したもの。「ふる」には「（世を）経る」と「（時雨が）降る」の両意が掛けられている。季語は「宗祇」に「時雨」を利かせたもので、『みなしぐり』では冬の部の時雨の句の中に収められている。季 なし、切 かな。→文

馬ぼくぼく（ぐ）我《われ》を絵（ゑ）に見る夏野かな（哉）⑧（水の友）

天和三年（一六八三）、芭蕉庵類焼後、門人麋塒《びじ》を頼って甲斐《かい》の谷村《やむら》に滞在した折の作。「画賛」として掲出。馬

にぼくぼく揺られながらのんびり旅する自分の姿を一幅の絵に見立ててみることだ、どこまでも続く広い夏野の中で、の意。「夏馬の遅行われを絵に見る心かな」「夏馬ぼくぼく我を絵に見る心かな」「馬ぼくぼく我を絵に見ん夏野かな」と推敲を重ねたものだが、前案は、乗り心地の悪い田舎馬に揺られ、夏の太陽に照りつけられながら旅する自分を画中のものととらえることで苦痛を克服しようとする「泣き笑い」の表情が色濃い。『猿蓑』前後、定稿の形に改められることによって、一句に余裕と飄逸味が加わった。[季]夏野（夏）、[切]かな。

野ざらしを心に風のしむ身かな（哉）　⑨

（野ざらし紀行）

貞享元年（一六八四）、『野ざらし紀行』出立に際しての吟。野ざらしとなることを心に決めて旅立つ身であるが、その心に折からの秋風が冷たく沁み徹《とお》ってくるのをどうしようもないわが身であるよ、の意。「野ざらし」は野にさらされた髑髏《どくろ》のことで、いつどこで野垂れ死にするかわからないわが身の前途をいう。「心に」は「心に期し」、「心に風のしむ」と上下に掛かっている。「しむ身かな」とは、観念的には死を覚悟しながらも、感覚的には困難な前途を思い心のウソ寒さを禁じえないでいる自分を、もう一人の自分の目で見つめたもの。[季]身にしむ（秋）、[切]かな。

↓[紀]

猿を聞く人捨子《すてご》に秋の風いかに　⑩

（野ざらし紀行）

貞享元年（一六八四）作。富士川の条に所出。猿の鳴き声に断腸の想いをかき立てられてきた詩人たちよ、この捨て子の上を吹く秋風の悲痛さを、あなたたちは何と聞くか、の意。「猿を聞く人」とは、初案「猿を泣旅人」が示すように、揚子江上流の巴峡《はこう》両岸の断崖に鳴く猿声に旅愁の涙を流してきた杜甫ら中国の詩人たちを指す。巴峡を富士川に移し換え、猿の声に比して捨子の泣き声の周囲を吹き巡る秋風の悲痛さはどうだと挑んだもの。日本の風土の情趣をとらえることで、漢詩文の世界を乗り越えようとする姿勢が著しい。[季]秋の風（秋）、[切]いかに。

↓[紀]

道のべの木槿《むくげ》は馬に食《く》はれけり ⑪

（野ざらし紀行）

貞享元年（一六八四）、東海道を馬で行く折の作。「馬上吟」と前書（草稿本では「眼前」）。道端に咲く香り高い木槿の花は、思いも寄らず私の乗馬に食われてしまったことだ、の意。謝春卿が「馬上タダ聞ク暗香アルコトヲ」（『野梅』）と詠じた「官路ニ臨マズ」人知れず咲く梅と対比し、意外性の形で「道のべの木槿」の香を賞したもの。木下長嘯子「いかなれや野辺に刈り飼ふあさ草のくはむをむまの食《は》み残しつる」（『挙白集』八）のパロディでもある。二つの前書は、馬上嘱目の吟として、発想時の趣向を、一瞬の転換の機微への嘆賞に昇華させている。季木槿（秋）、切けり。

馬に寝て残夢《ざんむ》月遠し茶の煙《けぶり》 ⑫

（野ざらし紀行）

貞享元年（一六八四）、小夜の中山に至る途中の吟。前文（→紀）に明らかなように杜牧の詩「早行」に想を得たもの。馬の背にうつらうつらと眠り、夢の余韻の覚めやらぬ目に、有明の月が遠くかすかに映る。ハッと気がつけば、峠の茶屋で朝茶を煮る煙がくっきりと立ち昇っている、の意。初案「馬上落ンとして残夢残月茶の烟」、再案「馬に寐て残夢残月茶の煙」など。「馬上落ンとして」という滑稽な身振りや「残夢残月」という口拍子を改め、改案では杜牧の詩との映発照応に重点を移した。小夜の中山は歌枕として「鳥の音・袖枕・月・旅寝」等の連想を伴う。芭蕉は杜牧の詩の裏づけを歌枕小夜の中山の伝統的詩情の中に見いだしたのである。覚醒した目に映った「茶の煙」が、杜牧の詩にはない独自の味わいを醸し出している。季月（秋）、切し。→紀

秋風や藪《やぶ》も畠《はたけ》も不破《ふは》の関 ⑬

（野ざらし紀行）

貞享元年（一六八四）作。前書に「不破」とある。万物の凋落《ちょうらく》を告げる秋の風。今は人々が農耕を営むこの藪もあの畑も、その昔不破の関があった跡なのだ、の意。「不破の関」は美濃の国西部に置かれた関所。「逢坂の関」が

設置されて後廃止、以降、藤原良経「人住まぬ不破の関屋の板びさし荒れにし後はただ秋の風」（『新古今集』）など、荒廃を嘆ずる情を本意に歌枕の好題目となった。ここも、良経の嘆じた板庇さえなくなった推移流転の相を、良経が耳にした秋風の悲愁感との交響の中でとらえたもの。季秋風（秋）、切や。→紀

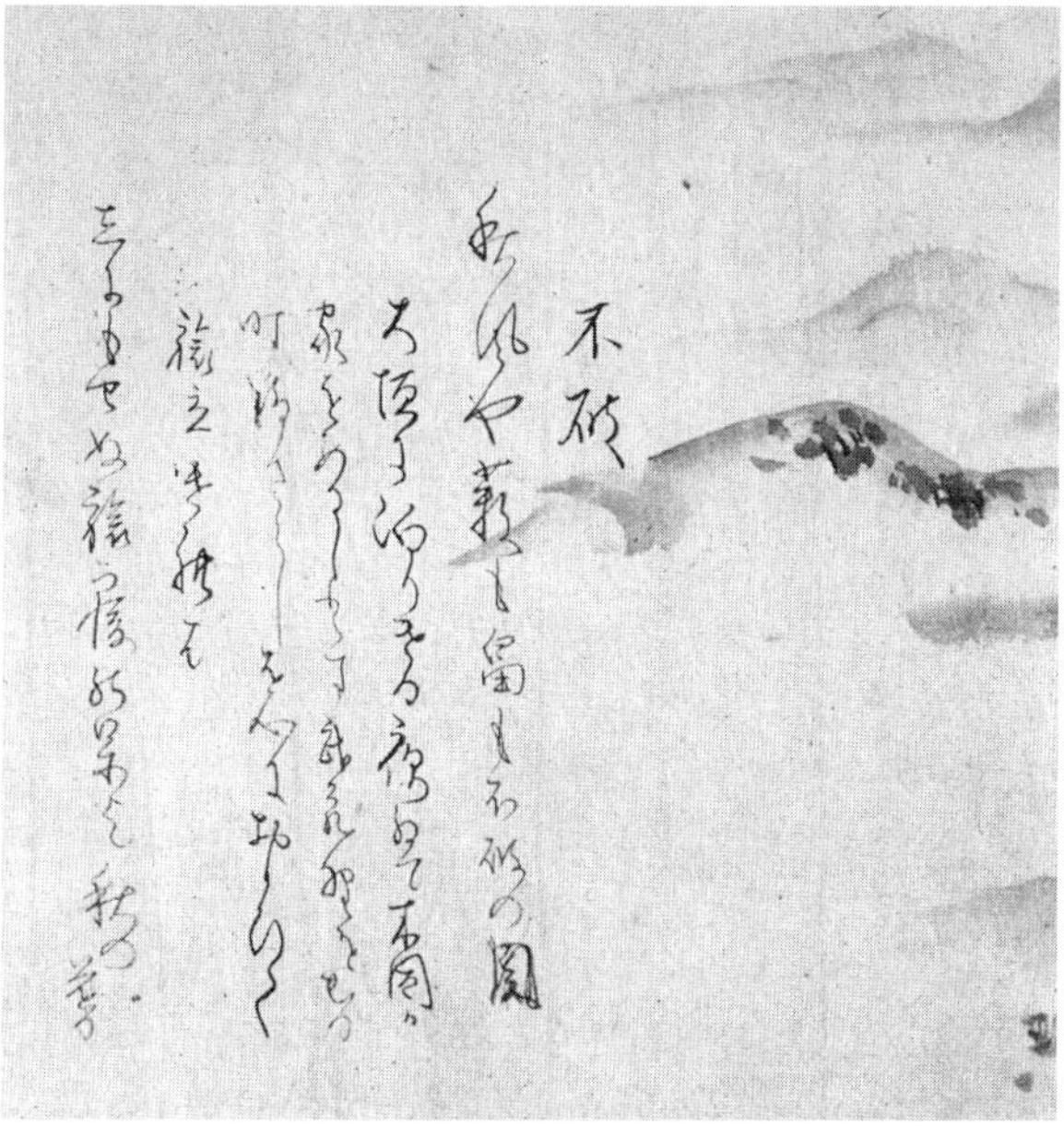

自筆自画『甲子吟行画巻』

曙《（明ぼの）》や白魚《（しら）》白《（しろ）》きこと一寸《いつすん》 ⑭　（野ざらし紀行）

貞享元年（一六八四）作。白々と夜が明ける頃。今すくい上げられたばかりの白魚の、一尾一尾の白く透き通った姿態は、わずか一寸。その一寸の美が冬の暁闇の天地を占有するかのようだ、の意。白魚の季は春だが、杜甫の「天然二寸ノ魚」（「白小」）の詩句をふまえ、「一寸」とすることで冬の季節感を強調したもの。『三冊子』によれば、初案は「雪薄し白魚白きこと一寸」。「白」のイメージによる相殺を避けるために改案した。漢文訓読調のひきしまったリズムが、澄明な姿態の清《せい》冽《れつ》な印象を的確に伝えている。季白魚白きこと一寸（冬）、切や。

狂句木枯《こがらし》の身は《（ハ）》竹斎《ちくさい》に似たるかな《（哉）》 ⑮　（野ざらし紀行）

貞享元年（一六八四）冬、名古屋連衆と巻いた歌仙の発句。芭蕉七部集の第一集『冬の日』の巻頭吟。紀行に「名

護屋に入道の程風吟ス」と前書する。狂句を売りひさぎながら、木枯に吹きただよわされ惨めな旅姿で名古屋にたどり着いたわが身は、狂歌に溺れ都落ちして当地に下った、かの竹斎そっくりだなあ。風狂もここまで来るとは、の意。芭蕉を名古屋に案内した大垣の木因の「句商人《くあきんど》」の句文の「歌物狂ひ二人木枯姿かな」の句への唱和の気分の中から詠まれたもの。「竹斎」は仮名草子『竹斎』の主人公で京の藪《やぶ》医者。狂歌好きの変わり者で患者もつかず、下僕睨《にらみ》の介《すけ》と江戸に下る途中、名古屋の裏町に「天下一の藪医師《やぶくすし》の竹斎」の看板を出し、種々滑稽な失敗を繰り返す。名古屋ゆかりの時代の敗者「竹斎」に自身を見立て、風狂漂泊の俳諧師としての自己認知を示したもの。季木枯（冬）、切かな。

海暮《く》れて鴨《かも》の声《こゑ》ほのかに白し ⑯（野ざらし紀行）

貞享元年（一六八四）冬、名古屋連衆と『冬の日』五歌仙を成就《じょうじゅ》した後、熱田に戻って舟逍遥した折の作。「海辺に日暮らして」と前書する。海は暮れて、夕闇の中から、鴨の鳴き声がかすかに透き通って聞こえた、の意。「白し」は無色透明の感。「鴨の声」（聴覚）を「白し」（視覚）ととらえた点に特徴がある。鴨は和歌で「浮き寝の鳥」と詠まれる水鳥の一つ。古来、歌人たちは、鴨の声に望郷の念や旅愁を強くかき立てられてきた。芭蕉もまた、幻聴かも知れない、ほのかで透明な鴨の声に懐かしい家郷の肉親を思い浮かべ、漂泊の想いを噛み締めているのである。三段切れの破調のリズムは、流離の杜甫が同朋への思いを詠じた「沙《すな》晩《く》レテ鶺領《せきれい》寒シ」（「弟豊ニ寄ス」）の詩句を思わせる。季鴨（冬）、切し。

山路《やまぢ》来《き》て何やらゆかしすみれ草 ⑰（野ざらし紀行）

貞享二年（一六八五）春の作。山路を越えて来て、フト路傍に見つけたすみれの花。何やら強く心引かれるものがある、の意。もと同年三月下旬、熱田連衆と白鳥山に詣でた折の作で、初案は「白鳥山」と前書し「何とはなしに何やらゆかし菫艸」。白鳥山は日本武尊《やまとたけるのみこと》が白鳥に化して舞い降りたという所で、「菫艸」をその神霊の象徴とし、伝西行歌「何事のおはしますをば知らねどもかたじけなさの涙こぼるる」を下敷きに日本武尊への崇敬の念を詠んだもの。のち、「山路来て」と改め、『野ざらし紀行』に「大津に出る道、山路をこえて」と前書するように、逢坂山を越える旅人の気持ちに詠みかえた。それは、近世隠士の手本として敬慕する木下長嘯子《ちょうしょうし》が初めて江戸に旅した折、箱根山で薄紫に咲くすみれの花を見て、大江匡房《まさふさ》の「箱根山薄紫のつぼすみれ二《ふた》しほ三《み》しほたれか染めけん」（『堀河百首』）の歌が真を伝えていることを賛嘆した（『挙白集』八）ことを思い起こし、「何やらゆかし」に、そうした詩心の伝統を偲《しの》ぶ思いを込めようとしたのである。「大津に出る道」としたのは、都人の心になって逢坂越える山路の珍しさに、長嘯子の箱根での感懐に匹敵する新鮮な感動を生かそうとしたものだろう。季すみれ草（春）、切し。

辛崎《からさき》の松は花より朧《おぼろ》にて　⑱　（野ざらし紀行）

貞享二年（一六八五）作。「湖水の眺望」と前書する。「湖水」は琵琶湖、「眺望」は大津からの眺望を言ったもの。辛崎の松は、花よりもなお艶にぼうっと霞んで見えることだ、の意。「辛崎の松」は『万葉集』以来の歌枕で、近江八景の「唐崎夜雨」でも知られる。「花」は平忠度《ただのり》が「さざ波や志賀の都は荒れにしを昔ながらの山桜かな」（『千載集』）と詠んだ長等《ながら》の花。辛崎の松は夜の雨の中で「昔ながらの花」よりもなお幽艶に近江王朝華やかなりし頃の幻影を漂わせている、というのである。初案「辛崎の松や小町が身のおぼろ」は、西湖に美女西施《せいし》を思い浮かべた漢詩の型を、小野小町の老いの面影に置き換え、幽艶の感を表現しようとしたもの。定稿は、その比喩による間接表現を直接表現に改めた。『去来抄』には、発句としては破格の「にて」留めを巡る議論の中で、芭蕉が「我はただ花より松の朧にておもしろかりしのみ」と答えたことを伝えている。季朧・花（春）、切なし。

よく見《(み)》れば薺《なづな》花咲《(さ)》く垣根《かき(ね)》かな　⑲　（続虚栗）

貞享三年（一六八六）作。垣根に小さな白い花が咲いている。よく見ると薺が可憐な花を咲かせていることだ、の意。「薺」は春の七草の一。「ぺんぺん草」「三味線草」とも呼ばれ、仲春に小さな白い花を咲かせる。「よく見れば」に、花の目立たなさと、こんな所にという驚きが示されている。小さな植物の中に自然の生命力と、大きな季節の動きとを観じた一句。[季]薺花咲く（春）、[切]かな。

古池や蛙《かはづ》飛び込《こ》む水の音《おと》 ⑳　（蛙合）

貞享三年（一六八六）作。人気のない古池。一瞬、あたりの静寂を破って蛙が飛び込む水音が聞こえ春の訪れを告げた、の意。蛙はヌラヌラした皮膚と円錐形の体型から、春の交尾期、その水に飛び込む音はほとんど聞き取れない。芭蕉は心の耳で、その無声の音を聞きとめたのである。一句は、「古池」に象徴される世間から忘れられた静かな隠士の草庵にも、確かに訪れた陽春の鼓動を心の耳で聞きとめた喜びを詠んだもの。古来、和歌で鳴く声を賞玩してきた蛙の、水に飛び込む音なき音を聞きつけ、宇宙の生命の発動をとらえたところに、新しい俳諧性がある。[季]蛙（春）、[切]や。

→[論]

名月や池をめぐりて夜もすがら ㉑　（孤松）

貞享三年（一六八六）作。『続虚栗』に「草庵の月見」と前書する。池の面を皓々《こうこう》と照らす名月。池の周りを巡って、天上と水面の月をこもごも賞しつつ、一晩中眺め明かしたことだ、の意。「名月」は八月十五夜の月。「池」は

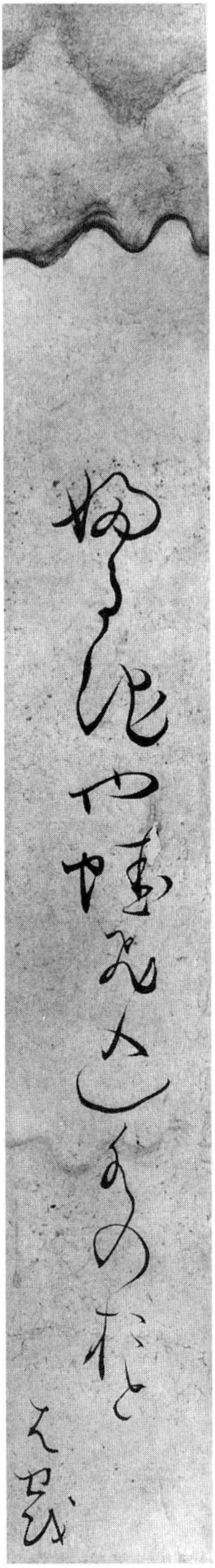

「ふる池や」発句短冊

「古池」の池で、芭蕉庵のそれ。「夜もすがら」に月を愛《め》でてやまない風狂の心が表れている。季名月（秋）、切や。

花の雲鐘は上野か浅草か《(歟)》　㉒　（続虚栗）

貞享四年（一六八七）作。桜花が雲のように棚引いている。聞こえてくる鐘の音は上野（寛永寺）であろうか、それとも浅草（浅草寺）であろうか、の意。前書に「草庵」とあるように、江戸市中の繁華から離れた深川閑居の気分を詠んだもの。花も鐘も霞んだ、駘蕩《たいとう》たる気分が表れている。去来の浪化宛て書簡によれば、「鐘ハ寒雲ヲ隔テテ声ノ到ルコト遅シ」（謡曲『熊野《ゆや》』）の詩句を思い寄せたものだという。季花の雲（春）、切か。

蓑虫の音を聞きに来《コ》よ草《(艸)》の庵《いほ》　㉓　（続虚栗）

貞享四年（一六八七）作。「聴閑」と前書する。蓑虫の鳴き声を聞きに来たまえ。侘びしいわが草庵に、の意。親友素堂に呼び掛けた句で、聞こえるはずのない蓑虫の声に耳を傾け、しみじみと閑寂を噛みしめ合えるのは君のみ、といった隠者同士の親愛感を吐露したもの。蓑虫は本来鳴かないが、『枕草子』以降、秋風の吹く頃になると「ちちよ、ちちよ」と鳴くとされたことをふまえたところに、俳諧の笑いがある。季蓑虫（秋）、切よ。

「蓑虫の」発句自画賛

旅人とわが《我》名呼《よ》ばれん初時雨《しぐれ》 ㉔ （笈の小文）

貞享四年（一六八七）冬、『笈の小文』の旅出立に際し、餞別会で披露した句。早く「旅人」という名で自分の名を呼ばれたい、折からの初時雨の下で、の意。「旅人」は日常生活を離脱し「風狂」世界に遊ぶ人を指す。芭蕉にとって「旅人」と呼ばれることは、孤独な放浪者として憫笑《びんしょう》されることではなく、業平・能因・西行・宗祇ら、旅に生涯を送った詩人たちの系譜につながる資格を公認されることを意味した。「呼ばれん」の「ん」には、そう呼ばれたいという強い願望が込められている。また、「時雨」は降るかと思えばすぐに晴れる定めなさから、古来無常感の象徴として詠まれてきたが、芭蕉たちはむしろ、古人が降られた時雨に自分も降られることに「風狂」の喜びを発見した。「初時雨」はその年初めて降る時雨の意。「初」の字に今年初めての時雨を賞玩する浮き立つ気分が込められている。［季］初時雨（冬）、［切］ん。　→［紀］

冬の日や馬上に氷る影法師 ㉕ （笈の小文）

貞享四年（一六八七）十一月、伊良湖崎に蟄居《ちっきょ》中の杜国《とこく》を訪ねる途中、天津縄手《あまつなわて》（今、豊橋市内）で詠んだ句。紀行本文に「天津縄手、田の中に細道ありて、海より吹上ぐる風いと寒き所なり」とある。冬の薄い日の光の中を、頼りない影法師のような人影が馬上に身を凍らせながらしがみついて行く、の意。寒ざむとした僧形の自分の姿を第三者の目から「影法師」ととらえた点がいかにも芭蕉らしい。初めは「寒き田や馬上にすくむ影法師」「冬の田の馬上にすくむ影法師」など、田の面《も》に映るわが影を詠んだのを、冬の日射《ざ》しに浮かぶ自身の姿の幻影に改めたもの。［季］冬の日・氷る（冬）、［切］や。　→［紀］

鷹一つ見付《みつ》けてうれし伊良湖崎《いらござき》 ㉖ （笈の小文）

貞享四年（一六八七）十一月十二日、芭蕉・杜国・越人の三人で伊良湖崎に遊んだ折の作。鷹を一羽、見付けることができてうれしい。鷹が初めて渡るという伊良湖崎で、の意。『冬の日』の連衆の中でもことに詩人的資質に優れた文芸上の貴種としての杜国を鷹に比し、仲間と離れた鷹を見付けた喜びに託して、空米売買の罪に問われ蟄居《ちっきょ》中の杜国に再会できた喜びを詠んだもの。季鷹（冬）、切し。
→紀

いざさらば雪見にころぶ所まで（迄）　㉗　（花摘）

貞享四年（一六八七）十二月、名古屋での作。さあ、それならば、いっしょに雪見に出掛けましょう。雪に転んで動けなくなる所まで、の意。真蹟懐紙によれば、名古屋の書林風月孫助を訪ねた折の作。初案「いざ出でむ雪見にころぶ所まで」の初五を再案で「いざ行かん」と改め、さらに「いざさらば」と改めた。雪見の風狂に弾む風狂の心を託した会話体の浮き立つリズムを、歌語「いざさらば」によって抑制し、代々の歌人たちの風狂の嘆声を重ねようとしたものであろう。「雪見にころぶ所まで」という中七・下五の措辞に風狂心と滑稽な味わいが込められている。季雪見（冬）、切いざ。

旧里《ふるさと》や臍《へそ》の緒《を》に泣く年（とし）の暮《くれ》　㉘　（笈の小文）

貞享四年（一六八七）作。懐かしい故郷よ。自分の臍の緒を目にして、懐かしさにこらえ切れずに泣く、この年の暮れに、の意。ことさらに悠久の時の流れを感じさせる歳暮、久しぶりに帰省した故郷の家で、かつて胎内で自分と母の命を結びつけていた臍の緒を目にして喚《よ》びさまされた、郷土とのつながりに対する痛切な慟哭《どうこく》を詠んだもの。初案「古里や臍の緒泣かん年の暮」の表現のぎこちなさを改めた。季年の暮（冬）、切や。

何《なに》の木の花とは（ハ）知（し）らず匂ひかな（哉）　㉙　（笈の小文）

貞享五（元禄元）年（一六八八）二月、伊勢の外宮に参詣した折の作。何の木とははっきりわからないが、ほのかに花の匂いが漂ってくることだ、の意。伝西行歌「何事のおはしますをば知らねどもかたじけなさの涙こぼるる」をふまえ、神域の神々しさを詠んだ句。本歌の抽象性を「花の匂ひ」で具象化したところが、俳諧の新しさである。季花（春）、切かな。

さまざま《（〴〵）》の事思《（おも）》ひ出す桜かな《（哉）》 ㉚ （笈の小文）

貞享五（元禄元）年（一六八八）作。今を盛りに咲いている桜。この花を見ると過ぎ去ったさまざまなことが次々と脳裏に浮かんでくる、の意。『笈日記』に「故主蟬吟公の庭前にて」と前書するように、もと、若き日に奉公した藤堂新七郎家の下屋敷で催された花見の宴に招かれての挨拶の吟。それを、紀行文では前書を省き、盛りの花がフッと喚《よ》び起こす青春の万感といった、より普遍的な詩情の無技巧な表現として定着させたもの。季桜（春）、切かな。

春の夜や籠《こも》り《（リ）》人《ど》ゆかし堂の隅《すみ》 ㉛ （笈の小文）

貞享五（元禄元）年（一六八八）作。幻想的な春の夜。堂の隅の薄暗がりの中にお籠りをしている人に心引かれることだ、の意。「籠り人」は籠り堂で通夜し祈願する人。前書に「初瀬」とあるが、奈良県桜井市初瀬町にある長谷寺は、古来女性の信仰が厚く、『枕草子』『源氏物語』『更級日記』等王朝古典の舞台となっている。芭蕉は、春の夜の浪漫的気分の中で、堂の薄暗がりの中に王朝古典の女性の面影を幻視したのである。季春の夜（春）、切や・し。

ほろほろ《（〳〵）》と山吹ちる《（散）》か滝の音 ㉜ （笈の小文）

貞享五（元禄元）年（一六八八）三月作。前書に「西《にじ》河《こう》」とあり、奈良県吉野にある西河の滝（激湍）を訪れた折の作。山吹の花がほろほろと散ることよ。轟々《ごうごう》と響く激しい滝の音の中で、の意。紀貫之《きのつらゆき》「吉野川岸の山吹吹く風に底の影さへ移ろひにけり」（『古今集』二）の歌以来、「吉野」と「岸の山吹」とは寄合《よりあい》になっているが、ここはほろほろと散り乱れる繊細《せんさい》な山吹の花びらを轟々たる激湍に配し、異質のものの交響をとらえた点に俳諧としての新しい把握がある。季山吹（春）、切か。

日は花に暮れて寂《さ》びしやあすならう《ふ》 ㉝　（笈の小文）

貞享五（元禄元）年（一六八八）作。花見をしているうちに日が暮れてしまった。花の側に黒々と立つ翌檜《あすなろ》がいちだんと寂しく見えることだ、の意。華やかさの後の寂しさを、翌《あす》は檜《ひのき》になろうとしてなれない翌檜の姿に集約的にとらえたもの。「日」「暮」「あす」と畳みかけた動的リズムが実体験に伴う時間的推移を伝えている。別案「寂びしさや花のあたりのあすならふ」は、静的で観念性が濃い。季花（春）、切や。

猶《なほ》見《(み)》たし花に明け行く神の顔 ㉞　（笈の小文）

貞享五（元禄元）年（一六八八）作。真蹟懐紙等によれば、吉野から高野へ向かう折、葛城山《かずらき》の南山麓での吟。『笈の小文』では「春の夜や」の句の古典幻想を受け、「初瀬」に次ぎ「葛城山」の遠望として掲出。一句は小大君《こだい》《のきみ》（三十六歌仙中随一の美人）が朝、藤原朝光《ともみつ》を送り出す時に詠んだ「岩橋の夜の契りも絶えぬべし明くるわびしき葛城の神」（『拾遺集』）をふまえ、「そう言われてもやっぱり私はあなたの顔を見たいものだ」と、小大君に対する恋の問答めかした形で、暁から朝明けに移る花の山の艶な姿に対する飽くことのない思いを表したもの。葛城山の一言主の神は、役《えん》の行者に吉野山との間に岩橋を架けることを命じられたが、醜貌を恥じ、夜の間しか働かなかった。小大君はその説話を下敷きに、朝の光で私の寝起きの顔を見たら昨夜の恋も終わりになってしまうでしょうと詠んだのである。季花（春）、切たし。

若葉して御目《おん(め)》の雫《しづく》ぬぐはば《(ゞ)》や ㉟　（笈の小文）

貞享五（元禄元）年（一六八八）四月、唐招提寺に詣でた折の作。あたりのみずみずしい若葉をもって御目の涙を拭《ぬぐ》ってさし上げたいものだ、の意。「御目」は御影堂《みえい》に安置される鑑真和上の乾漆像の目。「雫」は若葉越しの光がもたらした錯覚だが、芭蕉はそこに辛苦に堪え抜いた涙を見て感動したのである。唐僧鑑真が来朝に際し、何度も難破を体験し、ついには盲目と化した経緯は『唐大和上東征伝』や『東征絵巻』に記され、『和州旧蹟幽考』など当時の地誌にも見える。季若葉（夏）、切ばや。

草臥《くたび》れて宿借《（か）》るころ《（比）》や藤《ふぢ》の花　㊱　（笈の小文）

貞享五（元禄元）年（一六八八）の作。草臥れて今宵の宿を借りる頃、黄昏《たそがれ》の光の中におぼつかなく咲き垂れる藤の花が目に入った、の意。白楽天「紫藤ノ花ノ下漸ク黄昏」（『白氏長慶集』一三「三月三十日慈恩寺ニ題ス」）や『徒然草』一九段の「藤のおぼつかなきさましたる」をふまえ、藤の花の色に旅泊の物憂さと、ホッと安らぐ思いとを見いだしたもの。初案は、四月十一日丹波市付近で、素性「いそのかみ古き都のほととぎす声ばかりこそ昔なりけれ」（『古今集』三）をふまえ、懐旧と旅愁を重ねた「ほととぎす宿かる頃の藤の花」（季ほととぎす〈夏〉）。「藤の花」のおぼつかなさと「ほととぎす」の鋭い鳴き声との不調和から初五を改め、季を晩春とした。季藤の花（春）、切や。

蛸壺《たこつぼ》やはかなき夢を夏の月　㊲　（笈の小文）

貞享五（元禄元）年（一六八八）夏の作。青白く夏の月の照らす海底に置かれた蛸壺。壺の中で蛸は夜が明ければ漁師に引き上げられるとも知らず、夏の月のようにはかない夢を見ているのだろうか、の意。「楓橋夜泊」などの詩題に倣《なら》い「明石夜泊」と前書するが、実際には宿泊しなかった。明石の浦は人麿をはじめ、『源氏物語』の光源氏、明石入道、さらには平家一門の人々などの思い出をとどめた地である。「明石夜泊」という虚構の前書は、蛸の夢に、それらの人々の見果てぬ夢を重ね、人生の仮泊の夢のはかなさを告げている。古来、「夏の月」ははかないものとされ、和歌や連歌では、そのはかなさを恋の思いに重ねて詠んできた。その「夏の月」に蛸を配し、人生のはかなさを響かせた点に、この句の俳諧性がある。季夏の月（夏）、切や。

おもしろうてやがて悲《かな》しき鵜舟《うぶね》かな（哉）　㊳　（あら野）

貞享五（元禄元）年（一六八八）六月、岐阜の長良川で鵜飼を見ての吟。篝火《かかりび》燃えさかる鵜川の壮観はすべてを忘れさせるほどおもしろくて、次第に鵜舟が去り、闇が戻るとともに悲しみが深まってゆく、の意。鵜飼の興趣と、それが終わった後に訪れる哀愁を詠んだ句。「おもしろうて」「悲しき」の措辞は、謡曲『鵜飼』の「おもしろのありさまや、底にも見ゆる篝火に、驚く魚《うを》を追ひ回し、潜《かづ》き上げ掬《すく》ひ上げ、隙《ひま》なく魚を食ふ時は、罪も報いも後の世も、忘れ果てておもしろや」「鵜舟にともす篝火の消えて闇こそ悲しけれ」をふまえたもの。歓楽の後の悲哀といった人生的観相を響かせる。季鵜舟（夏）、切かな。

俤《おもかげ》や姨《うば》ひとり泣《な》く月の友　㊴　（更科紀行）

貞享五（元禄元）年（一六八八）作。前書に「姨捨山」とある。姨捨山を仰げば、その昔この山に捨てられて一人泣く老女の姿が彷彿《ほうふつ》と目に浮かんでくる。その面影の老女を今宵の月見の友として、昔を偲《しの》びつつ眺め明かそう、の意。「姨捨山」は『大和物語』等に棄老伝説で知られる信《しな》濃《の》国の歌枕。中七・下五は謡曲『姨捨』に「ひとり」の語とともに「月の友人円居《ともびとまどゐ》して」とあるのをふまえたもの。能の幻想の中で自らワキ僧となり、シテの老女を月の友に、「わが心慰めかねつ更科や姨捨山に照る月を見て」と詠んだ悲しみを反芻しながら詠んだ句で、名所の月に寂びと悲しみの色を深めている。季月の友（秋）、切や。

草の戸も住み替はる代ぞ雛《ひな》の家　㊵　（おくのほそ道）

元禄二年（一六八九）、『おくのほそ道』の旅への出立に際し、芭蕉庵を人に譲り、門人杉風《さんぷう》の別宅（採茶庵《さいたあん》）に移る際に詠んだ句。この草庵にも主人が住み変わる時節がやってきたことだ。折からの弥生《やよい》の節句に、自分の出た後は、新しい主《あるじ》を迎え、雛人形を飾る華やかな家に変わっていく、の意。芭蕉の後に引っ越して来た人は妻や娘などを持つ世俗の人であったらしい。三月二十三日付落梧宛書簡等によれば、初案は「草の戸も住みかはる世や雛の家」。同書簡に「草庵の変はれるやうをかしくて」と記すように、初案は草庵の変化に軽い微苦笑を催した句であったのを、『おくのほそ道』へ収めるに際し、中七を「住み替はる代ぞ」に改め、万物流転の思想と無所住の旅への決意を強く響かせている。[季]雛（春）、[切]ぞ。→[紀]

行く春や鳥啼き魚の目は涙（八）（泪）　㊶（おくのほそ道）

元禄二年（一六八九）、千住での見送りの人々に対する留別吟。春が刻々と過ぎ去ろうとしている。それを惜しんで鳥は鳴き、魚は涙に目を潤ませている、の意。鳥・魚は眼前の風物であるとともに、芭蕉と漂泊の悲しみを分かち合う存在でもある。「魚の目は涙」は、謡曲『合浦《かっぽ》』の、泣く時目から珠《たま》を出す人魚から想を得たものか。一句は惜春の情に惜別の情を重ねたもの。観念的には所詮この世は仮の宿りに過ぎないと観じても、そこでの仮の別れに涙を禁じえない弱い人間としての心情が示されている。出発当時の「鮎《あゆ》の子の白魚送る別れかな」の句を、紀行文執筆の際、巻末の「蛤の二見に別れ行く秋ぞ」との照応を考慮して改めたもの。[季]行く春（春）、[切]や。→[紀]

あらたふ（う）と青葉若葉の日の光　㊷（おくのほそ道）

元禄二年（一六八九）、日光山東照宮に参詣した折の作。ああ尊いことよ。青葉若葉に映発する日の光は、まさにこの霊域における神霊の荘厳そのものだ、の意。「青葉若葉」は常緑樹の濃い青葉と、落葉樹のみずみずしい新緑が濃淡を織り成すさま。「日の光」には地名の「日光」を利かせるとともに、日光山の神霊に対する賛仰の気持ちが込められている。謡曲の声調を思わせる「あらたふと」の措辞によって、自然美と宗教性が一体となった荘厳世界を賛嘆したもの。初案「あなたふと木の下暗も日の光」は、「木の下暗」に国土の隅、「日の光」に日光山の威徳を擬した作意が見えすぎ、観念臭が強いため、本文執筆の際、中七を改めた。[季]若葉（夏）、[切]たふと。→[紀]

野を横に馬牽《ひ》き向《(む)》けよほとと《(ゝ)》ぎす　㊸（おくのほそ道）

元禄二年（一六八九）、那須野が原で馬子に短冊を請われて詠んだ即興の句。広漠たる野を分け進む馬首を大きく横に引き向けよ。ほととぎすが鳴き過ぎたその方角へ、の意。那須野が原は那須の与一や犬追物《いぬおうもの》の歴史を秘めた歌枕である。勇壮な馬上の武者気取りで「馬首を転ぜよ」と命令したところに、そうした風土の情感に即応した俳諧性が溢《あふ》れている。ほととぎすは古来、その鋭い一声を賞美されてきたが、これは時所に応じた即興の中に、見事にその本意を言いとめた句といえる。季ほととぎす（夏）、切よ。

田一枚《(枚)》植ゑて立ち去る柳かな　㊹（おくのほそ道）

元禄二年（一六八九）四月、蘆野《あしの》の遊行《ゆぎよう》柳を訪れての作。田一枚を植えて神に捧げ、無量の思いを残しつつ立ち去って行く、この慕わしい柳よ、の意。遊行柳はかつて西行が「道のべに清水流るる柳陰しばしとてこそ立ち止まりつれ」（『新古今集』）と詠んだと伝えられる柳。謡曲『遊行柳』に脚色されて名高い。一句は古人の詩魂を慰めるため、せめてもの手向けと、想像の中で早乙女に混じって田を一枚植え、立ち去って行こうとする心情を詠んだもの。「立ち去る」は、西行の「立ち止まりつれ」に対し、早々に立ち去って行かねばならぬ心残りの気持ちを表している。野坡本によれば初案は「水せきて早稲たばぬる柳陰（「哉」と改める）」。本文執筆の際に改案した。季田植ゑ（夏）、切かな。

風流の初めや奥《(おく)》の田植《たうゑ》歌《(うた)》　㊺（おくのほそ道）

元禄二年（一六八九）四月、白河の関越えの感懐を、須賀川の等躬亭で披露した句。白河の関を越えて耳にした陸奥《みちのく》の田植歌。その素朴な歌声こそは、詩歌の源流であり、この旅で奥州路に入り最初に経験した風流でもある、の意。等躬への挨拶としては、あなたの催してくれた俳諧の会が、陸奥入りしての最初の風流の機会になった、の意を含む。古来、歌人たちは、この関に至り、都からはるか遠ざかった思いを込めて、都を思う歌を詠み継いできた。そうした古歌の詩情を反芻しながら、陸奥の素朴な田植歌に詩歌の源流につながるものを発見し、陸奥入りの喜びを表したところに、俳諧の立場からの歌枕のとらえ直しがある。季田植歌（夏）、切や。

夏草や兵《つはもの》どもが夢の跡 ㊻　（おくのほそ道）

元禄二年（一六八九）、平泉に高館の廃址を訪れての吟。成立は元禄四年頃か。一面に生い茂る夏草。ここは昔、義経以下の勇士たちが戦功を夢見て戦った戦場の跡なのだ、の意。「夢」を上下に掛詞的に用い、眼前に生い茂る夏草という具象物と、史劇の世界のイメージとを重層的に表出したもの。生えては枯れ、枯れては生える夏草は、自然の流転の相の恒久性を象徴し、はかなく消えた「兵どもが夢」は、その跡を回顧する人の胸に永劫《えいごう》の夢を喚《よ》びさます。それぞれに流転と恒久を含んだ自然と人生の対置の中から、一句は、流転の相それ自体を常住と観ずる芭蕉の〝不易流行〟の思想と、永遠なるものへの思いを訴えかけている。季夏草（夏）、切や。→紀

五月雨《さみだれ》の降り残《（のこ）》してや光堂 ㊼　（おくのほそ道）

元禄二年（一六八九）中尊寺金色堂を訪れての吟。五月雨もここばかりは降り残したのだろうか。雨の中光堂が金色の光を放って輝いている、の意。参詣時の天候は晴れだったが、一句は雨中の構図の中で、何百年もの霜雪を凌《しの》いで栄華の歴史を眼前に偲ばせている光堂に対する感動を詠んだもの。本文執筆の際の詠作で、初案は「五月雨や年々降りて五百たび」。中七を「年々降るも」と改稿したのち右の句形に定着した。前掲「夏草や」の句と同様、流転の相における永劫なるものへの思いを込めた句。季五月雨（夏）、切や。→紀

蚤虱《のみしらみ》馬の尿《ばり》する枕《まくら》もと ㊽　（おくのほそ道）

元禄二年（一六八九）、尿前の関で封人（関所の番人）の家に宿を借りた折の句。蚤・虱、おまけに暗がりの中で

馬の放尿の音までが、眠られぬ枕もとに近々と響いてくることだ、の意。馬小屋を母屋の内に設けた山中陋屋《ろうおく》の実情を詠んだ句で、「尿」の文字に尿前の関が利かせてある。蚤・虱と畳みかけ「馬の尿する枕もと」と続けた三段切れのリズムには、地名に興じ、自分の置かれた状況の侘びしさに興ずる気分が息づき、俳諧的笑いの色が濃い。季 蚤虱（夏）、切 なし。蚤・虱・枕もと、三段切れ。→紀

閑《しづ》かさや岩にしみ入る蟬《せみ》の声　㊾（おくのほそ道）

元禄二年（一六八九）五月二十七日、山形領の立石寺（山寺）に詣でた折の吟。何という閑かさだろう。フト気がつけば蟬の声のするのが、あたかも岩にしみ透《とお》っていくかのように感じられる、の意。初案「山寺や石にしみつく蟬の声」を推敲改案したもの。山寺は、全山 凝灰岩《ぎょうかいがん》より成り、山門より奥の院に至るまで、石階によって畳まれている。芭蕉はそこに、中国天台山国清寺の閑寂境を詠じた『寒山詩』の世界を二重映し的に思い浮かべた。「山寺・石・岩・蟬・閑」といった取り合わせもそこから来ており、蟬の声があることであたりの閑寂さがいっそう深く感じられるという把握も、漢詩の型にもとづいている。そうした先行の詩情との交響の上に、「しみ入る」の措辞を加えたところにこの句の新しさがあり、それによって作者の心は蟬の声と一つに融《と》け合い、重巌《ちょうがん》の奥深く浸透して宗教的ともいうべき一大閑寂境に到達しているということができるだろう。季 蟬（夏）、切 や。→紀

五月雨《さみだれ》を集《（あつ）》めて早し最上川《もがみがは》　㊿（おくのほそ道）

元禄二年（一六八九）五月二十九日、最上川の河港大石田の高野一栄亭で催された歌仙の発句「五月雨を集めて涼し最上川」を改案したもの。庄内の山野に降り注ぐ五月雨を今この一河に集めて、水流は矢のように早い。何と豪壮な最上川よ、の意。「集めて早し」という簡潔で力強いリズムが、増水時の最上川の量感と速度感とをズバリと言い止め、恋の心を重ねて詠み継いできた和歌の観念性を大きく打ち破っている。初案の中七「集めて涼し」は俳席での実感に主人一栄の胸中の涼しさを重ねたもので、むしろ別

案とすべきだろう。季 五月雨（夏）、切 し。

雲の峰いく《（幾）》つ崩《くづ》れて月の山 51 （おくのほそ道）

元禄二年（一六八九）六月三日から十日に至る出羽三山巡礼の記念として詠んだ句。昼間空高く立ち昇っていた雲の峰がいくつ崩れて、月光を受けて神々しくそびえ立つこの月山になったのであろうか、の意。「雲の峰」は漢語の「雲峯」を翻したもので、入道雲をいう。「月の山」は、月光に照らされた山に、月山の名を掛けたもの。「雲の峰」という雄大な響きが「月の山」という大きな表現に釣り合い、「いくつ崩れて」の措辞が雲の量感と集散の速度を感じさせるとともに、天の一部が崩れて地上に築き上げたかと思われるばかりの月山の尊厳な山容を伝えている。季 雲の峰（夏）、切 いくつ。

象潟《きさがた》や雨に西施《せいし》がねぶの花 52 （おくのほそ道）

元禄二年（一六八九）六月十七日、雨後の象潟に舟逍《しょう》遥《よう》した折の作。象潟の夕暮れ。うちけぶる雨の中に、かの美人西施が憂いに眼《まなこ》を閉ざした姿を彷彿《ほうふつ》させて、ねぶの花が雨にそぼ濡《ぬ》れている、の意。「西施」は中国春秋時代の美女。病む胸に手を当て眉《まゆ》をひそめた容姿で知られ、西湖の風光の美を西施にたぐえるのが、漢詩の伝統的型になっている。その型に従いながら、嘱目のねぶの花に西施の面影の具象化を見いだし、それを歌枕象潟の女性的で暗鬱《あんうつ》な美の象徴ととらえたところに、俳諧としての新しい創造がある。中七・下五は「西施がねぶり」と「ねぶの花」を掛詞にした句法で、憂いに目をふせた西施の面影に、暮色の中で葉を閉ざしたねぶの姿を重ねたもの。初案「象潟の雨や西施がねぶの花」の比喩的表現を改め、象徴にまで高めた。季 ねぶの花（夏）、切 や。 →紀

荒海や佐渡に横《（よこ）》たふ天《あま》の河《がは》 53 （おくのほそ道）

元禄二年（一六八九）七月四日、越後出雲崎での作。波音も高い日本海の荒海。そのかなたの佐渡が島の上には天の河が白々と横たわっている、の意。佐渡が島は、順徳

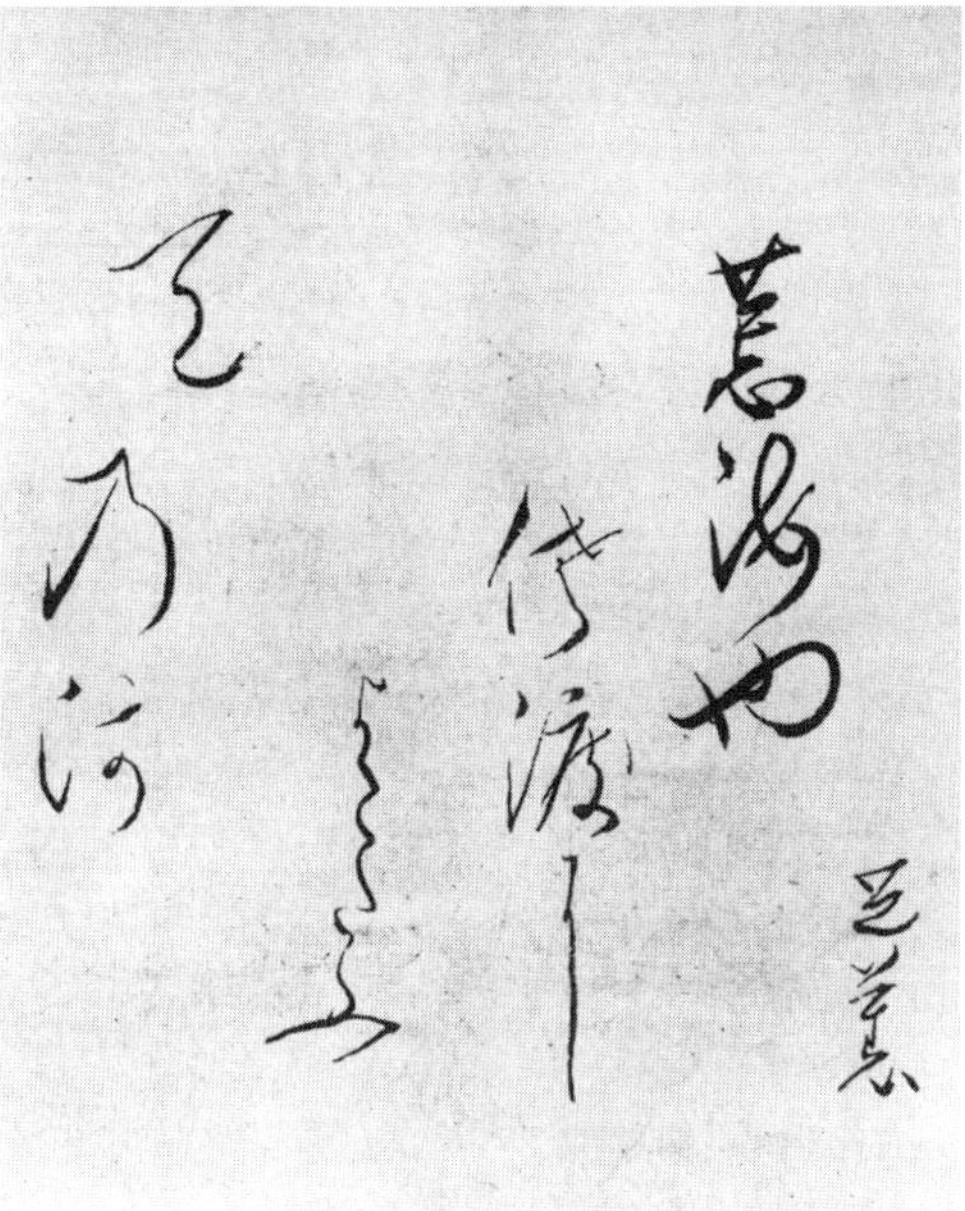

「荒海や」発句色紙

院・日蓮・日野資朝《すけとも》・世阿弥らの配流《はいる》の哀史を秘め、今も流人《るにん》の島として知られる。牽牛《けんぎゅう》・織女《しょくじょ》も年に一度の逢瀬《おうせ》をとげるというこの日、島に流された人々は、荒海に隔てられた家郷の人々をどんなに恋い慕いながらあの星を仰いでいるかと思えば、ひとり北海のほとりをさすらう自分の心もしめつけられるような気がする、というのである。古来、天上の哀切な恋を優雅に歌い続けてきた「天の河」を、日本海の荒海と悲しい流人の島という構図の中でとらえ直したもので、雄渾の調べの中に悲愁の情をたたえている。[季]天の河（秋）、[切]や。　→[紀]

一《ひと》つ家《や》に遊女も寝《ね》たり萩《はぎ》と月　54（おくのほそ道）

元禄二年（一六八九）、市振《いちぶり》の関での吟。本文執筆に際して作られた。一軒家の宿に、華やかにも罪深い遊女も泊まり合わせて寝ている。折しも庭には萩がなまかしく咲きこぼれ、それを澄んだ月の光が照らしている、の意。萩と月との取り合わせが、遊女と、その遊女が僧と見誤まり済度の願いを寄せた自分たちとの偶然の巡り合いを思わせるかのようだ、というのである。和歌で「萩」の縁語である「鹿」を「月」に替え、人生の巡り合いの不思議さを嘆じたもの。[季]萩・月（秋）、[切]たり。

早稲《わせ》の香や分け入る右は有磯海《ありそうみ》　55（おくのほそ道）

元禄二年（一六八九）、加賀の国に入る折の作。熟した早稲のから漂ってくるかすかな香り。一面の穂波をかき分

「あかあかと」発句自画賛

けて加賀の国に入る右手には、有磯海の波が続いている、の意。「有磯海」は大伴家持などの和歌による歌枕（現在の富山県氷見市下田子付近）。「早稲の香」が国土の豊穣を、そして「有磯海」が古き詩歌の伝統につながる一国の雅《みや》びを象徴している。「分け入る」の語も先が見えないほど稲田が続いているさまを表しており、百万石の大国訪問の挨拶にふさわしい句柄の高さを備えている。季早稲（秋）、切や。

塚《つか》も動けわが《（我）》泣く声は《（ハ）》秋の風 ㊻（おくのほそ道）

元禄二年（一六八九）七月二十二日、生前芭蕉を慕い、その来遊を待ち望みながら、前年十二月に世を去った加賀俳人一笑の墓に詣でた折の作。動くはずのない塚も鳴動して答えてくれ。わが慟哭《どうこく》の声はもの寂しい秋風に和し、秋風はわが傷心を運んで君の塚の上を吹き巡る、の意。「秋風」を「愁風」と解してきた漢詩の型に添って、秋風に傷《しょう》悼《とう》の心を託したもの。「塚も動け」という呼び掛けと「秋の風」との取り合わせに、天地の悲しみと一つになった深い悲嘆が込められている。季秋の風（秋）、切け。

あかあか（〳〵）と日は（ハ）つれなくも（難面）秋（あき）の風　(57)

（おくのほそ道）

元禄二年（一六八九）作。本文には金沢と小松の条の中間に「途中吟」として掲出。赤々と西日は容赦なく照りつけるが、吹き過ぎる風には、はや秋の気配が感じられる、の意。藤原敏行「秋来ぬと目にはさやかに見えねども風の音にぞおどろかれぬる」（『古今集』）などをふまえながら、厳しい残暑の中に秋の気配を見いだしたもの。実際には金沢犀川橋畔の北枝の庵での吟と推測されるが、「途中吟」と前書を付すことによって旅愁をよりいっそう増幅させている。季秋の風（秋）、切なし。

むざんやな甲《かぶと》の下のきりぎ（ぐ）りす　(58)

（おくのほそ道）

元禄二年（一六八九）七月、今の石川県小松市にある多太神社で、老武者斎藤実盛《さねもり》が最後に付けた兜《かぶと》を披見した折の作。何といたましいことか。兜の下の薄暗がりのあたりで、キリギリスが実盛の亡魂の咽《むせ》び泣くかのように寂しい声を立てて秋を鳴いている、の意。キリギリスは今のコオロギ。上五「むざんやな」の初案「あなむざんやな」は、謡曲『実盛』で実盛の白髪首を検分した時の樋口次郎の台《せり》詞《ふ》をそのまま裁ち入れ、樋口の嘆声に自分の嘆きを重ね合わせたもの。『猿蓑』入集の際、字余りを避け「あな」を削ったが、台詞の引用としての意味は異ならない。季きりぎりす（秋）、切やな。

石山の石より白し秋の風　(59)

（おくのほそ道）

元禄二年（一六八九）八月五日、今の石川県小松市にある那谷《なた》寺観音に詣でた折の作。石の山の岩肌よりもなお白く冷徹に感じられることだ。吹きつけるこの秋風は、の意。那谷寺は奇岩が連なり、石の階《きざはし》を登った洞中に本尊の千手観音が安置されている。五行説で四季を色に配すると秋の色は白（無色透明）に当たる。古来歌人たちは、紀友則《きのとものり》「吹き来れば身にも沁みける秋風を色なきものと思ひけるかな」（『古今六帖』）など、無色透明の秋風の身に沁み透《とお》る情感を詠み継いできた。一句はそうした伝統的詩情をふまえて、「秋の風」を眼前の「石より白し」と言い取り、秋風との対比を通して岩肌の冷徹さを暗示するとともに、思わず襟を正したくなるような境内の森厳さを賛《たた》えたのである。[季]秋の風（秋）、[切]し。

蛤《はまぐり》のふたみに別（わか）れ行く秋ぞ ⑥⓪　（おくのほそ道）

元禄二年（一六八九）九月六日、伊勢参宮に出立する際、見送りの大垣連衆に示した留別吟。『おくのほそ道』の結びの句でもある。蛤が蓋と身に分かれるように、懐かしい人々と別れ、二見が浦へと旅立って行く。秋ももう過ぎ去ろうとして惜別の情をいちだんとかき立てている、の意。

「二見」に伊勢の歌枕「二見」の地名と「蓋と身」の両意を掛け、西行「今ぞ知る二見の浦の蛤を貝合はせとて覆ふなりけり」（『夫木和歌抄』）の歌を下敷きに「蛤の」を枕詞的に用いたもの。「別れ行く」「行く秋ぞ」と言い掛けた結びが、人生は無限に続く旅なのだという、この紀行を閉じるにふさわしい無量の余韻を響かせている。[季]行く秋（秋）、[切]ぞ。　→[紀]

初時雨（しぐれ）猿も小蓑（簑）を欲（ほ）しげなり（也） ⑥①　（猿蓑）

元禄二年（一六八九）九月下旬、故郷に向かい伊賀越えする山中での作。この冬初めての時雨。猿も自分用の小蓑を欲しそうな顔付きをしていることだ、の意。「時雨」は芭蕉たちにとって俳諧風狂の世界を象徴するものであり、「初」といえばさらに賞玩《しょうがん》の気持ちが深い。蓑をまとい時雨に濡《ぬ》れて古人の詩情を反芻する喜び。その小躍りするような心の弾みを、猿の表情を通して表現したもの。「哀猿断腸」の詩伝統を大きく翻し、対象の自然によって心境を象徴する新しい詩法を確立したところに、この句を『猿蓑』の巻頭に据えたゆえんがある。[季]初時雨（冬）、[切]なり。

雪の中に兎《うさぎ》の皮の髭《ひげ》作れ ㉒ （いつを昔）

元禄二年（一六八九）冬の作。雪の中に兎の皮の袖無《そでなし》羽織を着ぶくれて跳ね回る子どもたちよ、その上に作り髭をつけたらどうだ（雪踊りの衣裳としてもっと素晴らしくなるぞ）、の意。『いつを昔』に「山中子共と遊びて、とあり」と付記するように、郷里伊賀上野（芭蕉はしばしば「山中」「山家」と呼ぶ）で児童と戯れて詠んだもの。「髭作る」とはつけ髭をつけることで、盆踊りの扮装の一つ（『雍州《ようしゅう》府志』『日次《ひなみ》紀事』）。雪中に飛び跳ねる子どもらの姿を雪の祭典に乱舞する踊り子と見立て、戯れに呼びかけたのである。童心さながらの表現は当時から難解だったらしく、去来は「機関（心中の計らい）を踏み破らば知るべし（分かるだろう）」と述べている（『去来抄』）。[季]雪（冬）、[切]れ。

何《なに》にこの《(此)》師走《しはす》の市に行《(ゆ)》く烏《(からす)》 ㊸ （花摘）

元禄二年（一六八九）の歳暮吟。何でまあ、人でごった返す師走の市へ飛んで行こうとするのだろう、この烏は、の意。世俗を離れた地点で新しい俳諧の道を樹立しようとしている身でありながら、ともすれば興隆の気運に湧《わ》き立つ京俳壇の動きに心が引かれがちな、自己内心の「烏」のような黒々とした影に向けて、きびしい自戒の矢を放った句。[季]師走（冬）、[切]何。

薦《こも》を着て誰人《たれびと》います花の春《(はる)》 ㊹ （其袋）

元禄三年（一六九〇）の膳所《ぜぜ》での歳旦吟。前書に「都ちかき所に年をとりて」とある。薦をまとった乞食《こじき》姿でいったいどんな高貴な魂の持ち主がいらっしゃることか。この華やかな新春に、の意。元禄三年四月十日付此筋《しきん》・千川《せんせん》宛書簡に「五百年来の昔、西行の『撰集抄』に多くの乞食を挙げられ候。愚眼ゆゑ、よき人見つけざる悲しさに、ふたたび西上人を想ひ返したるまでに御座候」と自解するように、芭蕉は華やかな京俳壇の動きを横に見ながら、徹底的に名利を捨て去った姿の中に真の風雅の魂の持ち主のあることを願い、世俗の華美にくらまされぬ目をもってそれを見いだし、あやかろうとする思いを、歳旦吟に託したのである。季花の春（春）、切誰。

木のもとに汁も膾《なます》も桜かな ⑥⑤　（ひさご）

元禄三年（一六九〇）三月二日作。『ひさご』の巻頭吟で「花見」と前書する。満開の桜のもとで花見をしていると、汁も膾も散り乱れる桜の花びらで埋めつくされてしまうことだ、の意。『三冊子』に「花見の句のかかりを少し心得て、軽みをしたり」とあるが、「かかり」とは律動的声調美をいう。花の宴に酔いしれる心の弾みを、白河院「咲きしより散るまで見れば木のもとに花も日数も積もりぬるかな」（『千載集』）の雅、慣用的成句「酢《す》にも味噌《みそ》にも」「酢につけ粉につけ」の俗を取り混ぜたリズミカルな声調に乗せて表し、心と詞《ことば》の一体化に成功したところに、〝軽み〟実現の喜びを見いだしたものであろう。季桜（春）、切かな。

行く春を近江の人と惜《（を〈お〉）》しみ《（ミ）》ける ⑥⑥　（猿蓑）

元禄三年（一六九〇）三月作。前書に「湖水ヲ望ミテ春ヲ惜シム」とある。過ぎ行く春をここ近江の人々と一緒に惜しむことだ、の意。初案は「行く春や近江の人と惜しみける」。「近江の人」は、『猿蓑』の伴侶《はんりよ》としての現実の近江蕉門の人々の上に、近江の春光を愛惜してきた古人の面影を重ねたもの。古来歌人たちは、平忠度「さざ波や志賀の都は荒れにしを昔ながらの山桜かな」（『千載集』）と近江の花に古人の心を偲《しの》び、後京極良経「あすよりは志賀の花園稀《まれ》にだにたれかは訪はん春の古里」（『新古今集』）と、春の名残を惜しんできた。いわば「近江の人」とは真に風雅を解する人々の代名詞にほかならず、芭蕉は親しい近江蕉門の人々と春を惜しみ合った一回限りの感動を、伝統的詩情と重ね合わせることによって、詩として揺るぎないものに定着したのである。季行く春（春）、切なし。

→論

先《ま》づ・頼《(たの)》む椎《しひ》の木もあり《(有)》夏木立《なつこだち》 ⑥⑦　（猿蓑）

元禄三年（一六九〇）、近江の幻住庵での作。ひとまず頼むに足りる椎の木もあることよ、この夏木立の中には（その陰で長旅に疲れた体を休め、また旅立ってゆくことにしよう）、の意。椎の実は食糧となり、隠者と縁がある。芭蕉は幻住庵での隠栖生活の中で心の対話を重ねた古人の一人木下長嘯子《ちょうしょうし》が西山「山家記」（『挙白集』）の中で、「頼む陰」と仰ぎ「物語りせん」と呼びかけた桜の巨木に匹敵する椎の大木のあることに安堵《あんど》感をおぼえるとともに、定住者である長嘯子とは違い、それをひとまずのより所としてやがて漂泊の旅に出る身であることを匂わせたもの。[季]夏木立（夏）、[切]り。→[文]

やがて《(頓)》死ぬけしきは《(八)》見えず蟬《せみ》の声 ⑥⑧　（猿蓑）

元禄三年（一六九〇）、幻住庵滞在中の作。間もなく死ぬ気配はまったく見えないことよ、今を盛りと鳴きしきる蟬の声は、の意。はかない命とも知らず鳴きしきる蟬の声に、生きとし生ける者の懸命な生の営みの悲しさを見いだし、限りない共感を寄せたもの。初案の真蹟懐紙には「無常迅速」と前書し、中七を「けしきも見えず」とする。[季]蟬（夏）、[切]ず。

桐《きり》の木に鶉《(うづら)》・鳴くなる塀《へい》の内 ⑥⑨　（猿蓑）

元禄三年（一六九〇）作。葉の落ち尽くした桐の木が見越しにそびえ立ち、鶉の鳴く声が聞こえてくる。大きな屋敷の塀の内から、の意。「鶉」の季（八月）と取り合わされた「桐の木」は葉の落ち尽したそれで、高貴なものの凋《ちょう》落《らく》のあわれを感じさせる。「鶉鳴くなる」とは、藤原俊成「夕されば野べの秋風身に沁みて鶉鳴くなり深草の里」（『千載集』）の歌の原拠である、男に捨てられ鶉となって鳴いて待っていようと詠んだ深草の女（『伊勢物語』一二八段）を面影としたもの。一句は、見越しに葉の落ち尽くした桐の木を仰ぐ崩れかけた築地《ついじ》塀の中から、世に捨てられた女性を思わせて鶉の鳴き声が聞こえてくる、というのである。田園の富家を詠んだ初案「木ざはしや鶉鳴くなる坪の内」（「木ざはし」は甘柿。「坪」は中庭）の嘱目吟を、初五を改め、滅びゆくものの美への幻想の構図に転じた。季鶉（秋）、切なし。

病雁《びやうがん》の夜寒《(さむ)》に落ちて旅寝《(ね)》かな《(哉)》 (70)　（猿蓑）

元禄三年（一六九〇）作。「堅田《かただ》にて」と前書がある。秋も深まり寒さの身にしむ夜、病んだ一羽の雁が列から落後し、湖上に旅寝をかこっていることよ。私もまた病んで旅寝の侘びしさをかみしめている、の意。真蹟懐紙の前書には「堅田にやみ伏《ふし》て」とあり、同年九月二十六日付昌房《まさふさ》宛書簡では、堅田で風邪を引き病臥したことを述べてこの句を報じている。「堅田」は琵琶湖西岸の地で、近江八景の一つ「堅田の落雁《らくがん》」で知られる。「病雁」は、それを踏まえ詩題の「病鶴」をもじったもので、病んで孤独の旅愁をかみしめている作者の脳裏に幻想として思い描いたもの。雁と作者とが渾然一体となり、漂泊の身の孤愁を象徴的に表した句となっている。季雁・夜寒（秋）、切かな。→論

木枯《(こが)》らしや頬腫《ほほば》れ痛む人の顔 (71)　（猿蓑）

元禄三年（一六九〇）作。吹き荒《すさ》む木枯らし。その激しい風に吹かれて、お多福風邪《かぜ》を患っている人の顔は苦痛に歪《ゆが》んでいる、の意。「頬腫れ」はお多福風邪。木枯らしの凄《すさ》まじさを「頬腫れ痛む人の顔」に生々しくとらえたもの。苦痛に歪む「頬腫れ痛む人の顔」は、気の毒な中にもユーモラスな〝笑えぬ笑い〟をたたえている。下ぶくれの顔を王朝絵巻の女性のそれと想像すれば、いっそうおもしろい。季木枯らし（冬）、切や。

干鮭《からざけ》も空也《くう(や)》の瘦《やせ》も寒《かん》の内《(中)うち》 (72)　（猿蓑）

元禄三年（一六九〇）冬の作。堅く干からびた店頭の干鮭も、毎夜の寒行に瘦せ衰えた鉢叩《はちたた》きの姿も、まさに寒中の季節感の極点ともいうべきだ、の意。「空也」は「空也僧」、すなわち「鉢叩き」のこと。十一月十三日の空也忌から四十八夜の間、洛中洛外の墓所を瓢をたたき高声《こうじよう》念

国宝 源氏物語絵巻 橋姫

鉢叩き

仏を唱え勧進して回る。店頭にさらされた干鮭、痩せさらぼえた鉢叩きという相互に無関係なもののイメージの交響を厳冬の季節感に包摂し、漂泊者としての自己の「心の味」、〝からび〟〝やせ〟〝ひえ〟の感の象徴としたところに一句の眼目がある。乾いたK音と「も」「の」「も」「の」によるリズムが、一種、抽象俳句ともいうべきその効果を増幅している。季空也・寒の内（冬）、切なし。

住みつかぬ旅の心《（こゝろ）》や置《おき》炬燵《（火燵）ごたつ》 ⑬　（元禄四年京蕉門歳日帳）

元禄三年（一六九〇）冬、京都に仮寓していた折の作。一個所に定住しない漂泊の心をそのまま表しているようだ、何やらうそ寒いこの置炬燵は、の意。「掘炬燵」と違い、「置炬燵」は自由に場所を移動させることができるが、火のぬくもりは弱い。その動かしやすさとうそ寒さに、漂泊の宿業を重ねる非定住者としての自らの心の侘びしさを重ねたもの。『粟津原』には上五を「落つかぬ」とし、其角の「寝ごころや火燵蒲団《こたつぶとん》のさめぬ内」に応えたものとする。また、曲翠宛書簡には「去《い》ね去ねと人に言はれても、なほ喰ひ荒す旅の宿り、どこやら寒き居《い》心を侘びて」と前書するが、「去ね去ね」は路通の句「去ね去ねと人に言はれつ年の暮」をふまえたもの。「どこやら寒き居心」とは、折しも京に流寓中の芭蕉にとって、紛らわしようもない本音であったろう。季置炬燵（冬）、切や。

梅若菜《うめわかな》丸子《（まりこ）》の宿《しゅく》のとろろ《（ゝ）》汁《じる》 ⑭　（猿蓑）

元禄四年（一六九一）一月七日、商用で江戸に下る大津の乙州《おとくに》に餞別として贈った句。庭前には梅の匂《にお》い、食膳には若菜をたき込んだ七草粥《ななくさがゆ》。そして貴君の前途には東海道名物の丸子の宿のとろろ汁が待っている、の意。「丸子」は府中と岡部の間に位置する東海道の宿駅で、現在の静岡市丸子町。一句は俳席の挨拶として眼前の風物を挙げ、前途の美味を加えた〝物尽くし〟の趣向で乙州の旅立ちを祝ったもの。「梅」「若菜」という和歌以来の伝統的な詩材に、「七草粥」からの連想で「とろろ汁」という庶民的な素材を織り込み、軽快なテンポで無心に並べ立てたところに俳諧性がある。[季]梅・若菜（春）、[切]なし。梅・若菜・とろろ汁、三段切れ。

山里《(やまざと)》は万歳《(まんざい)》遅し梅の花　⑦⑤　（真蹟懐紙）

元禄四年（一六九一）作。前書に「伊陽山中初春」とある。都を遠く離れたこの山里には万歳がまだ回ってこない。梅の花はすでに春の到来を告げているのに、の意。「万歳」は年頭京都から始めて町々を祝い歩く門付け芸人。「梅の花」は「春告草」の異名もあるように、清香によって春の訪れを知らせる景物である。「万歳」のまだ訪れない山里の景を描くことによって、本格的な春の訪れを待望する気持ちとともに、文化の至ること遅い山里の素朴・清楚を愛《め》でる気持ちを表したもの。[季]万歳・梅の花（春）、[切]し。

不精《ぶしやう》(性)さやかき起こされし春の雨　⑦⑥　（猿蓑）

元禄四年（一六九一）作。我ながら何と不精なことよ。春のけだるさにいつまでも床の中でぐずぐずしているところを家人に抱き起こされた。外にはしとしとと春の雨が降り続いている、の意。伊賀上野の故郷の家でゆっくりくつろいでいるさまを詠んだもの。寝床を去りがたい懶惰《らんだ》の情と春の雨がもたらすもの憂い風情が調和している。[季]春の雨（春）、[切]や。

ほとと《(ゝ)》ぎす大竹藪《おほたけやぶ》を漏《(も)》る月夜　⑦⑦　（嵯峨日記）

元禄四年（一六九一）、落柿舎《らくししや》での吟。『嵯峨《さが》日記』四月二十日の条に掲出。時鳥が一声鋭く鳴き過ぎた。その方へ目を向ければ、静寂な大竹藪を漏れて月の光が皓々《こうこう》と差し込んでいる、の意。「月夜」は月光をいう。初夏の爽《さわ》やかな夜景を聴覚（「ほととぎす」）と視覚（「大竹藪を漏る月」）の交錯によって表したもの。「ほととぎす」と「大竹藪」の配合も新しい。季ほととぎす（夏）、切なし。

憂《う》き我《われ》を寂《さび》しがらせよ閑古鳥《かんこどり》 ⑱　（嵯峨日記）

元禄四年（一六九一）作、『嵯峨日記』四月二十二日の条に掲出。物憂さの中にいる私を寂しい気持ちでいっぱいにしておくれ、〝閑〟という名をもつ閑古鳥よ、の意。「閑古鳥」はカッコウの異名。ひたすらに閑寂の境地に徹し、「閑」を通して、同じく「閑」を友とした西行・長嘯子らの先人や親友素堂の詩心を探り、連帯感を求めようとする思いを「閑古鳥」に託したのである。『おくのほそ道』の旅後、伊勢長島大智院に二泊した際の「憂き我を寂しがらせよ秋の寺」の句を改案したもの。季閑古鳥（夏）、切よ。→紀

五月雨《さみだれ》や色紙へ《剝》ぎたる壁の跡 ⑲　（嵯峨日記）

元禄四年（一六九一）作、『嵯峨日記』五月四日の条に「明日は落柿舎を出でんと、名残惜しかりければ、奥・口の一間一間を見めぐりて」として掲出。湿っぽく降り続く五月雨。よく見ると壁には色紙を剝《は》がした跡が侘びしく残っている、の意。名残惜しさに一間一間をゆっくり眺めているうちに、かつては数寄《すき》を凝らした建て物の壁の装飾の跡を発見して、往時を追懐し離別の情を深めたもの。「色紙へぎたる」という頽廃《たいはい》のさまに、「五月雨」がもつ〝万物を腐食させる雨〟のイメージが調和し、侘びしさの趣を醸し出している。季五月雨（夏）、切や。

鶯《うぐひす》や餅《もち》に糞《ふん》する縁《椽》の先 ⑳　（葛の松原）

元禄五年（一六九二）作。オヤ、鶯が。と思ううちに、そろそろカビが出てきて縁先に干し並べておいた正月の餅の上に、ヒョイと糞を落としてどこかへ飛んで行った、の意。農家の庭先などの景であろう。和歌の世界では優美な鳴き声を賞美してきた鶯の、意外な行動を詠んだところに俳諧味が溢《あふ》れている。同年二月七日付杉風宛書簡に「日ごろ工夫の処《ところ》にて御座候」とあるように、日常卑近な情景の中に発見した新しい美を平明な表現で表し、〝軽み〟期の

新境地を示したもの。同年二月十八日付去来宛書簡には下五を「笹伝ひ」とする別案も付記されている。季鶯(春)、切や。→論

青くてもあるべきものを唐辛子 ㉛ （深川）

元禄五年（一六九二）作。「深川夜遊」と前書する。俳諧師となるため江戸へ下って来た膳所《ぜぜ》の洒堂《しゃどう》を迎えて巻かれた歌仙の発句。青いままでもいいのになあ。この唐辛子は何だって真っ赤に色付いているんだろう、の意。唐辛子の赤さを、否定的な言いまわしで賞した句。裏面に、〃軽み〃の実現への思いを胸の奥に秘めていてもよかったのに、洒堂というよき共鳴者を得て、抑えようとしても抑えきれなくなったという寓意を重ね、これから催される俳席への挨拶としたのである。季唐辛子（秋）、切を。

塩鯛《しほだひ》の歯茎《(ぐき)》も寒し魚の店《たな》（棚） ㉜ （薦師子集）

元禄五年（一六九二）作。不漁《しけ》続きで寒ざむとした魚屋の店頭。わずかに並べられた塩鯛のむき出しになった歯茎もいかにも寒く感じられる、の意。『句兄弟』には其角の「声かれて猿の歯白し岑の月」を「兄」、芭蕉のこの句を「弟」として掲出する。其角の句が漢詩の「哀猿断腸」の詩趣をふまえた仮構の作であるのに対し、日常卑近のあるがままの情景の中に寒さの極点をとらえたところに、〃軽み〃期の芭蕉の行き方が示されている。季寒し（冬）、切し。

郭公《ほととぎす》声横たふや水の上 ㉝ （藤の実）

元禄六年（一六九三）四月作。一声高く鳴き過ぎたほととぎす。その声の余韻が水の上に靄《もや》のように横たわり、いつまでも漂っていることだ、の意。三月に甥《おい》の桃印を失った悲嘆を慰めようと杉風・曾良から「水辺の子規《ほととぎす》」の題での作句を勧められて詠んだもの。同年四月二十九日付荊《けい》口《こう》宛書簡に、「横たふ」は「白露江ニ横タフ」（蘇東坡「前赤壁ノ賦《ふ》」）の奇文と味わい合わせてほしいと述べているが、原文の「白露《はくろ》」は靄のことで、シラツユと訓読すれば、

はかない命の象徴となる。「郭公」は古来死者の魂の化身とされてきた。一句は、隅田川の川面《かわも》を靄のように漂う郭公の声の余韻の中に、白露のようにはかなく消えた亡き桃印の幻影を追い求める芭蕉の心象風景を詠んだのである。[季]郭公（夏）、[切]や。

白露もこぼさぬ萩のうねりかな（哉） 84 （真蹟自画賛）

元禄六年（一六九三）作。秋風のそよぎに、葉に置いた白露もこぼさない萩のしなえの微妙さよ、の意。『栞《しおり》集』所収真蹟懐紙に添えた杉風《さんぷう》の前書によれば、その下屋敷採《さい》茶《た》庵の垣根に移し植えた萩を詠んだものとわかる。壊れやすい均衡の上に成り立つ緊張の美を詠んだもの。「萩のうねり」によって、言外に秋風のそよぎを表している。[季]白露・萩（秋）、[切]かな。

金屏《きんびやう》の松の古さよ冬籠《ふゆごも》り・ 85 （すみだはら）

元禄六年（一六九三）作。金屏風に描かれた松の、時代のついた蒼古たる趣よ。その寂びた落ち着きが冬籠りの座敷にふさわしい、の意。『続五論』に支考が「金屏はあたたかに銀屏は涼し」とそれぞれの本情を指摘するように、上五の「金屏」が「冬籠り」の座にぬくもりを感じさせ、年代を経た寂びが落ち着きを与えている。元禄二年冬、伊賀の平仲宅での「屏風には山を描きて冬ごもり」を改案したもの。[季]冬籠り（冬）、[切]よ。

鞍壺《くらつぼ》に小坊主《こばうず》乗るや大根引《だいこひ》き・ 86 （すみだはら）

元禄六年（一六九三）作。大根を載せるために連れてきた馬の鞍に小坊主がちょこんと乗っていることよ。一家総出の大根引きの傍らで、小さな男の子を邪魔にならぬよう、農作業の間、木につないだ馬に乗せてあるのであろう。「大根引き」という庶民的な新しい季題に対し、「小坊主」という呼び方や、まるで総大将のようにその姿の目立つユーモラスな構図を通して、その忙しさを側面から描き出したところに、〝軽み〟期の作としてのはたらきがある。[季]大根引き（冬）、[切]や。

有明《（ありあけ）》も三十日《みそか》に近《（ちか）》し餅《もち》の音　87　（真蹟自画賛）

元禄六年（一六九三）の歳暮吟。日ごとに細くなった有明け月もいよいよ晦日《みそか》に近い。あちこちから正月の餅を搗《つ》く音が聞こえてくる、の意。当時、餅搗きは多く十二月二十八日の夜に行われた。一句は切字「し」を介した、視覚の世界と聴覚の世界、空の様子と地上の営み、心細さと賑《にぎ》やかさの対立交響を通して、世外の無用者としての一種人生的詠嘆を感じさせるが、兼好の遺詠と伝えられる「ありとだに人に知られぬ身のほどやみそかに近きあけぼのの空」をふまえていることによって、老いの嘆き、生の限りといった陰影をいっそう深めている。初案「月代や三十日に近き餅の音」は「餅の音」のせわしなさに重点が置かれ、単なる歳晩風景の素描にとどまるのを、推敲を加え境涯句に改めた。[季]餅の音（冬）、[切]し。

梅《（むめ）》が香《（こ）》にのつと日の出る山路《やまぢ》かな　88　（すみだはら）

元禄七年（一六九四）作。梅の香に引かれてたどり行くうちに、突然大きく真っ赤な朝日が顔をのぞかせた、この山路よ、の意。『笈日記』に「梅が香の朝日は、余寒なるべし」とあるように早春の夜明けの山村風景を描いたもの。何かが突然現れるさまを表す「のっと」という擬態語によって、山路の曲折と暁闇から日出への突然の変化が印象鮮明に描き出されている。梅が香に山路という和歌的構図を真に即した俳諧に転換させたものとして、門人間に擬態語の流行をもたらした。[季]梅（春）、[切]かな。

腫物《はれもの》に柳のさはるしなへかな　89　（芭蕉庵小文庫）

元禄七年（一六九四）作。首筋に出来た腫物にソッと触れる門口の柳の枝先のしなえぐあいの何とデリケートなこと、の意。和歌以来その優美さを賞美されてきた青柳の枝垂れた枝先のしなやかさを、触られたら飛び上がるように痛い「腫物」の病的皮膚感覚を通してとらえた点に新しさがある。他に中七を「さはる柳の」とする所伝もあるが、『去来抄』に記すように、それでは「腫物にさわる手つきのような柳のしなえ」という比喩になり、観念的な〝重み〟の句になってしまう。季柳（春）、切かな。

麦の穂を便《たよ》りにつかむ別れかな　(90)　（蕉翁句集草稿）

元禄七年（一六九四）五月、最後の旅への出立に際し川崎まで見送った人々に対する留別吟。道端の畑の麦の穂を、ともすればくずおれそうな心の支えとしてしっかりとつかむ、この別れの悲しさよ、の意。当時の門人たちの餞別吟には折からの麦を詠み込んだものが散見され、これは「麦」を通して惜別の心を通わせ合ったもの。とすれば「麦の穂を便りに」は、麦の穂に託されたあなたがたの思いを心の支えとして、の意となる。初案中七「力につかむ」はやや誇張的で、「便り」としたほうが力みがなく、「麦」に託された連衆心を確かめすがろうとする感が深い。

季麦の穂（夏）、切かな。

朝露によごれて涼し瓜《うり》の泥《どろ》　(91)　（笈日記）

元禄七年（一六九四）、落柿舎滞在中の作。畑からもぎ取ってきたばかりの瓜の肌の泥。朝露に濡《ぬ》れて黒々と何と涼しげなこと、の意。「瓜」は真桑瓜。夏の早朝の清涼感を「泥」という汚れたものを通してとらえた点に新しさがある。初案「朝露や撫でて涼しき瓜の土」の「撫でて」は回りくどい上に、「土」では乾いた印象を与え、朝露に濡れた瓜の清涼感が薄れてしまう。季瓜（夏）、切し。

六月《ろくぐわつ》や峰《みね》に雲《くも》置く嵐山《（あらし）やま》　(92)　（句兄弟）

元禄七年（一六九四）、落柿舎滞在中の作。まさに盛夏の六月。白く雄大な入道雲を頭に載せ、青々とした山気をたたえてどっしりと横たわる嵐山よ、の意。同年六月二十四日付杉風宛書簡に「六月《ロク》」と振り仮名するが、「ロクガツ」という強い響きが、動かぬままたたずむ真っ白な入道雲と、全山深緑に覆われた嵐山とがガップリ四つに取り組んだ豪壮な景と調和している。和歌伝統の中で花・紅葉・時雨を取り上げてきた嵐山の、盛夏の美をとらえたもの。

季 六月（夏）、切 や。

清滝や波に散《ち》り込む青松葉 ⑨③　（笈日記）

元禄七年（一六九四）、落柿舎滞在中の作。はるか眼下に見える清滝の渓流。その清冽《せいれつ》な波の上に、青松葉が一筋二筋、シンシンと吸い込まれるように散ってゆく、の意。清滝は、嵐山の上流で保津川に合流し大井川となる清滝川の渓流に臨む歌枕。初案は「清滝や浪に塵なき夏の月」。大坂園女《そのめ》亭での挨拶吟「白菊の目に立てて見る塵もなし」に類似した表現が使われているため改作したと伝えられる。それ以上に、前斉院六条「雲の波かからぬさ夜の月影を清滝川に映してぞ見る」（『金葉集』）など、清滝の月影の清澄感を詠み継いできた和歌伝統に対し、初案がその枠にはまり、俳諧としての新味に欠けることが、もっと大きな改作の理由だろう。死の三日前、生前最後の改作で、静を動に転ずるとともに、大きな静寂の世界に帰してゆこうとしている心境の投影も感ぜられる。季 松葉散る（夏）、切 や。

秋近《ちか》き心の寄るや四畳半 ⑨④　（鳥のみち）

元禄七年（一六九四）六月二十一日、大津・木節庵での吟。秋の近づく気配を感じ取り何となく物寂しい思いに浸る者同士の心が、しんみりと寄り合うことよ、この四畳半の茶席に、の意。この時木節庵に集まったメンバーは芭蕉・木節・惟然・支考の四名。「四畳半」の狭い空間の中での、〝寂び〟の情趣を解する者同士の親密な心の接近をとらえて、これから始まる俳席への挨拶としたのである。

季 秋近し（夏）、切 や。

ひや《（く）》ひやと壁を踏《ふ》まえて昼寝《（寐）》かな《（哉）》 ⑨⑤　（笈日記）

元禄七年（一六九四）七月、再び大津の木節亭に遊んだ折の作。ひやひやと足裏に秋の冷気を感じながら、壁に足を当てて昼寝する、その快さよ、の意。残暑の中にひそむ秋の気配を足の裏の感触でとらえたところが新しい。『笈日記』によれば、支考はこれを「思うべきことを思ひゐける人ならん」と言って、その感触の底に、忍び寄る老心の冷えをまさぐりつつ物思いにふける芭蕉の心境を読み解いている。季ひやひや（秋）、切かな。

びいと啼《な》く尻声《しりごゑ》悲し夜《(夜ル)》の鹿　⑯　（杉風宛書簡）

元禄七年（一六九四）作。妻を呼んでビイと鳴く尻声が、悲しく響いてくることだ、夜の鹿の、の意。『笈日記』によれば、九月八日の月の明るい晩、奈良の猿沢の池のほとりを吟行した折の吟。「尻声」は長く後を引く声。和歌以来妻を呼ぶ鹿の鳴き声のあわれを詠むのは通例となってきたが、その鳴き声を「びい」という擬音語と「尻声」という日常語によってとらえ現実感をうち出した点に俳諧としての新しさがある。季鹿（秋）、切し。

この《(此)》道や行く人なしに秋の暮《くれ》　⑰　（其便）

元禄七年（一六九四）九月二十六日、大阪四天王寺新清水の茶店で催された泥足《でいそく》主催の俳席の発句として呈した作。わが歩むこの一筋の道。ほかに行く人影もなく、晩秋の一日が暮れようとしている、の意。『笈日記』によれば、「人声やこの道帰る秋の暮」との二句の中から支考に一句を選ばせ、選ばれたこの句に「所思」と題を付したという。「所思」という前書に従って読むと、この句は、人生の秋暮を自覚する詩人の立場から、自分と同じく詩人として前人未到の孤独の道を歩む者へ呼びかけた句ということになる。季秋の暮（秋）、切や。

この《(此)》秋は何《なん》で年よる雲に鳥　⑱　（笈日記）

元禄七年（一六九四）九月二十六日、大阪新清水での作。「旅懐」と前書する。すべて秋は凋落《ちょうらく》の思いを誘う中でも、今年の秋はなぜこれほど強く老いを感じるのであろうか。わが人生の旅懐をともにしてきた鳥は雲の中へと消え去って行く、の意。『三冊子』によれば、芭蕉は下の五文字を得るのに「寸々の腸をさ」くような苦吟を重ねたという。「雲」も「鳥」も実景ではない。ともに芭蕉の漂泊の人生の中で「旅懐」を分かち合ってきた存在として取り上げたもの。「鳥雲に入る」という春の季語があるが、これは、かなたの雲の中に消えて行く鳥の姿に、まもなく空寂の世界へ消えて行く自分自身の姿を重ね合わせ、命終の期にさしかかった人生の「旅懐」を吐露したのである。季秋（秋）、切何で。

秋深き隣は何をする人ぞ ⑼⑼（笈日記）

元禄七年（一六九四）九月二十八日、大阪での作。秋深い思いに浸ってかひっそり静まり返った隣家は、いったい何をなりわいとする人であろうか、の意。秋の深まりの中で孤独感を嚙みしめながら、孤独を通してつながり合おうとする思いを詠んだもの。前書によれば、体調がすぐれず、翌日、芝柏亭で催される予定の句会に出席できそうもないため、その日の内にこの句を送り届けたという。季秋深し（秋）、切ぞ。

旅に病《や》んで夢は枯野《かれの》をかけめぐる（廻）⑽⓪（笈日記）

元禄七年（一六九四）十月八日、死の四日前の作。旅の途中で身は病に倒れ、夢は枯野をどこまでも駆け巡っている、の意。古来夢は神仏とまみえるべき場とされてきたが、その夢の中においてさえ、なお冬枯れの野をいらだたしくさまよい続ける自己の旅姿を思い描いているところに、芭蕉の風雅の妄執の深さが偲《しの》ばれる。芭蕉にとってこれが生前最後の吟となった。「辞世」とせず「病中吟」と前書したのは、「平生 則《すなは》チ辞世」（『芭蕉翁行状記』）とする覚悟から出たものだろうか。季枯野（冬）、切なし。

連句解題――「市中は」歌仙

連句は、複数の作者が一定のルールのもと、五・七・五の長句と七・七の短句を付け連ね一巻の詩篇を完成する合作文芸である。歌仙《かせん》は三十六句形式の連句で、懐紙《かいし》二枚の、一枚目（初折《しょおり》）の表（オ）に六句、同裏（ウ）と二枚目（名残《なごり》の折）の表（ナオ）に各十二句、同裏（ナウ）に六句記す。巻頭の三句を発句・脇・第三、巻尾の句を挙句《あげく》と呼び、春・秋は三句続け夏・冬は二句以下、月（オ5、ウ8、ナオ11）花（ウ11、ナウ5）の定座《じょうざ》、恋二個所等の約束をふまえ、序・破・急の流れに従って進行する。「市中は」歌仙は、『猿蓑』（去来・凡兆共編。元禄四年〈一六九一〉七月刊）所収。〝匂い・響き・映り〟など余情の感合をめざした蕉風の円熟境を代表する作品である。

芭蕉は、元禄三年六月初め、近江国分山の幻住庵から暑い盛りの京都へ出、小川椹木《さわらぎ》町の凡兆宅に十八日まで滞在、去来を交えて『猿蓑』の企画を練った。本歌仙の成立は、この時であろう。本歌仙には、芭蕉の添削の跡を伝える数種の自筆巻子本、断簡が伝存する。中尾堅一郎氏蔵巻子本（櫻井武次郎氏「新出猿蓑歌仙―市中の巻」『連歌俳諧研究』九六・二八頁参照）は、『猿蓑』所収の本文と大きく異なる句形を存し、何句か改案の書入れを有する芭蕉自筆の一巻で、最初期の草稿と考えられる。次いで、添削の跡を伝える芭蕉自筆の断簡（ナオ1～6の句の部分）があり（島居清氏『大阪俳文学会・会報』六）、さらにそれらの推敲をふまえた芭蕉自筆の巻子本「芭蕉真蹟草稿」（上野市芭蕉翁記念館蔵）などが伝存する。その他、『去来抄』には、本歌仙における芭蕉の指導を伝える逸話が紹介されるなど、芭蕉の指導・推敲の跡を詳しくたどることができる。

本文は『猿蓑』所収の定稿により、推敲過程については解説中に注した。

（発句）　市中《いちなか》は物のにほひや夏の月　　凡兆

季 夏の月（夏）。市街は、夏の夕暮れの暑さが籠《こ》もり、さまざまな生活の臭いがよどんでいる。夏の月は、その暑熱の下界を照らして、超然と涼しげな光を放っている、の意。「夏の月」は涼しさを本意とする。上五の「は」、切字「や」を介して、嗅覚による地上の人間生活の暑苦しさと対比し、天上の「夏の月」の本意をとらえたところが、俳諧的把握といえよう。発句は、客が挨拶の意を込めて詠むのが普通だが、ここは亭主の立場から、市外清涼の幻住庵から暑苦しい市中へ下って来た客に対する謙遜と、芭蕉の風懐の涼しさを称《たた》える気持ちを込めて挨拶したもの。なお上五「市中《まちなか》」と読む説もあるが、『炭俵』に「町なか」「市中」と書き分けられており、「市中《いちなか》」と読む。

（脇）　暑《（あつ）》し暑し《（〳〵）》と門《かど》々《（〳〵）》の声　　芭蕉

季 暑し（夏）。「暑い、暑い」と人々が家ごとに門口に出て涼を取りつつ言い合っている声が聞こえてくる、の意。脇はこのように、発句の余情に応じた同種の趣を添え、体言で留めるのが原則。前句の「物のにほひや夏の月」というところから、極暑の頃の、熱気と涼気の交錯する時間帯と見込み、場を「市中」にふさわしく家々の建て込んだ「門々」に定めて、門口に出て涼を取る人々の「声」を付けた。発句の挨拶に対して、「声」を珍しと聞きとめ、山の草庵から久しぶりに活気あふれる人間世界へ下って来た客としての挨拶を返したもの。発句の嗅覚・視覚に脇は聴覚を対し、「暑し暑し」「門々」と畳みかけて、人家の建て込む市中の暑苦しさを増幅している。

（第三）　二番草取りも果たさず穂に出《い》でて　　去来

季 二番草（夏）。二回目の田の草取りがまだ終わらない内に早くも稲穂が伸びてきてしまって、の意。田の草取りは稲穂が出る前に三、四回行う。その二回目が終わらない内にもう穂が出るとは、稲の生育がよく、豊作への期待に満ちた報告である。第三は「変化の初め」として、発句・脇の世界を大きく転じ、「て」で留めるのが原則。ここは市中の夕涼みから、田園の隣同士隔たった農夫たちの大声の会話に転じ、暑さをかこつ情を歓喜の響きに変えている。夏・冬の句は一句ないし二句で捨てるのが普通だが、「暑し暑し」に引きずられ、三句まで付け延ばした。

(四句目)　灰うちたたく《(く)》うるめ一枚　　兆

雑。「うるめ」は潤《うる》目鰯《めいわし》(冬)。ここは「一枚」とあるので、その干物(雑)の意。金網なども用いず、熱灰に突っ込んで焼いた干物の灰を、手ではたきながら食べる農繁期の慌ただしい昼餉《ひるげ》の一こまである。「うちたたく」の語の躍動感が、前句の活気を増幅している。四句目は、軽く付けるのがよいとされる。この句は、それに適《かな》った軽い付けながら、前句の急《せ》き立てられるような気ぜわしさによく応じている。もと「破摺鉢《やれすりばち》にむしる飛魚《(とびいを)》」を直したもの。「破摺鉢」は、気ぜわしさよりむしろ生活の侘びしさが中心となり、前句の活気が生かされない。

(五句目)　この《(此)》筋は銀も見知《(し)》らず不自由《ふじゆ》さよ　　蕉

雑。この街道筋では、銀貨を見たこともないらしい、不便なことだ、と旅人の言葉そのままに付けた発話体の句。前句を、鮮魚とてない辺陬の地の侘びしい茶屋ないし安宿の食事用意と見定めて、その飯代に銀貨を出す都会の旅人を向かい合わせた、いわゆる「向付《むこうづけ》」である。銀貨は大阪の本位貨幣で、形状量目が一定しない。銀貨すら知らぬというところに、辺鄙な土地柄が浮かぶ。西鶴の『好色五人女』巻三に「主の老人に金子一両取らしけるに、猫に傘見せたるごとく、いやな顔つきして、茶の銭置き給へといふ」(「小判知らぬ休み茶屋」)と、同趣向の描写がある。なお、ここは月の定座であるが、発句に「夏の月」がすでに出ているので、月の句は詠まない。

(折端《おりはし》)　ただと《(ゞ)》ひやうしに長き脇指《わきざし》　　来

雑。むやみに長く、かえって間の抜けた感じがする脇差を差している、の意。「とひやうし」は、程度が途方もなくかえって間の抜けた感じをいう。前句に、地方を見下している軽薄な旅人の口吻《こうふん》を読み取り、それにふさわしい姿をからかい気味に具体化した付け。脇差は、ここでは町人などが旅行の護身用に一本だけ差すのを許された刀（通常は一尺三寸）をいう。長脇差は、一尺八寸以上で、博徒などが差した。前句の言葉を博徒の類の発したものと見た。

（ウ1）　草村に蛙《かはづ》こはがる夕まぐれ　兆

季 蛙（春）。薄暗く物の形も見えがたい夕暮れ時、草むらをがさつかせる蛙に怯《おび》えている、の意。前句に、長脇差の人物を嘲笑して見る感じを読み取り、前句を虚仮威《こけおど》しの長脇差を差した臆病な人物と見定めて、それを蛙のような弱小の物に怯える様子として具体化した。「草村・蛙・夕間暮」という和歌的な優しい響きが、句に繊細な情感を醸し出し、幼児語的な「こはがる」とともに小心な優男《やさおとこ》などの風情を表している。前句の人物を、臆病な優男に転じた。春が出たら三句続けなければならない。

（ウ2）　蕗《ふき》の芽採《と》りに行燈《あんど》揺《ゆ》り消《け》す　蕉

季 蕗の芽（春）。蕗の芽取りに出かけ、ふとした弾みに手に提げていた行燈の火を揺り消してしまう、の意。前句の雅語から風雅な野遊びを連想し、「草村・夕まぐれ」に応じて、行燈を提げての蕗の芽取りを趣向した。「蕗の芽」は蕗の薹《とう》。許六は「揺り消す」の「揺り」が前句にもたれると批評している。蛙に驚いた弾みに火を消したと、意味で繋がることを問題視したものだろうが、「こはがる」のビクビクした心理に「揺り消す」と応じた、響きの付けと解すべきだろう。人物の限定はないが、うら若い女人めかしい気分が、次に恋の付句を呼び出そうとしている。

（ウ3）　道心のおこりは花のつぼむ時　来

季 花（春）。道心（釈教）。出家遁世を思い立ったのは、花が蕾《つぼみ》になった頃であったと回想する意である。前句の「行燈揺り消す」から、優美な世界が闇に転ずる一瞬の機微に無常を観じて出家した人を趣向した付け。「花のつぼむ時」とは、桜が蕾をつける意に重ね、人生の開花に向かおうとする時期を象徴している。花の散る時ではなく、花を待つ蕾の頃とした作意が新しい。恋の呼び出しに応えず、あえて釈教に転じ、道心の契機としての人生的・宗教的花を出した。花の定座は（ウ11）だが、大きく引き上げ、その代わりに（ウ8）の月を（ウ11）に下げ、バランスを取っている。なお「道心のおこりは」は、初案「発心のをこりは」を「発心のをこりを」とし、さらに推敲して、回想する体を前面に出したもの。

（ウ4）　能登《のと》の七尾《ななを》の冬は住み憂《（う）》き　　兆

季 冬（冬）。回国修行の途次、能登の七尾で過ごす冬は、寒くて住みづらいと嘆く意。道心者の〝人生の冬〟の中での回想。春三句続いたので、前句の「花」を回想中のものとして季を冬に転じ、釈教に述懐を付けた。七尾は、能登半島東部、七尾湾に面する港町だが、ここでは、『撰集《せんじゆう》抄《しよう》』巻三の一、松島の見仏《けんぶつ》上人の面影から、北国辺土の厳寒荒涼の地の感が深い。すなわち西行が、能登の荒磯の岩屋に断食苦行する見仏上人に会い、「所ざま、さこそ住みよしとおぼすらん」と言うと、上人は「難波潟群立《なにはがたむらだ》つ松も見えぬ浦をここ住みよしと誰か思はん」と詠み、西行は「松が根の岸打つ波に洗はれてここ住みよしと思ふばかりぞ」と応じた。その「住みよし」（住吉《すみよし》を掛ける）を「住み憂き」と反転させて、「冬の空の越路の雪の岩屋の住居思ひやられて、そぞろに涙のしどろになるに侍り」と西行が思いやる、冬の見仏上人の修行の様子を思い重ねたもの。「能登の七尾の《NOTONONANAONO》」というN音とO音が寂寥の響きを醸し出す。なお、初案は「冬は住憂《すみうき》能登のほうだつ」。「ほうだつ」は能登半島の付け根にある宝達山のことである。

（ウ5）　魚《うを》の骨しはぶるまで《（迄）》の老《おい》を見て　　蕉

雑。今は歯も抜け落ち、魚の骨をしゃぶるしかないまでに老いた我が身をつくづくと思う、の意。前句の「冬は住み憂き」を老残の嘆きと見定め、その人物にふさわしい体を付けた。魚を食う姿は俗人のもの。前句の僧を、北国の漁村に貧寒をかこって冬を耐える老人に転じ、凄惨な生への執着の嘆きを描き出している。

（ウ6）　待人《まちびと》入れし小御門《こみかど》の鎰《かぎ》　来

雑。待人（恋）。姫君の恋人を迎え入れたまま固く閉ざされた通用門の鎰、の意。「小御門」は小門の敬称。前句の老残の人物を、零落した屋敷の門守《かどもり》の翁に見替え、その家の姫君の恋人を迎え入れた場面を趣向した付け。『源氏物語』「末摘花」に、源氏が末摘花の屋敷を退出する後朝《きぬぎぬ》の場面が「御車出づべき門は、まだ開けざれば、鍵の預かり尋ね出でたれば、翁のいといみじきぞ出で来る」と描かれている。その面影の付けだが、後朝の退出を忍び入る場面に転じ、「御車出づべき門」を通用門に替えて、人目を忍ぶ逢瀬の感じを出している。老いさらぼえた人物に、王朝の物語世界をイメージする貴公子を向かい合わせて華やかさに転じた意外性の句である。「鎰」の語が、邸内奥に展開しているであろう恋の濃密さを暗示している。

（ウ7）　立ちかか《(こ)》り屏風《びやうぶ》を倒《たふ》す女子共《をなごども》　兆

雑。女子（恋）。女たちが爪立ちながら屏風越しにのぞき込もうとするうち、屏風を倒してしまった、の意。姫君のもとを訪れた貴公子を我先に一目見ようとする物見高い侍女たちのはしたなさを、滑稽に描く。恋人を直接出さず、それと察しさせる前句に対して、この句も周囲の興奮、女たちの嬌声を描くことで恋の華やかさを背後から感じさせる仕立てをとる。なお、「倒す」は「こかす」を改めた。

（ウ8）　湯殿《ゆどの》は竹の簀子《すのこ》侘《わび》しき　蕉

雑。風呂場は湯を落とし、人気のない竹の簀子がいかにも侘びしげである、という景。前句を本陣などの旅宿と見て、女中たちが慌ただしく後片付けをしている様子とし、屏風を倒すなどざわついて落ち着かぬ奥座敷に対し、対照的にがらんとした浴室の侘びしさ、虚《うつ》ろな静けさを付けた。恋の気分を離れ、次へ新たな展開を促す付句である。

（ウ9）　茴香《ういきやう》の実を吹き落とす夕嵐《ゆふあらし》　来

季 茴香の実（秋）。夕方の強い風が茴香の実を吹き落としてゆく、という叙景句。前句のがらんとした侘びしさに秋の冷ややかな気配を読み取り、時分を夕方に定めて、その場にふさわしい景を付けた。茴香は高さ一・五メートルほどの多年草。実は香気が強く、前句の「湯殿」の位や、静けさの気分に応じている。軽い付句であるが、前句までずっと続いてきた人事を断ち切り、純粋の叙景に大きく転じた好句。秋は三句続ける。

（ウ10）　僧やや寒《（ゝさむ）》く寺に帰るか　兆

季 やや寒（秋）。僧・寺（釈教）。僧が肌寒そうに歩いて行くが、托鉢を終え寺に帰るところであろうか、と他から眺めての句。前句の清香の気を伴った景に時節・時分・人物を合わせ、晩秋の夕方、衣を風に翻しつつ寒そうに歩く僧を点出した起情《きじやう》（叙景句から人物を案じ出す）の付け。「寺に帰るか」は、温庭筠「蒼苔路滑らかにして僧寺に帰る」（『和漢朗詠集』鹿）をふまえる。初案「山にかへる歟《か》」を改め、「嵐―山」の言葉の連想を断って、温庭筠の詩句のイメージを引き寄せた。一幅の絵。

（ウ11）　猿《（さる）》引《ひき》の猿と世を経《ふ》る秋の月　蕉

季 秋の月（秋）。猿引きは猿とともにその日その日を旅に暮らして世を渡る。そんな猿引きの姿を月が照らしている、の意。猿引きは猿に芸を仕込んで見せ物とする大道芸人。『三冊子』に「二句別に立てたる格なり。人の有り様を一句として、世の有り様を付けとす」と注するように、前句の出世間の僧に対して、俗世を渡るはかない生業の猿引きを向かい合わせた付け。二句合わせて、人の世の哀《かな》しみが

猿引き

浮かび上がる。「秋の月」はそうした人生の諸相を照らし出して、観相《かんそう》（世相・人生の悲喜哀楽を観ずる）の句にふさわしい。花の定座であるが、花はすでに出ているので、必然的に月が長句の最後に出された。

（ウ12）　年《とし》に一斗《いっと》の地子《ぢし》はかるなり（也）　　来

雑。一年に米一斗分というわずかばかりの地子米を、きちんと量って納めている、の意。「地子」は近世では都市の宅地税をいい、銀または銭で徴集したが、ここは旧来の田租の意に用いた。猿引きは弾左衛門支配の非人で口銭以外地子米を納めることはなく、これは前句とは別人である。米一斗は十升、約十八リットル。二斗分の収穫の年貢に当たり、貧を誇張的に言ったもの。「はかるなり」の語気の、律義で貧に安んずる気分が、猿と世を渡る猿引きの貧楽の生きざまと照応している。初案「としに一斗の地代はかる也」。

（ナオ1）　五六本生木《なまき》漬（つ）けたる潴《ミヅタマリ》　　兆

雑。水溜まりに生木が五六本無造作に漬けてあるさま。アク抜きをしていずれ用材にするためだろう。そこに低湿地の寒村に生活する者のしたたかさが描き出されている。前句の貧農の家のある場にふさわしい情景を付けた。「年に一斗の地子」に、「五六本」の用材が対応している。初案下五「溜り水」が三句先の「水」と指合《さしあい》となるために「潴」の字に改めた。

（ナオ2）　足袋《たび》踏（ふ）みよごす黒ぼこの道　　蕉

雑。ぬかるんだ黒土の道に思わず足袋を踏み汚した、の意。「黒ぼこ」は植物質の腐蝕土。雨が降ると墨のようなぬかるみになる。前句を水たまりに生木の粗朶《そだ》を通行の足場として投げ入れたものと見立て替えての付け。足袋の色は「黒ぼこ」との対比から白。人物は見回りの役人か、町の旦那衆か。皮肉な滑稽感が漂う。初案「黒ぼく」を改める。

（ナオ3）　追《お》ひ立（た）て（ゝ）て早き御馬《おうま》の刀持ち　　来

雑。鐙《あぶみ》を蹴立てて遠乗りする殿様の馬の後を、必死で刀持ちの小姓が追いかけて行くさま。それが、遠見にはまるで殿様の馬を追い立てているように見えるといって、前句の滑稽感を受け、情景を逆転的にとらえた付け。前句の人物を側近の警護役と見定め、「踏み汚す」の語勢に「追ひ立てて」と応じた。初案「御馬には鑓持《やりもち》計《ばかり》付《つき》ぬらん」、再案「お馬にはやり持《もち》独《ひとり》付《つき》ぬらむ」では鑓持ちは視界に入らず、「足袋踏みよごす」は道をよける人であったのが、定稿のように直すと、騎馬の殿と徒歩で追う白足袋の小姓の絡みが躍動的に描き出される。

(ナオ4)　でつちが荷なふ水こぼしたり　兆

雑。丁稚が担いできた桶の水をふとした弾みにこぼしてしまった、の意。前句を、城下町などの人混みを早駆けするさまに見替えて、農村風景を市街地のスナップに転じ、別人を向かい合わせた。「追ひ立てて早き」の激しい気分に瞬間の弾みで応じた響きの付けであると同時に、滑稽感の移りでもある。その滑稽感を強調して卑俗に傾いた初案「わつぱが糞《こえ》を打《うち》こぼしけり」を改める。

(ナオ5)　戸障子《としやうじ》もむしろ囲《(がこ)》ひの売屋敷《うりやしき》　蕉

雑。外面の雨戸や襖《ふすま》などの建具が傷まぬよう莚で囲われている売屋敷の景。前句の丁稚の水汲みから、水を貰いに行く井戸のある大きな屋敷を想定し、水をこぼす動作に見合う場を趣向した。かつては井戸水を近所の人々が貰いに来るほどの家も、今では売屋敷となり、商家の丁稚が水を貰いに来ても、昔のように気を遣わず、大切に囲ってある建具もよそ目に、ずかずか庭に踏み込んで水をこぼしても平気でいる、というのである。(ナオ1)以来の滑稽に弾んだ気分が、世の転変を思わせる句によってグッと沈められ、次の句への新たな展開を促している。

(ナオ6)　天井守《てんじようまもり》いつか色づく　来

季 天井守(秋)。唐辛子がいつの間にか赤く色づいている、という叙景句。天井守は唐辛子《とうがらし》のこと。船載品種で季語としての歴史は浅く、新しい詩材を活用したもの。前句の零落荒廃の余情を受けとめて、時の推移を付けた。唐辛子の色づきは季節の歩みを容赦なく実感させ、人事のうつろいへの感慨をかき立てる。小さな景物をとらえて、大きな運命を描いた付け。初案「いつか色付《づく》」を再案で「色付《づき》にけり」と試みたが、和歌的詠嘆が濃過ぎるため、庶民の生活実感に即して哀感の深い初案に戻した。

（ナオ7）　こそこそ（〳〵）と草鞋《わらぢ》を作る月夜さし　兆

季 月夜さし（秋）。月が明るく射《さ》して来るのを頼りに、物音を立てぬよう、一人こっそりと草鞋を編む夜なべ仕事のさま。「月夜さし」とは月光が射すこと。「こそこそと」に世間を憚《はばか》るつましい生活が示されている。前句「いつか色付く」の時節の推移を時刻の推移に移し、秋の夜長の夜なべを趣向した起情の付け。なお、前句に秋季が出たので、（ナオ11）の定座から月の句が引き上げられた。

（ナオ8）　蚤《のみ》をふるひに起きし初秋《はつあき》　蕉

季 初秋（秋）。初秋の夜更け、寝巻きの蚤を振り払おうと起き出したさま。蚤は夏の季語だが、初秋にはまだ盛んに活動している。前句の「こそこそ」に家人が寝静まった夜更けの夜なべを想像し、妻などが一眠りして起き出した場面を趣向した。前句の侘びしい生活に位を合わせて同じく侘びしい人物を向かい合わせた付けである。

（ナオ9）　そのままに（ゝ）転《ころ》び落ちたる升落《ますおとし》　来

雑。仕掛けたまま、鼠《ねずみ》も掛からずに升落が転がり落ちている、の意。「升落」は、升の一端を棒で支えて下に餌を置き、鼠が触れると升がかぶさるようにした仕掛け。「そのままに」は、仕掛けたまま、の意である。前句の夜中に寝覚めた人物が目にした光景を付けた。夜半、寝巻きをばたばた払っている姿と、暗闇に響く升落が転がり落ちた音、その偶然の組み合わせに貧家の侘びしい情景が浮かび上がる。初案「其《その》まゝに打《うち》こけてある升落シ」では、すでに落ちている状態が主で、前句の語勢に合わない。「転び落ち」と動きを加えて前句に響き合う付合とした。

（ナオ10）　ゆがみて蓋《ふた》の合《あ》はぬ半櫃《はんびつ》　兆

雑。反り歪《ゆが》んで蓋が合わなくなった半櫃。「半櫃」は、長《なが》持《もち》の半分の大きさで、衣類や諸道具などのがらくた物を入れておく入れ物。前句を、鼠の掛からぬままに落ちた升落が、納戸などの隅に転がっているとその場を見定め、そこにありそうな物をあしらった付けである。役に立たなかった升落と、まともに使えない半櫃と、無用の物が並んでみすぼらしさとともにおかし味がある。

（ナオ11）　草庵に暫《しばら》く居ては打ち破《やぶ》り　蕉

雑。草庵にしばらく落ち着いたかと思うとまたそこを住み捨てて旅立ってゆく、の意。漂泊者の境涯である。前句の半櫃を、草庵にありそうなものと見定め、その草庵の主のありようを付けた起情の付け。二句合わせると、一カ所が合ったかと思うと別なところが合わない蓋は、持ち主の、草庵に落ち着いたかと思うとなじめずに再び旅に出る心の動きそのもののように響いてくる。それはまた芭蕉の隠心の投影ともいえよう。「打ち破り」は、（ナオ7）から連綿と続いた家の内の世界や体言止めを転じた躍動感のある言い回しで、新たな展開を図っている。初案「草の屋はそこらの人につゐくれて」は、前句の持ち主の、物にこだわらぬ性格を読み取り、住居にこだわらぬ漂泊者を詠んだもの。それを、勢いをもった動的な表現に改めた。

（ナオ12）　命《いのち》嬉しき撰集の沙汰《さた》　来

雑。勅撰和歌集編纂の報に接し、生きながらえた甲斐があったと嬉しく思う意。「沙汰」は噂《うわさ》。勅撰和歌集に撰入されることは、歌人としての最大の名誉であった。芭蕉が「いかさま西行・能因の面影ならん」と評したという（去来抄）ように、前句を西行や能因など漂泊歌人の境涯と見定め、その人が勅撰集入集の好機に際会した喜びを付けたもの。初案「和歌の奥義は知らず（候）」を、西行が頼朝から和歌の道を尋ねられた返事を下敷きにした故事付けになることを嫌い、改めた。「命嬉しき」は、西行の「年たけてまた越ゆべしと思ひきや命なりけり小夜の中山」をふまえて西行を思わせながら、必ずしも西行と限定せず、付句作者の想像の余地を残している。

（ナウ1）　さまざ《(く)》まに品《しな》変《(か)》はりたる恋をして　兆

雑。恋（恋）。さまざまに、身分、境遇、性格などの異なる相手との恋をしてきたことだ、の意。漂泊の遁世者を老いらくの好き人に転じた。前句と合わせると、さまざまな恋体験の果てに詠み得た一首の秀歌を、世に残すべき機に際会したことを喜ぶ老歌人の歌への執着と生の喜びが伝わってくる。初案「美しき顔をならべし初雪に」は、初雪を愛《め》でる女房たちを詠んで、宮中の華やかさを描くのみで、「撰集の沙汰」と照応するところがない。

（ナウ2）　浮世《うきよ》の果ては皆《みな》小町なり　蕉

雑。浮世・小町（恋）。華やかな恋の歓楽の果ても、人の行く末は皆、あの衰残の小野小町と同じ定めなのだ、の意。小町は、六歌仙の一人。その華やかな恋の前半生と老いて無惨な老醜をさらした零落ぶりとが「百年《ももとせ》の姥《うば》と聞こえしは小町が果ての名なりけり」（謡『関寺小町』）など物語・謡曲類に描かれている。前句を恋に華やぐ女性たちと見替え、それぞれの女性は、さまざまに異なった恋をして、しかし、行きつく果ては皆小町のようになるものだと、世の無常を観じた観相の付けである。恋の気分を受けとめながら、人生の無惨さ、転変の悲哀をのべたところに、芭蕉の諦念の深さと、恋離れ（前句に付けては恋となるが、次句から恋を離れる）の句としてのはたらきがある。

（ナウ3）　なに故ぞ粥《かゆ》すする《(こ)》にも涙ぐみ　来

雑。粥をすすりながら涙ぐんでいるが、どうしたわけなのだろうか、といぶかしむさま。前句を、女性一般ではなく、零落した老女を目の前にしての感想と見、いぶかしみつつその過去を思いやる人物の目に映った老残のあわれさを付けた。初案上五「何となく」を「何故か」、さらに「なに故ぞ」と改め、その口吻から、老女と向かい合っているもう一人の人物をはっきり登場させて、展開を図った。

（ナウ4）　**御留守《（主）》となれば広き板敷《いたじき》**　　兆

雑。主人の留守ともなれば、うすべりを巻き片付けた板の間が、がらんとして広々と感じられる、の意。板敷は敷物の敷いてない状態の部屋。粥は下人の常食で、前句の人物を奉公人に見替え、その場をあしらった付けである。「なに故ぞ」「涙ぐみ」から、この屋敷の不吉な運命（出陣・左遷など）をかぎ取り、「広き板敷」と応じて、無人・寂寥の冷えびえとした感を暗示したもの。初案「足の跡付《あとつく》板敷の上」では、みすぼらしさが続いて展開がない。

（ナウ5）　**手のひらに虱《しらみ》這《は》はする花の陰《（かげ）》**　　蕉

季　花（春）。花の木陰で、のんびり掌《てのひら》に虱を這わせ興じている、の意。（ナウ5）は花の定座で、これを「匂《にお》いの花」という。虱は、冬の衣服にわいたのが花見の頃モゾモゾ動くので、「花見虱」の季語もある。前句を、主人の花見の留守と見替えて、下男の解放感を付けた。「幻住庵記」に「唯《ただ》睡癖山民と成つて、孱顔《さんがん》に足を投げ出し、空山《くうざん》に虱を捫《ひね》つて座す」とあるように、「虱を捫る」のは竹林の七賢から出た脱俗の高士のしぐさだが、それを「這はせる」と転じ、虱の運動会をさせたもの。「手のひら」には「広さ枚敷」に気分の通うものがある。春風駘蕩《たいとう》の感。

（挙句《あげ》）　**霞　動《（かすみうご）》かぬ昼の眠《（ねむ）》たさ**　　来

季　霞（春）。辺りには霞がかかって、春風も吹かず、昼ののどけさに眠りに誘い込まれそうだ、の意。春昼の陶酔感を付けたもの。挙句はこのように、春季の、めでたい気分であっさりと巻き納めるのをよしとした。

紀行文・日記解題

芭蕉は生涯に九度の旅を重ねたが、そのうち、時代と俳風の大きな転換期に当たる四十一歳から四十六歳にかけての、実際的な用務を伴わぬ無用の旅、つまり純粋な風雅の旅として行われた五度の旅の中から、本書所収の五篇の紀行文を書き残した。それらは単なる旅の事実の報告にとどまらぬ、明確な創作意識のもとにつづられている。いずれも、生前公刊を企図した形跡はなく、『おくのほそ道』以外は自ら題名を付したかどうかも定かでない。それは、転換期に際しての自己の行き方の確認と、そのことを旅を援助してくれた限られた連衆（俳諧仲間）に披露することに主眼があったからだろう。そうした性格は、日記形態にまとめられた『嵯峨《さが》日記』についても異なるところはない。

『野ざらし紀行』は、一名『甲子《かっし》吟行』。芭蕉の最初の紀行文で、貞享元年（一六八四）八月、江戸を発足、伊勢・伊賀・吉野・大垣・尾張・奈良・京都などを巡り、翌年四月、甲斐を経て江戸に帰るまでの旅を、発句を中心につづったもの。歌枕に刻みつけられた和歌伝統の反芻を通して、天和期の漢詩文調を超克し、俳諧独自の風狂の世界を拓《ひら》いてゆく過程を象徴する。五次の推敲の知られるうち、底本には、最終稿と見なされる芭蕉自画自筆巻子『甲子吟行画巻』を用いた。

『かしまの記』は、『鹿島詣《かしまもうで》』『鹿島紀行』とも。貞享四年八月、曾良《そら》・宗波を伴い、鹿島根本寺の前住職仏頂を訪ねて、名月を賞した折の作。和漢の古典をふまえ新しい俳文の創作を試みた文章に、その折の発句などを添えたもの。底本には、二次の推稿後成稿に達した天理図書館蔵の芭蕉自筆巻子を用いた。

『笈《おい》の小文《こぶみ》』は、『庚午《こうご》紀行』『卯辰《うたつ》紀行』とも。芸術論・紀行文論・旅行論などを交え、貞享四年十月江戸を発足、三河に杜国《とこく》を訪ねて伊賀に越年し、翌春伊勢で杜国と落ち合い、吉野・紀伊などを巡遊、初夏須磨・明石に至るまでの旅についてつづったもの。冒頭の芸術論の部分と「幻住庵記」草稿文末との類似や、全編にわたる杜国への親密な配慮から推し、元禄三・四年（一六九〇～九一）、幻住庵・落柿舎滞在中、元禄三年三月に没した杜国への鎮魂の思いをこめて執筆したものと思われる。底本は、大津の門人乙州《おとくに》が編んだ宝永六年（一七〇七）平野屋佐兵衛版『笈の小文』によった。

『更科《さらしな》紀行』は、貞享五年秋、『笈の小文』の旅の帰途に、尾張から越人《えつじん》とともに木曾路を経て信濃《しなの》国更科の姨捨《おばすて》山の名月を賞した四泊五日の旅を、昼と夜に書き分け、文末に旅中の発句若干を添えたもの。人生の笑えぬ笑いの姿と、無常の相の中で詩に殉じようとする覚悟とが、さりげなく語られている。三点の小異ある本文が伝わるが、底本は芭蕉自筆草稿巻子によった。

『おくのほそ道』は、曾良《そら》を随行、元禄二年の春から秋にかけて敢行した奥羽・北陸への旅の記である。句文混融の形態をとり、〝不易流行〟の思想を根底に、古人との対話や、さまざまな人間模様を織り交ぜながら、苦難の旅路を踏破して〝かるみ〟の世界へ突き抜けてゆく過程をつづり、文学史上最高の古典の一つに数えられる。執筆は元禄六年前後。野坡《やば》本・曾良本はその推敲の苦心の跡を物語る。底本は、芭蕉が素龍《そりゅう》に清書を委嘱、最後の旅に携行して郷里の兄に贈った西村本によった。

『嵯峨日記』は、元禄四年四月十八日より五月四日まで、京都嵯峨の去来《きょらい》の落柿舎《らくししゃ》に滞在した間の生活と心境を日記形態につづったもので、清閑の境地を窺《うかが》わせる。底本は、自筆本を模写したと推定される野村本によった。

野ざらし紀行

千里に旅立ちて、路粮《みちかて》を包《(つゝ)》まず、「三更《さんかう》月下無何《むか》に入る」と言《(云)》ひけむ昔《(むかし)》の人の杖《つゑ》にすがりて、貞享《ぢやうきやう》甲子《きのえね》秋八月、江上《かうしやう》の破屋《はをく》を出《(い)》づるほど《(程)》、風の声そぞ《(ず)》ろ寒《さむ》げなり《(也)》。

野ざらしを心に風のしむ身かな《(哉)》

秋十年《と(とせ)》かへつて《(却)》江戸をさす《(指)》故《(古)》郷

関越《(こ)》ゆる日は雨降りて、山みな《(皆)》雲に隠《(かく)》れたり。

霧しぐれ富士を見《(み)》ぬ日ぞおもしろ《(面白)》き

前途千里ともいうべき長途の旅に出発するに際して、『荘子《そうじ》』には「千里に行く者は、三か月前から食糧を準備する」とあるのに、自分は道中の食糧（路銀）の用意もなく、「天下太平の世には食糧の用意がなくとも、道々施しを受けながら安楽な旅を続け、深夜でも追い剝ぎに襲われる心配もなく、月明のもと、無為自然の理想郷に入って行くことができる」とか詠じた古人の言葉を心頼みとして、ままよ何とかなるだろうと、貞享元年甲子の秋八月、これまで杜甫の浣花《かんか》草堂を気取ってきた隅田川のほとりのあばらやを発足する折しも、秋風の声が思わず鳥肌だつような感じで身にしみ徹《とお》ってくる。

野ざらしを心に風のしむ身かな

（→発⑨）

秋十年かへって江戸をさす故郷

（故郷を離れ、江戸の俳諧師の群

千里に旅立ちて…　『荘子』逍遥遊篇《しょうようようゆう》に「千里ニ適《ゆ》ク者ハ、三月糧《かて》ヲ聚《あつ》ム」とあるのによる。原典では、人の知見の大小を言うための比喩として用いたのを、文字通りの旅程の意味に転用したパロディ。

路粮を包まず　偃渓広聞《えんけいこうもん》和尚の「語録を褙《はい》ス」と題する偈《げ》に「路粮ヲ齎《つつ》マズ笑ヒテ復《また》歌フ、三更月下無何《むか》ニ入ル、太平誰カ整フ閑戈甲《かんくわかふ》、王庫初メヨリ是ノ如キノ刀ナシ」（『江湖風月集《ごうこふうげつ》』）とあるのによる。広聞和尚の偈は、悟りの安らかな心境を、食糧も武器も用意する必要のない、太平の世の安楽な旅に譬えたものだが、それを文字通り食糧も路銀の用意もない素寒貧《すかんぴん》の旅の意に転じた。

三更…入る　前掲の広聞和尚の偈による。「三更」は今の午前零時から二時。「無何」は荘子の説いた無為自然の理想郷「無何《むか》有之郷」。

昔の人　古人。宋代の禅僧、偃渓広聞（一一二六三年寂）をさす。

杖にすがりて　心の支えとして。旅の縁で「杖」と言った。

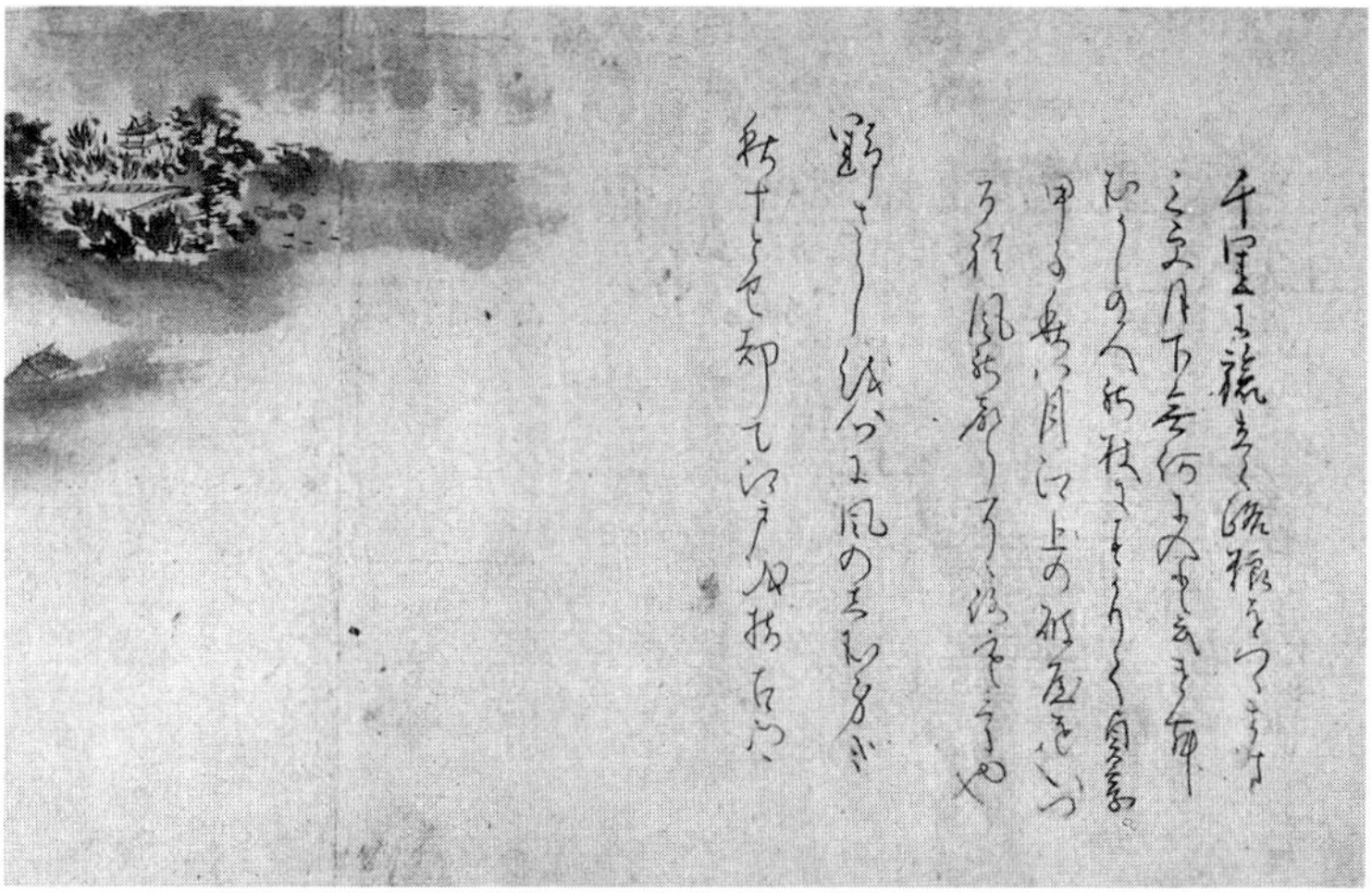

自筆自画『甲子吟行画巻』

れに身を投じて十年の秋を送り迎えた今、流寓の内に多くの知友を得た、その江戸を発《た》ち故郷に向かうに際し、あの賈島《かとう》の詩にもいうように、かえって江戸の方が故郷のように名残が惜しまれる。と同時にそれほどまでに自分は故郷と遠ざかってきたのかと思う。）

東海道第一の難所である箱根の関、そして風流の道に携わるものとして関越えの吟懐を詠むべき箱根の関を越える日は、あいにく雨が降って、山はみな雲に隠れてしまっている。

霧しぐれ富士を見ぬ日ぞおもしろき（しぐれのように薄く濃く去来する霧のヴェール、その向こうに見えるはずの、深川の芭蕉庵から日々眺め、またこの旅の前途に仰いできた富士の山容を、心の中でまさぐりながら関を越える日の風

江上の破屋　隅田川のほとりの深川芭蕉庵をさす。→語

風の声　欧陽修の「秋風ノ賦」に「ソレ秋ノ状タルヤ、ソノ色惨淡トシテ煙飛ビ雲斂《をさ》マル。ソノ容《かたち》清明ニシテ天高ク日晶《あきら》カナリ。ソノ気慄冽トシテ人ノ肌骨ニ砭《いしばり》ス。ソノ意蕭条トシテ山川寂寥タリ。故ニソノ声タル凄凄切切トシテ呼号奮発ス」（『古文後集』）とある。

そぞろ寒げ　連歌の季語を集めた『温故日録』九月の条に「鶏皮《そぞろさむき》」と掲出し、秋の「身の毛だつ」ような寒さとする。

秋十年…故郷　季語「秋」。賈島の「桑乾《さうけん》ヲ渡ル」の詩「客舎并州已《すで》ニ十霜、帰心日夜咸陽《かんやう》ヲ憶《おも》フ、如今《いま》又桑乾ノ水ヲ渡ツテ、却テ并州ヲ指ス是レ故郷ト」（『聯珠詩格』）をふまえる。

霧しぐれ…　季語「霧しぐれ」（秋）。『温故日録』に「しぐれに霧など、いづれ秋の道具結びては、秋なり」とある。真蹟絵巻の素堂序に「見るになを風興まされるものをや」と評す。

何某《なにがし》千里《(ちり)》とい《(云)》ひけるは、この《(此)》たび道《(みち)》の助《(たす)》けとなりて、よろづ《(万)》いたはり、心を尽くし侍る。常に莫逆《ばくげき》の交《まじは》り深《(ふか)》く、朋友信あ《(有)》るかな《(哉)》、この《(此)》人。

深川や芭蕉を富士に預け行く　千里《(ちり)》

富士川のほとりを行くに、三つばかり《(計)》なる捨て子の、あはれげ《(哀気)》に泣くあり《(有)》。この川の早瀬にかけて、うき世の波をしのぐにたへ《(え)》ず、露ばかり《(計)》の命待つ間《(ま)》と捨て置きけむ。小萩《こはぎ》がもとの秋の風、今宵《(こよひ)》や散《(ち)》るらん、明日《(あす)》や萎《(しを(ほ))》れんと、袂《たもと》より喰物《くひもの(な)》投げて通《(とほ(を))》るに、

興もまた格別であるよ。)

何某千里と言った俳友は、今度の旅で道中の介添え役となって、万事につけて私をいたわり、誠意を尽くしてくれる。平生から『荘子』にいわゆる「莫逆」の交わりが深く、まことに『孟子』にいう「朋友信あり」というべき人であるよ、この人は。

深川や芭蕉を富士に預け行く　千里（深川の芭蕉庵、しばらくその庭前の芭蕉を富士の眺めに預けて、私たちは旅だって行くことだ。)

富士川のほとりを行ったところ、三つぐらいの捨て子が、いたわしげに泣いているのに出逢った。人の往き来の多いこの川の流れの早い浅瀬に託して、親が現世の生活の困苦をしのぐことができず、露のようにはかない命の消えるまでの間、せめては良い人に拾われる機会もあればと、捨て置いたのであろう。小萩のよう

千里　苗村氏。通称、粕屋甚四郎。大和国竹内村の人。江戸浅草に寓居し、禅を修めるかたわら俳諧を学ぶ。享保元年（一七一六）没。当時四十歳。

莫逆の交り　互いに心に逆らうことのない、意気投合した交わり。『荘子』大宗師に「心ニ逆フコトナシ（原文、「莫逆於心」)。遂ニ相与《とも》ニ友ト為ル」とあるのによる。

朋友信あるかな　友人に対して誠のあることよ、の意。『孟子』滕文公《とうぶんこう》上に「父子親アリ、君臣義アリ、夫婦別アリ、長幼序アリ、朋友信アリ」とあるのによる。

深川や…　季語「芭蕉」(秋)。

富士川　歌枕。日本三急流の一。当時、橋はなかった。仮名草子『東海道名所記』に「富士川は、吉原と神原（蒲原）との真中なり。大河にして、水ははなはだ早し…海道第一の早川なり」とあり、『海道記』には猿声で名高い中国の巫峡の急流に比している。

捨て子　貞享元年は、全国的な凶作が続いた天和年間の直後であり、捨て子の事例も少なくなかった。「捨て子致し候事《そうろふこと》、いよいよ御禁制に候」(元禄三年触書)。

小萩がもとの秋の風　『源氏物語』桐壺で、父帝が幼い光源氏を案じて、亡き桐壺の更衣の母

猿を聞く人捨て子に秋の風いかに
いかにぞや、汝《なんぢ》、父《ちゝ》に悪《にく》まれたるか《歟》、母に疎《うと》まれたるか。父《ちゝ》は汝を悪むにあらじ、母は汝を疎《うと》むにあらじ。ただ《唯》これ天にして、汝が性のつたなきを泣《な》け。

に可憐な幼な子の上を吹く秋の風、その秋風に誘われて、今宵は散ってしまうだろうか、明日は萎れてしまうだろうかと案じながら、袂から食べ物を取り出し与えて通り過ぎる時に、

　猿を聞く人捨て子に秋の風いかに
（→発⑩）。

　なんと捨て子よ、おまえは父に憎まれたのか、それとも母に疎まれて捨てられたのか。いや父は骨肉を分けたおまえを憎んで捨てたのではあるまい、母はいとし子のおまえを疎んで捨てたのではあるまい。ただ、こうなったのは、所詮天命であって、おまえが天からうけた性の不運さを泣け。

君に送った歌「宮城野の露吹き結ぶ風の音に小萩がもとを思ひこそやれ」をふまえる。
今宵や散るらん　今晩は死ぬであろうか。「散る」「萎れ」は「萩」の縁語。
喰物投げて　「投ぐ」は下位の者に金品を与える行為をいう。
父に悪まれたるか…　自問自答の形式や対句の文言、さらにその思想は、前掲『荘子』大宗師の説話をふまえる。子輿《しよ》は、莫逆の友子桑《しそう》が霖《なが》雨《あめ》に困窮しているであろうと憂慮し、柴門《さいもん》を訪ねる。すると、子桑は「スナハチ歌フガゴトク、哭スルガゴトクシ、琴ヲ鼓シテ曰ク、父カ、母カ、天カ、人カ。ソノ声ニ任《た》ヘザルコトアリテ、趨《にはか》ニソノ詩ヲ挙」した。子輿が詩の故を問うと「ワレ、カノ我ヲシテコノ極ニ至ラシムル者ヲ思フニ、シカモ得ズ。父母アニワガ貧ヲ欲センヤ。天私ニ覆フコトナク、地私ニ載スルコトナシ。天地アニ私ニワレヲ貧シウセンヤ。ソノコレヲスル者ヲ求ムルニ、シカモ得ズ。シカシテコノ極ニ至ルモノハ、命ナルカナ」と答えたと言う。「命」は天命のこと。『中庸』には「天命ヲコレ性ト謂フ」とある。『荘子』の「窮達ハ命ニアリ」という結論は、捨て子に対する引導であるとともに、社会的矛盾の前で無力な自分を自覚する芭蕉の痛恨の声でもある。

廿日余《はつかあま》りの月かすかに見えて、山の根際《ねぎは》いと暗《（くら）》きに、馬上に鞭《むち》を垂《（た）》れて、数里いまだ鶏鳴《けいめい》ならず、杜牧《とぼく》が早行《さうかう》の残夢《ざんむ》、小夜《さよ》の中山に至りて忽《たちま》ち驚く。

馬に寝て残夢月遠し茶の煙《（けぶり）》

二十日過ぎの有明の月が未明の空にかすかに見えて、山の麓のあたりはまだ真っ暗な中を、馬上に鞭を垂れたまま馬の歩むにまかせ、数里の間いまだ鶏の朝を告げる声もせず、まさに杜牧の「早行」の詩にいう「残夢」を見続けて行くうちに、佐夜の中山に至って、ハッと夢から覚める。

　馬に寝て残夢月遠し茶の煙（→発⑫）。

廿日余りの月　陰暦二十日過ぎの、有明月。

山の根際　山の麓のあたり。

馬上に鞭を垂れて…残夢　晩唐の詩人杜牧（八〇三〜五二）の詩「早行」をふまえる。「鞭ヲ垂レテ馬ニ信《まか》セテ行ク、数里イマダ鶏鳴ナラズ、林下残夢ヲ帯ビタリ、葉飛ンデ時ニ忽チ驚ク、霜凝リテ孤雁迥《はる》カニ、月暁ニシテ遠山横ハル、僮僕険ヲ辞スルコトヲ休《や》メヨ、何レノ時カ世路平カナラン」（『詩仙』）。「早行」は、朝早くの旅立ち。「鞭ヲ垂レテ」は馬の歩みに任せること。「残夢」は、目が覚めて後になお続く夢心地。

小夜の中山　歌枕。遠江国榛原郡と小笠郡（今の静岡県掛川市と金谷町）との境をなす峠道。東海道の菊川と日坂の間の険路。『新古今和歌集』旅の「年たけてまた越ゆべしと思ひきや命なりけりさよの中山　西行法師」の歌が名高い。『名所小鏡』（延宝七）には寄合として「鳥の音・袖枕・月・旅寝」の詞を挙げる。

かしまの記

洛《(らく)》の貞室《(ていしつ)》、須磨《(すま)》の浦《(うら)》の月見《(み)》に行《(ゆ)》きて、「松陰《(まつかげ)》や月は三五夜中納言《(なごむ)》」と言《(い)》ひけむ狂夫の昔《(むかし)》もなつかしきまま《(ゝ)》に、この秋鹿島《(あきかしま)》の山の月見《(み)》むと、思《(おも)》ひ立《(た)》つことあり。ともなふ人ふたり、浪客《らうかく》の士独《ひとり》、独《(ゝ)》は水雲の僧《(そう)》。僧《(ゝ)》は鳥《(からす)》のごとくなる墨の衣《(ころも)》に三衣《さんえ》の袋を襟《(え〈ゑ〉り)》に打ちかけ、拄杖《しゆぢやう》《(柱杖)》引《(ひ)》き鳴《(な)》らして、無門の関《くわん》も障《(さは)》るものなく、天地《(あめつち)》に独歩して出《(い)》でぬ。いま独《ひとり》は僧《(そう)》にもあらず、俗《(ぞく)》にもあらず、鳥鼠《てうそ》の間に名をかうぶりの鳥《(とり)》なき島《(しま)》にも渡りぬべく、門より舟《(ふね)》に乗り・

京の俳諧師貞室が、須磨の浦の月を見に行って、「松陰や月は三五夜中納言」と詠んだという、その風狂人の昔も懐しく思われて、この秋、鹿島の山の月を見ようと、思い立つことがあった。同行の人は二人、浪人の武士が一人、もう一人は雲水の僧である。僧は烏のような墨染めの衣に、頭陀袋《ずだぶくろ》を襟にひっかけ、長い杖《つえ》を引き鳴らして、禅の修行の難関である無門の関も妨げるものなくやすやすと通り抜け、天地の間を一人闊歩《かっぽ》して出立した。もう一人、つまり私は、僧でもなく、俗人でもなく、いわば鳥と鼠の間でどちらともつかない「蝙蝠《こうもり》」と名をこうむるような者で、諺にいう「鳥のいない島で幅を利かせる蝙蝠」のように、月を詠んだ先人もいない鹿島に渡って月見の風流を決め込もうと、深川の芭蕉庵の門口から舟に乗って、行徳に着いた。

貞室　貞門派の俳諧師、安原正章（一六一〇〜一六七三）。

須磨の浦　歌枕。今の神戸市須磨区内の海岸。

松陰や…　『玉海集』に「松にすめ月も三五夜中納言」とある。芭蕉の記憶違いか。『山の井』には、「中納言行平の住給ひし所は福祥寺の山のひんがしにつゞける尾なり。月見の松と名付て今も一村侍り」と前書し、初五「松にすむや」として所出。三五夜は、十五夜。中納言は、須磨の地に流され、松風・村雨姉妹と親しんだ在原行平。『白氏文集』の「三五夜中新月ノ色」をふまえ、「中」の字を掛詞に用いる。

鹿島　歌枕。今の茨城県鹿嶋市。「山」と言ったのは「浦」に対したもの。

浪客の士　曾良《そら》（一六四九〜一七一〇）。本名、岩波庄右衛門正字《まさたか》。蕉門。吉川惟足《これたる》に神道を学ぶ。当時深川五間堀住。

水雲の僧　雲水に同じ。禅僧。宗波。江戸本所定林寺住職といわれるが未詳。

三衣の袋　僧の着用する三種の袈裟《けさ》を入れる袋。ここは行脚の際携行品を入れる頭陀袋。

拄杖　行脚の杖。

無門の関も障るものなく…　宋代の禅僧慧開《えかい》（一一八三〜一二六〇寂）の『無門関』序の頌《じゅ》に「大道無門、千差《しゃ》路有リ。此ノ関ヲ透得セバ乾坤ニ独↖

て行徳にいたる。

昼より雨《(あめ)》しきりに降《(ふ)》りて、月見るべくもあらず。このふもとに、根本寺《こんぽんじ》の前《(さき)》の和尚《をしやう》、今《(いま)》は世《(よ)》を遁《(のが)》れてこの所《(ところ)》におはしけるといふを聞《(きゝ)》きて、尋《たづ》ね入りて臥《(ふ)》しぬ。すこぶる「人をして深省《(看)》を発《(はつ)》せしむ」と吟《(ぎん)》じけむ、しばらく清浄の心《(こゝろ)》を得《(う)》るに似《(に)》たり。暁《(あかつき)》の空いささか晴《(は)》れ間ありけるを、和尚起《(おこ)》し驚かし侍れば、人々起《(ひと〴〵お)》き出《(い)》でぬ。月の光・雨《(あめ)》の音《(おと)》、ただ《(ゞ)》あはれなるけしきのみ胸《(むね)》にみちて、言《(い)》ふべき言葉《(ことば)》もなし。はるばる《(ぐ)》と月見に来《(き)》たる甲斐《(かひ)》なきこそ、本意《ほい》なきわざなれ。かの何《なに》某《(がし)》の女《むすめ》す

昼から雨がしきりに降って、名月は見られそうにない。鹿島山の麓に、根本寺の前住職仏頂和尚が、今は隠居して、ここに住んでいらっしゃるというのを聞いて、草庵を訪ね入り泊まった。杜甫が、大いに「人に深い反省の思いを抱かせる」と詠んだとかいう、その詩のようなこの草庵の風情に、しばらくの間、清浄な心を得たような心持ちになった。明け方の空にすこし晴れ間が出たのを、和尚が起こし目をさましてくれたので、人々も起き出してきた。月の光、雨の音、ただしみじみと趣深い様子ばかりが胸にいっぱいになって、どう句に詠んだらいいか言葉も出ない。はるばると鹿島まで月見に来た甲斐もなく、不本意なことである。あのなんとかいう有名な歌人の娘でさえ、ほととぎすの歌を詠むことができ

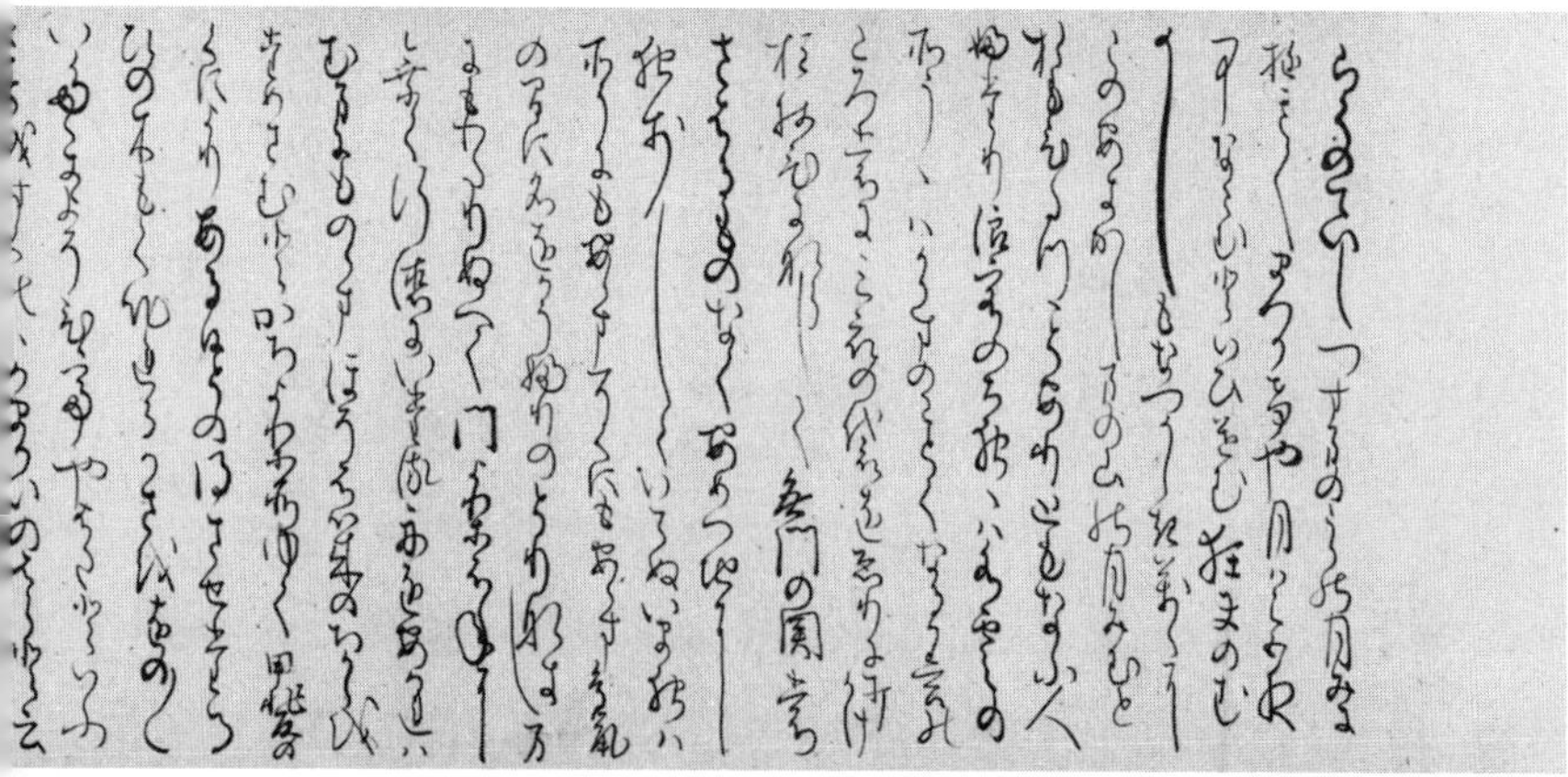

「かしまの記」巻子（冒頭部）

ら、ほととぎ《(こ)》すの歌《(うた)》え詠《よ》まで帰《(かへ)》り煩《(わづら)》ひしも、我がためにはよき荷担《かたん》の人ならむかし。

ず帰りかねたという話は、句を作りかねている私にとっては心強い味方であるよ。

↙歩セン」とあるのによる。

僧にもあらず…名をかうぶりの　『増補下学集』気形門「蝙蝠《カウモリ》」に、「末世ノ比丘、僧ニ似テ僧ニ非ズ、俗ニ似テ俗ニ非ルヲ喩《タト》ヘテ、蝙蝠ノ比丘ト曰フ」とある。

鳥なき島にも　諺「鳥なき島のかはほり」(『皇朝古諺』)を用いた文飾。

行徳　今の千葉県市川市内。江戸から佐倉・成田方面へ向かう水路の要地。芭蕉は深川から行徳行きの便船で小名木川をさかのぼった。

◆　◆

根本寺のさきの和尚　二一世住職仏頂和尚(一六四二～一七一五)のこと。鹿島神宮との寺領訴訟のため江戸深川の臨川庵に滞在中、芭蕉と交遊を生じ、世に芭蕉参禅の師といわれる。『おくのほそ道』でも、下野国雲巌寺(今の栃木県黒羽町)に和高の山居の跡を訪ねている。

すこぶる「人をして深省を発せしむ」　杜甫の詩「龍門ノ奉先寺ニ遊ブ」に「覚メント欲シテ晨鐘ヲ聞ケバ、人ヲシテ深省ヲ発セシム。(注)陶淵明、遠公ノ人ヲ議論スルヲ聞キテ曰ク、人ヲシテ頗ル深省ヲ発セシム」(『古文真宝前集』)とあるのをふまえる。

かの何某の女すら…　「何某の女」は、歌人清原元輔の娘清少納言のこと。『枕草子』の、清少納言がほととぎすを聞きに出かけたが、田舎の様子や馳走に取り紛れて、歌を一首も詠むことが出来ないで帰った話(「五月の御精神のほど」)をふまえる。

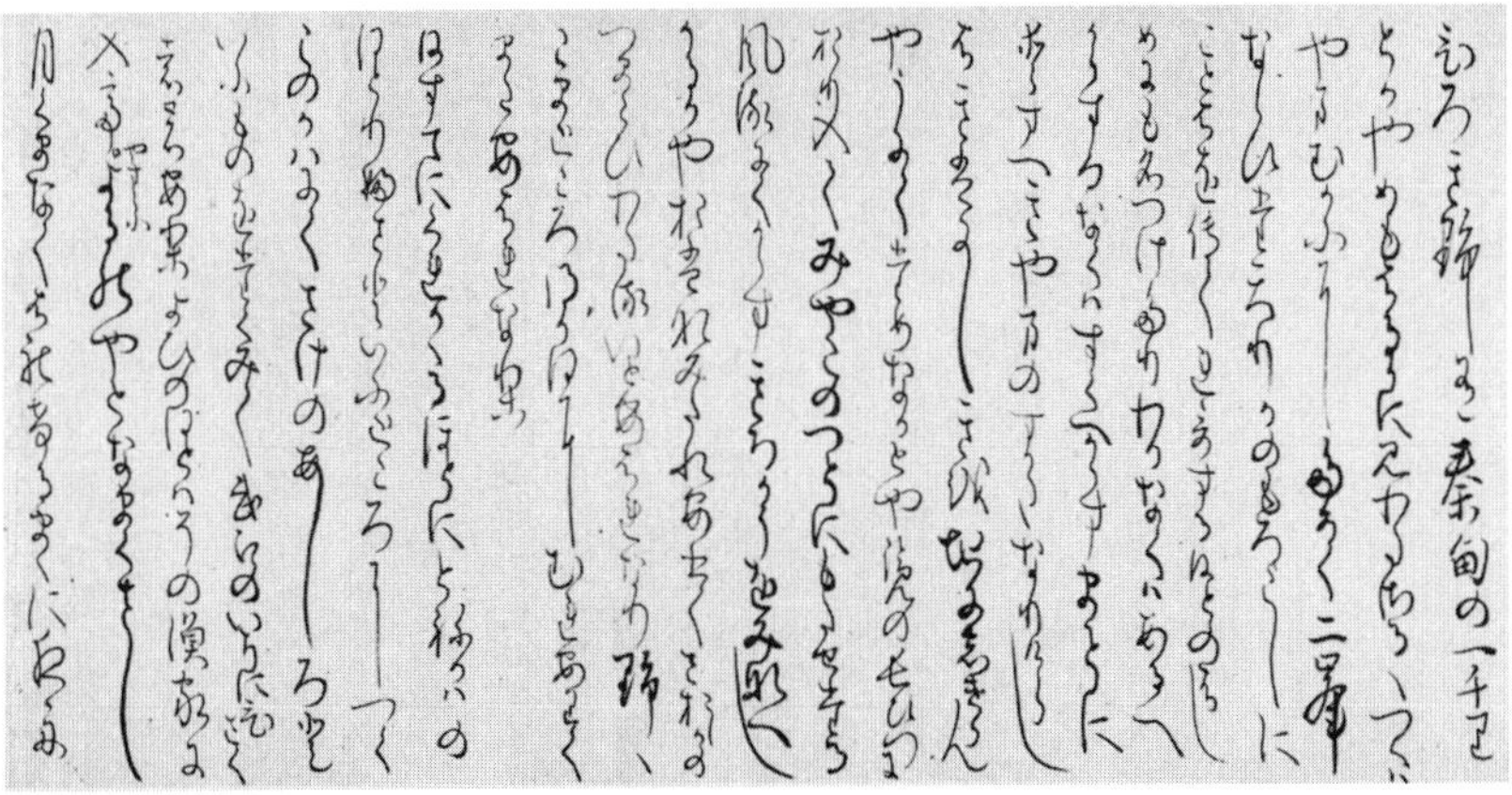

笈の小文

百骸九竅《ひゃくがいきうけう》の中に物有り。かりに名付けて風羅坊《ふうらばう》といふ。誠にうすものの風《(ゝかぜ)》に破れやすからんこと《(事)》をいふにやあらむ。かれ狂句を好《す》くこと久し。終《つひ》に生涯のはかりごととなす《(ゝ)》。ある時は倦《う》んで放擲《ほうてき》せんこと《(事)》を思《(おも)》ひ、ある時は進《(すゝ)》むで人に勝《(か)》たむこと《(事)》を誇《ほこ》り、是非《ぜひ》胸中に戦《(たゝかふ)》うて、これ《(是)》がため《(為)》に身安からず。しばらく身を立てむこと《(事)》を願《(ねが)》へども、これがため《(為)》に障《(さ)》へられ、暫《しばら》く学んで愚を暁《さと》らんこと《(事)》を思《(おも)》へども、これ《(是)》がため《(為)》に破られ、終《(つひ(ゐ))》に無能無芸にし

ここに百の骨と九つの孔《あな》をそなえた外形の中に造化の分身としての心を蔵した一個の人間がいる。その者を仮に名付けて「風羅坊」という。いかにも読んで字のとおり、薄衣が風に破れやすいように、心身ともに虚弱で役立たずの人間であることをいうのであろうか。彼、風羅坊は、俳諧の道に執心耽溺《たんでき》することが久しい。今ではとうとう一生涯の生計の道とするようになった。これまでの半生を振り返ってみると、ある時は俳諧にも飽きて放り出そうと思い、ある時は積極的に俳壇に乗り出し他人に勝とうと得意になり、そのいずれの道を取るべきかという相対界における妄念が胸中で争って、このために身を落ちつけることができなかった。この仮の世におけるしばらくの営みとして官途について立身しようとしたけれども、俳諧に対する愛着のために妨げられ、しばらくは参禅して自らの愚を悟ろうと

百骸九竅　三百六十の骨節、二目二耳二鼻一口二孔の意。『荘子』斉物論に「百骸九竅六蔵眩《ソナハ》ツテ存ス」とあるのによる。すなわち人間の身体のこと。

物　宇宙の根源的主宰者である造化の分身としての心（林希逸注）。

かりに名付けて　名による限定を排して、無名を尊ぶ老荘思想による語。『老子』に「名ノ名トスベキハ、常ノ名ニ非ズ」とある。

風羅坊　芭蕉の別号。風羅は風に翻る薄衣。傷つきやすい無用者であることを標榜したもの。

いふにやあらむ　下の「かれ」とともに、自己を第三人称で表す『荘子』的筆法による。

狂句　正統的連歌に対し、俳諧を卑下して言ったもの。

好く　風流の道に執心耽溺すること。

是非　どちらがよいかという相対的知見。老荘思想で排するところ。

しばらく　仮の世におけるつかのまの営みとして。

学んで愚を暁らん…　参禅をいう。「我は実に愚痴なりと知ること、まづ愚痴を破るの初めなり」（鈴木正三『反故集』）。

て、ただ《（只）》この《（此）》一筋に繫《つな》がる。西行の和歌における、宗祇《そうぎ》の連歌における、雪舟の絵における、利休が茶における、その《（其）》貫道する物は一《いつ》なり。しかも風雅におけるもの、造化《ざうくわ》に随《（したが）》ひて四時《しいじ》を友とす。見る処《ところ》、花にあらずといふこと《（事）》なし、思《（おも）》ふ所、月にあらずといふこと《（事）》なし。像《かたち》、花にあらざる時は、夷狄《いてき》にひとし。心、花にあらざる時は、鳥獣に類ス。夷狄を出で、鳥獣を離れて、造化に随《（したが）》ひ、造化に帰《（かへ）》れとなり。

思ったけれども、俳諧に対する執心のために挫折し、ついに無能無芸のまま、ただこの俳諧一筋の道に繫ぎとめられて今日に至っている。しかし、西行の和歌におけるも、宗祇の連歌におけるも、雪舟の絵におけるも、利休の茶におけるも、それぞれの道の根本を貫く精神は一つである。（願わくは彼の俳諧も、たとえ芸術としての位置は低く、しかたなしに繫がってきた道であるにしても、これらの先人たちの根本精神に連なるものでありたいと思う）。しかも、風雅の世界に身を置く者は、宇宙の根源的実在である造化の創造作用に随い、造化のはたらきによって生じる四季の不断の運行・変化を友としている。そうすれば、すべて目に映るところは、花（美）でないことはない。心に思うところは、月（美）でないものはない。心に映る形象が花（美）でないならば、未開の野蛮人と同様である。

無能無芸　世に立つ上の実用的な技能を持たないこと。

西行　鎌倉初期の歌人。

宗祇　室町時代の連歌師。

雪舟　室町時代の画僧。

利休　安土桃山時代の茶人。

貫道　道の根本を貫くこと。『論語』里仁に「吾が道、一以テ之ヲ貫ク」とある。『荘子』斉物論に「道ハ通ジテ一ト為ス」とあり、林希逸注に、これを「皆之ヲ造物ニ帰スルナリ」と説明している。

造化に随ひて…　造化の根源的創造力と一体となり、四季の運行変化が秩序あり休止するところがないように、美を追求し絶えず自己脱皮を遂げることをいう。『荘子』大宗師に「喜怒四時ニ通ジテ物ト宜有リ。而シテ其ノ極ヲ知ル莫《な》シ」とある。

花　「月」とともに美の暗喩。

夷狄　「人変じて夷狄となり、再変して禽獣となる」の古語（松永貞徳『歌林雑話』）による。

造化に随ひ、造化に帰れ　『荘子』大宗師の林希逸注に「造化ニ随ヒテ去ル、乃《すなわ》チ以テ造化ノ妙ニ入ルベシ」、同・応帝王の注に「造物ノ自然ニ順フ」とある。

神無月《かんなづき》の初《はじめ》、空定めなきけしき、身は風葉《ふうえふ》の行く末なき心地《ここち》して、

旅人とわが《(我)》名呼《(よ)》ばれん初時雨《(しぐれ)》

又山茶花《さざんくわ》を宿《やど》々《(〳〵)》にして

岩城《いはき》の住、長太郎といふ《(云)》者《(もの)》、この《(此)》脇を付けて、其角亭《きかくてい》におい《(ゐ)》て関送りせんともてなす。

心に思うところが花でないならば、鳥獣と同類である。野蛮人や鳥獣の境涯から脱して造化の至大のはたらきに随い、造化に帰一せよというのが、中世芸道を貫く一なる根本精神である。

十月の初め、空は時雨が降ったり止んだりの定まらない様子で、我が身は風に吹き散らされる木の葉のように、前途がどうなるかわからない気持ちがして、

旅人と我が名呼ばれん初しぐれ
(→発㉔)

又山茶花を宿々にして（『野ざらし紀行』の旅では、風雅な仲間に迎えられすばらしい成果をあげられました。今度も風雅な山茶花の咲く家を宿々にして、良い旅をお続けてください。）

岩城の住人、長太郎という者が、このような脇句を付け、其角亭で送別の宴を催してくれた。

神無月の初 陰暦十月初旬。事実の上では餞別句会は十月十一日（『続虚栗』）、出発は同二十五日（『句餞別』）。

又山茶花を… 季語「山茶花」（秋）。『野ざらし紀行』の旅の途次、名古屋で巻かれた『冬の日』五歌仙の第一の芭蕉の「狂句こがらしの身は竹斎に似たるかな」→発⑮に付けた亭主野水の脇句「たそやとばしるかさの山茶花」と、第五歌仙の雨笠の挙句《あげく》「山茶花匂ふ笠のこがらし」をふまえる。

岩城の住、長太郎 井手由之。岩城の内藤家家臣という。

といふ者 風流の仲間としての親愛の情をこめた呼びかた。

脇 連句の第二句目。亭主の役。

其角亭 芭蕉の高弟榎本其角の庵。日本橋堀江町三丁目にあった。

関送り 旅立ちを送ること。送別の宴。

下沓

時は冬吉野《(よしの)》をこめん旅の土産《(つと)》

この《(此)》句は、露沾《ろせん》公より下し賜《(給は)》らせ侍りけるを、餞《(はなむけ)》の初《はじめ》として、旧友・親疎・門人等、あるは詩歌《しいか》文章をもて訪《とぶら》ひ、或《ある》は草鞋《わらぢ》の料を包みて志をあらは《(見)》す。かの三月《さんげつ》の糧《かて》を集むるに力を入れず。紙布《かみこ》・綿小《わたこ》などいふもの、帽子《ばうし》・下沓《(したうづ)》やうのもの、心々《(ぐ)》に送りつどひて、霜雪《さうせつ》の寒苦を厭《(いと)》ふに心なし。あるは小船を浮《(う)》かべ、別墅《べつしよ》に饗《(まうけ)》し、草庵に酒肴《しゆかう》携《たづさ》へ来りて、行衛《ゆくへ》を祝し、名残りを《(を(お))》惜しみなどするこそ、故《(ゆゑ(へ))》ある人の門出《(首途)》するにも似たりと、いと物めかしく覚えられけれ。

時は冬吉野をこめん旅の土産（今はまだ冬だが、春にはちょうど花の吉野山に行き着くだろう。その吉野での風雅をたくさんつめて帰ってくることだろう、旅の土産として。）

この句は露沾公より下賜遊ばされたもので、これを餞別の筆頭として、旧友、親しい人やそれほどでもない人、門人たちなどが、ある者は詩歌や文章を持って訪ねてきてくれ、ある者は草鞋の代金を包んで餞別の志を示してくれる。例の三月前から旅の糧を集めたという話に比べると、私の旅は人々の好意のおかげで何の苦労もしない。紙製の着物や真綿で作った防寒具などといったもの、帽子や足袋のようなもの、人々が思い思いに贈り持ち寄って、霜や雪の寒さの苦しみを厭う心配もいらない。ある者は船遊びの小船を用意し、またある者は別荘に宴を催

時は冬…　季語「冬」。初案「時は秋吉野をこめし旅のつと」（『句餞別』）「時ぞ冬芳野をこめし旅のつと」（『続虚栗』）。芭蕉が訂正を加えたもの。

露沾公　奥州岩城平城主内藤義泰（風虎）の次男、義英（一六五五～一七三二）。天和二年（一六八二）に退身し、以後は風雅をもっぱらとした。父風虎の影響で俳諧をよくし、門人には露言・沾徳らがおり、蕉門とも親しかった。

侍りけるを　「侍る」は文調を擬古的に調えるための修辞で、丁寧語ではない。以下も同じ。

草鞋の料　旅費。

かの三月の糧　→『野ざらし紀行』冒頭。

紙布　紙に渋を塗って日にさらし揉み和らげて作った防寒用の衣服。

綿小　袖なしの綿入れ。

帽子　隠者のかぶる黒い頭巾《ずきん》。『句餞別』に「芭蕉庵主しばらく故園にかへりなんとす。とめる人はたからを送り、才ある人はことばを送るべきに、我此二ッにあづからず。むかしもろこしのさかひにかよひけるころ、一ッの烏巾を得たり。これをあたへて、たからと才にかふるものならし。もろこしのよしの、奥の頭巾かな」とあり、素堂が贈ったもの。

下沓　股のない足袋の類。

そもそも《（抑）》、道の日記といふものは、紀《き》氏《し》・長明《ちやうめい》・阿仏《あぶつ》の尼の、文《ぶん》をふるひ情《じやう》を尽くしてより、余《よ》は皆俤《おもかげ》似通《（かよ）》ひて、その《（其）》糟粕《さうはく》を改むること《（事）》あたはず。まして浅智《せんち》短才の筆に及ぶべくもあらず。その《（其）》日は雨降り、昼より晴れて、そこに松有り、かしこに何といふ《（云）》川流れたり、などいふこと《（事）》、たれだれ《（ぐ）》も言《（い）》ふべく覚え侍れども、黄奇《くわうき（黄哥）》蘇新《そしん》のたぐひにあらずは言《（云）》ふこと《（事）》なかれ。されどもその《（其）》所々《（ぐ）》の風景心に残り、

し、または、私の草庵に酒や肴を持参して旅の前途を祝し、名残を惜しんでくれるのは、まるで由緒ある人が旅立ちするようで、たいそうものものしく思われた。

そもそも紀行文というものは、紀貫之・鴨長明・阿仏尼が、文章の妙を発揮して旅情を述べ尽くして以来、その他の紀行文はみな姿・形が似通っていて、先人の糟を模倣するのみで新味を出すことができない。まして、私のような智恵浅く才能の乏しい者の筆が及ぶはずもない。「その日は雨が降り、昼から晴れて、そこに松があり、あそこに何とかいう川が流れていた」などということは、誰でも書くように思われるけれど、そんなことはいくら書いても仕方がない、黄山谷や蘇東坡が詠んだような珍しく新しいものでなければ、紀行文など書いてはならない。けれども、心に残った所々の風景や

故ある人　特別な身分のある人。

物めかしく　物々しく。

紀氏・長明・阿仏の尼　紀貫之・鴨長明・阿仏尼。それぞれ『土左日記』、『東関紀行』・『海道記』（現在は二書ともに作者未詳とするが、江戸時代は長明作と信じられていた）、『十六夜日記』の作者。

糟粕　つまらぬ残り物。『荘子』天道に「桓公書ヲ堂上ニ読ム（中略）曰ク、然ラバ則チ君ノ読ム所ハ、古人ノ糟粕ノミ」とある。

黄奇蘇新　『詩人玉屑』に「蘇子瞻ハ新ヲ以テシ、黄魯直ハ奇ヲ以テス」とあるのによる。蘇東坡も黄山谷も宋代の詩人。

山館・野亭の苦しき愁ひ　『東関紀行』に「或は山館・野亭の夜のとまり、或は海辺・水流の幽なる砌《みぎり》にいたるごとに、目に立つ所々、心とまるふしぶしを書き置きて」とあるのをふまえる。

風雲の便り　風雅の助け。「風雲」は「風雲月露」（花鳥風月を詠じた詩文）の略。

後や先やと　順序不同をいう常套句。

山館・野亭の苦《(くる)》しき愁ひも、かつ《(且)》は話《(はなし)》の種となり、風雲の便《たよ》りとも思《(おも)》ひなして、忘《(わす)》れぬ所々《(ぐ)》、後《(跡)》や先やと書き集め侍るぞ、なほ《(猶)》酔へる《(ル)》者の妄語《まうご(猛語)》にひとしく、寝《(い)》ねる人の譫言《せんげん》するたぐひに見なして、人また《(又)》妄聴《まうちやう(亡聴)》せよ。

◆

三河《(三川)》の国保美《ほび》といふ処《ところ》に、杜国《とこく》が忍《(しの)》びてあり《(有)》けるを訪《(とぶら)》はむと、まづ越人《ゑつじん》に消息《せうそこ》して、鳴海より後《あと(跡)》ざまに二十五里尋ね帰《(かへ)》りて、その《(其)》夜吉田《よしだ》に泊る。

　寒けれど二人寐《ぬ》る夜ぞ頼もしき

天津《(あまつ)》縄手《なはて》、田の中に細道ありて、海より吹き上《あ》ぐる風いと寒き所なり《(也)》。

山中の宿・田舎の茶屋で味わった苦しい旅愁も、一方では話の種になり、風雅の助けにもなるかとしいて思いきめ、忘れられない所々を、前後もかまわず書き集めたのは、やはり酔っぱらいの出まかせと同じく、寝ている人のうわごとをする類と見なして、どうか読まれる人々よ、あなたもまたいい加減に聞き流した上で、私の真意を汲み取ってほしい。

◆

三河国保美という所に、杜国が人目を避けて隠れ住んでいるのを訪ねようと、まず越人に手紙を出して誘い、鳴海から後方に二十五里ほど道を探しながら後戻りして、その夜は吉田に泊まる。

　寒けれど二人寐る夜ぞ頼もしき
（寒さの折だけれど、江戸から一人旅を続けて来た身にとって、こうして友と二人で寝る夜は心強いことだ。）

酔へる者の妄語にひとしく、…人また妄聴せよ　『荘子』斉物論に「予レ嘗《こころみ》ニ汝ガ為ニ之ヲ妄言セン、女《なん》ヂ以テ之ヲ妄聴セヨ」とあるのによる。真理は言句をもって説くことの不可能なもので、自分の仮に言うところを、字句にとらわれず聞き流して、その真意を悟ってほしいとの意。以下の紀行文についても、その真意を汲み取ってほしいと読者に呼びかけたもの。

◆

三河の国保美　今の愛知県渥美郡渥美町保美。渥美半島の先端近く。

杜国　蕉門。坪井庄兵衛。名古屋の富裕な米商。貞享元年、芭蕉が名古屋を訪れた折の『冬の日』五歌仙に参加し、詩人的資質を発揮。翌年八月、延米商いの罪に問われ領内追放となり、保美に隠棲していた。

越人　蕉門。越智十蔵（享保末年没）。名古屋の紺屋。『春の日』以下に入集、貞享五年『更科紀行』の旅では芭蕉に同行した。

鳴海　今の愛知県名古屋市緑区鳴海町。

吉田　今の愛知県豊橋市。

寒けれど…　季語「寒し」（冬）。中七、初案「二人旅寝ぞ」（『如行子』『あら野』）。

天津縄手　今の豊橋市天津。縄手は田の間の畦道。

冬の日や馬上に氷る影法師

保美村より伊良湖崎《いらござき(古)》へ壱里《(斗)》ばかりも有・るべし。三河の国の地続《(つゞ)》きにて、伊勢とは海隔《(へだ)》てたる所なれども、いかなる故にか、万葉集には伊勢の名所の内に撰《えら》び・入れられたり。・この《(此)》洲崎《すさき》《(渕崎)》にて碁石を拾ふ。世にいらご白《じろ》といふとかや。骨山《ほねやま》といふ《(云)》・は鷹を打つ処なり。・南の海の果《(は)》てにて、鷹の初《(はじ)》めて渡る所といへり。いらご鷹など歌にも詠《(よ)》めりけりと思《(おも)》へば、なほ《(猶)》あはれなる折《をり》ふし、

鷹一つ見付《みつ》け・てうれし伊良湖崎《(いらご)ざき》

天津縄手は、田の中に細道があって、海から吹き上げてくる風がたいそう寒い所である。

冬の日や馬上に氷る影法師（↓発㉕）

保美村から伊良湖崎へは、およそ一里くらいもあろう。三河国の地続きで、伊勢とは海を隔てた所だが、どういうわけか『万葉集』には伊勢の名所の内に選び入れられている。この洲崎で碁石を拾う。世間ではいらこ白とかいって珍重するそうである。骨山という所は鷹を捕る所である。南の海の果てで、鷹が最初に渡ってくる所といっている。いらご鷹などと古歌にも詠まれていることよと思うと、いっそうしみじみと感じられるちょうどその時、一羽の鷹を見付けて、

鷹一つ見付けてうれし伊良湖崎（↓発㉖）

伊良湖崎　渥美半島西端の岬。
万葉集には伊勢の名所の内に…　『万葉集』巻一「麻績王《をみのおほきみ》の伊勢国伊良虞の島に流さるる時、人、哀しび傷みて作る歌」など。『歌枕名寄』（万治二）伊勢国下に「伊良虞島・崎」として所引。杜国を流離の貴種として、麻績王に比したもの。
いらご白　『毛吹草』三河の名物に「伊羅期碁石貝《イラゴノゴイシガイ》」を挙げる。杜国を白い石に比し、かつ、藤原為忠「慰めに拾へば袖ぞぬれまさるいらごが崎の恋忘れ貝」（『夫木和歌抄』崎）の和歌を想起させたもの。
骨山　伊良湖岬の小丘陵。現、古山。
いらご鷹など歌にもよめりけり　『山家集』に「二つありける鷹の伊良胡渡りすると申しけるが、一つの鷹は留まりて、木の末にかかりて侍ると申しけるを聞きて／巣鷹渡る伊良胡が崎を疑ひてなほ木にかへる山帰りかな」など。歌中の、梢に取り残された「一つの鷹」のイメージに、杜国の今の境涯を重ねたもの。

弥生半《やよひなか》ば過ぐるほど《(程)》、そぞ《(ゞ)》ろに浮《(う)》き立つ心の花の、我を導《(道引)》く技折《しをり》となりて、吉野の《(よしのゝ)》花に思《(おも)》ひ立たんとするに、かの伊良湖崎《(いら(古)ござき)》にて契《(ちぎ)》り置きし人の、伊勢《(いせ)》にて出で迎《(むか)》ひ、ともに旅寐《たびね》のあはれをも見《(み)》、かつ《(且)》は我がため《(為)》に童子となりて道の便《たよ》りにもならんと、自《みづか》ら万菊丸《まんぎくまる》と名をいふ。まことに童《(わらべ)》らしき名のさま、いと興有り。いでや門出《かどで》の戯《(たはぶ)》れ言《(事)》せんと、笠のうちに落書《らくがき》す《(ス)》。

乾坤無住同行二人《けんこんむじゆうどうぎやうににん》

吉《(よし)》野にて桜見せう《(ふ)》ぞ檜《ひ》の木《き》笠

吉《(よし)》野にて我も見せう《(ふ)》ぞ檜の木笠

万菊丸

三月半ばを過ぎる頃、むやみやたらに浮かれ立つ心中の風雅が、私を旅に誘い出す道案内となって、吉野山の花見に出立しようとするに際し、例の伊良湖崎で約束しておいた人（杜国）が、伊勢に出て私を迎えてくれ、ともに旅寝の情趣をも味わい、一方では私のために童子役となって道中の手助けにもなろうと、自ら「万菊丸」と名乗る。いかにもお稚児さんみたいな名前のようすが、たいそうおもしろい。それでは門出に当たっての俳諧を詠み合おうと、笠の内側に落書きをする。

乾坤無住同行二人

吉野にて桜見せうぞ檜の木笠（おまえに、吉野で花盛りの桜をみせてやるぞ、檜の木笠よ。）

吉野にて我も見せうぞ檜の木笠

万菊丸（吉野で芭蕉先生と同じよ

弥生半ば過ぐるほど　陰暦三月中旬過ぎ。事実の上では三月十九日伊賀発足。紀行文の上では伊勢出発とする。

そぞろに浮き立つ　むやみやたらに浮かれ立つ。

心の花　心中の美に感応するはたらき。心の中の風雅の思い。冒頭の「心花にあらざる時は…」と呼応するもの。

枝折　山に入る時、枝を折って後続の目印とすること。道案内。

吉野の花　吉野は桜花の聖地。露沾の「時は冬」の餞別吟に呼応するもの。

思ひ立たん　発意して出発しようとする。

童子　給仕役の少年。

門出の戯れ言　旅立ちに当たっての俳諧の唱和。「戯れ言」は、冒頭「狂句」の卑下に呼応するもの。

乾坤無住同行二人　巡礼などが遍路笠の裏に書き付ける決まり文句。天地の間、住する所なし。ただ同じ道の修行者二人のみ、の意。遍路の場合、「同行」は、仏ないしお大師様と二人連れの意だが、ここは杜国と二人、風狂の同行者の意味にとりなした。

吉野にて…　季語「桜」（春）。「檜の木笠」は檜の薄板を編んで作った笠。

吉野の《(よしのゝ)》花に三日とど《(ゞ)》まりて、曙《あけぼの》・黄昏《たそかれ》の景色《(けしき)》に向《(む)》かひ、有明《ありあけ》の月の哀《あは》れなるさまなど、心にせまり胸にみちて、あるは摂政《せつしやう》公《(摂章公)》のながめに奪《(うばゝ)》はれ、西行の枝折《しをり》に迷《(まよ)》ひ、かの貞室《ていしつ》が「是《これ》は是は《(〳〵)》」と打ちなぐりたるに、われ言《(い)》はん言葉もなくて、いたづらに口を閉《(と)》ぢたる、いと口惜《(を)》し。思《(おも)》ひ立ちたる風流、いかめしく侍れども、ここ《(爰)》に至りて無《ぶ》興《きよう》のこと《(事)》なり。

高野《かうや》

父母《(ちゝはゝ)》のしきりに恋《(こ)》ひし雉《きじ》の声

うに私も桜を見せてやるぞ、檜の木笠よ。）

吉野の花の下に三日滞留して、曙や黄昏の景色を眺め、有明月の趣深いさまなどが、心に押し寄せ胸がいっぱいになって、ある時は摂政良経公の歌に詩心を奪われ、ある時は西行法師の枝折りの歌に心が迷って趣向も立ちかね、あの貞室の「これはこれは」と即興的に詠み散らした句に、新たに付け加えるような表現も見つからなくて、むなしく句を詠むことを断念したのが、なんとも残念である。吉野の花の下で傑作をものしようと一念発起して発足した風流の旅はものものしかったが、こうなっては、なんとも興ざめなことである。

高野山

父母のしきりに恋ひし雉の声（こ高野山で雉の鳴き声を聞くと、

吉野にて我も… 季語なし。「桜」を利かせたもの。

摂政公のながめ 後京極摂政藤原良経（一一六九～一二〇六）の和歌「昔たれかかる桜の種を植ゑて吉野を春の山となしけん」（『新勅撰集』『類字名所和歌集』）をさす。

西行の枝折 西行の和歌「吉野山こぞの枝折の道かへてまだ見ぬ方の花をたづねむ」（『新古今和歌集』『類字名所和歌集』）をさす。

貞室 前出（『かしまの記』）。

是は是は 「これは〳〵とばかり花の芳野山」（『一本草』『あら野』『吉野山独案内』）。「これは〳〵」という古浄瑠璃の常套句を用い、吉野の絶景に他に言葉もない意を詠んだもの。

打ちなぐり 即興的に詠み散らし。

口を閉ぢ 句を詠むことを断念し。

高野 今の和歌山県伊都郡高野町。高野山金剛峯寺がある。前書により場面を転換したもの。

父母のしきりに… 季語「雉」（春）。行基菩薩「山鳥のほろほろと鳴く声聞けば父かとぞおもふ母かとぞ思ふ」（『玉葉和歌集』『夫木和歌抄』）をふまえる。「山鳥」は雉の仲間。「雉」は子を思う心の深いものとされる。

散《ち》る花にたぶさ恥《は》づかし奥の院　　万菊

和歌

行く春に和歌《わか》の浦にて追ひ付きたり

◆

踵《きびす》(跪)は破《やぶ》れて西行にひとしく、天龍の渡しを思《おも》ひ、馬を借《か》る時はいきまきし聖《ひじり》のこと(事)心に浮《う》かぶ。山野《さんや》・海浜《かいひん》の美景に造化の功を見、あるは無依《むえ》の道者

あの行基の歌ではないが、父や母のことがしきりに恋しく思われる。）

散る花にたぶさ恥づかし奥の院　万菊（無常の思いを誘う落花の下、もとどりをつけた俗人の姿で参詣することが恥ずかしい。この神聖な奥の院に。）

和歌の浦

行く春に和歌の浦にて追ひ付きたり（刻々と過ぎ行く春に、この和歌の浦でようやく追い付いたことだ。）

◆

かかとは傷つき破れて西行同様になるにつけ、西行が天龍の渡しで遭遇した苦難を思い、馬を雇う時は、馬を堀へ落とされて激怒した『徒然草』の証空上人の逸話が心に浮かぶ。山野・海浜の美しい景色に対してはこれを造り出した造物主

散る花に…　季語「散る花」（春）。初案「散る花にたぶさ恥けり奥の院」（『あら野』）。説経『刈萱《かるかや》』をふまえる。
たぶさ　もとどり。髪の毛を頭頂で束ねる所。
奥の院　弘法大師の遺骨を納めた所。
和歌　和歌の浦。和歌山市南方の海岸。歌枕。

前書により場面を転換したもの。

行く春に…　季語「行く春」。声調より、能舞台の幻想を思わせる。

◆

天龍の渡しを思ひ　『西行物語』に、西行が天龍川の渡しで後から来た武士に船から降りることを強いられ、鞭で打たれて頭から血が流れ出たが、仏道修行に苦難はつきものと言って怒らなかった、とある逸話による。
馬を借る　馬を雇う。
いきまきし聖のこと　『徒然草』一〇六段に、高野の証空上人が馬に乗った女と行き当たり、

の跡を慕《(した)》ひ、風情《ふぜい》の人の実《まこと》をうかがふ。なほ《(猶)》、栖《すみか》を去《(さ)》りて器物の願《(ねが)》ひなし。空《くう》手《しゆ》なれば途中の愁《うれ》ひもなし。寛歩《くわんぽ》駕《かご》に換《(か)》へ、晩食肉よりも甘し。とまるべき道に限《(かぎ)》りなく、立つべき朝《あした》に時なし。ただ《(只)》一日の願《(ねが)》ひ二つのみ。今宵《(こよひ)》良《(能)》き宿借《(か)》らん、草鞋《わらぢ》のわが足によろしきを求めんとばかり《(計)》は、いささ《(ゝ)》かの思《(おも)》ひなり。時々《じじ》気を転じ、日々《(ゝ)》に情を改《(あらた)》む。もしわづかに風雅ある人に出合ひたる、悦《よろこ》び限《(かぎ)》りなし。日ごろ《(比)》は、古めかし、かたくな《(ゝ)》なり、と悪《にく》み捨てたるほど《(程)》の人も、辺土《へんど》の道連《(づ)》れに語《(かた)》り合《(あ)》ひ、埴生《(はにふ)》・葎《(むぐら)》のうちにて見出《みいだ》したるなど、瓦石《ぐわせき》のうちに玉を拾ひ、泥中《でいちゆう》に金《こがね》を

のはたらきを悟り、あるいは、一切の執着を捨て煩悩を脱した仏道者の足跡を慕い、またある時は風雅の道の先人の詩心の真実を探り知ろうとする。なおまた、住居を離れて、器物・調度を貯える欲望もない。手ぶらの旅なので、途中で盗賊に襲われたりする心配もない。ゆっくり歩くことで駕籠に乗るのに換え、遅い食事は腹が減って肉よりも美味である。その日どこで泊まらなければならないという制約もないし、朝、いつ出発しなければならないという束縛もない。ただ一日の願いは、二つだけ。今宵良い宿に泊めてもらいたい、草鞋の足に合ったのを手に入れたい、ということだけは、わずかな気がかりである。時々刻々変わりゆく風物に気持ちを変え、日々に詩情を新鮮にする。もし少しでも風雅の趣を解する人に出会ったならば、その悦びは限りなく大きい。日頃は、古めかしい、頑固だ

自分の馬を堀へ落とされて、仏者の立場から相手に通じない言葉で怒り、この上ない悪口を言ったつもりで、反省して逃げたという、仏道一筋の純真さを伝える話による。

無依の道者　何物にも依るところなく、一切の執着を脱した仏道修行者。『臨済録』に「唯聴法無依ノ道人ニ有リ、是レ諸仏ノ母ナリ」とあるのによる。

寛歩駕に換へ、晩食肉よりも甘し　『書言故事大全』（正保三）に『戦国策』を引いて「安歩以テ車ニ当ツベク、晩食以テ肉ニ当ツベシ」とあるのによる。「寛歩」は「緩歩」の当て字か。

日ごろ　ふだん。江戸での日常生活の中。

悪み捨てたるほどの人　疎み顧みなかった程度の人物。

埴生　土の上に筵を敷いた貧しい家。

葎　背の高い雑草。

瓦石のうちに玉を拾ひ　無価値なものの中にすばらしい宝を発見したことの比喩。

得たる心地《ここち》して、物にも書き付け、人にも語《かた》らんと思《おも》ふぞ、また《又》これ《是》旅の一《ひと》つなりかし。

衣更《ころもがへ》

一ツ脱《ぬ》い《ひ》で後《うし》ろに負ひぬ衣がへ

吉野出《い》でて布子《ぬのこ》売りたし衣がへ　　万菊

と、嫌って付き合わないような人でも、片田舎の旅の道連れに語り合い、みすぼらしい葎の生い茂った家の中で見つけ出した時などは、瓦や石ころの中で玉を拾い、泥の中で金を手に入れたような気持ちがして、このことを紀行文などにも書きとめ、俳席で人にも語ろうと思うのは、またこれも旅の功用の一つであるよ。

衣更え

一ツ脱いで後ろに負ひぬ衣がへ

（衣更えの日を迎えたが、旅中のことゆえ世間並みに綿入れを脱いで袷《あわせ》に着替えることもできない。重ね着の一枚を脱いで、背中の荷物にしまいこむだけである。）

吉野出でて布子売りたし衣がへ　万菊

（吉野を出て、花の香のいっぱい沁みついたこの綿入れの着物を、風雅にあこがれる人々に売ってやりたい、この衣更えの日に）

衣更　陰暦四月一日。冬の布子（綿入れ）から袷に着換える日。初夏の季語。

布子売りたし　初案「売るをし」（『あら野』）。芭蕉の「市人よこの笠売らう雪の傘」（『野ざらし紀行』）の句を念頭に、奈良で再会した伊賀連衆に呼びかけた句。元禄元年四月二五日付猿雖宛芭蕉書簡に「かの布子売りたしと云けん万菊の着る物の値は、彼（大和国竹内村の孝女伊麻）に贈りて過《よぎ》り」とある。

かか《(ゝ)》る所の秋なりけりとかや、この《(此)》浦の実《まこと》は秋をむねとするなるべし。悲《(かな)》しさ、寂《(さび)》しさ、言《(い)》はむかたなく、秋なりせば、いささ《(ゝ)》か心のはしをも言《(い)》ひ出づ・べきもの《(物)》をと思ふぞ、我が・心匠《しんしやう》の拙《つた》なきを知《(し)》らぬに似たり。淡路島《あはぢしま》手に取《(と)》るやうに見えて、須磨《(すま)》・明石《(あかし)》の海右左にわかる。呉楚《ごそ》東南の眺め《(詠)》・もかか《(ゝ)》る所にや。物知《(し)》れる人の見侍らば、さまざま《(〳〵)》の境にも思《(おも)》ひなぞらふるべし。また《(又)》、・後ろの方《かた》に山を隔てて《(ゝ)》、田井《たゐ》の畑《はた》といふ所、松風・村雨《むらさめ》・の故郷《(ふるさと)》と《(ゝ)》いへり。尾上《をのへ》続《(つゞ)》き、丹波路《たんばぢ》へ通《(かよ)》ふ道有《(あ)》り。鉢伏《はちぶせ》のぞき・逆落《さかおとし》など、恐《(おそ)》ろしき名のみ残りて、・鐘懸松《かねかけまつ》より見下《みおろ》す・に、

『源氏物語』にも「またとないほどしみじみとした趣があるのは、このような所の秋であるよ」とかいう須磨の浦の本質的情感は、秋を主とするのであろう。昔を偲んで悲しさ、寂しさは言いようもなく、もし今が秋であったなら、多少なりと心情の一端を句に詠むことができたろうにと思うのは、私自身の心の工夫が足りないのを自覚していないようなものである。淡路島がごく間近に見えて、須磨・明石の海は右左に分かれている。杜甫が詩に詠んだ「呉楚東南」の眺望もこのような所だったろうか。教養豊かな人が見たならば、きっと和漢の古典の中のさまざまな景勝にも思い合わせ見立てることだろう。また後ろの方に山を隔てて、田井の畑という所は、在原行平の愛した松風・村雨姉妹の故郷と伝えている。尾根続きに丹波街道へ通じる道がある。鉢

◆**かかる所の秋なりけりとかや**　『源氏物語』須磨に「須磨には、いとゞ心づくしの秋風に（中略）又なくあはれなるものは、かかる所の秋なりけり」とあるのによる。謡曲『松風』にも同様の語が見える。

◆**この浦の実**　須磨の浦の本情。造化の誠を分有した本質的情感。

◆**淡路島…須磨・明石**　いずれも歌枕。

◆**呉楚東南の眺め**　杜甫の詩「岳陽楼ニ登ル」に「呉楚東南ニ坼《さ》ケ、乾坤日夜浮カブ」（『唐詩訓解』）とあるのによる。

◆**田井の畑**　六甲山地西端、摂津・播州国境の山間の集落。

松風・村雨　謡曲『松風』で、須磨へ流された在原行平が、この地で愛したという姉妹の海女《あま》。

鉢伏のぞき・逆落　いずれも六甲山地南西端鉄《てつ》拐山《かいさん》近辺の地名。前者は神功皇后、後者は源義経の故事を伝える。

鐘懸松　鉄拐山の中腹にあり、源義経が陣鐘を懸けたという松。

一ノ谷内裏《だいり》屋敷《(やしき)》、目《(め)》の下に見ゆ。その《(其)》代《よ》の乱《(みだ)》れ、その《(其)》時の騒《(さわ〈は〉)》ぎ、さながら心に浮《(う)》かび俤《おもかげ》につどひて、二位の尼《(あま)》君、皇子《みこ》を抱き奉り、女院《にようゐん》の御《おん》裳《もすそ》に御足もたれ、船屋形《ふな(やかた)》にまろび入らせ給ふ御有様《おんあり(さま)》、内侍《ないし》・局《つぼね》・女嬬《によじゆ》・曹子《ざうし》のたぐひ、さまざまの御調度《(ぐ)》持扱《(もてあつか)》ひ、琵琶《びは》・琴《きん》なんど、褥《(しとね)》・布団《(ふとん)》にくるみて船中に投げ入れ、供御《くご》はこぼれて魚鱗《(うろくづ)》の餌《ゑ》となり、櫛笥《くしげ》は乱《(みだ)》れて海士《(あま)》の捨草《すてぐさ》となりつ《(こ)》つ、千歳の悲《(かな)》しびこの《(此)》浦にと《(ゞ)》どまり、素波《しらなみ》の音にさへ愁ひ多く侍るぞや。

伏のぞき・逆落としなどという恐ろしい地名ばかり残っていて、鐘懸松から見下ろすと、一ノ谷の内裏屋敷が眼下に見える。その源平一の谷合戦当時の騒乱が、まざまざと心に浮かび記憶の中に集まって、二位の尼君が皇子を抱き申し上げ、女院がお召し物の裾に足をとられ、船屋形に転がりながらお入りになるご様子、内侍・局・女嬬・雑仕たちが、さまざまな御道具類をもてあまし、琵琶や琴などを敷物や寝具にくるんで船中に投げ入れ、天皇のお食事は海にこぼれて魚の餌になり、櫛箱は乱れ落ちて漁師たちも捨てて顧みない藻屑同然となって、千年の悲しみは今もこの浦にとどまり、白波の打ち寄せる音にまでも憂愁の響きが感ぜられることよ。

一ノ谷内裏屋敷　一ノ谷は鉢伏山・鉄拐山の南東にある谷。源平の合戦で平家が布陣した所。内裏屋敷はその折の安徳天皇の御座所。
二位の尼君　平清盛の妻、建礼門院の母。
皇子　安徳天皇。当時八歳の幼少ゆえここでは皇子と書いたか。
女院　平清盛の娘。高倉天皇の中宮、安徳天皇の母建礼門院。
裳　中古、女子正装の際、袴の上、腰より下の後方に着用した服。
船屋形　船上に設けた屋舎。
内侍　内侍所に属する高級女官。
局　内裏に私室を与えられた高級女官。
女嬬　掃除・点燈などに当たる下級女官。
曹子　「雑仕《ぞうし》」の当て字。雑役に当たる下級女官。
供御　天子の御食物。

更科紀行

更科《(さらしな)》の里姨捨《(を〈お〉ばすて)》山の月見むこと《・(事)》しきりにすす《(こ)》むる秋風の心に吹き《(ふ)・》騒《(さわ〈は〉)》ぎて、ともに風雲の情《じやう》を狂《(くる)》はす者《(もの)》また《(又)》ひとり、越人《ゑつじん》といふ《(云)》。木曾路《きそぢ》は山深く、道嶮《(さが)》しく、旅寐《たびね》の力も心もとなしと、荷兮子《かけいし》が奴僕《ぬぼく》をして送《(おく)》らす。お《(を)》のおの《(〳〵)》志《(心ざし)・》尽くすといへども《(共)》、羈《き》旅《りよ》のこと《(事)》心得ぬさまにて、とも《(共)》におぼつかなく、物《(もの)》事のしどろに後先《あとさき》なるも、なかなか《(中〳〵)》にを《(お)》かしきこと《(事)》のみ多し。

更科の里姨捨山の月を見ようという思いを、しきりにかき立てる秋風が心の中に吹き騒いで、私といっしょに風雅の情に心を狂わす者がもう一人おり、名を越人という。木曾路は山が深く、道も険しく、旅寝を続ける体力も心配だと、荷兮さんが下僕に命じて送らせてくれた。めいめいが誠意を尽くしてあれこれ気を遣ってくれるけれども、旅の事は不案内な様子で、どちらも頼りなく、物事がしどろもどろで手順が前後するのも、かえって興味深いことばかりが多い。

更科の里　今の長野県更埴市・長野市篠ノ井・埴科郡戸倉町付近。詠み人知らず「我が心慰めかねつ更級や姨捨山に照る月を見て」『古今集』雑上などで知られる歌枕。

姨捨山　もと戸倉町と更科郡上山田町との間にある冠着《かぶりき》山をいったのが、室町末以降、更埴市姨捨地区長楽寺周辺をさすようになった。墓所を意味する「おはつせ」が転訛し、「姨捨」の字が当てられたものという。『大和物語』・謡曲『姨捨』他、棄老伝説の舞台で知られる歌枕。

風雲の情　風雅の情。九六頁脚注参照。

越人　九七頁参照。

木曾路　中仙道のうち木曾谷を通る個所。

荷兮　山本周知（一六四八～一七一六）。医者。名古屋蕉門の中心で『冬の日』『春の日』『あら野』等の選者。「子」は敬称。

なかなかにをかしきことのみ多し　誠意を尽くせば尽くすほど、かえって間が抜けるという、人生の笑えぬ笑いを見いだしたもの。

夜は草の枕《まくら》を求めて、昼のうち思ひまうけたるけしき、結《(むす)》び捨てたる発句など、矢立《やたて》取り出でて、灯《ともしび》の下《もと》に目《(め)》を閉《(と)》ぢ、頭《かしら》たた《(ゝ)》きてうめき伏せば、かの道心の坊、旅懐《りよくわい》の心憂《(う)》くて物思《(おも)》ひするにやと推《お》し量《はか》りて、我を慰《なぐさ》めんとす。若《(わか)》き時拝《(拝が)》み巡《(めぐ)》りたる地、阿弥陀《(あみだ)》の尊《(たふと)》き数を尽《(つ)》くし、己《(お〈を〉の)》があやしと思《(おも)》ひしこと《(事)》ども《(共)》話《(はな)》し続《(つゞ)》くるぞ、風情《ふぜい》の障《(さは)》りとなりて、何を言《(云)》ひ出づること《(事)》もせず。とてもまぎれたる月影の、壁《(かべ)》の破れより木《こ》の間隠《まがく》れにさし入りて、引《ひ》板《た》の音・鹿追《(しかお)》ふ声、所々《(ゞ)》に聞《(きこへ)》えける、誠《まこと》に悲《(かな)》しき秋の心、ここ《(爰)》に尽くせり。

夜は旅宿を探して泊まり、昼の内に句に詠もうとあらかじめ考えておいた景色や、作りかけて途中で放棄してある発句などを、矢立を取り出して、灯の下で目を閉じ、頭をたたきうなりながらうつ向いて苦吟していると、あの世捨て人の坊さんは、旅心のつらさに物思いしているのだろうかと推量して、私を慰めようとしてくれる。若い時に巡拝して回った土地や、阿彌陀様の尊い利益《りやく》談などをあらん限り取り集め、また自分が奇瑞と思った体験談などを延々と話し続けるのが、私にとっては詩情の妨げとなって、何を詠み出すこともできない。とはいっても、句案や話に紛れて気が付かなかった月光が、壁の破れから木の間を漏れて差し込んできて、鳴子の音や鹿を追う声もあちらこちらで聞こえてきたのは、まことにもの悲しい秋という季節の本意が、ここ

草の枕　旅寝をいう歌語と、露・涙などの連想を伴う。

矢立　綿に墨汁を含ませた墨壺に筆入れの筒の付いた携帯用の筆記用具。

かの道心の坊　旅中、某所で出会った僧。「六十ばかりの道心の僧、おもしろげもをかしげもあらず。たゞむつ〳〵としたるが、腰たわむまで物負ひ、息はせはしく、足は刻むやうに歩み来れる」様子を哀れんで、一行が手助けをした。「道心」は僧形の遁世者。

引板　鳴子。板に竹片などを下げ、遠くから縄を引いて鳴らし鳥獣を追い払う装置。古語。

秋の心　秋の本意（和漢の詩伝統の上でそのものの最もそれらしいありかたとして公認されてきた情趣）。古来、秋の心は「愁」とされ、万物を凋落へと誘い、人の心にもろもろのあわれを誘うものとされてきた。

「いでや月の主《あるじ》に酒振舞《ふるま》はん」と言《い》へば、盃《さかづき》持ち出でたり。尋常《よのつね》に一めぐりも大《おほ》きくして、ふつつ《ゝ》かなる蒔絵《まきゑ》をしたり。都の人は、かか《ゝ》るものは風《ふ》情《ぜい》なしとて、手にも触《ふ》れざりけるに、思《おも》ひもかけぬ興に入りて、⿰王青碗《せいわん》玉壺《ぎよくこ》の心地《ここち》せらるも所がらなり。

あの中に蒔絵書きたし宿の月

に極まった感がある。「さあ、それでは、月見のお仲間たちに酒を御馳走しよう」と言うと、宿の者が盃を持ち出してくる。通常の盃よりも一まわりも大きくて、稚拙な蒔絵が施してある。都会の人は、こんなものは風情がないといって、手にも取らないのだが、私にはそれがかえって思いがけぬ感興を誘い、中国の詩に見える碧《みどり》の碗や玉で作った美しい壺のような気持ちがされるのも、鄙《ひな》びた山中の場所柄のせいである。

　あの中に蒔絵書きたし宿の月（あの真ん丸の中に、この盃のような蒔絵を描いてみたいものであるよ。この山中の宿で眺める名月の中に。）

月の主　月見をする人。月を客に見立てていう語。

蒔絵　漆芸の一技法。下絵漆で文様を描いた上に、蒔筒と毛棒で金粉を施し、さらに漆を加え磨ぎ上げたもの。

⿰王青碗　「⿰王青」の文字は漢字になし。「碧玉盌」（『蘇東坡詩集』一五「常州報恩長老ニ贈ル二首」の一）の記憶違いか。みどり色の玉で作った碗。

玉壺　玉で作った美しい壺。王昌齢「一片ノ氷心玉壺ニ在リ」（『唐詩訓解』七「芙蓉楼ニ辛漸ヲ送ル」）ほか用例が多い。

あの中に…　季語「宿の月」（秋）。

おくのほそ道

（発端）

月日は百代《はくたい》の過客《くわかく》にして、行きかふ・年もまた《(又)》旅人なり《(也)》。舟の上に生涯を浮《(う)》かべ、馬の口とらへ《(え)》て老い・を迎《(むか)》ふる者《(物)》は、日々旅にして、旅を栖《すみか》とす。古人も多く旅に死せるあり。予も、いづれの年よりか、片雲《へんうん》の風に誘《(さそ)》はれて、漂泊の思ひやまず、海浜《かいひん》にさすらへ、去年《こぞ》の秋、江上《かうしやう》の破屋《はをく》に蜘《(蜘)》蛛《くも》の古巣を払《(はら)》ひて、やや《(ゝ)》年も暮れ・、春立てる・霞《かすみ》の

月日は永遠に止まることのない旅を続ける旅客であり、この人生を刻む、来ては去り、去っては来る年もまた同じく旅人である。船頭となって舟の上に一生を浮かべ、馬子として馬の轡《くつわ》を取りながら年老いて行く者は、日々の生活がいわば旅であって、無所住の旅を自分の常住の住み所としている。風雅の道の先人たちも李白・杜甫・西行・宗祇など、多く旅の途上に死んでいる人がある。私も、いつの頃からか、あのちぎれ雲を吹き漂わせる風の動きに誘われて、あてどない旅にさすらい出たい気持ちがしきりに動いて止まず、遠い陸地の果ての海のほとりをさまよい歩き、去年の秋、隅田川のほとりの元のあばらやに帰って来て、蜘蛛の古巣を払い久方ぶりにひとまず腰を落ち着けはしたものの、次第に年も暮れ、春も立ち返った初春の霞の立ちこめる空に向かうと、今度は白河の関を越えては

月日は百代の過客…　李白「春夜ニ桃李園ニ宴スルノ序」の冒頭に「夫《そ》レ天地ハ万物ノ逆旅《げきりよ》ナリ、光陰ハ百代《はくたい》ノ過客《くわかく》ナリ、而《しかう》シテ浮生ハ夢ノゴトシ」（『古文真宝後集』）とあるのをふまえる。「過客」は旅人、「逆旅」は宿屋。宇宙の不変の本質を生々流転して止まることを知らぬ旅だとする〝不易流行〟の世界観の表明として転用したもの。言外に、旅人として生きることは、この人生を律する宇宙の根本原理に従った最も純粋な生き方だとの信念を示す。

舟の上に生涯を浮かべ…　船頭・馬方の境涯をいう。人柄の悪い者の代表に挙げられる船頭・馬方を、純粋に人生を生きる者としたところに、俳諧の笑いがある。

片雲　ちぎれ雲。漢詩に用例が多い。

海浜　遠い陸地の果ての海のほとり。現実の体験の上では、前年の旅での須磨・明石をさす。

江上の破屋　↓語

春立てる霞の空　「立てる」が、「春立てる」「立てる霞」と上下に掛詞としてはたらいている。

空に白河《(川)》の関越《(こ)》えんと、そぞ《(ゞ)》ろ神の物につきて心を狂《(くる)》はせ、道祖神《だうそじん》の招《(まね)》きにあひて取るもの手につかず、股《(もゝ)》引《ひき》の破れをつづ《(ゞ)》り、笠《かさ》の緒《を》付けかへ《(え)》て、三里に灸すゆるより、松島の月まづ《(先)》心にか《(ゝ)》かりて、住める方は人に譲り、杉《さん》風《ぷう》が別墅《べつしよ》に移るに、

もの《(物)》につきて

　草の戸も住み替はる代ぞ雛《(ひな)》の家

表《(面)おもて》八句《はちく》を庵《あん》の柱に掛《(懸)》け置く。

（旅立ち）

　弥生《やよひ》も末の七日、あけ《(明)》ぼのの《(ゝ)》空朧《ろう》々として、月は有《(在)あり》明《あけ》にて光を《(お)》さまれるもの《(物)》から、富士《(不二)》の峰幽《かす》かに見《(み)》えて、上

るかな陸奥《みちのく》の旅に出ようと、得体の知れぬ詩の神が花や鳥などの景物に取り憑《つ》いて自分の心をもの狂おしく駆り立て、道祖神が旅へと招いているような気がして、そわそわと何も手に付かず、股引の破れを繕い、道中笠の緒を新しくすげ替え、三里に灸をすえるなど、旅の支度にかかるうちに、早くももう松島の月が心に浮かんで、今まで住んでいた芭蕉庵は人に譲り、杉風の下屋敷に移るに際して、

　草の戸も住み替はる代ぞ雛の家（→発㊵）

と詠み、これを発句とする表八句を別れの記念として旧庵の柱に掛けておく。

　三月もいよいよ押し詰まった二十七日、明け方の空はおぼろに霞み、折から月は有明となって形も細く光も薄れてはいるものの、遠く富士の姿もかすかに見えて、近くには上野・谷中の森も望まれるにつ

白河の関　陸奥への関門に当たる歌枕。能因「都をば霞とともに立ちしかど秋風ぞ吹く白河の関」（後拾遺集・羇旅）と詠まれて以来、「白河の関」と「霞」とは寄合《よりあい》。

そぞろ神　何の神とも知れぬ、とりとめのない神の意の造語。

もの　神霊の取り憑《つ》く景物（花や鳥など）。

道祖神　道路の安全を守る路傍の神。

三里　膝関節の下三寸の外側にある灸穴。ここに灸をすえると丈夫になるとされた。

松島　奥州随一の景勝地として知られた歌枕。月を詠んだ歌も多い。

心にかかりて　心に浮かんで。

別墅　下屋敷。深川六間堀西側の採荼《さいた》庵。

表八句　百韻の最初の懐紙の表に記した、発句以下の八句。↓運

あけぼのの空…　長嘯子「山家記」に「ろうろうと霞みわたれる山の遠近《をちこち》、あけぼのの空はいたく霞みて、有明の月少し残れるほど」（『挙白集』）とある。

月は有明にて…　「月は有明にて光をさまれる

野・谷中《やなか》の花の梢《こずゑ》、また《（又）》いつかはと心細《（ぼそ）》し。むつまじき限《（かぎ）》りは宵《よひ》よりつどひて、舟に乗りて送る。千《せん》住《（ぢ）（じ）ゆ》といふ《（云）》所にて船を上《（あ）》がれば、前途《せんど》三千里の思《（おも）》ひ、胸にふさがりて、幻《まぼろし》の巷《（ちまた）》に離別の涙《（泪）》をそそ《（ゝ）》ぐ。

　行く春や鳥啼き魚《うを》の目は涙《（泪）》

これ《（是）》を矢立《やたて》の初めとして、行く道なほ《（を）》進《すゝ》まず。人々は途中に立ち並《（なら）》びて、後《うしろ》影《（かげ）》の見ゆるまで《（迄）》はと、見送るなるべし。

け、あの花の梢もまたいつの日にか眺めることができようと、心細い。親しい人々は残らず前の晩から集まり、出立の際には、ともに深川から同船して送ってくれる。千住という所で船を揚がると、いよいよこれで前途三千里ともいうべき遠い辺土の旅に発足するのだという感慨が胸にいっぱいになって、涙に曇る眼に幻のように映る千住の町の別れ路《じ》に立ちつつ、夢幻のごとくはかないこの現世におけるかりそめの別れと知りながらも、思わず惜別の涙が落ちるのだった。

　行く春や鳥啼き魚の目は涙（↓発）

㊶

　この句を旅の記の筆始めとして、行脚の第一歩を踏み出しはしたものの、後ろ髪を引かれる思いに、道はいっこうはかどらない。人々は道なかに立ち並んで、自分たちの後ろ姿の見える限りはと、見送ってくれるのであろう。

ものから、影さやかに見えてなかなかをかしき曙なり」（『源氏物語』「帚木」）をふまえる。「ものから」は逆接の接続助詞。

上野・谷中の花の梢　江戸、寛永寺から感応寺へと続く一帯の花の名所。

またいつかは…　西行「かしこまる幣《しで》に涙のかかるかなまたいつかはと思ふ心に」（『山家集』）をふまえる。

千住　日光街道の第一次の宿駅。

前途三千里の思ひ　「李陵が胡に入りし三千里の道の思ひ」（『東関紀行』）など、遠境辺土への遥かな旅路を思っての慣用的表現。

幻の巷　幻のごとくはかない現世。「巷」に「現世」のほか、道の別れ路と街の意とを利かせる。

矢立　綿に墨汁を含ませた墨壺に筆入れの筒の付いた携帯用の筆記具。

（草加）

ことし、元禄二年《げんろくふた（とせ）》にや、奥羽長途《ちやうと》の行脚《あんぎや》、ただ《（只）》かりそめに思ひ立《（た）》ちて、呉天《ごてん》に白髪の憾《（恨）》みを重《かさ》ぬといへども《（共）》、耳に触《（ふ）》れていまだ目《（め）》に見ぬ境《（さかひ）》、もし《（若）》生きて帰らばと、定めなき頼みの末をかけ、その《（其）》日やうやう《（漸）》、草《（早）》加といふ《（云）》宿《しゆく》にたどり着きにけり。瘦骨《そうこつ》の肩にかか《（ゝ）》れる物、まづ《（先）》苦《（くる）》しむ。ただ《（只）》身すがらにと出《（い）》で立ちはべる《（侍）》を、紙《（帋）かみ》子《こ》一衣《いちえ》は夜《よる》の防ぎ、浴衣《（ゆかた）》・雨具・墨《すみ》・筆《ふで》のたぐひ、あるは、さりがたき餞《はなむけ》などしたるは、さすがにうち《（打）》捨てがたくて、路次《ろし》の煩ひとなれるこそわりなけれ。

今年―たしか元禄二年にあたろうか―、奥羽地方への長途の行脚にただふっと発足して、遠く長安を隔たる呉の地の旅泊にも似た遥かな他国の空のもとで、幾多の旅の辛苦に頭髪も白くなる悔恨をば、またさらに重ねることではあるが、耳にのみ聞いて、いまだこの目で見たこともない名所《などころ》を見て、もし幸いに生きて帰れたなら、詩人としてこれにまさる喜びはないと、当てにもならぬ期待を将来に託しつつ、その日はやっとのことで草加という宿《しゆく》にたどり着いたことだった。瘦せた肩に掛かっている荷物が、まず真っ先に苦労になる。ただ身一つでと思って支度をしたのではあるが、紙子一枚は夜の寒さを防ぐ用意に、また浴衣・雨具・墨・筆といった類や、あるいはどうしても辞退しかねる餞別などを人がくれたのは、やはりうち捨てておくわけにもいかないで、こうして道中の荷厄介となって

奥羽　陸奥《みちのく》・出羽の略。

思ひ立ち　出かけようと決心して発足し。

呉天に白髪の憾み…　李洞「三蔵ノ西域ニ帰ルヲ送ル」の一節「五天ニ至ラン日頭白カルベシ」（『三体詩』）、並びに「閩《びん》ノ僧可士僧ヲ送ル詩」中の「笠ハ重シ呉天ノ雪」（『詩人玉屑』『禅林句集』）の両句を合わせ取り、遠境の旅の苦労を述べたもの。「五天」は印度、「呉天」は中国江蘇州地方の空。

境　名所。歌枕。

草加　日光街道第二次の宿駅。現、草加市。千住より二里八丁（約八・七キロ）。実際に泊まったのは、草加より四里十丁（約一六・八キロ）先の春日部。

瘦骨の肩にかかれる…　『笈の小文』に「旅の具多きは道障りなりと、物皆払ひ捨てたれども、夜の料にと紙子壱つ・合羽やうの物・硯・筆・紙・薬等・昼笥なんど物に包みて、後に背負ひたれば、いとゞ脛弱く力なき身」とある。

出で立ち侍る　出発する意と身支度する意の両義を重ねたもの。「侍る」は文調を調えるための雅語的表現で、丁寧語ではない。

紙子一衣　渋紙製の防寒着一枚。一衣は、三衣《さんね》一鉢《いっぱつ》の語により自らを道心僧に擬した言い方。

さりがたき　辞退しきれぬ。

いるのは、何とも致しかたない次第である。

路次　道すがら。

◆　◆

(日光)

三十日《(卅)みそか》、日光山の麓《(梺)ふもと》に泊まる。あるじのいひ《(云)》けるやう、「我が名を仏五左衛門《ほとけござゑもん》といふ《(云)》。よろづ《(万)》正直を旨とするゆゑ《(故)》に、人かくは申しはべる《(侍)》まま《(ゝ)》、一夜《いちや》の草の枕もうち《(打)》解けて休みたまへ《(給)》」といふ《(云)》。いかなる仏の濁世塵土《ぢよくせぢんど》に示現《じげん》して、かかる《(ゝ)》桑門《さうもん》の乞食順礼《こつじきじゆんれい》ごときの人を助け《(たす)》たまふ《(給)》にやと、あるじのなすこと《(事)》に心をとどめ《(ゞ)》て見る《(み)》に、ただ《(唯)》無智無分別にして、正直偏固の者なり《(也)》。剛毅木訥《がうきぼくとつ》の仁に近きたぐひ、気稟《きひん》の清質もつとも《(尤)》尊ぶべし。

◆　◆

晦日、日光山の麓に泊まる。その宿の主人が言ったことには、「私の名を仏五左衛門という。万事に正直を建前としているところから、世間の人がかように申しているのに任せ、こよい一夜のお泊まりもどうか安心してお休みください」と言う。さて、いったいどんな仏様がこの濁り汚れた現世に仮の姿を現して、私どものような僧形の乞食巡礼同然の者をお助け下さるのであろうかと、主人のすることによくよく気を付けてみると、何のことはない、ただ無智無分別で、正直一方なだけの男である。しかし、かの『論語』にいわゆる剛毅木訥仁に近しといった類で、その生得の清らかな資質こそは、いかにも尊重すべきである。

四月一日、お山に参詣する。その昔、このお山を「二荒山《ふたらさん》」と書いたのを、空

◆　◆

三十日　元禄二年三月は小の月で二十九日までしかない。ここは朔日の前日としての晦日《みそか》の意。晦日人事《みそかじんじ》・朔日神祇《ついたちじんぎ》と書き分けたもの。

日光山の麓　日光山入り口の山菅橋にさしかかる手前の門前町をいう。上鉢石《かみはついし》町。

正直　当時の庶民たちにとって、神道の教えにもとづく最も基本的な倫理であった。

示現して　仏・菩薩が衆生済度のため、それぞれの浄土から機変に応じてさまざまに身を現すこと。謡曲『田村』に「げにや安楽世界より、今この娑婆に示現して」などとある。宿の主人を能の後ジテに擬したもの。

桑門　僧侶の意。「落《お》ちくるや」真蹟懐紙に「陸奥一見の桑門同行二人」と記すように、自らを諸国一見の能の脇僧に擬した言い方。

乞食順礼　乞食は、僧が人家の門に立ち、食を乞い求める托鉢。巡礼は、諸方の霊場を巡り礼拝して回ること。ここは、物貰いや回国巡礼などの乞丐《こつがい》人の意。

無智無分別　無智蒙昧《もうまい》と、世間的知恵分別を越えた絶対的思念の両義を利かせたもの。

剛毅木訥の仁に近き…　『論語』子路に「子曰ク、剛毅木訥、仁ニ近シ」とあるのをふまえる。

卯月朔日《うづきついたち》、御山《おやま》に詣拝す。往昔《そのかみ》この《(此)》御山を「二荒山《ふたらさん》」と書きしを、空海大師開基の時、「日光」と改めたま《(給)》ふ。千歳《せんざい》未来を悟《(さと)》りたま《(給)》ふにや、今この《(此)》御《み》光《ひかり》一天にかか《(ゝ)》やきて、恩沢《おんたく》八荒《はっくわう》にあふれ、四民安堵《しみんあんど》の栖《すみか》穏やかなり。なほ《(猶)》憚《はばか》り多くて、筆をさし置きぬ。

あらたふ《(う)》と青葉若葉の日の光

◆　◆

(那須野)

那須《なす》の黒《くろ》羽《(ばね)》といふ《(云)》所に知る人あれば、これ《(是)》より野越えにかか《(ゝ)》りて、直道《すぐみち》を行《(ゆ)》かんとす。遥かに一村《いっそん》を見かけて行くに、雨降り、日暮るる。農夫の家

海大師がここに寺院を創建された際、「日光」とお改めになった。それは、千年の未来を予見されてのことであったろうか、今やこの日光東照宮の御威光は一天下に輝きわたって、恵みの波は国土の隅々にまで満ちあふれ、すべての人民が安住の身を寄せる国土はいかにも穏やかである。さらに言葉を加えることはあまりに畏《おそ》れ多くて、これ以上は筆をさし控える次第だ。

あらたふと青葉若葉の日の光 (↓発)

◆　◆

㊷

那須の黒羽という所に知人がいるので、これより(本街道へ迂回せずに)那須野越えにかかって、まっすぐな近道を行こうとする。はるか向こうに見える一村を目当てに行くうちに、雨が降り出し、日も暮れてしまった。そこで農夫の家に一夜の宿を借りて、夜が明けるとまた一面

気稟の清質　天から稟《う》けた清らかな性質。『中庸』に「性動同ジトイヘドモ、気稟或イハ異ナル」などとある。

卯月朔日　陰暦四月一日。衣更《ころもがえ》の日。

御山　日光山をさす。山岳信仰による呼称。

二荒山　観音の浄土普陀落山《ふたらせん》に比したもの。

空海大師開基　実は開山は勝道上人。空海は勝道の碑文撰述のため山内を遊歴。『滝尾草創建立記』に「夫レ滝尾ハ…空海僧都ノ建立ナリ」と見える所伝による。

日光　二荒を音読して日光の字を当てたもの。「(空海)彼ノ崛穴ニ到リテ辟除《へきじょ》結界シテ改メテ日光ト名ヅク」(『滝尾草創建立記』)。

八荒　東西南北の四方と、その間々の四隅をいう。「荒」は「二荒」の縁。

四民　士農工商。

◆　◆

那須の黒羽　大関信濃守増恒一万八千石の城下町。日光より東十六里(約六三キロ)。現、栃木県那須郡黒羽町。

知る人　浄坊寺図書高勝(俳号桃雪)、その弟鹿子畑《かのこばた》善太夫豊明(俳号翠桃)をさす。

直道　迂回しない真っ直ぐな近道。

見かけて　目当てにして、の意。

に一夜《いちや》を借《(か)》りて、明くればまた《(又)》野中を行く。そこに野飼《のが》ひの馬あり。草刈る男《(をのこ)》に嘆《(なげ)》き寄《(よ)》れば、野夫《やぶ》といへどもさすがに情《なさけ》知《(し)》らぬにはあらず《(非)》。「いかが《(ゞ)》すべきや。されどもこ《(此)》の野は縦横《じゆうわう》に分《(わ)》かれて、うひうひしき《(ゐ〳〵敷)》旅人の道踏《(ふ)》みたがへ《(え)》ん、あやしうはべれ《(侍)》ば、こ《(此)》の馬のとど《(ゞ)》まる所にて馬を返したまへ《(給)》」と、貸《(か)》しはべり《(侍)》ぬ。小《(ちひ(い))》さき者ふたり、馬の跡慕《(した)》ひて走《(はし)》る。ひとり《(独)》は小姫にて、名を「かさね」といふ《(云)》。聞きなれぬ名のやさしかりければ、

かさねとは八重撫子《やへなでしこ》の名なるべし　　曾良

の野原の中を歩き続ける。と、原の中に放し飼いの馬がいる。付近で草を刈っている百姓男に馬を貸してくれと頼み込むと、田舎者とはいえ、さすがに人情を解さないわけではない。「どうしたものか。(仕事の途中、自分が案内してゆくわけには行かぬし)といってこの野は道がむやみやたらに分かれていて、土地に初めての旅のお人が道を間違えるのも心配ですから、ままよ、それではこの馬に乗って行って、止まった所で馬をお返しください」と言って、馬を貸してくれた。子供が二人、馬の跡をついて走ってくる。一人はかわいらしい小娘で、聞いてみると、名を「かさね」という。あまり聞き慣れない名が、いかにも優雅に思われたので、

かさねとは八重撫子の名なるべし

(かわいらしい子供をよく撫子に譬《たと》えるが、その名も「かさね」とは、

野飼　放し飼い。歌語。

草刈る男に…　謡曲『錦木』に「狭布《けふ》の細道分け暮らして、錦塚はいづくぞ。かの岡に、草刈るをのこ心して、人の通ひ路明らかに、教へよや」とあるのをふまえる。

嘆き寄れば　近寄って行って懇願すると。

あやしうはべれば　心配ですので。「はべれ」は農夫の会話中の丁寧語。

この馬のとどまる所にて…　『蒙求』所引「管仲馬ニ随フ」(道に迷った管仲が老馬を放ってその後に随った)の故事によって脚色したもの。この故事は謡曲『遊行柳』にも「此方《こなた》へ入らせ給へとて、老いたる馬にあらねども、道しるべ申すなり」などとふまえられ著名。

かさねとは…　季語「撫子」(夏)。「八重撫子」は、大和《やまと》撫子の千弁のもの(園芸品種)。「撫子は小児にそへて歌にも多く見ゆ」(『山の井』)とあるように、古来「愛する子ども」の暗喩として詠まれてきた。芭蕉の代作か。

曾良　(一六四九～一七一〇)岩波庄左衛門正《まさ》字《たか》。蕉門。この旅の同行者で、詳細な旅日記を残した。

鞍壺　馬鞍の前輪と後輪の間。人の乗る部分。

やがて《（頓）》人里《ひとざと》に至れば、価《（あたひ）》を鞍《くら》壺《（つぼ）》に結び付けて、馬を返しぬ。

（白河の関）

心もとなき《（許）》日数《（かず）》重なるまま《（ゝ）》に、白河《（川）》の関にかか《（ゝ）》りて、旅心《たびごころ》定まりぬ。「いかで都へ」と、便《たよ》り求めしもことわりなり《（断也）》。中《なか》にもこの《（此）》関は三関《さんくわん》の一《いつ》にして、風騒《（躁）》の人、心をとど《（ゞ）》む。秋風を耳に残し、紅葉《もみぢ》を俤《おもかげ》にして、青葉の梢《こずゑ》なほ《（猶）》あはれなり《（也）》。卯《う》の花の白《しろ》妙《たへ》に、茨《むばら》の花の咲き添《（そ）》ひて、雪にも越《（こ）》ゆる心地《ここち》ぞする。古人冠を正し衣装《（裳）》を

撫子も花弁を八重に重ねた八重撫子の名であろう）　曾良

ほどなく人家のある村里に着いたので、駄賃を鞍壺に結びつけて、馬を返した。

何となく不安な心せかれる日数が積もってゆくうちに、今、白河の関にさしかかって、やっと旅の中に浸りきる落ち着いた気分になった。その昔、平兼盛《たいらのかねもり》がこの関を越えた感銘を何とかして都に知らせたいと伝手《つて》を求める歌を詠み残した気持ちも、いかにも道理と頷《うなづ》かれる。兼盛同様、江戸に残してきた人々に告げてやりたいさまざまな感銘の湧《わ》き起こる中でも、この白河の関というのは奥羽三関の一つに数えられて、多くの歌人雅客が吟懐を詠み残した所だ。その古歌や故事のあれこれが第一に想起されて、あの能《のう》因《いん》の詠んだ秋風の音を耳に留め、また頼《より》政《まさ》の詠《なが》めた紅葉の景を思い浮かべつつ、

心もとなき　不安と焦燥感に満ちた。

日数重なる…　白河の関の古歌には「日数」を詠むことが多く、『類船集』にも「白河の関」の寄合に「日数ふる旅」を掲げる。

白河の関　五世紀ごろ蝦夷に対する防衛拠点として設けられたと伝える。平安時代に至って廃棄されたが、歌枕として著名。

旅心定まりぬ　旅の中に安住しきった心持ちに達した。

いかで都へ…　平兼盛「便りあらばいかで都へ告げやらむ今日白河の関は越えぬと」（『拾遺集』別）。

三関の一　奥羽古三関、白河・菊多（勿来《なこそ》）・念珠《ねず》が関（鼠が関）をいうか。

秋風　能因「都をば霞とともに立ちしかど秋風ぞ吹く白河の関」（『後拾遺集』旅）。

紅葉　源頼政「都にはまだ青葉にて見しかども紅葉散りしく白河の関」（『千載集』秋下）。

卯の花　夏四月の季語。「卯月の雪」などの異

改めしこと（事）など、清輔《きよすけ》の筆《ふで》にもとど（ゞ）め置かれしとぞ。

卯の花をかざしに関の晴れ着かな　　曾良

今眼前の青葉の梢を仰げば、またいちだんと感銘が深い。あの古歌に詠まれたのと同じ卯の花が一面に真白く咲いているところへ、さらに茨の花が白く咲き加わって、まるで古歌にある雪景色の中を越えてでも行くような気がする。昔、竹田《たけだの》太夫国行《たゆうくにゆき》がこの関を越える際、かの能因の名歌に敬意を表して、冠を正し衣装を改めて通ったことなど、清輔朝臣の書いたものにも書きとどめておかれたとか。

卯の花をかざしに関の晴れ着かな

（古人はこの関を、特に衣冠を改めて通ったと伝えられているが、改めるべき衣装も持たない雲水行脚の自分たちは、折から辺りに咲き乱れる卯の花をかざしにし、それをもって、この地に多くの名歌を詠み残した古人に敬意を表すべき関の晴れ着として越えてゆこう）　　曾良

名がある。藤原季通《すえみち》「見で過ぐる人しなければ卯の花の咲ける垣根や白河の関」（『千載集』夏）をふまえる。「白河の関」と「卯の花」とは寄合（『類船集』など）。

雪にも越ゆる　大江貞重「忘れにし都の秋の日数さへつもれば雪の白河の関」（『続後拾遺集』冬）など、雪を詠んだ古歌が多く、措辞の上では足利義満「都をば花を見捨てて出でしかど月にぞ越ゆる白河の関」（『新後拾遺集』旅）が近い。

古人冠を正し　『袋草紙』上に、竹田大夫国行（藤原氏。『後拾遺集』以下に入集する歌人）が、白河の関を通るに際し、能因の「秋風」の名歌に敬意を表して「いかでか褻形《けなり》にては過ぎむ」と言って装束を改めて向かったことを記す。

清輔の筆　藤原清輔（一一〇四～一一七七）の歌学書『袋草紙』をさす。

卯の花を…　季語「卯の花」（夏）。曾良の「俳諧書留」に「誰人とやらん、衣冠をただしてこの関を越え給ふと云ふ事、清輔が袋草紙に見えたり。上古の風流、誠にありがたく覚え侍りて」と前書して所出。

『奥の細道画巻』旅立ち　蕉村画

「野をよこに」発句切

「野をよこに」発句切（許六画幅）

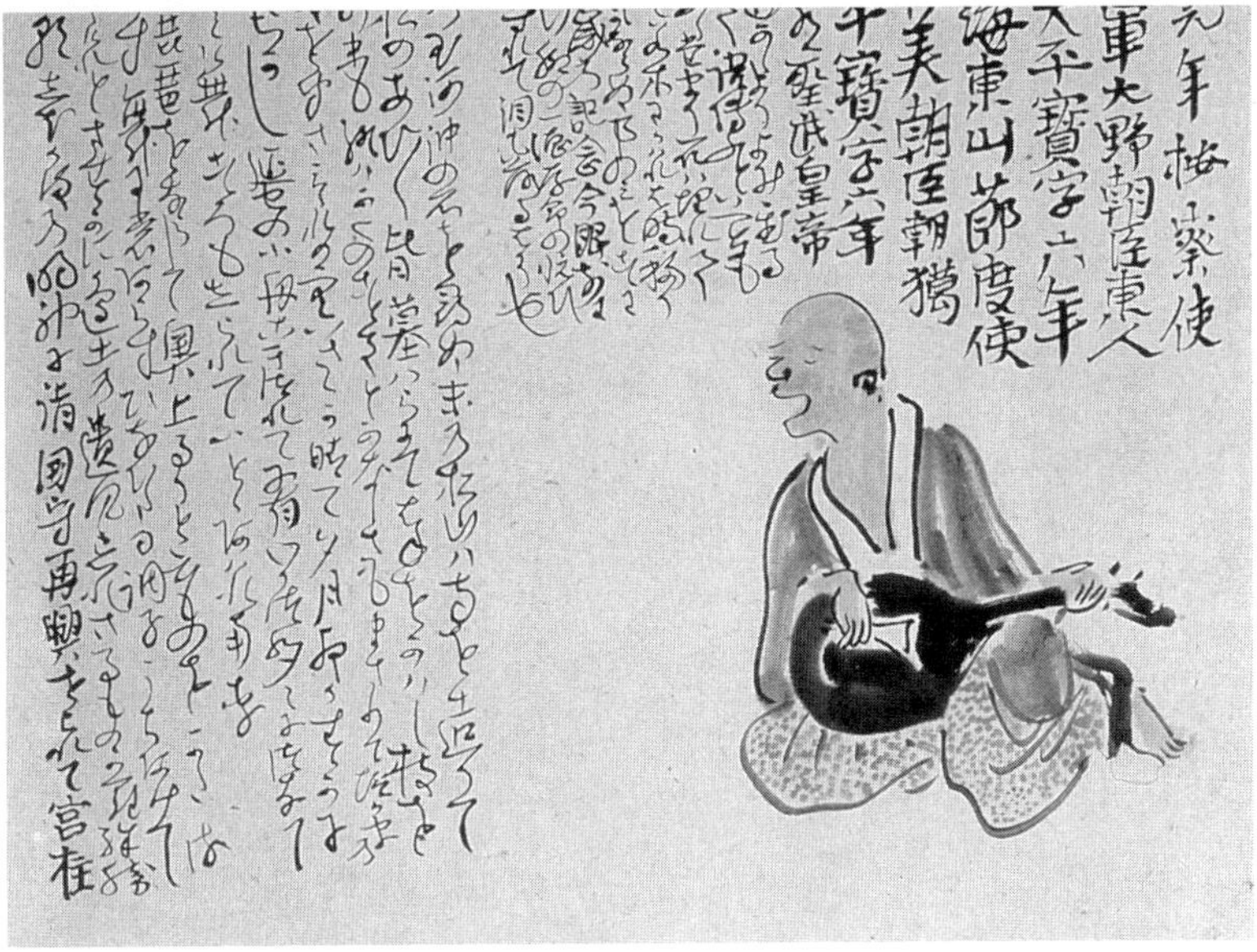

『奥の細道図屏風』末の松山・塩竈　蕉村画

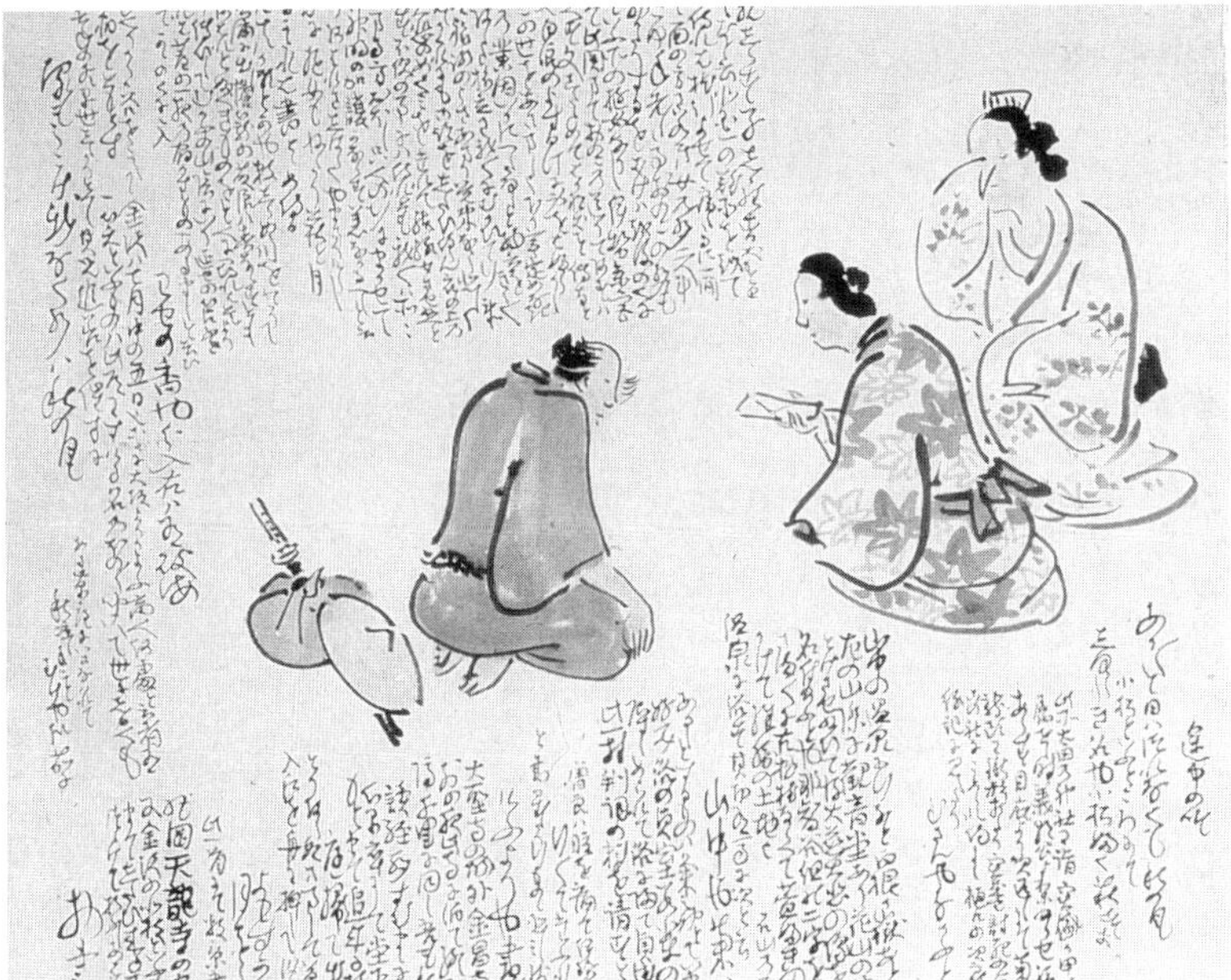

『奥の細道図屏風』市振　蕉村画

（松島）

そもそも《（抑）》、ことふりにたれど、松島は扶桑《ふさう》第一の好風にして、およそ《（凡）》洞《とう》庭《てい》・西湖を恥ぢず。東南より海を入れて、江の中《うち》三里、浙江《せつかう》の潮《うしほ》を湛《（たゝ）》ふ。島々《（ぐ）》の数を尽くして、欹《そばだ》つものは天を指さし、伏《（ふ）》すものは波に匍匐《はらば》ふ。あるは二重に重《（かさ）》なり、三重に畳《たた》みて、左に分《（わ）》かれ、右に連《（つら）》なる。負へるあり、抱《いだ》けるあり、児孫愛すがごとし。松の緑こまやかに、枝葉《しえふ》潮《（汐）》風に吹きたわ《（は）》めて、屈曲お《（を）》のづから矯《（た）》めたるがごとし。その《（其）》気色窅然《けしきえうぜん》として、美人の顔《かんばせ》を粧《よそほ》ふ。

そもそも、多くの先人たちの文藻《ぶんそう》に言い古されていることではあるが、松島は日本第一の絶景であって、まずは中国の洞庭・西湖に比べても遜色《そんしょく》がない。その地勢は、東南の方角より海を入れて入り海を形作り、湾内三里、かの浙江を思わせる満々たる潮をたたえている。島という島のある限りをここに集め、そのうち、高く聳《そび》えるものは天を指さす尊大の形を示し、低く横たわるものは波の上に匍匐膝行《ほふくしっこう》する恭敬の状を呈している。あるいは二重に重なり、三重に積み重なって、左に分かれているかと思えば、また右に連なっている。小さい島を背負ったような形のものもあれば、抱いているような姿のものもあり、杜甫《とほ》の詩にあるように、あたかも子や孫を愛擁《あいよう》しているかのごとくである。松の緑も色濃く、枝葉は潮風に吹き曲げられて、そ

ことふりにたれど　言い古されていることだが。「源氏物語・枕草子などにことふりにたれど、同じこと、また今さらに言はじとにもあらず」（『徒然草』一九段）をふまえる。

扶桑第一の…　「扶桑」は日本の異称。『松島眺望集』（天和二）所収、虎哉「瑞巌寺方丈記」の起筆に「夫レ松島ハ、日本第一ノ佳境也」とある。

好風　好風景の略。虎哉「鐘之銘」に「蓋《けだ》シ松島ハ、天下第一之好風景」（『松島眺望集』）。

洞庭　中国湖南省北部の大湖。瀟湘八景の一。

西湖　中国浙江省杭州府西部にある湖。ともに美景の代名詞とされ、詩文・絵画に著名。

浙江の潮　「浙江」は中国浙江省を流れ杭州湾に注ぐ銭塘江《せんとうこう》。河口の高潮の壮観は有名で、駱賓王「霊隠寺」（『唐詩訓解』四）に「門ニハ聴ク浙江ノ潮」とある。

児孫愛す…　杜甫「望嶽」の「西嶽峻《しゅん》嶒《そう》トシテ竦《そばだ》チテ尊ニ処《お》ル、諸峰羅立シテ児孫ニ似タリ」（『杜律七言集解』上）をふまえる。

窅然　『荘子』逍遥遊にヨウゼン・ホレテと傍訓し、林希逸注に「悦然トシテ自失…窅然ハ茫々ノ意ナリ」とある。

美人の顔…　蘇東坡「西湖」の「若《も》シ西湖ヲ把《と》

ちはやふる《(振)》神の昔《(むかし)》、大山《おほやま》祇《(づみ)》のなせるわざにや。造化《ざうくわ》の天工、いづれの人か筆をふるひ、詞《ことば》を尽くさむ。

雄島《をじま》が磯は、地続《(つゞ)》きて海に出《い》でたる島なり《(也)》。雲居禅師《うんごぜんじ》の別室の跡、坐禅《ざぜん》石《せき》など有り。はた《(将)》、松の木陰に世をいとふ人も、まれまれ《(稀〳〵)》見えはべり《(侍)》て、落穂《おちぼ》・松笠《まつかさ》などうち《(打)》煙《(けぶ)》りたる草の庵《いほり》、閑《しづ》かに住みなし、いかなる人とは知《(し)》られずながら、まづ《(先)》なつかしく立ち寄るほどに、月、海に映《(うつ)》りて、昼の眺《(なが)》めまた《(又)》改《(あらた)》む。江上《かうしやう》に帰りて宿を求むれば、窓を開《(ひら)》き二階を作りて、風雲の中に旅寝するこそ、あやしきまで妙《たへ》なる心地《ここち》はせらるれ。

の曲がりくねった枝ぶりは、自然のうちに人工をもって曲げ整えたかのようである。その景色の美しさは、見る人をして恍惚《こうこつ》とさせ、かの東坡《とうば》の詩にいう、美女がいやが上にも美しく顔を化粧したかのごとき趣がある。これは、遠い神代の昔、大山祇《おおやまづみ》の神がなした仕業であろうか。かかる造物主の霊妙な仕事をば、いったい何人が彩管を揮《ふる》い、詩文をおどらせて表し尽くすことができるだろう。

かの歌枕に知られた雄島が磯は、地続きに海に突き出た島である。ここには、雲居禅師の別室の跡や坐禅石などがある。また、松の木陰に世の煩いを避け隠棲している人の姿もごくまれに見えて、落穂・松笠などを炊《かし》ぐ煙のうっすらと煙っている粗末な庵を、いかにも閑静に住みなしている様子で、どういう素性の人ともわからぬながら、何よりも先に心引かれて立ち寄るうちに、いつしか月が上っ

テ西子ニ比セバ、淡粧濃抹両《ふた》ツナガラ相宜《あひよろ》シ」（『連珠詩格』二）をふまえる。西湖の美を西施《せいし》の美しく化粧した顔にたとえた。西施は、春秋時代の越王勾践《えつおうこうせん》が呉王夫差《ごおうふさ》に贈った美妃。

大山祇　山岳を司る神。伊弉那岐《いざなぎ》・伊弉那美《いざなみ》二神の子。木花咲耶姫《このはなさくやひめ》の父。

造化の天工　造物主の偉大な仕事。美景の背後に造化のはたらきを認めるとらえかたは、杜甫「嶽ヲ望ム」の「造化神秀ヲ鍾《あつ》ム」（『杜律五言集解』一）などの例がある。

雄島が磯　松島の歌枕。瑞巌寺の南西にある。

地続きて…　『松島眺望集』に「松島の左、地を離れし処に、十三間の橋あり」とあるように、実際には、渡月橋で陸岸とつながっていた。

雲居禅師　禅僧。松島瑞巌寺中興。一六三九年、伊達政宗に招かれた（一六五九没）。

別室　「把不住軒とて、雲居和尚禅堂あり」（『松島眺望集』）。

草の庵　『松島眺望集』に「松吟庵とて道心者の室あり」とし、庵主を一花庵洞水とする。

落穂　刈り跡に落ちこぼれた稲の穂。

松笠　松の実。凶作の際、食糧にする。

江上　入り江のほとり。項雲庵「江雨」の「今夜故人江上ニ宿ス」（『聯珠詩格』四）などのように漢詩文的表現。

曾良

松島や鶴《(靏)》に身を借《(か)》れほとと《(ゝ)》ぎす

予は口を閉《(と)》ぢて眠《ねぶ》らんとして、寝《(い)》ねられず。旧庵を別《(わか)》るる《(ゝ)》時、素堂《そだう》、松島の詩あり。原安適《はらあんてき》、松が浦島《(うらしま)》の和歌を贈らる。袋を解きてこよひの友とす。かつ《(且)》、杉風《さんぷう》・濁子《ぢよくし》が発句《ほっく》あり。

て海上に映り、昼の眺めとはまたすっかり変わった景観を呈している。海辺に戻って宿をとると、海に面して窓を開き、二階造りになっていて、こうして眺望を恣《ほしいまま》に、いわば大自然の風光のただ中に身を置いて旅寝するのは、まるで仙境に身を置くかと思われるほどすばらしい気分のされることであった。

松島や鶴に身を借れほととぎす　曾良

（すばらしい松島の眺め。折から時鳥《ほととぎす》が一声鳴き過ぎた。時鳥よ、この松島の絶景に対してはお前の姿のままではふさわしくない。声はそのままに、望むらくは鶴の毛衣《はごろも》に身を借りて鳴き過ぎよ）

私はというと、待望の絶景に接しては、もはや句を詠むどころではなく、句作を断念して、さて眠ろうとしても感激のあまり眠ることができない。芭蕉庵を後にするとき、旧友素堂が松島の詩を作って

二階を作りて　二階造りの珍しかった当時、松島の宿の二階造りは人目を引いたものらしく、可椎之隠名「銭のなる木は松島のはたごやの二階に月をあげづめにして」（『松島眺望集』）などと見える。

風雲　大自然の美景の中。

松島や…　季語「ほととぎす」（夏）。『猿蓑』に「松島一見の時、千鳥もかるや鶴の毛衣とよめりければ」と前書して所収。鴨長明『無名抄』の「…寒夜千鳥といふ題に、千鳥も着けり鶴の毛衣といふ歌を詠みたりければ…」の一節をふまえたもの。「松島」と「田鶴」は寄合（便船集）。

口を閉ぢ　句作を断念し。

素堂　一三八頁脚注参照。

原安適　江戸の歌人。

松が浦島　松島の歌枕。

こよひの友とす　今夜の心を慰める相手とする。強烈なナマの感動を、詩歌を通じて鎮め調えようとする姿勢を示すもの。

濁子　蕉門俳人。中川甚五兵衛。大垣藩士。

◆　◆

（平泉）

三代の栄耀《えいえう》一睡の中《うち》にして、大門《だいもん》の跡は一里こなたにあり《（有）》。秀衡《ひでひら》が跡は田野《でんや》になり《（成）》て、金鶏山《きんけいざん》のみ形を残す。まづ《（先）》高館《たかだち》に登《（のぼ）》れば、北上川《きたかみがは》、南部より流るる《（ゝ）》大河なり《（也）》。衣川《ころもがは》は和泉《いづみ》が城《じやう》を巡《（めぐ）》りて、高館の下《もと》にて大河に落ち入る。泰《やす（康）》衡ら《（等）》が旧跡は、衣《ころも》が関《せき》を隔てて南部

くれ、また原安適は松が浦島の和歌を贈ってくだされた。眠られぬままに頭陀《ずだ》袋《ぶくろ》をひもとき、それらの詩歌を取り出して、今宵の心を慰める友とする。袋の中にはまた杉風や濁子が贈ってくれた発句もあった。

◆　◆

藤原三代の栄華もわずか一睡の間の夢と過ぎ、今は廃墟と化した平泉の館《たち》の大門の跡は一里も手前にあって、往事の巨構を偲《しの》ばせている。秀衡の居館の跡は田野となって、彼の築かせたという金鶏山のみが昔の姿を留めている。何よりもまず義経の遺跡高館に登ると、突如として北上川が眼下の視界に飛び込んでくるが、これは遠く北方の南部領より流れてくる大河である。衣川はかの義勇の士忠衡《ただひら》の居館和泉が城を巡って、この高館の下で大河に合流している。泰衡らの旧跡は、ここからは衣が関を隔てたかなたにあっ

◆　◆

三代　奥州藤原氏、清衡《きよひら》・基衡《もとひら》・秀衡《ひでひら》の三代、九十六年。

一睡の中　盧生の黄粱一炊《こうりよういつすい》の夢の故事。謡曲『邯鄲』に「げに何事も一炊の夢」などとあり、『下学集』に「一炊夢　日本ノ俗、推量ニ炊ヲ睡トナス」と注するように、「一睡」「一炊」は、混用されていた。

大門の跡　平泉館の南大門跡。当時、南大門跡とされた金沢村は約二十四キロ手前である。

秀衡が跡　秀衡の居館。伽羅御所《きやらのごしよ》とも。

金鶏山　秀衡が富士の形に築き、平泉鎮護のため山頂に金鶏を埋めたと伝えられる山。

高館　中尊寺の東、北上川に臨む丘陵に築いた城塞。義経が泰衡の攻撃を受け自害した地。

北上川　石巻湾に注ぐ奥羽一の大河。以下、高館よりの眺望を順次叙してゆく。

南部　北方の盛岡を中心とする南部氏領。

衣川　歌枕。北上川の支流。

和泉が城　秀衡の三男和泉三郎忠衡《いずみのさぶろうただひら》の居館。

高館の下にて…　忠衡が兄泰衡らに背き、義経に心を寄せたさまを地形の上に偲んだもの。衣川と北上川との実際の合流点は、高館東方約二百メートルほどで、直下ではない。

泰衡　秀衡の二男。「旧跡」は、泰衡の部下ら

口をさし固《(堅)》め、夷《えぞ》を防《(ふせ)》ぐと見《(み)》えたり。さて《(偖)》も、義臣すぐつてこの《(此)》城にこもり、功名一時の叢《くさむら》となる。「国破れて山河あり、城《しろ》春にして草青みたり」と、笠うち《(打)》敷きて、時の移《(うつ)》るまで涙《(泪)》を落としはべ《(侍)》りぬ。

夏草や兵《つはもの》どもが夢の跡

卯の花に兼房《かねふさ》見《(み)》ゆる白毛《しらが》かな　曾良

かね《(兼)》て耳驚かしたる二堂開帳す。経《きやう》堂《だう》は三将の像を残《(のこ)》し、光堂《ひかりだう》は三代の棺《ひつぎ》を納め、三尊の仏を安置《あんぢ》す。七宝《しつぽう》散り失《(う)》せて、珠《たま》の扉《とぼそ》風に破《(やぶ)》れ、金《こがね》の柱霜雪《さうせつ》に朽ちて、すで《(既)》に頽廃空虚《たいはいくうきよ》の叢《くさむら》とな《(成)》るべきを、四面新《あら》たに囲みて、甍《いらか》を

て、北の南部口を堅く守り、蝦夷《えぞ》の侵入を防ぐ形に見える。さても、義経が義勇の士を選《え》りすぐってこの高館の城に立てこもり、数々の功名もただ一時の夢と消えて、跡は茫々たる草原となってしまっている。「国破れて山河あり、城春にして草青みたり」と杜甫の詩を口ずさみつつ、笠を敷いて腰を下ろし、時の移るまで懐旧の涙にくれたことだった。

夏草や兵どもが夢の跡（↓発㊻）

卯の花に兼房見ゆる白毛かな　曾良

（折から白く咲き乱れた卯の花を見ていると、そこに、義経悲劇の最後を飾った兼房の姿が彷彿と浮かんでくる。あの、真白に振り乱した彼の白髪が。）

かねがねその壮麗さを聞いて驚嘆していた中尊寺の二堂を開帳する。経堂は清衡・基衡・秀衡の三将の像をとどめ、光堂は右三代の人々の棺を納め、弥陀三尊

の北方の屯所をさす。

衣が関　歌枕。中古、蝦夷討伐のために設けた野戦基地の古関。高館の西方約百メートル。

南部口　盛岡地方へ通じる北の関門。

義臣　武蔵坊弁慶・片岡八郎・兼房ら義経に従った忠義の家臣をさす。

国破れて…　杜甫「春望」の起承句「国破レテ山河在リ、城春ニシテ草木深シ」（『杜律集解』一）に、湖伯雨「望淮《わい》」の結句「白骨城辺草自《おのづか》ラ青シ」（『錦繡段』）を重ね、古戦場懐古の意を利かせたもの。

笠うち敷きて　杜甫「王華宮」の「憂へ来タツテ草ヲ籍《し》イテ坐セバ、浩歌涙把《は》ニ盈《み》ツ」（『唐詩訓解』一）など漢詩のパターンによる。

卯の花に…　季語「卯の花」（夏）。俊頼の「卯の花のみな白髪とも見ゆるかな賤が垣根もとしよりにけり」（『無名抄』）をふまえる。兼房は、十郎権守《ごんのかみ》。義経北の方の乳人《めのと》。『義経記』高館落城や古浄瑠璃『たかだち』は、兼房の最後をもって結ばれている。

二堂　中尊寺金堂と光堂。

経堂　一切経一万六千巻を納めた蔵。

三将　清衡・基衡・秀衡の三像。本尊は、実は文殊菩薩・優塡《うてん》大王・善財《ぜんざい》童子の三像。

光堂　金色堂。清衡が阿弥陀堂と葬堂を兼ねて

覆《おほ》ひて風雨を凌ぎ、しばらく《（暫時）》千歳《せんざい》の
記念《かたみ》とはなれり。
　五月雨《さみだれ》の降り残《（のこ）》してや光堂

（尿前の関）

南部《（阝）》道遥かに見《（み）》やりて、岩手《いはで》の里に泊まる。小黒崎《をぐろさき》・みづの小島《こじま》を過ぎて、鳴子《（なるご）》の湯より尿前《しとまへ》の関にかか《（ゝ）》りて、出羽《では》の国に越えんとす。この道《（此路）》、旅人

の仏像を安置してある。かつて内陣を絢《けん》爛《らん》と荘厳《しょうごん》した七宝も散り失《う》せて、珠玉を鏤《ちりば》めた扉は多年の風にさらされて損壊し、金色の巻き柱は積年の霜雪のために腐朽して、もう少しのところで崩れ廃れ、空しい廃墟の草原となるはずのところを、堂の四面を新たに囲み、屋根を覆って、風雨を防いである。こうして、はかない現世におけるかりそめの間ながら、なお、千古の記念とはなっている次第だ。
　五月雨の降り残してや光堂（↓発）
㊼

　北の方南部地方への街道をはるかに眺めやりつつ、道をとって返し、岩出の里に泊まった。さらに小黒崎・美豆の小島などの歌枕を過ぎ、鳴子の湯から尿前の関にさしかかって、いよいよ出羽の国へ

建立した別院。光堂の名は江戸期以降の通称。
三代の棺　清衡・基衡・秀衡の棺。
三尊の仏　阿弥陀如来・観音菩薩・勢至《せいし》菩薩。
七宝　金《こん》・銀《ごん》・瑠璃《るり》・玻璃《はり》・硨磲《しゃこ》・珊瑚《さんご》・瑪瑙《めのう》。経文によって異同がある。
新たに囲みて　正応元年（一二八八）、覆堂（俗称、鞘堂《さや》）の造営が発願され、以来数次の修補が加えられてきたことをさす。
五月雨を…　曾良本、次行に「蛍火の昼は消えつ、柱かな」の句を墨抹。

南部道　南部氏領の盛岡地方へ通ずる道。
遥かに　北方への思慕の情を表す。
岩手の里　今の宮城県玉造郡岩出山町。里としたのは歌枕めかしく呼んだもの。
小黒崎・みづの小島　「小黒崎みづのこ島の人ならば都のつとにいざといはましを」（古今

まれ《(稀)》なる所なれば、関守《せきもり》に怪《(あや)》しめられて、やうやう《(漸)》として関を越《(こ)》す。大山《たいざん》を登《(のぼ)》つて日すで《(既)》に暮れ・ければ、封人《ほうじん》の家を見かけて、宿り《(舎)》を求む。三日風雨荒《(あ)》れて、よしなき山中に逗留《とうりう》す。

蚤虱《のみしらみ》 馬の尿《ばり》する枕もと

あるじのいは《(云)》く、これ《(是)》より出羽の国に、大山《おほやま》を隔てて・、道 定《(さだ)》かならざれば、道しるべの人を頼みて・越ゆ・べきよしを申す。・さらばといひ《(云)》て、人を頼み・はべ《(侍)》れば、究竟《くつきやう》の若者、反脇指《そりわきざし》を横《(よこ)》たへ《(え)》、樫《かし》の杖《つゑ》を携へ・て、我々《(〳〵)》が先に立ち・て行く。・今日《(けふ)》こそ必ず危《(あやう)》ふきめにもあふべき日なれと、辛《から》き思ひをなして後《あと》に付《(つ)》いて行く。・あるじのいふ《(云)》に

越えようとする。この道は旅人もめったに通らない所なので、関守に怪しまれて、やっとのことで関所を越えた。大きな山を登ってゆくうち、日もはや暮れたので、国境を守る番人の家を目当てに訪ね寄り、一夜の宿を頼んだ。ところが、三日も風雨が吹き荒れて、つまらぬ山中に逗留する仕儀となる。

蚤虱馬の尿する枕もと（→発㊽）

この家の主人が言うには、ここから出羽の国へ出るには、途中に大きな山があって、道もはっきりしないから、道案内の人を頼んで越えるがよい、とのこと。「ならばそういたそう」と言って人を頼んだところ、いかにも強さそうな若者が反脇指を腰に横たえ、樫の杖を手に持って、自分たちの先に立って案内してゆく。これまではともかくも無事に来られたが、今日という今日こそはきっと危険な目に遭う日に違いないと、命からがらの思い

集・陸奥歌）などによる歌枕。小黒崎は岩出山町の西北四里（約一六キロ）、名生定《みょうさだ》の荒雄川の北岸をいい、美豆の小島はその川中の小島をいう。

鳴子の湯 今の鳴子温泉。亀割《かめわり》坂で生まれた義経の若君がここで産声をあげたので啼子《なきこ》と名付けたと伝える。

尿前の関 陸奥・出羽の境。仙台藩・新庄藩それぞれの番所があった。

出羽の国 今の山形・秋田両県にわたる行政区画。和銅五年（七一二）設置。

大山 鳴子から羽前へ越える中山越えの山道。曾良本に音読符を施す。

封人 関所の番人。『論語集注』八佾に「封人ハ封疆ヲ掌ルノ官。蓋シ賢ニシテ下位ニ隠ルル者ナリ」とある。

三日 曾良の旅日記によれば、実際は二泊。

反脇指 刀身に反りのある道中差し。

辛き思ひ 命からがらの危い思い。

たがはず、高山森々《かうざんしんしん》として一鳥声聞《（き）》かず、木の下闇《こしたやみ》茂り合《（あ）》ひて夜《（夜る）》行くがごとし。雲端《うんたん》につちふる心地《ここち》して、篠《しの》の中踏み分け踏み分け、水を渡《（わた）》り、岩に躓《つまづ》いて、肌に冷《（つめ）》たき汗を流して、最上《もがみ》の庄《しやう》に出《い》づ。かの案内《あない》せし男《（をのこ）》のいふ《（云）》やう、「この《（此）》道《（みち）》必ず不用《ふよう》のことあり《（事有）》。恙《つつが》なう送《（をく）》りまゐ《（い）》らせて、仕合《しあ》はせしたり」と、喜《（よろこ）》びて別《（わか）》れぬ。後《（跡）》に聞きてさへ、胸とど《（ゞ）》ろくのみなり《（也）》。

◆　◆

（立石寺）

山形領に立石寺《りふしやくじ》といふ《（云）》山寺あり。慈覚大師《じかくだいし》の開基にして、殊《こと》に清閑の地

をしながら後について行く。なるほど主人の言うとおり、高山には森々として木立が生い茂り、鳥の鳴き声一つ聞こえない。木下闇は真っ暗に繁り合って、さながら夜道を行くがごとくである。深山を風の吹き渡ってゆくさまに、雲の果てから土を吹き下ろすと詠じた杜甫の詩句そのままの感をおぼえながら、篠の中を踏み分け踏み分け、渓流を徒渉し、岩につまずいたりしながら、肌に冷や汗を流して、やっとのことで最上の庄に出た。かの案内してくれた男がいうには、「この道ではいつもきっと乱暴なことが起こるのですが、今日は無事にお送り申すことができてよいあんばいでした」と、無事を喜んで別れていった。後になって聞いてさえ、胸がどきどきするばかりである。

◆　◆

山形藩の領内に立石寺という山寺がある。慈覚大師のお開きになった寺で格別

森々　杜甫「蜀相」に「錦官城外柏森々」（『杜律七言集解』上）。『詩林良材』に「森々」を「山林茂リタル貌」とある。

一鳥声…　王安石「鍾山」の「一鳥鳴カズ山更ニ幽《かすか》ナリ」（『錦繡段』）をふまえる。

木の下闇　夏木立が鬱蒼《うつそう》と繁って昼なお暗いさま。

夜行くがごとし　言葉の上で「繡《にしき》ヲ衣《き》テ夜行クガゴトシ」（『史記』項羽本紀）をふまえる。

雲端につちふる　杜甫「鄭駙馬《ていふば》潜曜ニ洞中ニ宴ス」の「已《すで》ニ風磴《ふうとう》ニ入リテ雲端ニ霾《つちふ》ル」（『杜律七言集解』上）をふまえる。

最上の庄　今の山形県最上郡・村山郡地方。「庄」は、中世めかしく漠然と言ったもの。

不用の事　乱暴なこと。山賊などの害をいう。

◆　◆

立石寺　今、山形市字山寺にある天台宗宝珠山立石寺。貞観二年（八六〇）清和天皇の勅願により慈覚大師を開基として創建。

なり《(也)》。一見すべきよし、人々の勧《(すゝ)》むるによ《(依)》りて、尾花沢《をばねざは》よりとつて返し、その《(其)》間《かん》七里ばかりなり《(也)》。日いまだ暮れず。麓《(梺)》の坊に宿借《(か)》り置きて、山上の堂に登《(のぼ)》る。岩に巌《いはほ》を重ねて山とし、松《しよう》栢《はく》年旧《ふ》り、土石老いて苔滑《こけなめ》らかに、岩《がん》上《しやう》の院々扉《とびら》を閉ぢて、物の音聞《(き)》こえず。岸を巡《(めぐ)》り、岩を這《は》ひて、仏閣《ぶつかく》を拝し、佳景寂寞《かけいじやくまく》として心澄《(す)》みゆく《(行)》のみおぼゆ。

閑《しづ》かさや岩にしみ入る蝉《せみ》の声

清らかで閑寂の地だ。一度行ってみるがよいと人々が勧めるので、尾花沢から予定とは逆方向に引き返し、立石寺に向かったが、その間七里ばかりだった。着いた時には、日もまだ暮れていない。そこで麓の宿坊に宿をとっておいて、山上の僧堂に登る。岩に巨岩を重ねて山としたような地形で、松や柏も年数を経、土や石も時代がついて苔が滑らかに蔽《おお》い、岩上に建てられた多くの支院はみな扉を閉め切って、物音一つ聞こえない。絶壁の縁《ふち》を巡り、岩の上を這ったりして、仏殿を拝めば、四辺の美しい景色はただひっそりと静まり返って、ただ自分の心の澄み切ってゆくのだけが感ぜられた。

閑かさや岩にしみ入る蝉の声 (→発

⑲

慈覚大師 法名円仁（七九四〜八六四）。天台宗山門派の祖。

清閑 俗塵を超脱した閑適の境で、『寒山詩』に「出家ハ清閑ヲ要ス、清閑即チ貴シト為ス」とある。以下、立石寺の景観を『寒山詩』の世界と重ねてとらえてゆく。

人々 尾花沢の連衆。

尾花沢 今の山形県尾花沢市。当時天領。

坊 宿坊。参詣人の宿泊施設。

岩に巌を重ねて 岩は巌の俗字。文字を変えることによって、形の異なった岩石の重畳するさまを表したもの。『荀子』に「土ヲ積ミテ山ヲ成ス」。『寒山詩』に「重巌」の語が多い。

苔滑らかに 『寒山詩』に「苔滑カニシテ雨ニ関ラズ」とある。

岩上の院々 山上の十二支院をさす。

岸 崖《がけ》。

佳景寂寞 『寒山詩』「寒山唯白雲、寂々トシテ埃塵ヲ絶ス」などと通じるものがある。

（象潟）

江山水陸の風光数を尽くして、今象《きさ》潟《がた》に方寸《はうすん》を責む。酒田の港《(湊)》より東北のかた《(方)》、山を越え、磯を伝ひ、いさごを踏《(ふ)》みて、その《(其)》際《さい》十里、日影やや傾《(ゝかたぶ)》くころ《(比)》、潮《(汐)》風真砂《まさご》を吹き上げ、雨朦朧《もうろう》として鳥海《てうかい》の山隠《(かく)》る。闇中《あんちゆう》に摸索《(莫作)》して、「雨もまた《(亦)》奇なり《(也)》」とせば、雨後の晴色またたのもしきと《(又頼母敷)》、蜑《あま》の苫屋《とまや》に膝《ひざ》を入《(い)》れて、雨の晴るるを待つ。その《(其)》朝《あした》、天よく《(能)》霽れて、朝日はな《(花)》やかにさし出《い》づるほど《(程)》に、象潟に舟を浮《(う)》かぶ。まづ《(先)》能因島《のういんじま》に舟を寄《(よ)》せて、三

これまで山水海陸の美景のある限りをことごとく見てきて、今や象潟に対して詩心を凝らす次第となった。酒田の港から東北の方へ、山を越え、磯を伝い、砂浜を踏んで、その間十里、日もようやく傾きかけるころ、着いてみると潮風が砂を吹き上げ、雨は朦朧とうち煙って、鳥海の山も隠れてしまっている。古詩に詠ずるように、暗闇の中を手探りするようにして透かし見る眼前の雨中の夜景も「雨もまた奇なり」の詩句のとおり、こんなにも素晴らしいとすれば、さらに雨の晴れた後の「晴れて偏《ひと》へに好し」という景色はどんなにかめざましかろうと期待されて、古歌にいう「あまの苫屋」、わずかに膝を入れるばかりの小さな漁師のあばらやに宿って、雨の上がるのを待つ。

その翌朝、天気はからりと晴れ上がっ

江山水陸の風光　『詩林良材後編』行旅に「江山異ナリ」の語をあげ「故郷ヲ離レテミレバ、行先ハ江山ノ形モカワリタルゾ」（大意）とある。旅中目にしてきた景をさす。

象潟　歌枕。松島と双称される景勝地。今、秋田県由利郡象潟町。南北四キロ、東西二キロの潟に九十九島があったが、文化元年（一八〇四）の地震で隆起、陸地となった。

酒田の港　河村端賢によって開かれた西回り航路の起点。庄内藩に属す。

いさごを踏みて…　蒙斎「西湖」の「西湖十里岸横斜、穏《おだや》カニ青鞋《せいあ》ヲ踏ミテ軟砂ニ歩ス」（『聯珠詩格』十一）をふまえる。

雨朦朧として　下引、蘇東坡・策彦の詩句による修辞。

鳥海の山隠る　鳥海山は象潟の南東二十キロにある二二三七メートルの火山。秋田富士。葉苔磯「西湖雨ニ値フ」に「山煙雲ニ入リテ半バ有ル無シ、驀然《ばくぜん》トシテ風雨平湖ニ暗シ」（『聯珠詩格』二）とある。

闇中に摸索して　策彦「晩ニ西湖ヲ過グ」の詩「余杭門外日将《まさ》ニ晡《く》レントス、多景朦朧トシテ一景ナシ、雨奇晴好ノ句ヲ諳《そら》ンジ得テ、暗中ニ摸索シテ西湖ヲ識《し》ル」（『南游集』）の結句をふ

年幽居の跡を訪《(とぶら)》ひ、向《(む)》かう《(ふ)》の岸に舟を上《(あ)》がれば、「花の上漕《(こ)》ぐ」と詠《(よ)》まれし桜の老い木、西行《さいぎやう》法師の記念《かたみ》を残《(のこ)》す。江上《かうしやう》に御陵《みささぎ》あり、神功后宮《じんぐうこうぐう》の御墓《みはか》といふ《(云)》。寺を干満珠寺《かんまんじゆじ》といふ《(云)》。この《(此)》所《(処)》に行幸《みゆき》ありしこと《(事)》、いまだ聞かず。いかなること《(事)》にや。この《(此)》寺の方丈《はうぢやう》に座して簾《すだれ》を捲《ま》けば、風景一眼の中《うち》に尽きて、南に鳥海、天をささへ《(ゝえ)》、その《(其)》影《(陰)》映《(うつ)》りて江にあり。西はむやむや《(〳〵)》の関、道《(路)》を限《(かぎ)》り、東に堤を築《きづ》きて、秋田に通《(かよ)》ふ道遥かに、海北に構へ《(かまえ)》て、波《(浪)》うち《(打)》入るる所を汐越《しほ(ごし)》といふ《(云)》。江の縦横《じゆうわう》一里ばかり、俤《おもかげ》松島に通《(かよ)》ひて、また《(又)》異なり。松島は笑ふがごとく《(如)》、象潟は憾《(うら)》む

て、朝日が華やかにさし出るころ、象潟に舟を浮かべた。真っ先に能因島に船を漕ぎ寄せて、能因法師が三年間隠棲した遺跡を尋ね、向こう岸に舟を揚がると、「花の上漕ぐ海士《あま》の釣舟《つりぶね》」とお詠みになった桜の老木が、今もそのままに西行法師の記念を残している。水辺に御陵があり、神功《じんぐう》皇后の御墓という。また、その寺を干満珠寺といっている。だが、ここに皇后が行幸されたことは、まだ聞いたことがない。どういう事由によるのだろうか。この寺の表座敷に坐って簾《すだれ》を巻き上げて眺めると、象潟の風景はことごとく一望のうちに見渡され、南には鳥海山が天を支えるかのように高く聳《そび》え立ち、その影が映って水上に横たわっている。西はむやむやの関が道をさえぎってその先は見えず、東には堤を築いて秋田に通う道が遥かに続いており、海を北に控えて外海の波が潟にうち入る所を汐越と呼

まえる。この詩、清水春流『続つれ〳〵草』に出て著聞する。
雨もまた奇なり　蘇東坡「西湖」の「水光瀲灩《れんえん》トシテ晴レテ偏《ひとへ》ニ好シ、山色朦朧トシテ雨モマタ奇ナリ」(『連珠詩格』二)をふまえる。
蜑の苫屋　能因「出羽の国にまかりて象潟とい ふ所にて詠める、世の中はかくても経けり象潟の海士の苫屋を我が宿にして」(後拾遺集・羇旅)。「象潟」と「蜑の苫屋」は寄合。
膝を入れて　狭い部屋に宿って。
能因島　能因閑居の跡と伝える島。
花の上漕ぐ　伝西行「象潟の桜は波に埋もれて花の上漕ぐ海士の釣舟」(『継尾集』など)。
桜の老い木　西行桜。西鶴『名残之友』に「蚶満寺の前に古木の桜あり…」(三ノ五)。
西行法師　陸奥に二度下向するが、この歌の真偽は不明。
神功皇宮　仲哀天皇の皇后。百済征伐の帰途、当地に漂着との伝承がある(『継尾集』)。
干満珠寺　『継尾集』に「皇后尋常御肌に抱かせ給ふ干満の二珠によそへ、皇后山干満珠寺とは伝え侍るとかや」とある。
簾を捲けば　詩文に眺望を叙する場合の常套表現(『円機活法』遊眺門・江楼晴望)。
南に…　実際は南東。以下、西は南西、東は北

がごとし。寂しさに悲しみを加《くはえ》へて、地勢魂《たましひ》を悩《なや》ますに似たり。

象潟や雨に西施《せいし》がねぶの花

汐越や鶴《つる》脛《はぎ》ぬれて海涼し

んでいる。入江の縦横は一里ばかり、そのおもざしは松島に似通っていて、しかしまた違ったところがある。いわば松島は笑っているような明るさがあり、象潟は憂いに沈んでいるような感じだ。さらにいえば、寂しさの上に悲しみの感を加えて、その地のたたずまいは、傷心の美女の面影に似ている。

　象潟や雨に西施がねぶの花（↓発㉜）

汐越や鶴脛ぬれて海涼し（外海の波が入江に打ち寄せる汐越の浅瀬。あさりする鶴の細長い脛、文字どおりの鶴脛が波のしぶきに濡れ、海は見るからに涼しげである。）

東、北は西とあるべきところ。

むやむやの関　歌枕。有耶無耶の関とも。ここは、由利郡象潟町関にあった関をさす。

秋田　当時、佐竹義処《よしずみ》二十万石の領地。

北に構へて　海を北に控えて。杜牧之「阿房宮ノ賦」に「驪山《りさん》北ニ構ヘテ西ニ折《くじ》ヒテ」（『古文真宝後集』一）。

汐越　象潟の西、日本海に続く低地。

地勢魂を…　『菅菰抄』本間契史書入れに「みな美人の形容」。「俤」「笑ふ」「憾む」を受けて西施傷心の姿を連想したもの。

汐越や…　季語「涼し」（夏）。「鶴脛」は人が衣の裾を高くからげ細脛を表す姿をいう。それを文字どおりの鶴の脛に用いた即興のおかしみ。前句を雨奇、この句を晴好に配した。

（市振）

今日は親知《（し）》らず・子知《（し）》らず・犬戻《（もど）》り・駒返《こまがへ》しなどいふ《（云）》北国一の難所《なんじょ》を越えて疲《（つか）》れはべ《（侍）》れば、枕引き寄《（よ）》せて寝たるに、一間《ひとま》隔てて、面《おもて》のかた《（方）》に若き女の声、ふたり《（二人）》ばかり《（斗）》と聞《（き）》こゆ、年老いたる男《（をのこ）》の声も交じりて物語するを聞《（き）》けば、越後《ゑちご》の国新潟《にひがた》といふ《（云）》所の遊女なり《（成）》し。伊勢参宮《いせさんぐう》するとて、この《（此）》関まで男《（をのこ）》の送りて、明日《（あす）》は古郷《ふるさと》に返す《（かへ）》文したた《（ゝ）》めて、はかなき言伝《ことづて》などしやるなり《（也）》。白波《（浪）》の寄《（よ）》する汀《なぎさ》に身をはふらかし、海士《（あま）》のこの世をあさましう下り

今日は、親知らず・子知らず・犬戻り・駒返しなどという北国一の難所を越えて疲れたので、枕を引き寄せて寝たところが、襖一重《ふすまひとえ》を隔てた、表の方の部屋で、若い女の声、それもどうやら二人ばかりと思われるのが、年取った男の声も交じって話し合っているのを聞いていると、それは越後の国新潟という所の遊女であった。伊勢参宮をするというわけで、この関まで男が送ってきて、明日はその男に持たせて帰す故郷への手紙を書いて、何くれとととりとめもない言伝などしてやっているのであるらしい。白波のうち寄せる浜辺の町に身を投げ捨て、漁師の子のような所定めぬ情けない境涯にまでこの世を落ちぶれ果てて、夜ごとに変わるはかない契り、こんな罪深い毎日毎日を送る前世の因縁はどんなに悪かったのだろう、などと語り合っているのを、

今日 「暑湿」に悩まされた九日間の越後路の旅の果てに、市振にたどり着いた今日。

親知らず・子知らず… いずれも越後郷津より市振に至る間の海岸の難所。東より、犬戻り・駒返し・親知らず・子知らずの順。

面の方 道路に面した方の部屋。

新潟 今の新潟市。港町として栄え、遊女町で知られた。『諸国色里案内』に「豊かなる港にて、小歌・三味線あり」と記す。

伊勢参宮 『奥のほそ道解』に「越後の習ひにて庶民一生の内参宮せぬは一人もなし」。この年は遷座式があって、参宮者は特に多かった。

白波の寄する… 『和漢朗詠集』「遊女」の「白波の寄するなぎさに世を過ぐすあまの子なれば宿も定めず」をふまえる。

海士のこの 右の和歌の「あまの子」を「この世」へ言い掛けたもの。

定めなき契り 夜ごとに変わる相手に身を任せること。

て、定めなき契り、・日々の業因《ごふいん》いかにつたなしと、物いふ《(云)》を聞《(き)》く聞《(く)》く寝入りて、・朝《(あした)》旅立つに、・我々《(く)》に向《(む)》かひて、「行方《ゆく(衛)へ》知《(し)》らぬ旅路《たびぢ》の憂《(う)》さ、あまりおぼつかなう《(覚)(束)》悲しくはべれ《(侍)》ば、見え隠《(がく)》れにも御跡《おんあと》を慕《(した)》ひはべ《(侍)》らん。衣《ころも》の上の御情《おんなさけ》に大慈《だいじ》の恵《(めぐ)》みを垂《(た)》れて、結縁《けちえん》せさせたまへ《(給)》」と涙《(泪)》を落とす。・不便《ふびん》のこと《(事)》にははべれ《(侍)》ども、「我々《(く)》は所々《ところどころ》にてとどまる《(ゞ)》かた《(方)》多《(おほ)》し。「ただ《(只)》人の行・くにまかせて行くべし。・神明《しんめい》の加護、必《(かなら)》ず恙《つつが》なかるべし」といひ《(云)》捨てて・出《い》でつつ《(ゝ)》、あはれ《(哀)》さしばらくやまざりけらし。

一・つ家《や》に遊女も寝《(ね)》たり萩《はぎ》と月

うとうとと聞きながら寝入ってしまったが、翌朝旅立つに際し、彼女らは自分たちに向かって、「先の道筋も分からない道中の心細さ、あまりに不安で悲しゅうございますので、見え隠れになりとお供をして参りとうございます。法衣をお召しの御身《おんみ》の上のお情けに、何とぞ私どもにも御仏《みほとけ》の大慈大悲のお恵みをお分かちくだされ、仏縁を結ばせてくださいませ」と、涙を流して頼むのだった。かわいそうなこととは思ったが、「私たちは途中所々で滞在する先も多い。ただ同じ方向に旅する人々の行くのに従ってお行きなされ。大神宮様の御守りによって、きっと無事に着くことができるであろう」と言い捨てて出ながらも、さすがに複雑な感慨が、しばらくは胸のうちに動き止まなかったことだった。

一つ家に遊女も寝たり萩と月（↓発

⑸⑷

日々の業因　広本『撰集抄』「江口遊女ノ事」の「これも前世の遊女にてあるべき宿業の侍るやらん」（五ノ一一）、謡曲『江口』の「我らたまたま受けがたき人身を受けたりといへども、罪業深き身と生まれ、殊にためし少なき河竹の流れの女となる、前《さき》の世の報いまで、思ひやるこそ悲しけれ」をふまえる。

行方知らぬ　前途の道筋もよくわからぬの意に、「来世はいかならむ」（『撰集抄』五ノ一一）の意を重ねたもの。

衣の上の…　「かかる桑門の乞食巡礼ごときの人」（日光）の姿を僧侶と見ての言葉。

大慈の恵み　仏・菩薩の広大無辺の慈悲。

結縁　仏法と縁を結ぶこと。あるいは仏道を修行するため僧と関係をもつこと。謡曲『田村』に「まこと一河の流れを汲んで、他生の縁ある旅人に、言葉をかはす夜声の読誦、これぞすなはち大慈大悲の、観音擁護の結縁たり」とある。

けらし　「けるらし」の略。連歌以来、「けり」と同義とされてきた。ここは詠嘆。

曾良に語《かた》れば、書きとど《(ゞ)》めは《(侍)》べる。

◆　◆

（種の浜）

十六日、空霽《は》れたれば、ますほの小貝拾《(ひろ)》はんと、種《いろ》の浜《はま》に舟を走《は》す。海《かい》上《しやう》七里あり。天屋《てんや》何某《なにがし》とい《(云)》ふ者《(もの)》、破籠《わりご》・小竹筒《ささえ》などこまやかにしたため《(ゝ)》させ、僕《しもべ》あまた舟にとり乗《(の)》せて、追ひ風、時の間《(ま)》に吹き着きぬ。浜はわづかなる海士《あま》の小家《こいへ》にて、侘《わび》しき法華寺《ほっ(花)けでら》あり。ここ《(爰)》に茶を飲み、酒を暖《(あたゝ)》めて、夕暮《(ぐ)》れの寂《(さび)》しさ、感に堪《た》へたり。

寂《さび》しさや須磨《すま》に勝《(か)》ちたる浜の秋

波の間や小貝にまじる萩《はぎ》の塵《ちり》

と詠んで、曾良に語ったところ、彼も共感してこの句を書きとどめた次第である。

◆　◆

八月十六日、空が晴れたので、西行上人の古歌に知られるますおの小貝を拾おうと、種の浜に舟を走らせる。浜までは海上七里ある。天屋　某《なにがし》という者が、破籠や小竹筒などをこまごまと気を遣って用意させ、召使いを大勢舟に乗せて出かけたが、舟は追風を受けてたちまちのうちに吹き着いた。浜はみすぼらしい漁師の小家があるだけで、傍らにさびれた法華寺がある。その寺で茶を飲み、酒を温めなどして雅興を尽くしていると、折から、古来文人墨客の愛惜してきた秋の夕暮れの寂しさの趣には、何ともいえないものがあった。

寂しさや須磨に勝ちたる浜の秋

（この夕暮れの寂しさ。『源氏物語』以来、寂しさの極致とされてきた須磨

◆　◆

ますほの小貝　西行が「汐染むるますほの小貝拾ふとて色の浜とはいふにやあるらん」（『山家集』）と詠んだ、若狭湾特産の小さな赤色の二枚貝。

種の浜　敦賀湾北西岸の浜。

海上七里　曾良の旅日記には「海上四里」。後漢の厳子陵が隠棲した「七里灘」を心に置いたもの。

天屋何某　天屋五郎右衛門。室《むろ》氏。敦賀の回船問屋で、俳号、玄流。

破籠　白木の折り箱で、内側にしきりを設け、被せ蓋にした弁当箱。

小竹筒　酒を携行するための竹筒。

追風時の間に…　『源氏物語』「須磨」に「日長きころなれば、追風さへ添ひて、まだ申の時ばかりに、かの浦に着き給ひぬ」とあるのをふまえる。

わづかなる　貧弱な。

法華寺　日蓮宗の寺。本隆寺。

酒を暖めて　白楽天「林間ニ酒ヲ煖《あたた》メテ紅葉ヲ焼《た》キ、石上ニ詩ヲ題シテ緑苔ヲ払フ」（『和漢朗詠集』「秋興」）をふまえる。

夕暮れの寂しさ　藤原定家「見渡せば花も紅葉もなかりけり浦の苫屋の秋の夕暮」（『新古今

その《（其）》日のあらまし、等栽《とうさい》に筆をとらせて寺に残す。

（大垣）

露通《ろつう》もこの《（此）》港《みなと》まで出《い》で迎《（むか）》ひて、美《（み）》濃《の》の《（こ）》国へと伴ふ。駒《こま》に助《（たす）》けられて大垣《おほがき》の庄に入れば、曾良も伊勢《いせ》より来《きた》り合ひ、越人《ゑつじん》も馬を飛《（と）》ばせて、如行《じよかう》が家に入り集まる。前川子《ぜんせんし》・荊口《けいこう》父子、その《（其）》外《（した）》親しき人々、日夜訪《（とぶら）》ひて、蘇生《そせい》の者《（もの）》に会《（あ）》ふがごとく、かつ《（且）》喜《（悦）》びかつ《（且）》いたはる。旅のもの《（物）》うさもいまだやまざるに、長月六日《ながつきむいか》になれば、伊勢《いせ》の遷《（迁）せん》宮《ぐう》拝《を（おが）》まんと、また《（又）》舟に乗《（の）》りて、

の秋と比べても、この浜の夕暮れの寂しさは、なお立ちまさっている。）

波の間や小貝にまじる萩の塵（さざ波の寄せる浜辺の、波の絶え間。よく見ると、砂浜の上には西行が詠んだますおの小貝がいっぱいに散らばっていて、その小貝の間には、可憐な萩の花屑も散り交じっていることよ。）

その日の遊興の概略を等栽に書かせて、この寺に記念に残した。

路通もこの敦賀《つるが》の港まで出迎えて、美濃の国へと同行する。馬の背に助けられて大垣の庄に入ると、曾良も伊勢から来合わせ、越人も馬を飛ばせてやってきて、一同が如行の家に入り集まった。前川子・荊口父子をはじめ、そのほか親しい人々が夜昼訪ねてきて、まるであの世から生き返った者にでも会うかのように、

集』・秋）。

寂しさや…　季語「秋」。

須磨　『源氏物語』「須磨」に「…またなくあはれなるものは、かかる所の秋なりけり」とある。須磨を秋の哀れの極致とする伝統的詩情をふまえ取り上げたもの。

波の間や…　季語「萩」（秋）。

あらまし　大略。等栽筆懐紙は現存する。

露通　路通の当て字。（一六四九～一七三八）斎部《いんべ》伊紀。蕉門。放浪の俳人で、初めこの旅の同行者に予定されていた。

この港　敦賀。

美濃の国　今の岐阜県下。東山道の一。

大垣の庄　今の大垣市。戸田采女正《うねめのしよう》氏定十万石の城下。「庄」は擬古的な言い方。

曾良　旅中腹を病み、山中で芭蕉と別れ伊勢長島に先行していた。

越人　九七頁参照。

如行　（?～一七〇六）近藤氏。蕉門。もと大垣藩士。

前川子　津田氏。蕉門。大垣藩詰頭。「子」は敬称。

荊口　（?～一七一二）宮崎太左衛門。蕉門。大垣藩御広間番。此筋《しきん》・千川《せんせん》・文鳥の三子があ

蛤《はまぐり》の　ふたみに　別れ行く・秋ぞ

無事を喜んだり、疲れをいたわったりしてくれる。そうこうするうちに、長旅のつらい思いもまだ抜けきらないのに、すでに九月六日ともなったので、伊勢の遷宮を拝もうと、また舟に乗って、

　蛤のふたみに別れ行く秋ぞ（↓発60）

った。

蘇生の者　（草加）の章の「耳に触れていまだ目に見ぬ境、もし生きて帰らばと、定めなき頼みの末をかけ」と照応するもの。

かつ…かつ…　一方では…したり、また一方では…する、の意。

伊勢の遷宮　伊勢神宮の二十一年目ごとの遷座式。元禄二年の遷宮は、内宮が九月十日、外宮が九月十三日に行われた。

また舟に乗りて　（旅立ち）の章の「むつまじき限りは宵よりつどひて、舟に乗りて送る…」に応じたもの。再び舟に乗って新たな旅に赴くことを述べ、旅立ちの発句「行く春」に対して巻末の発句「行く秋」を据えて首尾照応させている。

嵯峨日記

廿二日　朝の間雨降る。今日《(けふ)》は人もなく、さびしきまま《(ゝ)》に、むだ書きして遊ぶ。その《(其)》言葉《(ことば)》、

喪《も》に居《ゐ》る者は悲しびを主《(あるじ)》とし、酒を飲む者《(もの)》は楽しみを主《(あるじ)》とす。「さびしさなくは憂《(う)》からまし」と西上人《さいしやうにん》の詠《(よ)》み侍るは、さびしさを主《(あるじ)》なるべし。また《(又)》、詠《(よ)》める、

山里にこはまた《(又)》誰《(たれ)》を呼子《(よぶこ)》鳥
独り住《(す)》まむと思《(おも)》ひしものを

独り住むほどおもしろきはなし。長《ちやう》

二十二日　朝の間、雨降る。今日は来訪者もなく、寂しいのに任せ、無駄書きをして遊ぶ。その言葉、

「親しい人を喪《うしな》って喪にこもっている者は、悲しみを主人とし、自分はその客となって悲しみと向かい合い、酒を飲む者は楽しみを主人とし、楽しみと向かい合う」（と『荘子』に見える）。「さびしさがなかったなら、いっそう住むのが辛いだろう」と西行上人が詠んだのは、寂しさを主人として、これと対話することによって心を充《み》たしていたのだろう。上人はまた、こうも詠んでいる。

山里にこはまた誰を呼子鳥独り住まむと思ひしものを（山里にこれはまたいったい誰を呼ぼうというのか、呼子鳥よ。独り寂しく住もうと思っていたのに。）

独り住むほどおもしろいものはない。

喪に居る者は…楽しみを主とす　『荘子』漁父に「酒ヲ飲ムハ楽ヲ以テ主ト為シ、喪ニ処ルハ哀ヲ以テ主ト為ス」とあるのによる。

さびしさなくは憂からまし　『山家集』上「とふ人も思ひたえたる山里のさびしさなくは住みうからまし」の歌による。

西上人　西行上人。

詠み侍る　「侍る」は文調を重々しく調えるための措辞で、丁寧語ではない。

山里にこはまた誰を…　正しくは「山里に誰をまたこは呼ぶこ鳥ひとりのみこそ住まむと思ふに」（『山家集』下）。

長嘯隠士　木下長嘯子（一五六九～一六四九）。本名、勝俊。若狭小浜藩主。関ヶ原合戦後、京に隠棲。芭蕉は近世隠士の手本として敬愛した。その家集『挙白集』は愛読書の一つ。

客は半日の閑を得れば…　『挙白集』所収「山家記」の「やがて爰（庵）を半日《ハンジツ》とす。客はその閑かなることを得れば、我はその閑かなることを失ふに似たれど、思ふどちの語らひは、いかで空しからん」の一節をふまえる。なお、これは蘇東坡が仏印を竹寺に訪ね、李渉の詩「鶴林寺ニ題ス」の「竹院ヲ過《よ》ギツテ僧ニ逢ヒテ話《かた》ルニ因リテ、又浮生半日ノ閑ヲ得タリ」の句を

嘯隠士《せういんし》の曰《いは》く、「客は半日《はんじつ》の閑《かん》を得《う》れば、主《あるじ》は半日の閑を失《うしな》ふ」と。素堂この《此》言葉を常にあはれぶ。予もまた《又》、

　憂《う》き我《われ》を寂《さび》しがらせよ閑古鳥《かんこどり》

とは、ある寺に独り居て言《云》ひし句なり。

（なぜなら、孤独を介して閑雅を愛する人々とつながれるからだ。）長嘯隠士が言っている「客がここを訪ねて来て半日の清閑の時を自分のものにすることができれば、主人である私は半日の清閑の時を失うようなものである」と。わが友素堂は、この言葉をいつも愛唱していた。私もまた、

　憂き我を寂しがらせよ閑古鳥（↓発78）

とは、ある寺に独り座して詠んだ句である。

吟じたところ、仏印が「学士ハ閑半日ヲ得タリ、老僧ハ忙了スルコト半日」と答えたという逸話（『聯珠詩格』四「鶴林寺ニ題ス」増註）をふまえたもの。

素堂　山口信章（一六四二～一七一六）。芭蕉の詞友。江戸葛飾に隠棲。その高潔な人柄と漢詩の素養を芭蕉は深く敬愛した。

ある寺に独り居て言ひし句　元禄二年、『おくのほそ道』の旅を終えた直後、伊勢国長島（今の三重県桑名郡長島町）の大智院で詠んだ句。初案、下五「秋の寺」。

俳文解題

俳文とは、雅文や漢文に対し、俳意を含む雅俗折衷の新文体をいう。芭蕉俳文には、その人生観や芸術観を反映する作品が多く、ここには芭蕉の精神的閲歴をたどる上で重要な六編を収録した。

「乞食の翁」句文は、天和元年（一六八一）冬の作。前年冬、江戸市中を離れ、深川の草庵に退隠、貧寒の生活の中に「侘び」の美意識を見いだした芭蕉の自画像。本文は、真蹟懐紙による。

「笠はり」は、元禄元年（一六八八）頃の作。天和初年執筆の自画賛「笠やどり」を数次にわたり加筆改稿したもの。本文は、定稿と見られる河西本による。

「幻住庵記」は、元禄三年四月から七月二十三日まで滞在した、近江石山の幻住庵における生活と心境をつづったもの。慶滋保胤《よししげやすたね》の「池亭記」、鴨長明《かものちょうめい》の「方丈記」、木下長嘯子《ちょうしょうし》の「山家記」をふまえ、代々の隠者たちとの文芸的対話を重ねつつ、人生観と漂泊の思いを語る。推敲過程を示す諸本が多数伝存するが、本文は『猿蓑』所収の定稿による。

「栖去の弁」は、元禄五年二月の作。題は、底本『芭蕉庵小文庫』（元禄九年刊。史邦編）による。前年十月江戸に帰った芭蕉が、江戸俳壇の俗化ぶりへの絶望と自己の数寄《すうき》への決意を記したもの。

「許六離別詞」は、元禄六年四月、江戸在勤中の彦根藩士森川許六の帰国に際し与えた餞別文で、重要な芸術観を含む。題は、『本朝文選』に「柴門の辞」とあるが、底本の真蹟懐紙や『韻塞』に従う。

「閉関之説」は、元禄六年七月の盆過ぎから約一ヶ月間、門を閉じ世人との交わりを謝絶した折の心境を記したもの。「貪欲の魔界」から超越し、自己の生きるべき方向を確認した、芭蕉晩年の精神の転換点を示した一章。本文は、『芭蕉庵小文庫』による。

「乞食の翁」句文

泊船堂主　華桃青

窓《まどにはふくむせいれいせんしうのゆき》 含 西嶺千 秋 雪
門《もんにははくすとうかいばんりのふね》 泊 東海万里船

我その《(其)》句を識《(職)し》りて、その《(其)》心を見ず。その侘《わび》をはかりて、その《(其)》楽しびを知《(し)》らず。ただ《(唯)》、老杜《らうと》にまされる物は、独《ひと》り多病のみ。閑素茅舎《ぼうしや》の芭蕉に隠《(かく)》れて、自《みづか》ら乞食《こつじき》の翁《おきな》と呼《(よ)》ぶ。

櫓声《ろせい》波を打つて腸《(はらわた)》氷る夜や涙
貧山《ひんざん》の釜《かま》霜に鳴る声寒シ
買《みづを》レ水《かふ》
氷苦《(にが)》く偃鼠《えんそ》が咽《のど》をうるほせり

泊船堂主　華桃青

窓には西方の雪山が千古の雪をいただいて、まるで額縁にはめこまれたように見え、

門前には東方の海へ向けて万里の旅に出ようとする船が停泊している。

(深川の草庵からの景色は、ちょうど浣《かん》花渓《かけい》に臨む成都の書斎からの眺望を詠んだこの杜甫の詩のようであるが、)私はその詩句を一応知ってはいるけれども、その心を理解していない。その侘びの情趣を推し量るのみで、杜甫がその侘びを楽しんだ、その楽しみをほんとうに自分の物にすることができないでいる。ただ私が杜甫よりまさっているのは、たった一つ杜甫よりも病気がちであるという点だけだ。粗末なあばら家の、風雨に破れやすい芭蕉の葉に隠れて、自らを「乞食の翁」と呼んでいる。

櫓声波を打つて腸氷る夜や涙（↓

泊船堂主華桃青　「泊船堂」は、次の杜甫の詩にちなんだ堂号。同時期になった俳文「寒夜の辞」には「深川三股の辺りに艸庵を侘て、遠くは士峰の雪を望み、近くは万里の船を浮かぶ」と、草庵の様子を記す。「桃青」は、芭蕉(庵号)の号。「華」は、荘子の諡名《おくりな》南華真人から取ったもの。

窓含西嶺千秋雪　門泊東海万里船　杜甫の「絶句四首」の中の一首。「両箇ノ黄鸝《くわうり》翠柳ニ鳴ク、一行ノ白鷺青天ニ上ル」(『聯殊詩格』他)に続く詩句。「東海」は、「東呉」の誤り。

侘　貧寒の中にたたえられた精神的深まりの美。杜甫の詩は天下国家への志を述べた「述志」の詩であるところに特色がある。それを「侘び」の詩にすりかえ、自己の生き方の支えにしようとしたもの。

多病　杜甫の詩には「百年多病独リ台ニ登ル」(「登高」)など、多病をかこった例が多い。

乞食の翁　門人の施しによって生活を支える俳諧師としての生活を卑下し、その境涯に居直る決意を寓したもの。

歳暮

暮々《くれくれ》て餅《（もち）》を木玉《こだま》の侘寐《わびね》かな《（哉）》

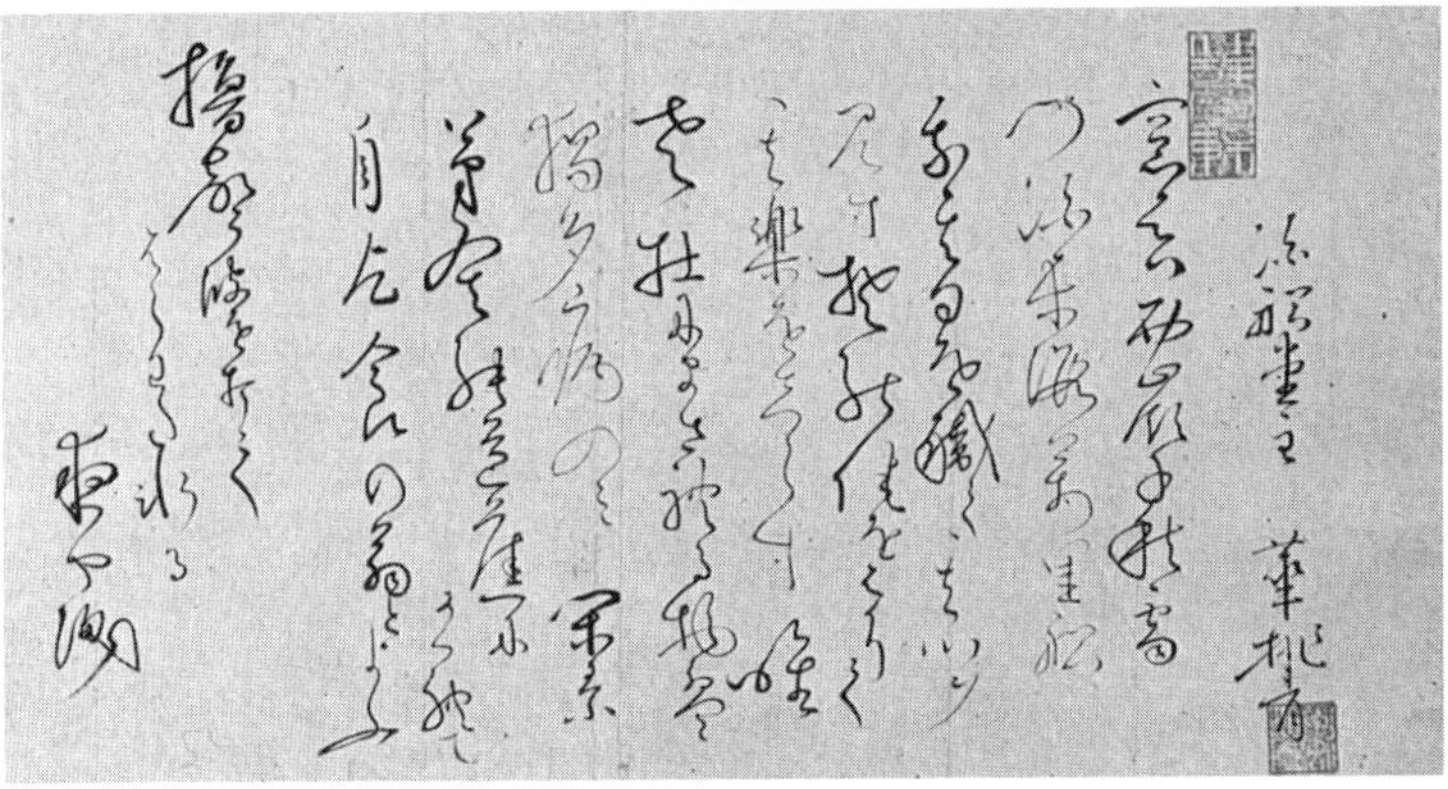

「乞食の翁」句文（冒頭部）

発⑤

貧山の釜霜に鳴る声寒シ（中国の豊山の寺の鐘は、霜が降ると寒気に感じて自然と鳴り出したというが、貧山ともいうべき私の貧しい草庵の台所の釜は、乏しい米の煮える音を寒々と立てている）。

水を買う

氷苦く偃鼠が咽をうるほせり（どぶねずみのように無欲に隠れ住む私の咽の渇きを、凍りついた買い置きの水が、ほろ苦くいやしている）。

歳の暮

暮々て餅を木玉の侘寐かな（いよいよ年も暮れ日も暮れて、あちこちで夜通し餅をついている。その杵《きね》の音の響きに餅を夢見ながら、侘びしい思いでひとり寝をすることだ）。

貧山の釜…　季語「寒シ」（冬）。『山海経』天文門に「豊山ノ鐘、霜降リテ自ラ鳴ル」とあるのによる。『円機活法』にも引かれる故事で、芭蕉自らも『田舎句合』の判詞に「鐘山の金蔵、己れとうなり」と用いている。

買水　深川は飲料水に乏しく、隅田川を渡って来る水船から水を買って、水瓶に貯えた。

氷苦く…　季語「氷」（冬）。

偃鼠が咽を…　『荘子』逍遥遊に「鷦鷯《せうれう》深林ニ巣クフコト一枝ニ過ギズ、偃鼠河ヲ飲《ミツノム》コト腹ニ満ツルニ過ギズ（みそさざいは深林に棲んでいても、わずか一枝に巣を作る以上の望みを持たず、どぶねずみは大河の水を飲んでも自分の小さな腹を満たす以上に求めることはない）」とあるのによる。

暮々て…　季語「暮」「餅」（冬）。「暮る」を重ねて時間の経過を表す。当時、餅つきは夜行われた。

笠はり

笠はり

草の扉《とぼそ》に独《ひと》り侘《(わ)》びて、秋風のさびしき折々《(を〈お〉り〈〈〉)》、妙観《めうくわん》が刀を借り、竹取《たけとり》の巧《たく》みを得て、竹を割《(さ)》き、竹を枉《ま》げて、自《みづか》ら笠作《かさつく》りの翁《おきな》と名乗る。巧《たく》み拙《つたな》ければ、日を尽くして不成《ならず》。心安からざれば、日を経《(ふ)》るに懶《ものう》し。朝《あした》に帋《かみ》をもて張り、夕《ゆふべ》に干《(ほ)》してまた張《(は)》る。渋といふ《(云)》物にて色を染め、いささ《(ゝ)》か漆《(うるし)》を施《(ほどこ)》して堅からん事を要《(え〈よ〉う)》す。廿日《はつか》過ぐる程にこそ、やや《(ゝ)》出《(い)》できにけれ。笠の端《は》の、斜めに裏に巻き入り、外に吹き返して、ひと

草庵に独り侘びしく住んで、秋風が寂しい折々には、『徒然草』にある名人妙観にならって鈍刀を用い、『竹取物語』の竹取の翁の巧みな細工を学んで、竹を割き、竹を曲げて、自ら「笠作りの翁」と名のる。細工が拙いので、何日かかっても出来上がらず、(世事に煩わされ)心が安らかでないので、日が経つと気が進まなくなってしまう。朝方紙を張りつけ、夕方には干した上からまた張りつける。渋という物で色を染め、少々漆を塗って堅くなるようにする必要がある。そうこうして二十日過ぎた頃に、ようやく出来上がった。笠の端のほうは斜めに裏側に巻き入り、あるいは外側に反り返って、まったく蓮の葉が半分開いているのに似ている。寸法や形が法則どおりきちんとしたものよりも、かえって興味深い姿である。あの西行法師の侘びしい旅笠に比すべきか、それとも蘇東坡が仰ぎ看

妙観が刀 『徒然草』二二九段に「よき細工は、少し鈍き刀を使ふといふ。妙観が刀は、いたく立たず」とある。妙観は、奈良時代の彫刻の名手で、摂津国勝尾寺の僧。勝尾寺の観音像は妙観の作という。

竹取の巧み 『竹取物語』冒頭に「今は昔、竹取の翁といへる者あり。野山にまじりて竹をとりつゝ、万の事につかひけり」とある。

渋 柿の渋。タンニンを含み、補強剤・防腐剤にする。

へに荷葉《かえふ》の半《なか》ば開くるに似たり。規矩《きく》の正しきより中々《(〳〵)》にを《(お)》かしき姿なり《(也)》。彼《か》の西行の侘笠《わびがさ》か、坡翁《はをう》雲天の笠か。いでや宮城野《みやぎ》の《の(ゝ)》露見にゆかん、呉天の雪に杖《つゑ》を拕《ひ》かん。霰《あられ》に急ぎ、時雨《しぐれ》を待ちて、そぞ《(ゞ)》ろに愛《(め)》で《(ゝ)》て、殊《こと》に興ず。興中俄《にはか》に感ずる事あり。ふたた《(ゝ)》び宗祇《そうぎ》の時雨に濡《(ぬ)》れて、自《みづか》ラ筆を執《(と)》りて、笠の内《(うち)》に書き付け侍りけらし。

世《(よ)》にふるも更に宗祇のやどりかな《(哉)》

桃青書

た雨雲の笠に比すべきものか。いざ、この笠をかぶって、宮城野の露を見に行こう、「笠は重し呉天の雪」と詠まれた呉国の雪の中を杖を手に歩こう。霰が降ったらこの笠をかぶろうと心急ぎ、時雨の降るのを待ちわびて、むやみにこの笠を愛し、殊さらにおもしろがる。そのおもしろさの中で、はっと感じることがあった。「世にふるは更に時雨のやどりかな（人がこの世を生きる時間というものは、時雨の雨宿りのようにはかなく短いものだ）」というかつて宗祇が詠んだ時雨の句の心を再び反芻して涙し、自ら筆を執って笠の内側にこう書き付けたことだった。

世にふるも更に宗祇のやどりかな

（→発⑦）

規矩　法則。

坡翁雲天の笠　俳文「笠やどり」には「坡翁雲天の笠の下には、江海の蓑を振」とある。蘇東坡の絶句「西塞風雨」の「斜風細雨到来ノ時、我本《もとより》家無ケレバ何レノ処ニカ帰ラン、仰イデ雲天ヲ看レバ真ノ蒻笠《じゃくりふ》、旋《ヤン》江海ヲ収メテ蓑衣ニ入ラン」（『蘇東坡詩集』三三）による。雨雲に覆われた大空を笠に譬えたもの。

宮城野の露　『古今和歌集』東歌「みさぶらひみ笠と申せ宮城野の木の下露は雨にまされり」とあるのによる。

呉天の雪　「閩僧《びんそう》可士、僧ヲ送ル詩」に「笠ハ重シ呉天ノ雪、鞋《くつ》ハ香シ楚地ノ花」（『詩人玉屑《かんば》』二〇・禅林）とあるのによる。

拕　「曳」に同じ。杖を曳くは、名所などを訪れること。

宗祇の時雨に濡れて　宗祇の時雨の句に感涙を催して。「濡れ」は「時雨」の縁語で、涙の暗喩。

けらし　前出（一三三頁）。

幻住庵の記

幻住 菴記《げんぢゆうあんのき》　芭蕉艸《さう》

石山の奥、岩間《いはま》の後《(うし)》ろに山有り、国分《こくぶ》山《やま》といふ《(云)》。昔《(そのかみ)》国分寺《こくぶんじ》の名を伝ふなるべし。麓《ふもと》に細き流れを渡りて、翠微《すゐび》に登ること《(事)》三曲《さんきよく》二百歩にして、八幡宮立《(たゝ)》たせたまふ。神体は弥陀《みだ》の尊像とかや。唯一《ゆゐいつ》の家には甚《はなは》だ忌《い》むなること《(事)》を、両部《りやうぶ》光を和《やは》らげ、利益《りやく》の塵《ちり》を同じうしたまふもまた《(又)》貴《たふと》し。日ごろ《(比)》は人の詣でざりければ、いとど神《(ゞ)》さび物静《(しづ)》かなる傍《かたは》らに、住み捨てし草の戸有り。蓬《(よもぎ)》・根笹《ねざさ》軒《のき》を囲《(かこ)》み、屋《や》根《(ね)》漏《(も)》り壁落

幻住庵の記

石山の奥、岩間山の後ろに山がある、国分山という。その昔ここにあった国分寺の名を伝えているのだろう。麓に細い川の流れを渡って、緑の山に登ること三曲がり二百歩で、八幡宮がお建ちになっている。御神体は阿弥陀の尊像だとか。唯一神道の社職の家では、神仏混淆をたいそう嫌うと聞いていることではあるが、ここは神仏一体の両部神道のこととて、仏菩薩が本来の威光を和らげ、衆生に利益をお与えになるために、俗塵の間に姿をお現しになっているのもまた貴いことである。常日頃は参詣する人もないので、たいそう神々しく物静かなその傍らに、人が住み捨てた草庵がある。蓬や根笹が生い茂って軒を囲み、屋根は雨漏りし、壁は落ちて、狐や狸の格好の寝床となっている。名を「幻住庵」という。主人の僧何某は、勇士菅沼氏曲水殿の伯父であ

記　文体二十八則の一つ。『文林良材』に「記ハ事ヲ紀《しる》スノ文ナリ（中略）ソノ文、叙事ヲ以テ主トス」とある。
石山　今の滋賀県大津市内。西国巡礼第十三番札所、石山寺のある山。以下、庵の所在と由来を述べる。
岩間　同所。西国巡礼第十二番札所、岩間寺のある所。『方丈記』に「或は石間《いわま》に詣で、或は石山を拝む」とある。
国分山　石山の北西、岩間の北東の山。聖武天皇が諸国に建立した国分寺址がある。
翠微　『詩林良材』地理に「山ノスソナリ。マタ山色ノ青キヲイフ」とある。ここは後者。
八幡宮　近津尾八幡宮。国分付近の鎮守。
唯一　唯一神道。神仏混交を嫌う。
両部　本地垂迹《すいじやく》（本地である仏菩薩が人々を救うために、姿をかえて現れたのが我が国の神であるとする）説にもとづく両部神道。
光を和らげ…　和光同塵（仏菩薩が人々を救うため、本来の威光を和らげ、仮の姿で俗世に現れること）をいう。

・ちて、狐狸《こり》臥処《(ふしど)》を得たり。幻住菴《げんぢゆうあん》といふ《(云)》。・主《(あるじ)》の僧何《なに》某《(がし)》は、勇士菅沼《すがぬま》氏曲水《きよくすゐ》子《し(之)》の伯父になん侍りしを、今は八年《やとせ(斗)》ばかり昔《(むかし)》に成りて、・まさ《(正)》に幻住《げんぢゆう》老人の名をのみ残せり。

予また《(又)》市中《しちゆう》を去る《(さ)》こと《(事)》十年《ととせ(斗)》ばかりにして、五十年《いそぢ》やや《(ゝ)》近き《(ちか)》身は、蓑虫《みのむし》の蓑《(みの)》を失ひ、蝸牛《かたつぶり》家を離れて・、奥羽象潟《あううきさがた》の暑き日に面《おもて》を焦がし《(こ)》、高《たか》砂子《(すなご)》歩《(あゆ)》み苦《(くる)》しき北海の荒磯《あらいそ》に踵《(きびす)》を破りて、今歳《ことし》湖水の波に漂ふ・。鳰《にほ》の浮巣《うきす》の流れ・とど《(ゞ)》まるべき芦《あし》の一本《ひともと》の陰たのもしく、軒《のき》端茨《ばふ》・きあらため垣根《(ね)》結《ゆ》ひ・添へ・などして、卯月《うづき》の初《はじめ》、いとかりそめに入りし・山の、やがて出・でじとさへ思《(おも)》ひそみぬ。

ったが、今は亡くなって八年くらいになり、文字通りはかない幻の世に住んだという「幻住老人」の名だけを残している。

　私もまた市中の生活を離れること十年ほどで、齢も五十にほど近い身は、蓑虫が蓑を失い、蝸牛が家を離れるように、住み慣れた庵を捨てて旅に出て、奥羽象潟の暑い日差しに顔を焦がし、小高い砂丘の歩きにくい北海の荒磯で踵《かかと》を痛めて、今年は琵琶湖のほとりに漂泊している。鳰の浮き巣が流れ留まることのできる一本の芦の葉蔭を見つけたように、私も身を託すことのできるささやかな住まいを頼もしく思い、庵の軒端を葺き直し、垣根を結び加えたりして、四月の初め、ほんのしばらくの間と入った山が、今ではこのまま出まいとまで深く思い込むようになった。

　入庵した頃は、四月も初めという時期だけあって春の名残も遠くなく、まだつ

狐狸臥処を得たり　「池亭記」に「荊棘門《かど》ヲ鎖《とざ》シ、狐狸穴ニ安ンズ」とあるのによる。

勇士菅沼氏曲水子　（一六六〇～一七一七）名、定常。「子」は敬称。近江国膳所《ぜぜ》藩の重臣。近江蕉門中、芭蕉が最も信頼した門人。

伯父　曲水の父の兄。諸説あり、未詳。

予また市中を去る事十年ばかり　延宝八年、江戸市中を去り深川の芭蕉庵に移ってから十年になる。以下、入庵の経緯を述べる。

五十年やや近き身は　元禄三年、芭蕉四十七歳。「池亭記」に「予、行年漸ク五旬ニ垂《なんなん》トシテ適《たまたま》ニ小宅ヲ有《たも》テリ。蝸《かたつぶり》ハ其ノ舎《いへ》ニ安ンジ」とある。

蓑虫の蓑を失ひ…　すみかを離れ漂泊の旅に出たことの暗喩。

奥羽象潟…　前年の『おくのほそ道』の旅の体験をふまえる。

高砂子歩み苦しき　光俊朝臣「須磨明石浦の見わたし近けれど歩みくるしき高砂子かな」（『夫木和歌抄』雑）とあるのによる。

鳰の浮巣　かいつぶりの巣は、水に浮いたように見えるので、和歌でよるべないあわれなものとして詠まれる。琵琶湖を鳰の海という縁。

さすがに春の名残《なごり》も遠からず、つつ《(ゝ)》じ咲き残り、山藤《やまふじ》松に懸かりて、時鳥《ほととぎす》しばしば《(〳〵)》過ぐるほど《(程)》、宿かし鳥の便《たよ》りさへ《(え)》有るを、木啄《き(つゝき)》のつつ《(ゝ)》くとも厭《(いと)》はじなど、そぞ《(ゞ)》ろに興じて、魂《たましひ》呉楚《ごそ》東南に走《(はし)》り、身は瀟湘《せうしやう》・洞庭《とうてい》に立つ。山は未申《ひつじさる》にそばだち、人家よきほどに隔《へだ》たり、南薫峰《なんくんみね》よりおろし、北風《ほくふう》海を浸《ひた》して涼し。比叡《(日枝)ひえ》の山・比良《ひら》の高根より辛崎《からさき》の松は霞《かすみ》こめて、城有り、橋有り、釣たるる《(ゝ)》舟有り。笠《かさ》取《(とり)》に通《(かよ)》ふ木樵《きこり》の声、麓《ふもと》の小田《をだ》に早苗《さなへ》とる歌、螢《ほたる》飛びかふ夕闇《やみ》の空に水鶏《くひな》の扣《たた》く音、美《び》景物《けいもの》として足《(た)》らずといふこと《(事)》なし。中にも、三上山《みかみやま》は士峰の俤《おもかげ》に通《(かよ)》ひて、武

つつじが咲き残り、山藤の花は松に垂れ下がって、時鳥がしばしば鳴き過ぎていく頃、宿かし鳥が鳴いて、家を貸してくれるという便宜までもあるのを、寺をつつき破るという啄木鳥がつついても嫌がるまいなどとむやみにおもしろがって、(琵琶湖を眺望していると、)魂は「呉楚東南ニ坼ケ」と詠じた杜甫の詩境に走り、身は中国の名勝瀟水・湘水や洞庭湖のほとりに立っているような気分になる。山は南西方向にそびえ立ち、人家はちょうどよいくらいに隔たって、南からの薫風は峰から吹き下ろし、北からの風は湖水を渡ってきて涼しい。(見回せば、)比叡山・比良の高嶺よりはじまって、辛崎の松には霞が立ちこめ、膳所の城があり、瀬田の長橋があり、釣り糸を垂れる舟がある。(耳を澄ませば)笠取山に通う木こりの声、麓の田には早苗取る歌、蛍が飛び交う夕闇の空には水鶏の戸をたたく

やがて出でじと 西行「芳野山やがて出でじと思ふ身を花散りなばと人や待つらん」(『山家集』)による。

さすがに 四月初めという時期が時期だけに。以下、庵の眺望を述べる。

春の名残も… 「家記」に「春のなごりもあはれなり」(『挙白集』六)。

山藤松に… 『方丈記』に「春は藤波を見る。(中略)夏は郭公を聞く」。

宿かし鳥 橿鳥。カケス。西行「山路わけ花をたづねて日は暮れぬ宿かし鳥の声もかすみて」(『西行法師家集』)。

啄木のつつくとも 蘇我氏に滅ぼされた物部守屋が啄木鳥となって仏閣をつつき破るという伝説をふまえる。

魂呉楚東南…立つ 杜甫「岳陽楼ニ上ル」に「昔聞ク洞庭ノ水、今上ル岳陽楼、呉楚東南ニ坼《き》ケ、乾坤日夜浮カブ」(『唐詩訓解』三)、黄山谷「鄭防画夾ニ題ス」に「恵崇ガ煙雨ノ帰雁、我ヲ瀟湘洞庭ニ坐セシム」(『山谷詩集』七)とあるのによる。

辛崎の松 今の大津市内。一つ松で著名な歌枕。

笠取 山城国宇治(今の京都府宇治市)にあって、近江に接している笠取山。歌枕。

蔵野の古《(こ)》き栖《すみか》も思《(おも)》ひ出《(い)》でられ、田上山《たなかみやま》に古人を数《(かぞ)》ふ。ささほ《(こ)》が嶽《たけ》・千丈が峰・袴腰《はかまごし》といふ山有り。黒津《くろづ》の里はいと黒《(くろ)》う茂りて、「網代守《あじろも》るにぞ」と詠《(よ)》みけん万葉集の姿なりけり。なほ《(猶)》眺《てう》望《ぼう》くまなからむと、後ろの峰に這《は》ひ登《(のぼ)》り、松の棚《たな》作り、藁《わら》の円座を敷きて、猿の腰掛《こしかけ》と名付く。彼《か》の海棠《かいだう》に巣を営《(いとな)》び、主簿峰《しゆぼほう(主簿峯)》に庵《いほり》を結べる王翁《わうをう》・徐佺《じよせん(除佺)》が徒《と》にはあらず。ただ《(唯)》睡癖《すゐへき(睡辟)》山民《さんみん》と成つて、孱顔《さんがん》に足を投《(な)》げ出し、空山《くうざん》に虱《しらみ》を捫《ひね》つて座す。たまたま《(〳〵)》心まめなる時は、谷の清水を汲みて自《みづか》ら炊《かし》ぐ。とくとく《(〳〵)》の雫《しづく》を侘《わび》て、一炉の備へいと軽《(かろ)》し。はた、昔住み

ような鳴き声、美しい景色として足りないものは何一つない。中でも、三上山は富士山の姿に似通っていて、（毎日そこから富士を眺めた）武蔵野深川の古い草庵も思い出され、また田上山を眺めてはだれかれと古人を偲《しの》ぶ。ささほが嶽・千丈が峰・袴腰という山がある。黒津の里はその名のごとく黒々と木々が茂っていて「網代守るにぞ」と詠んだ『万葉集』の姿そのままであることよ。なおいっそうくまなく眺望しようと、後ろの峰に這い登り、松の横枝を利用して棚を作り、そこに藁の円座を敷いて、「猿の腰掛」と名付ける。しかし、私はあの海棠の木の上に巣を設けた徐佺や、主簿峰に草庵を結んだ王翁のような隠者の仲間ではない。ただ睡り癖のある山の民となって、高く険しい山に足を投げ出し、人けのない静かな山で虱をひねって座っているだけである。

三上山　近江国野洲郡にある。一名近江富士。

田上山　瀬田川東岸の山。付近に昔の歌人の墓所・古蹟がある。『方丈記』に「田上河をわたりて、猿丸大夫が墓をたづぬ」とある。

ささほが嶽・千丈が峰・袴腰　それぞれ幻住庵の東・西・南方向の山。

黒津の里は…　黒津の里は、幻住庵の西南。今の大津市田上黒津町。『万葉集』に該当する歌はなく、『近江国輿地志略』（享保一九）に古歌として引用する「田上や黒津の庄の痩男あじろ守るとて色の黒さよ」を誤ったものか。

後ろの峰に這ひ登り　『方丈記』に「もしうらゝかなれば、峰によぢ登りて」。

松の棚作り　陳元信「松棚」に「旋松枝ヲ斫《キッ》テ架シ棚ヲ作ス」（『錦繡段』）とあるのによる。

円座　藁で円く編んだ敷物。

海棠に…　黄山谷「潜峯閣ニ題ス」に「徐老ガ海棠ノ巣ノ上、王翁ガ主簿峯ノ庵」（『山谷詩集』）とあるのによる。王翁・徐佺は隠者の名。

睡癖　中国の隠者詩人には、陳希夷ら睡癖の人が多いことをふまえる。

孱顔　山の高く険しいさま。

空山に虱を捫つて座す　「虱を捫る」のは、隠士のしぐさ。『石林詩話』所掲、王荊公「青山ニ虱ヲ捫ツテ坐ス」（『詩人玉屑』一七）の詩句

けん人の、殊に心高く住みなし侍りて、たくみ置ける物数寄《(ずき)》もなし。持仏一間《ちぶつひとま》を隔てて、夜の物納《(を(お)さ)》むべき処《ところ》など、いささ《(ゝ)》かしつらへり。さるを筑紫《つくし》高良山《かうらさん》の僧正《そうじやう》は、加茂の甲斐《かひ》何《なに》某《(がし)》が厳子にて、この《(此)》度《(たび)》洛《らく》に上《(のぼ)》りいまそかりけるを、ある人をして額《がく》を乞《こ》ふ。いとやすやす《(〳〵)》と筆を染めて、幻住菴の三字を送らる。やがて《(頓)》草菴《さうあん》の記念《かたみ》となしぬ。すべて山居《さんきよ》といひ、旅寝といひ《(云)》、さる器《うつはもの》たくはふべくもなし。木曾の檜笠《ひがさ》・越《こし》の菅蓑《すがみの》ばかり《(斗)》、枕の上の柱に懸《か》けたり。昼は稀《まれ》々《(〳〵)》訪《(とぶら)》ふ人々に心を動かし、あるは宮守りの翁《おきな》、里の男《(を(お)のこ)》ども《(共)》入り来たりて、

折よく気分が健やかな時は、谷の清水を汲んで自炊する。西行法師の歌にあるようなとくとくと滴り落ちるわずかな雫の侘びしさをめでて、一つの炉を備えただけの手軽で簡素な生活である。また、昔住んでいた幻住老人が、殊に上品に住みこなして、設計上の凝った趣向などもない。持仏を安置する一間を隔てて、夜具を収納するための場所などを多少設けてある。

しかるに、筑紫高良山三井寺の僧正は、賀茂の神官甲斐何某の令息で、この度上洛していらっしゃったのを、ある人を介して額の揮毫をお願いした。するとたいそう気やすく筆を執られ、「幻住庵」の三字を送ってくださる。それをすぐに草庵に掲げて記念とした。いったい、今の私は、山住まいといい、旅寝といい、しかるべき器物をそろえる必要もない。木曾の檜笠と越路名産の菅蓑だけを、枕の

による。

たまたま　折よく。以下、庵の調度と生活を述べる。

心まめなる時は　『方丈記』に「読経まめならぬ時は」。

とくとくの雫　伝西行「とくとくと落つる岩間の苔清水汲みほすほどもなき住居かな」(『吉野山独案内』)の歌により、西行にあやかる気持ちを示す。

持仏一間を隔てて　『方丈記』に「障子をへだてて阿弥陀の絵像を安置し」とある。

筑紫高良山の僧正…　今の福岡県久留米市にある高良山御井寺(三井寺)の座主寂源一如。賀茂の祠官藤木甲斐守敦直の子。

厳子　令息。厳君・厳父(ともに父の敬称)にならった造語。

いまそかり　「居る」の尊敬語。

さる器　然るべき調度。『方丈記』の「和歌・管弦・往生要集ごときの抄物」「琴・琵琶各一張り」、「山家記」の「もろこしの文一千五百巻(中略)集とも、歌合のたぐひ、物語・草子の品々、家々の集、およそ二百六十部(中略)この外調度めく物(中略)琴一張・からの文机一つ、同じう硯」をふまえる。

猪《(ゐ(い)のしゝ)》の稲食《(く)》ひ荒《(あら)》し、兎《うさぎ》の豆畑《まめばた》に通《(かよ)》ふなど、我が聞き知《(し)》らぬ農談、日既《ひすで》に山の端《は》にかかれ《(こ)》ば、夜座《やざ》静かに月を待ちては影を伴ひ、燈《ともしび》を取つては罔両《(罔両)まうりやう》に是非をこらす。

かく言《(い)》へばとて、ひたぶるに閑寂《かんじやく》を好み、山野に跡を隠《(かく)》さむとにはあらず。やや病《(こ)》身人に倦《う》んで、世を厭《(いと)》ひし人に似たり。つらつら《(倩)》年月の移り来《(こ)》し拙《つたな》き身の科《とが》を思《(おも)》ふに、ある時は仕官懸命の地をうらやみ、一度《(たび)》は仏籬《ぶつり》祖室の扉《とぼそ》に入らむとせしも、たどりなき風雲《ふううん》に身を責《(せ)》め、花鳥《くわてう》に情《じやう》を労《らう》じて、暫《しばら》く生涯のはかり事とさへなれば、終《つひ》に無能無才にしてこの《(此)》一筋《ひとすぢ》に繋《(つな)》がる。楽天《らくてん》は

上の柱にかけている。昼はごく稀に訪れてくる人々に心を動かし、あるいは八幡宮の宮守りの老人、または里の男達が入ってきて、猪が稲を食い荒らすだの、兎が豆畑にやってくるだの、私の聞き慣れない農耕の話をして行くうちに、日がもはや山の端にかかると、初夜の座禅を組んで静かに月の上るのを待っては月影で出来た私の影を連れにし、燈火を掲げては、影法師を相手に我と影とどちらが本物かと心を凝らし思索にふける。

こう言ったからといって、ただいちずに閑寂な生活を好み、山野に隠れ世間から姿をくらまそうというのではない。いささか病身で人との付き合いが煩わしく、そのため世捨て人のように見えるのである。つくづくこれまで生きてきた歳月の、拙い我が身の過ちを振り返ってみると、ある時は武士の境涯を羨み、一度は仏門に入ろうとしたが、とりとめもない風や

木曾の檜笠、越の菅笠　木曾檜の薄板で編んだ笠と北陸路名産の菅の葉で編んだ笠。旅人の象徴。

昼は稀々訪ふ人々　「山家記」に「たまたま訪《とぶら》ひ来る者は、なにがしの公軌《キンノリ》、冷泉《レイゼイ》の著作郎《チョサラウ》」。

里の男ども入り来たりて　『方丈記』に「かしこに小童あり。時々来たりて相 訪《とぶら》ふ」。

我が聞き知らぬ農談、日既に山の端にかかれば　朱晦庵の「雲谷雑詠」に「野人酒ヲ載セテ来ル、農談日西ニ夕《ユフベ》ナリ」(『古文真宝前集』一)とあるのによる。

夜座静に月を…　「夜座」は初夜(午後六～十時)の座禅。『方丈記』に「夜静かなれば、窓の月に故人をしのび」。

影を伴ひ　「山家記」に「影より外にまたと人しなければ」、「あさぼらけ」に「影先生をかたらひつつ」(『挙白集』)。

燈を取つて罔両に是非をこらす　『荘子』斉物論に「罔両、影ニ問テ曰」で始まる影と罔両の問答があり、林注に「罔両ハ影辺ノ淡薄ナル者」とある。なお、斉物論はこの一節の前に是非の論を収める。

是非　善と悪、然と不然などの相対的知見。『荘子』の斥《しりぞ》けるところ。

五臓の《(之)》神《しん》を破《(やぶ)》り、老杜《らうと》は痩せたり。賢愚文質の等《(ひと)》しからざるも、いづれか幻《まぼろし》の栖《すみか》ならずやと、思《(おも)》ひ捨てて臥《(ふ)》しぬ。

先《ま》づ頼《(たの)》む椎《しひ》の木もあり《(有)》夏木立《なつこだち》

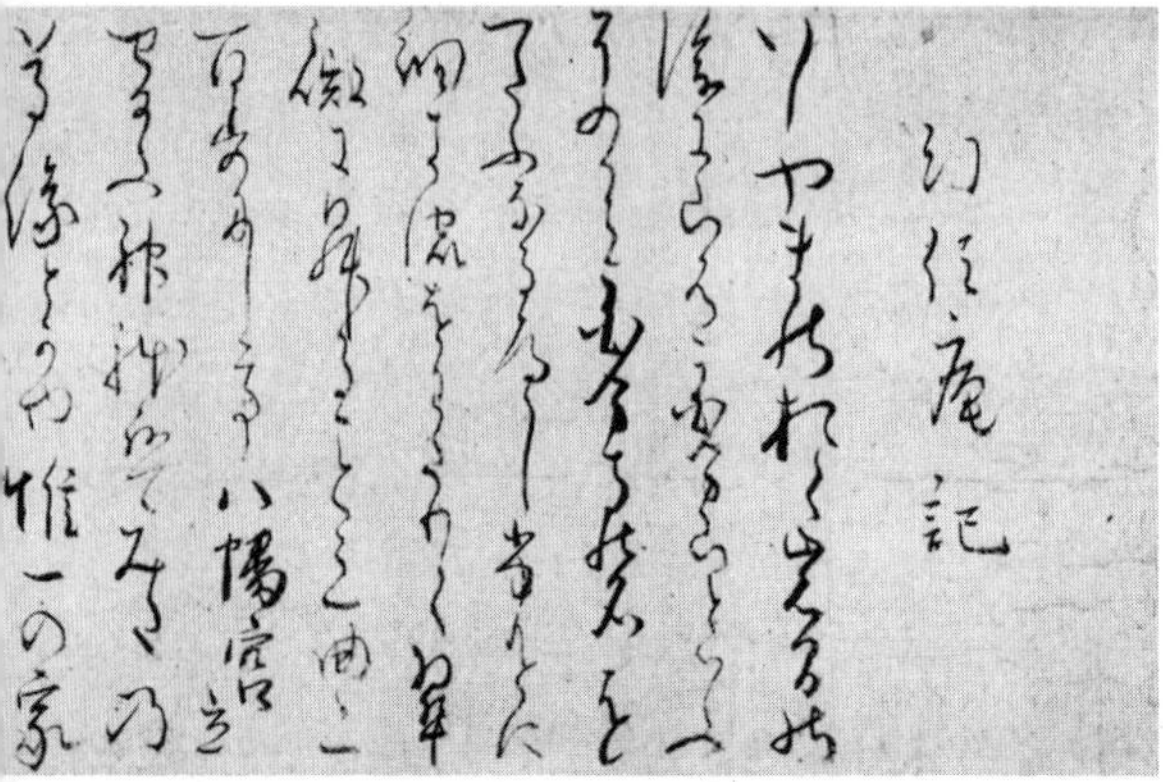

「幻住庵記」成稿系（二）巻子（冒頭部）

雲の動きに身を苦しめ、花や鳥の美しさに心を悩まして、俳諧が仮の世の仮の営みとして生計を立てるための仕事ともなったので、とうとう世に立つ上の有用な才芸を一切身につけることなく、ただ俳諧の道一筋に繋ぎ止められて今日に及んでいる。白楽天は詩作のために五臓の心気を損傷し、杜甫は詩作のために痩せた。白楽天や杜甫が賢く華やかな才能に恵まれているのに対し、私は愚かで平凡というたぐあいに、資質が同じではないが、どちらにしても人の生涯というものは、仮の世の幻の栖に過ぎないではないかと、思いあきらめて横になった。

先づ頼む椎の木もあり夏木立（↓発67）。

かく言へばとて 以下、境涯の回想と現在の心境を述べる。
仕官懸命の地 官に仕え命を懸けて封土を守る境涯。武士をいう。
仏籬祖室 仏の籬と禅宗の祖達磨の室。仏門をいう。『恵能禅師語録』に「吾二十ニシテ仏籬祖室ヲ窺フ」とある。
風雲 風と雲。実生活に益のない風雅の意を利かす。
暫く 仮の世を生きる仮の営みとして。
楽天は五臓の神を破り 白楽天「思旧」に「詩ハ五臓ノ神ヲ役《ヤブ》リ」（『白氏長慶集』二九）とあるのによる。
老杜は痩せたり 『円機活法』人品門・詩人に「李白、杜甫ニ贈リテ云フ、飯顆山前杜甫ニ逢フ、頭ニ笠子ヲ戴キ日卓午、為ニ問フ何ニ縁《より》テカ太《はなはだ》痩生、只従前ニ詩ヲ作リテ苦シムガ為ナリ」とあるのによる。
文質 華やかさと質朴さ。
思ひ捨てて臥しぬ 『方丈記』に「不請の阿弥陀仏、両三遍申してやみぬ」、「山家記」に「ひとりごちてやみぬ」とある文末形をふまえる。

栖去の弁

栖去《せいきよ》(之)の弁

こゝ《(ゝ)》かしこ浮《(う)》かれ歩《(あり)》きて、橘町《たちばなちやう》とい
ふ所《(ところ)》に冬籠《(ごも)》りして、睦月《むつき》《(陸月)》・如月《(きさらぎ)》にな
りぬ。風雅もよしやこれ《(是)》までにして、
口を閉《(と)》ぢむとすれば、風情《ふぜい》胸中を誘《(さそ)》ひ
て、物のちらめくや、風
雅の魔心なるべし。なほ《(を)》
放下《ほうか》して栖《すみか》を去り、腰に
たゞ《(ゞ)》百銭をたくはへて、
拄杖《しゆぢやう》《(柱杖)》一鉢《いつぱつ》に命を結ぶ。
なし得たり、風情終《ふぜいつひ》に菰《こも》
をかぶらんとは。

鉢の子

栖去の弁（住みかを去る言葉）

あちらこちらと風雅の旅に浮かれ回って、江戸橘町という所に冬籠りして、年が明け、正月も過ぎ、二月になった。風雅ももうまよこれまでにして、もう句も詠むまいとすると、詩的感興が私の心を動かして、詩の霊が乗り移った花や鳥などの景物が目の前にちらちら見えて来るのは、俳壇名利を求めようとする驕慢《きようまん》な心によるものであろう。さらにいっさいを捨て去って、今の住みかを去り、腰にただ穴あき銭百文をくくりつけて、行脚の杖と米の施しを受けるための鉄鉢にその日の命を託すことにした。我ながらよくぞ徹底したものであるなあ、数寄の促しのままに、菰をかぶって乞食の境涯にまでなろうとは。

浮かれ歩きて　浮かれ回って。「浮かれ」とは、風雅の世界にあこがれ魂の抜け出ること。『野ざらし紀行』の旅以来七年間の俳諧行脚を自嘲的に言ったもの。
橘町　今の東京都中央区内。両国橋の西側。芭蕉は元禄四年十月末に江戸に帰り、翌年五月中旬に新築の芭蕉庵に移るまで橘町の彦右衛門方に仮寓した。
よしや　ええ、ままよ。不満足な状態に任せる意。
口を閉ぢむ　句を詠むことを止めよう。
物　神霊、もしくはそのとり憑くものをいう。ここは後者。
風雅の魔心　俳壇的な名利への執着を捨てきれぬ風雅（俳諧）に対する驕慢な心。
腰にただ百銭をたくはへ　腰の巾着にわずかな金を入れ。『蒙求』所収の「阮宣杖頭」や「君平売卜」など、「百銭」を携えて自ら足れりとした先人の故事による。
拄杖一鉢　拄杖は、禅僧が行脚に用いる杖。一鉢は、托鉢に用いる鉄鉢のこと。
菰をかぶらん　「菰をかぶる」とは乞食の境涯に身を落とすこと。

許六離別の詞(柴門の辞)

許六離別《きょりくりべつ》詞《のことば》

去年《こぞ》の秋、かりそめに面《おもて》を合《(あ)》はせ、今年《(ことし)》五月《さつき》の初《はじめ》、深切《しんせつ》に別れを惜《(を〈お〉)》しむ。その《(其)》別《(わか)》れに臨《(のぞ)》みて、一日《(ひとひ)》草扉《さうひ》を叩《(たゝ)》いて、終日《ひねもす》閑談《かんだん》をなす。その《(其)》器《うつはもの》、画を好み、風雅を愛す。予、試《(こゝろ)》みに問《(と)》ふこと《(事)》有り。「画は何のため《(為)》に好むや」、「風雅のため《(為)》に好む」と言《(い)》へり。「風雅は何のため《(為)》に愛すや」、「画のため《(為)》に愛す」と言《(い)》へり。その《(其)》学《(まな)》ぶこと《(事)》二つにして、用をなすこと《(事)》一《いつ》なり。まことや、「君子は多能を恥づ」といへ《(云)》れば、

許六離別の詞（許六と別れる詞）

許六とは去年の秋、ほんの偶然の縁で対面したのだったが、今年の五月初めには、しみじみと心から別れを惜しみ合う深い間柄となった。いよいよ別れの日が迫ったある日、君はわが草庵を訪れて、一日中風雅の語らいをともにした。その人物は、絵を描くことを好み、俳諧を愛する。私はためしに尋ねたことがある。「絵は何のために好まれるのか」と。すると「俳諧のために好む」と答えた。「俳諧は何のために愛されるのか」と問うと、「絵のために愛する」と言う。その学ぶことは二つでありながら、その働きの帰するところは一つなのである。いかにも「君子は多能であることを恥じる」と古人も言っているので、学ぶところの種類が二つで、しかも働きの帰するところが一つなのは、感服すべきことではないだろうか。君とは絵においては君

許六　森川百仲（一六五六～一七一五）。近江国彦根藩士。蕉門。入門は遅いが、芭蕉より〝かるみ〟の伴侶として嘱望されていた。

去年の秋…　元禄五年八月九日、参勤交代で出府の許六が、芭蕉に入門したことをいう。

器　人物・才能。

風雅　俳諧。

君子は多能を恥づ　『論語』子罕に「吾若ウシテ賤シ。故ニ鄙事ニ多能ナリ。君子多ナランヤ、多ナラザルナリ」、『徒然草』一二二段に「多能は君子の恥るところなり」とあるのによる。

品二つにして用一なる事　『荘子鬳斎口義』斉物論「道通ジテ一ト為《な》ル」の林希逸注「道ヲ以テ之ヲ観ルトキハ、則ハチ横直ノ者ノ各其ノ用ニ当タリ、美悪ノ者ノ各其ノ質ヲ全ウス、皆通ジテ一ト為スベシ」、長嘯子「はちたゝき」の「一物三用に足る」（『挙白集』一〇）などによる考え方。

品《しな》二《(ふた)》つにして用一《いっ》なること《(事)》、可レ感《かんずべき》にや。画はとつて予が師とし、風雅は教《(をし)》へて予が弟子となす。されども、師が画は精神微に入り、筆端妙をふるふ。その《(其)》幽遠なる所、予が見る所にあらず。予が風雅は夏炉冬扇のごとし。衆に逆《(さか)》ひて用ゐる所なし。ただ《(ゞ)》釈阿《しやくあ》・西《さい》行《ぎやう》のことばのみ、かりそめに言《(云)》ひ散《(ち)》らされしあだなる戯《(たはぶ)》れごとも、あはれなる所多し。後鳥羽《ごとば》上皇の書か《(かゝ)》せ給ひしものにも、「これらは歌に実《まこと》ありて、しかも悲しびを添《(そ)》ふる」と宣《(のたま)》ひ侍りしとかや。さればこの御言葉《み(ことば)》を力として、その《(其)》細き一筋をたどり失《(うしな)》ふこと《(事)》なかれ。なほ《(猶)》「古人の跡を求《(もと)》めず、古人の求め

をもってわが師と仰ぎ、俳諧においては教えてわが弟子とする、といった関係にある。けれども、師たる君の絵は精神が微細な点にまで行きわたり、筆の運びは絶妙の技を発揮する。その幽《かす》かで遠い境地は、とうていわがささやかな鑑賞眼の理解が及ぶところではない。それに比べて私の俳諧などは、夏の炉、冬の扇のようなものである。多くの人々の好尚にさからって、何の役にも立たない。ただ、しかし、藤原俊成や西行の和歌ばかりは、ほんの即興的に言い捨てられたはかない戯れの吟も、感銘すべき点が多い。後鳥羽上皇がお書きになったものにも「これらの人々は歌に誠心《まごころ》がこもっていて、しかも悲しみを添えている」とおっしゃったとか。（世間からは「夏炉冬扇」と目《もく》されるわが俳諧において、私が真に求める境地も実はそこにある。）だから、このお言葉を力と頼み、俊成や西行以来

筆端妙をふるふ　『荘子鬳斎口義』斉物論「始メナル者ノ有リ、未ダ始メヨリ始メ有ラザル者有リ」云々の林希逸注に「此レ皆其ノ筆端妙ニ入ル処ナリ」とある。

夏炉冬扇　無益な才芸・言論のたとえ。林道春の『道観抄』下に「論衡ニ云ク、益無キノ能ヲ作《な》シ、補ヒ無キノ説ヲ納《い》ル、ナホ夏ヲ以テ爐ヲ進メ冬ヲ以テ扇ヲ奏《すす》ムルガ如シ。亦徒《またいたづら》ナラクノミ」として、「ナニノ益ナキコトヲシ、用ニタタヌコトヲ云フハ、冬ノ扇夏ノ囲炉ナリ」と注する。

釈阿　歌人藤原俊成（一一一四～一二〇四）の法名。『千載和歌集』の撰者。定家の父。

ことば　和歌。

後鳥羽上皇の書かせ給ひしものにも…　後鳥羽上皇（一一八〇～一二三九）は、第八十二代天皇。歌人。その歌論書『後鳥羽院御口伝』に「釈阿はやさしく艶に心も深くあはれなる所ありき。（中略）西行はおもしろく、しかも心もことに深くあはれなる、ありがたくできがたきかたも、ともに相兼ねて見ゆ」とある。

古人の跡を求めず…　空海の『性霊集』に「書モマタ古意ニ擬スルヲ以テ善シト為《な》シ、古迹ニ似ルヲ以テ巧ト為サズ」とあるのによる。

たる所を求《もと》めよ」と、南山大師の筆の道にも見えたり。風雅も又これに同じと言《(云)・》ひて、燈《ともしび》をかか《(ゝ)》げて、柴門《さいもん》の外に送りて別《わか》るる《(ゝ)》のみ。

元禄六孟夏末　風羅坊《ふうらばう》芭蕉

脈々と伝わるその細い一筋の伝統を探り尋ねて、けっして見失ってはならない。なおまた、「古人の残した形骸《けいがい》を模倣しようと求めることなく、古人が理想として求めたところのものを追い求めよ」と、弘法大師の書道の教えにも見えている。俳諧の道もまたこれと同じであると言って、（いつしか暮れた足もとを照らすため、）燈火をかかげて、柴の戸の外まで送り、右の言葉を餞別として別れを告げるのみである。

元禄四年四月末　風羅坊芭蕉

南山大師　弘法大師、空海。南山は高野山。

柴門の外に送りて別るるのみ　「柴門」は柴などで作った粗末な門。転じて隠者の草庵をいう。白楽天「張山人ガ嵩陽ニ帰ルヲ送ル」に「夜柴門ヲ叩キ我ト別ル…君ガ為ニ酒ヲ沽《か》ヒテ燈火ヲ張ル」（『白氏文集』一二）とあるのによる。

閉関の説

閉《へい》関《くわん》之《の》説《せつ》

色《いろ》は君子の悪《にく》む所にして、仏も五戒の初《(はじ)》めに置けりといへども、さすがに捨てがたき情のあやにくに、哀れなるかたがた《(〲)》も多《(おほ)》かるべし。人知《(し)》れぬくらぶ山の梅の下臥《(ぶ)》しに、思《(おも)》ひの外《ほか》の匂ひにしみて、忍ぶの岡の人目の関も、守《(も)》る人なくは、いかなる過《(あやま)》ちをか仕出《しい》でむ。海人《(あま)》の子の浪《なみ》の枕《まくら》に袖《そで》しほれて、家を売《(う)》り身を失ふ例《(うしなふためし)》も多かれど、老《おい》の身の行末《ゆくすゑ》を貪《(むさぼ)》り、米銭《べいせん》の中に魂を苦《(くる)》しめて、物の情を弁《(わきま)》へざるには、はるかに増《(ま)》し

閉関の説（門を閉ざすについての説）

色欲は儒教の立場から徳行高い人がはなはだ嫌うところで、仏教においても「五戒」の初めに置いて戒めているけれども、そうはいうものの断ち捨てがたい恋の情は理性ではままならず、かえってしみじみと心引かれるふしぶしも多いようである。闇の夜の梅の花の下に人知れぬ契りを交わし、梅の香が染みるように、ただ一度の仮の契りと思ったのが意外にも深い恋情に染まって、人目忍んでの密会も、世間の監視の目がなかったら、どんな不倫の行為をしでかすことだろう。遊女との仮の契りに溺れ恋の涙に袖をぬらして、家を売り、身を持ち崩す例も世間には多いけれど、年寄りの身でなお前途を欲張り、米や銭などの物質的欲望に心を苦しめて、人間の情愛を解さないのに比べたならば、はるかに罪を許してもよく、人生は七十歳まで長生きするのは

閉関　門を閉じて客をことわること。

色は君子の悪む所　『論語』季子に「孔子曰ク、君子三戒アリ。少《わか》キ時ハ血気未ダ定マラズ。之ヲ戒ムルハ色ニアリ」とある。

五戒　仏教で在家の信者が守るべき戒め、不殺生戒・不偸盗戒・不邪淫戒・不妄語戒・不飲酒戒のこと。「初め」としたのは文飾。

哀れなるかたがた…　『徒然草』二四〇段の「しのぶの浦の蜑の見るめも所せく、くらぶの山も守る人しげからんに、わりなく通はん心の色こそ、浅からず哀と思ふふしぶしの、忘れがたきことも多からめ」をふまえる。

くらぶ山　山城の歌枕。「闇」の暗喩。

忍ぶの岡　陸奥信夫郡の歌枕。忍ぶ恋の暗喩。

人目の関　世間の目を「関」にたとえた。

海人の子　『和漢朗詠集』「遊女」の「白波の寄するなぎさに世を過ぐすあまの子なれば宿も定めず」の歌から遊女をいう。

しほれて　ぬれて。「海人」の縁語。

老の身の…　『徒然草』七段の「命長ければ恥多し。長くとも四十《よそぢ》に足らぬほどにて死なんこそ、めやすかるべけれ。そのほど過ぎぬれば、かたちを恥づる心もなく、人に交はらむことを思ひ、夕《ゆふべ》の陽に子孫を愛して、さかゆく末を見むまでの命をあらまし、ひたすら世を貪る心の

て罪許《(ゆる)》しぬべく、人生七十を稀《まれ》なりとして、身を盛《さか》りなる事は、わづかに二十余年なり《(也)》。初《(はじ)》めの老《おい》の来《きた》れる事、一夜《いちや》の夢のごとし。五十年・六十年の齢傾《(よはひかたぶ)》くより、あさましう頽《(くづほ〈を〉)》れて、宵寐《よひね》がちに朝起《(お〈を〉)》きしたる寝《(ね)》覚《ざ》めの分別、何《(なに)》事をか貪《(むさぼ)》る。愚《(おろ)》かなる者は思ふこと多《(おほ)》し。煩悩増長《ぼんなうぞうぢやう》して一芸勝《(すぐ)》る《(こ)》者《(もの)》は、是非の勝《すぐ》る者《(物)》なり。これ《(是)》をもて世の営《(いとな)》みに当てて、貪欲《とんよく》の魔界に心を怒らし、溝洫《こうきよく》に溺《(おぼ)》れて生かす事あたはずと、南華老仙《なんくわらうせん》のただ《(唯)》利害を破却《(破布)》《はきやく》し、老若《らうにやく》を忘《(わす)》れて閑《しづ》かにならむこそ、老《おい》の楽しみとはいふ《(云)》べけれ。人来《きた》れば無用の弁《べん》有り。出でては他の家

稀な例として、肉体を強壮なりと誇る期間は、その中のわずかに二十余年である。四十歳の初老の訪れる早さは、まるで一夜の夢のようである。五十年・六十年と年をとるにつれて、みっともなく老衰し、年寄りの癖で宵に早寝し朝早く目覚めた床の中での思案に、いったい何を欲張ろうというのか。愚かな者ほど名利にとらわれて思い悩むことが多い。兼好法師は、才能は煩悩の募った結果だと言ったが、欲張り貪る心が募って一芸に秀でる者は、是非得失を争う心の強い者なのである。(私のように俳諧といった) この一芸をもって生計の手段とし、名声や利益を貪る煩悩世界に闘争心を高ぶらせ、優しい心性を失った人間は、溝に溺れて救いようがないと、南華老仙荘子も言ったが、その荘子の説くように、ただ利害を超越し、老若の差別も忘れて、無為自然の清閑の境に遊ぶことこそ、老いの楽しみの

み深く、物のあはれも知らずなりゆくなむ。あさましき」をふまえる。
人生七十を稀なり 杜甫「曲江二首」に「人生七十古来稀ナリ」(『杜律集解』上)とある。
二十余年なり 白楽天「贈言」に「二十方《まさ》ニ長成、三十衰老ニ向フ」(『白楽天詩後集』一)。
一夜の夢 『徒然草』七段の「飽かず惜しと思はば、千年を過ぐすとも、一夜の夢の心ちこそせめ」を転化したもの。
愚かなる者は… 『徒然草』七四段に「愚かなる人は、またこれ(老・死)を悲しぶ」。ここは芭蕉自身をさす。
煩悩増長して一芸勝るる者 『徒然草』三八段の「才能は煩悩の増長せるなり」による。「一芸」は特に俳諧、「者」は芭蕉をさす。
是非 一を是とし他を非とする相対的思量。『荘子』の排斥するところ。
溝洫に溺れて生かす事あたはず 溝に溺れて救いようがない。『荘子』斉物論に「其ノ厭《おぼ》ルルコト緘《つつ》ムガ如シ。以テ其ノ老ユルマデ洫ニアルコトヲ言フナリ」とあるのによる。
南華老仙 荘子の贈り名。
利害を破却し 利害を超越し。『荘子』斉物論に「齧欠ガ曰ク(中略)至人ハ固《まこと》ニ利害ヲ知ラザルカ。王倪ガ曰ク、至人ハ神ナリ。(中略)

業を妨《(さまた)》ぐるも憂《(う)》し。孫敬《(尊敬)》《そんけい》が戸を閉ぢて、杜五郎《とごらう》が門を鎖《とざ》さむには。友なきを友とし、貧《まづ》しきを富《と》めりとして、五十年の頑夫《ぐわんぷ》自《みづか》ら書《しょ》し、自《みづか》ら禁戒となす。

朝顔《(あさがほ)》や昼は鎖《ぢやう》おろす門《もん》の垣《かき》

はせを

境地とはいうべきである。人が来ると無益なおしゃべりが始まる。また、出かけて行って他人の仕事を邪魔するのも心苦しい。孫敬のように戸を閉め、杜五郎のように門を閉ざすに越したことはあるまい。友がいないことを友とし、貧しいことを富んでいることと悟り、五十歳の頑迷な男が自らこれを書いて、自ら戒めとする。

朝顔や昼は鎖おろす門の垣（昼間は門に堅く鎖をおろし、世間との交わりを断った私の生活。そんな孤独な侘び住まいにも、わずかに朝のうちだけは、門に続く垣根から朝顔の花が顔をのぞかせる。その無心の朝顔の花を心の友として、ひとり清閑の生活を楽しんでいることだ。）

死生モ己ニ変ズル無シ。而ルヲ況ンヤ利害ノ端ヲヤ」とあるのによる。

老若を忘れて閑かにならむ　『荘子』斉物論に「年ヲ忘レ義ヲ忘レテ無境ニ振フ」とあるのによる。

老の楽　家職を譲った後に文学芸能に遊ぶことを「老の楽」とした当時の通念に対したもの。「楽」は『荘子』の思想の究極境で、精神の自在に遊ぶ逍遥遊の境地をいう。

無用の弁　『徒然草』一七〇段の「人と向かひたれば、詞多く、身も草臥れ、心も閑ならず。（中略）互いのため益なし」、長嘯子「山家記」の「客はそのしづかなることを得れば、我はそのしづかなるを失ふ」などをふまえる。

孫敬が戸を閉じて　孫敬は中国三国時代の人。『蒙求』孫敬閉戸に「常ニ戸ヲ閉ヂテ書ヲ読ム。（中略）市人之ヲ見テ皆曰ク、閉戸先生来ルト。辟命（官府の召命）スレドモ至ラズ」とある。

杜五郎が門を鎖さむには　『宋史』に「杜生は穎昌ノ人。（中略）県人呼ビテ杜五郎ト為ス。（中略）生、門ヲ出デザルコト三十年」とあり、『挙白集』「うなゐ松」に「杜五郎とやらんをばまなばねど、この山に入りて後、廿とせにもなりぬらん、いまだ柴の戸ぼそのほか、足踏みいづるかたもなく、ひたぶる世に交はらで、ひとりつれづれとこもりゐたる」とある。

五十年の頑夫　当時五十歳の芭蕉自身。

書簡解題

現在知られる芭蕉書簡の総数は約二三〇点。その中から、芭蕉の俳諧に関する考え方を知る上で最も重要な内容を含むものとして、元禄五年（一六九二）二月十八日付で近江膳所《ぜぜ》藩士菅沼定常（俳号、曲水また曲翠）に宛てた書簡を取り上げた。藩務に忙しく、俳諧修行に専念できないことを悩む曲水からの来信に答えたもので、内容はこの年の歳旦句についての考えを述べ、二年前の夏に曲水の好意で入庵した幻住庵の思い出にふれ、さらに世上俳諧に遊ぶ者に三種類あることを説く。点取俳諧にうつつを抜かし勝負に拘泥する大半の人びとを最下等、点取俳諧を勝負にこだわらずに単なる遊びとして楽しむ富裕な人びとを中等、これらに対して俳諧を誠の道に入る器と考え定家・西行・白楽天・杜甫の真髄に迫ろうとする人を最高位と分け、曲水をこの少数の部に入る者として激励している。なお、文末に路通の還俗にふれ、俳諧につながるゆえをもって破門にするつもりはないことを記す。

この年、芭蕉は四十九歳。本簡執筆の三ヵ月半ほど前の元禄四年十月二十九日、足かけ三年滞在した上方から江戸に帰着したが、『おくのほそ道』の旅出立時に草庵を人に譲っていたため、日本橋橘町の借家に仮寓中だった。

この同じ二月十八日付で膳所の珍碩にも書簡を認めているが、その中で「この地点取俳諧、家々町々に満ち満ち、点者どもいそがしがる躰《てい》」なので、「よろづ聞かぬふり見ぬふり」をしている、と言っているように、江戸の地は点取俳諧が席捲していた。そうした状況下で執筆されたものである。

底本は真蹟書簡によったが、この書簡は、約百年後の寛政十年（一七九八）、蝶夢が全文に注を付し、『芭蕉翁三等之文』と題して出版、広く流布した。

曲翠（曲水）宛書簡

元禄五年二月十八日

こなたよりも、愚墨《ぐぼく》進覧の《之》ところ《処》、そこもと《其元》より《ゟ》も御音問に預り《預御音問》、かたじけなく《忝》、御対顔の《之》心地にて《而》拝見仕《つかまつ》り候《さうらふ》。いよいよ《愈》御堅固《ごけんご》にござなされ《被成御座》候旨《むね》、千万めでたく《目出度》存じ奉り《奉存》候。竹助殿御沙汰《さた》いづれの御状にも仰せ下されず《不被下仰》候。御成人、悪《わる》さ日々に募《つの》り申すべく《可申》と存じ奉り《奉存》候。御歳旦《ごさいたん》三つ物の事は、先書につぶさに《具》申し上げ

二月十八日

こちらからもお手紙をさしあげましたところ、貴君からもお便りをいただきありがたく、お目にかかっているような気持ちで拝見いたしました。ますます御壮健にお過ごしの由、たいへん結構なことに存じ上げます。

竹助殿のお噂をどのお手紙にもお知らせ下さいません。きっと御成長なされ、いたずらも日に日に増していることでしょう。今春の歳旦三つ物の御作については前便で詳しく感想を申し上げました。

私の歳旦発句を御感心下さった由、珍碩から知らされました。例年は口に任せ心に浮かぶままにその場かぎりに詠み放してきましたが、「もうこれが歳旦吟の最後かもしれない」など思いまして、少しは力を入れ励んでみましたところ、貴君のお耳にとまりましたので、その甲斐があった気持ちがされて喜びにたえませ

こなたよりも… こちらからの手紙と曲水からの手紙とが入れ違いになったことをいう。

竹助殿 曲水の子息。文面から幼少と推定できるが、五年後の元禄十年に夭逝した。菅沼家の菩提寺の過去帳に「映玉童子」とある。

御歳旦三つ物 正月の吉日に宗匠が知友や門人と歳旦開きとして、発句・脇・第三の三句を詠む。これを歳旦三つ物という。ここは、膳所近辺の蕉門の珍碩と正秀と曲水による三つ物をさす。

先書 文頭に見える「愚墨」をさす。

愚句 元禄五年の芭蕉の歳旦吟「人も見ぬ春や鏡のうらの梅」。人が見もしない鏡の裏に彫られた梅（当時の鏡は金属製で、裏面に花鳥、山水などの彫りがある）のように、私の歳旦の心もひそやかなものです、という意。この句に対する曲水の感想は、二月十五日に受け取った珍碩の二月三日付書状に書かれていたのであろう。

珍碩 （寛文中期～一七三七）浜田氏。通称、治助。俳号はのち洒堂。近江国膳所（現在、滋賀県大津市）の医者。元禄二年に芭蕉に入門し、『ひさご』『深川』などを刊行、俳諧師として積極的な活動を続けた。

候。

愚句御感心の《(之)》よし、珍碩《ちんせき》より《(ゟ)》告げられ《(被告)》候。年々《としどし》は口にまかせ心に浮《(う)》かぶばかり《(計)》に申し捨て候《さうら》へども《(共)》、もはやこれ《(是)》を歳旦の《(之)》名残《なごり》にもや、など存じ候《さうら》ひて《(而)》、少しは精《せい》を出《いだ》し候ふところ《(処)》、御耳に留《とど》まり候《さうら》へば、甲斐《かひ》ある心地せられて、よろこび《(悦)》にたへず候。
一、幻住庵上葺《じやうしふ》仰せ付けられ候はん《(被仰付候半)》よし《(由)》、珍重に存じ奉り《(奉存)》候。浮《(うき)》世の《(之)》沙汰《(さた)》少しもこの《(此)》山のみと、をりをり《(折々)》の寝覚《ねざめ》忘れがたく《(難忘)》候。露命にかかり《(ゝ)》候《さうら》はば、二たび薄雪の曙《あけぼの》など存ぜられ《(被成)》候。
一、風雅の《(之)》道筋、大かた世上三等に相《あひ》

ん。
一、幻住庵の屋根の葺き直しをお命じなさる由、結構なことに存じ上げます。俗世の消息から少しでも遠い場所はこの山だけと思い、かつて滞在した折のその時どきの朝の寝覚の景のすばらしさを、今もって忘れかねております。露の命にすがり長らえることができますならば、再び庵を訪れて、薄雪に覆われた曙の琵琶湖の冬景色を楽しみたい、などと思われます。
一、俳諧の道筋は、おおよそ世間一般に三等級に分かれると見えます。（その一は、）点取俳諧に昼も夜も打ちこみ、賭けの勝負を争い、本来の俳諧の正道を見ずに奔走する者がいる。彼らは俳諧のばか者に似ていますが、彼らが支払う点料によって点取俳諧の点者の家族が腹一杯食べて裕福に暮らし、また会場の家主の金庫を豊かにしますので、悪事をするよ

これを歳旦の名残にもや　今回の歳旦吟が詠み納めになるかもしれない、という意。死期の近いことに対する覚悟のほの見える文言。
幻住庵　大津市石山の奥、国分山にあった草庵。菅沼曲水の伯父幻住老人が住み（幻住庵記）、没後曲水が管理していた。

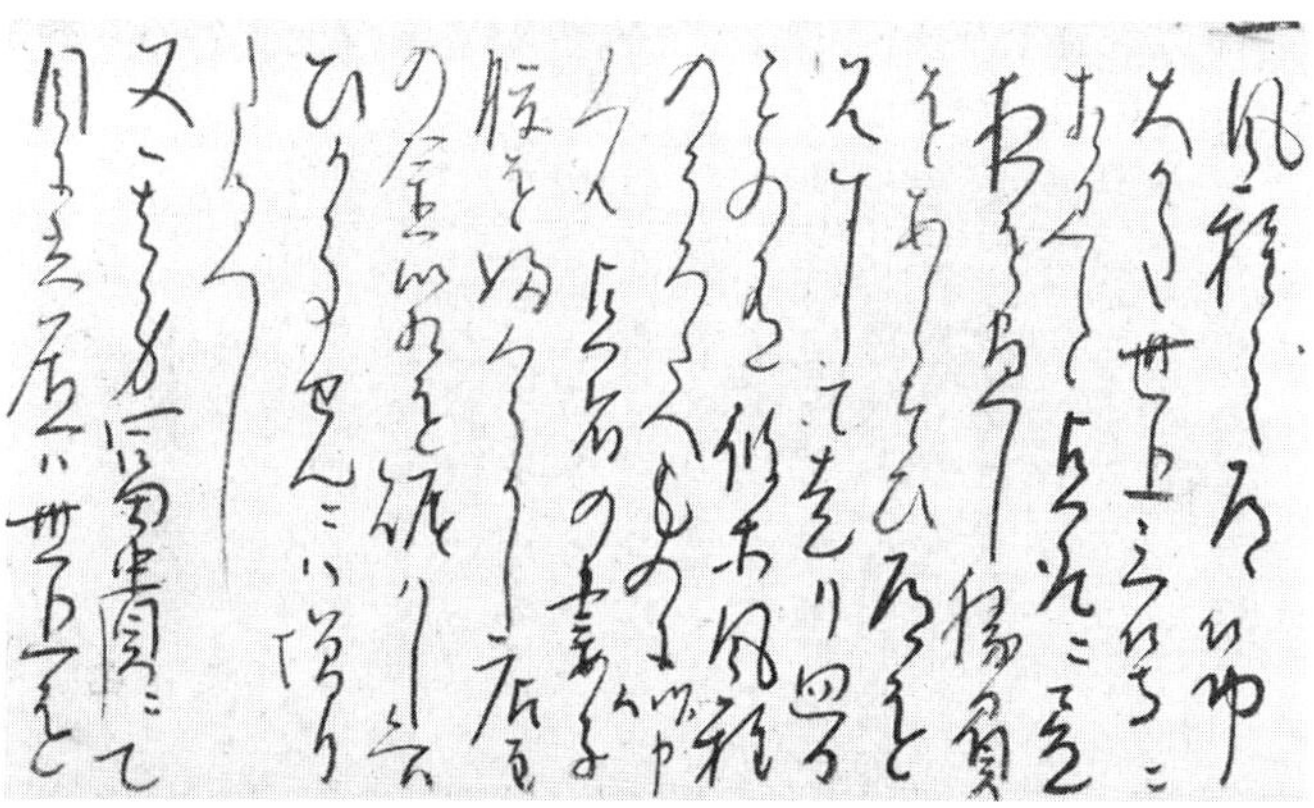
曲翠宛書簡（部分）

見え候、点取りに昼夜を尽くし、勝負を争《(あらそ)》ひ、道を見ずして走り廻《まは》るものあり《(有)》。彼ら《(等)》風雅のうろたへ者《(もの)》に似申し候へども《(共)》、点者の妻子腹をふくらかし、店主《たなぬし》の金箱《かねばこ》を賑《にぎ》はし候へば、ひがこと《(事)》せんには増りたるべし。

また《(又)》その《(其)》身富貴《ふつき》にして、目に立つ慰みは世上を憚《はばか》り、人事《ひとごと》いはんにはしかじと、日夜《にちゃ》二巻・三巻点取り、勝ちたる者《(もの)》も誇《(ほこ)》らず、負けたる者《(もの)》もしい《(ゐ)》て怒《(いか)》らず、いざ、ま一巻など、また《(又)》とりかか《(こ)》り、線香五分《ぶ》の《(之)》間に工夫《くふう》をめぐらし、事終はつて即点《そくてん》など興ずることども《(事)》、ひとへ《(偏)》に少年の《(之)》読《(よ)》みがるたにひとし。されども料理を調《ととの》へ、酒を飽くまで《(迄)》に

りはまさっているといえるであろう。

また、(その二、つまり中の位は、)自分自身は金持ちで身分が高く、悪所通いなどの目に立つ遊びは世間を気にして差し控え、他人の悪口をいうよりはましだろうと、昼も夜も俳諧を二巻、三巻と詠み上げて宗匠に点をかけてもらい、勝った者も得意にならず、負けた者もむやみに怒らず、「さあ、もう一巻詠みましょう」などと、再び手をつけ、線香が五分(約一・五センチ)燃えるわずかの時間に付句の工夫をはたらかせ、そうやって一巻を短い時間で巻き上げて、即座に点者に点をかけてもらって興じるといったことは、賭け物を賭けないで遊ぶ少年の読みガルタとまったく同じ。けれども、参加者のために料理を用意し、酒を心ゆくまで飲ませ、貧しい者を助けて、点者を豊かにさせることは、これまた俳諧の道を打ち建てる一筋の便りということができ

上葺　元禄三年夏芭蕉の入庵に当たり、屋根を葺き替えたが、また葺き替える予定だと、曲水から知らせてきたもの。

浮世の沙汰少しも遠きは…　俗世間を離れ、風光絶佳で夏涼しい庵生活を楽しんだことが「幻住庵記」に記されている。

露命にかゝり候はば　露のようなはかない命にすがり長らえることができますなら。

点取り　数人で連句(当時三十六句形式の歌仙が普通)を巻いて、点者(俳諧宗匠)に点を付けてもらい、各個人の点を集計し、その多寡をもって勝負を競うもの。全品を賭けることが多い。この歌仙点取のほかに、前句付点取も盛行したが、ここは前者。

うろたへ者　分別に乏しい者。人をののしる言葉。

店主　点取俳諧の会場になる家の家主。

ひがごと　盗みなどの悪事。

目に立つ慰み　特に遊里や芝居町などへの悪所通いをいう。

人事　他人の悪口。

線香五分の間に工夫をめぐらし　線香が五分(約一・五センチ)燃える間に工夫をはたらかせ一句付けること。課題として行う。

して、貧《ひん》なるものを助《たす》け、点者を肥《(肌)》え・しむること《(事)》、これ《(是)》また《又》道の《(之)》建立《こんりふ》の一筋《ひとすぢ》なるべきか。
△また《(又)》志を勤《つと》め情《じやう》を慰《なぐさ》め、あながちに他の是非《ぜひ》をとらず、これより《(ゟ)》実《まこと》の《(之)》道にも入《い》・るべき器《うつは》なりなど、はるかに定家の骨《こつ》をさぐり、西行の筋《すぢ》をたどり、楽天《らくてん》が腸《はらわた》を洗《あら》ひ、杜子《とし》が方寸《はうすん》に入《い》・る輩《やから》、わづかに都鄙《とひ》数《かぞ》へて十《と》ヲの指ふさず。君もすなはち《(則)》この《(此)》十《と》ヲの指たるべし。よくよく《(能〱)》御　慎《つゝし》み御修行御　尤《もっとも》に・存じ奉り候《(奉存)》。
一、路通《ろつう》こと《(事)》は、大坂にて《(而)》還俗《げんぞく》いたし《(致)》たるものと、・推量いたし《(致)》候。その《(其)》志三年已前《いぜん》より見え来たること《(事)》に候へば、

ようか。
▽また、（最高位は、）俳諧の志を高く保つように励み、俳諧を詠むことで心情を慰め、しいて他人がとやかく言う批評を気にかけず、これを通し誠の道にも入ることができる手段だなどと、はるか昔の、藤原定家の真髄を探り、西行の道統を尋ね求め、白楽天の詩魂を洗い出し、杜甫の胸中に入りこもうとする人びとは、都も地方も含め数えてみるとわずか十人に満たない。貴君もすなわちこの十人の一人といえよう。十分にお慎しみのうえ俳諧の御修行をなさるがよろしかろうと存じ上げます。
一、路通は、大阪で僧形《そうぎょう》から俗人にもどったものと推察しております。その意向はすでに三年以前から見えてきていることですので、驚く必要はありません。どんなにしても西行や能因の真似はできないでしょうから、普通の人間なのです。

即点　後で清書して点者のもとへ持参するのではなく、その場で宗匠に点を請うこと。
読みがるた　博奕《ばくち》の一種。「少年の」とは、賭け物を賭けずに勝負するカルタ遊びのことをいう。
実の道にも入るべき器　李漢の「昌黎ガ文ヲ集ムル序」冒頭の「文ハ貫道ノ器ナリ」（『古文真宝後集』三）による。有形の文章は無形の道を永久に記し伝える道具だとの意だが、俳諧を誠の道に入る器と言い換えたもの。「実」は「風雅の誠」の「誠」と同じで、宋学でいう宇宙根源的主宰者、つまり天道・人道の究極の真実をさす。
定家　藤原定家。鎌倉初期の代表的歌人。中世歌壇で神と仰がれた。
骨　骨髄。真髄。
西行　鎌倉初期の歌僧。旅の詩人の先達として芭蕉がとりわけ尊崇した。
筋　詩歌の道筋。
楽天　中国中唐の詩人、白楽天。字は居易。その詩は平安時代以来日本人に最も愛誦された。
腸を洗ひ　吟腸（詩心）を明らかにすること。
杜子　中国盛唐の詩人、杜甫。字は子美。「子」は敬称。芭蕉は理想の詩人として最も傾倒した。
方寸　胸中。

驚くにたらず候。とても西行・能因《のういん》が真似《(まね)》は成り申すまじく候へば、平生《へいぜい》の人にて《(而)》ござ《(御座)》候。常の人常の事をなすに、何の不審《ふしん》かござあるべき《(可有御座)》や。拙者においては《(於拙者)》不通《ふつう》仕《つかまつ》るまじく候。俗になりて《(成)》なりとも《(共)》、風雅の助《(たす)》けになり候はん《(成候半)》は、昔《(むかし)》の乞食《こつじき》より《(ゟ)》増《まさ》り申すべく《(可申)》候。

曲水様　　　　はせを

普通の人が普通の事をするのに、何の不思議がありましょうか。私としては路通と縁を切らないつもりです。俗人になってでも、俳諧の助けになるようでしたら、かつて乞食をしていたときよりはまさっていると申せましょう。

曲水様　　　　芭蕉

路通　(一六四九〜一七三八) 斎部《いんべ》氏。名は伊紀。二十六歳ごろから乞食僧として諸国を行脚し、三十七歳の貞享二年 (一六八五) 芭蕉に入門した。以後芭蕉に親しく仕えるが、元禄三年 (一六九〇) 不祥事を起こし、芭蕉や同門の人びとの怒りを買った。以下の文言は、曲水から芭蕉に、路通に対する接し方を尋ねてきたことへの返信。

還俗　一度出家した者が、俗人に再びもどること。

能因　平安時代の歌僧。行脚の歌人として知られる。

昔の乞食　路通自身「返店ノ文」で「むかし髪すり足をかろくして……十とせ余り志の至るに任せて、乞丐《こつがい》のまねをし歩きけり」(『風俗文選』七) と、乞食僧だったことを記す。

不通　絶交。破門。

曲水　(一六六〇〜一七一七) 菅沼氏。名は定常、通称は外記。俳号は曲翠とも。近江国 (滋賀県) 膳所《ぜぜ》藩の重臣。清廉潔白、誠実な人格者で芭蕉の信頼はきわめて篤かった。本簡のほかにも、他の門人には内密に、曲水に借金を申し入れた書簡 (元禄六年二月八日付) などもあり、芭蕉が曲水の人格を高く評価していたことがわかる。

俳論解題

芭蕉は、『虚栗』跋や俳文「幻住庵記」「許六離別の詞（柴門の辞）」、紀行文『笈の小文』の冒頭、さらに句合・懐紙の評語や書簡の中などで、断片的に俳諧について述べることはあったが、まとまった形の俳論を残すことはなかった。俳論はむしろ門人達によって書かれ、その数は三十部を下らない。その中、最もよく芭蕉の考えを伝えるものが、去来の『去来抄』と土芳の『三冊子』である。

去来（一六五一～一七〇四）は本名向井平次郎元淵。長崎の産。父元升は長崎聖堂の初代祭酒。兄震軒、弟元成（俳号魯町）もともに朱子学者。従って去来の俳論の根底には朱子学的論理の存在が指摘される。八歳の時家族とともに京に移り、貞享頃芭蕉に入門、「西三十三ヶ国の俳諧奉行」（『杉風句集』序）と称され、蕉門の代表的撰集『猿蓑』を芭蕉の指導下に凡兆と共編、またしばしば師を嵯峨野の落柿舎に迎えて教示を受ける。芭蕉没後門人達が次第に師風から離れてゆくのを黙視しえず、師説を説き、俳論を戦わせた。その総決算として書かれたのが『去来抄』で、先師評・同門評・故実・修行の四部より成る。宝永元年（一七〇四）ごろ成立。前二部の自筆草稿本も伝存し、本文は右の草稿本によった。

土芳（一六五七～一七三〇）は本名服部半左衛門保英、伊賀上野藩士。元禄元年（一六八八）退隠して伊賀蕉門の中心となった。『三冊子』は、「白双紙」「赤双紙」「わすれみづ」の三部より成り、元禄十五年の成立。『去来抄』の特色が、芭蕉の指導による悟得の記録という点にあるとすれば、『三冊子』の価値は、芭蕉の直話のほか広く当時の諸俳書を渉猟し、それを〝風雅の誠〟という観点から体系づけた点にあるといえる。底本の石馬本は、現存諸本中の最善本とされるものである。

去来抄

◆行く春を近江《あふみ》の人と惜《(を〈お〉)》しみけり◆　はせを

先師いはく《(曰)》、「尚白《しやうはく》が難に、〈近江は丹波《たんば》にも、行く春は行く歳《とし》にも振《(ふ)》るべし〉といへり。汝《なんぢ》いかが《(ゞ)》聞きはべる《(侍)》や」。去来いはく《(曰)》、「尚白が難あたらず。湖水朦朧《もうろう》として、春を惜《(を〈お〉)》しむにたより《(便)》ある《(有)》べし。ことに《(殊)》今日《こんにち》の上にはべる《(侍)》」と申《まう》す。先師いはく《(曰)》、「しかり。古人もこの《(此)》国に春を愛する事、を《(お)》さをさ《(〱)》都《みやこ》におとらざるもの《(物)》を」。去来いはく《(曰)》、

◆行く春を近江の人と惜しみけり◆　はせを（→発66）。

先生が言われるには、「尚白の非難によると、この句の〈近江〉は〈丹波〉にも、また〈行く春〉は〈行く歳〉に置き換えても同じではないか、と言っている。お前はどう解釈するかね」と。私は、「いや、尚白の非難は見当違いです。近江の国は、雪深い丹波と異なり、蘇東坡の詩にも〈山色朦朧〉と詠まれている西湖の美しささながらに、湖水も一面にぼうっと霞み、惜春の情をのべるのに、いかにもふさわしいはずです。さらにこの句は、想像によって詠まれたものではなく、今日、先生がそういう実景に臨まれての実感を詠まれたものですから、言葉が動くというようなことは絶対にありえません」と申し上げた。

先生は、「そのとおり。昔の歌人たち

惜しみけり 『猿蓑』には「惜しみける」とある。

先師 先生。芭蕉をさす。

尚白 （一六五〇～一七二二）江左《ごうさ》氏、字三益。大津の医師。貞享二年芭蕉に入門。千那とともに近江蕉門の先達とされたが、蕉風の歩みに取り残され、元禄四年以降芭蕉と疎隔した。

振るべし 振れるであろう、の意。「振れる」とは他の語へ置き換えうることをいう。当時、句評の一つの基準とされた。尚白の意見では、「行く春を丹波の人と惜しみける」、「行く歳を近江の人と惜しみける」とも詠みうるというのである。これは対象に最も適合した唯一の語を求めて表現するという俳句創作上の基本的な問題でもある。

湖水朦朧として 宋代の詩人蘇東坡の「西湖」（『聯珠詩格』一）の詩に「山色朦朧トシテ」とあるのをふまえたもの。芭蕉は、湖や入り海の景を目にした時、この詩を念頭に浮かべて、西湖に遠く思いを馳せ、西湖と二重映し的に詠むことが多かった。

「この《（此）》一言《いちごん》、心に徹す。行く歳近江にゐたまは《（玉）》ば《（ヾ）》、いかでかこの《（此）》感ましまさん。行く春丹波にいまさば《（ゐ）》、もとより《（本）》この《（此）》情浮《（う）》かぶまじ。風光の人を感動せしむる事、真《まこと》なる《（成）》かな《（哉）》」と申す。先師いはく《（曰）》、「汝《なんぢ》は去来、ともに《（共）》風雅を語《（かた）》るべきものなり《（也）》」とことさらに《（殊更）》悦《よろこ》びたま《（玉）》ひけり。

（先師評）

◆

病雁《びやうがん》の夜寒《（よさむ）》に落ちて旅寝《（ね）》かな《（哉）》

◆

もこの近江の国の春光を愛し、去り行く春を惜しんでその感懐を詠み残している点では、なかなか都の春にも劣らないものなのに（それを〈丹波〉と一緒にするとは）」とおっしゃった。私は、「先生の今のお言葉に深く感銘いたしました。もし行く歳に際して近江におられたならば、どうして歳の暮れてゆくのを惜しむ感懐がおありになりましょうか。また、もし行く春の時節に丹波にいらっしゃったならば、もとより惜春の詩情は浮かばないでしょう。本当に自然の風光が人を感動させ催させる詩情には、古今を通じて不変の真実がございますね」と申し上げた。すると先生は「去来よ、お前はともに芸術について語るに足る者だね」と、たいそうお喜びになったことであった。

◆

㊿ 病雁の夜寒に落ちて旅寝かな（→発
はせを

◆

今日の上にはべる　現在の体験と実感にもとづいている。実景・実感尊重の立場からの発言。

古人もこの国に…　近江の国において惜春の情を詠んだ古歌には、定家「さざ波や志賀の花園霞む日のあかぬにほひに浦風ぞ吹く」（『続後拾遺集』春）、良経「あすよりは志賀の花園まれにだに誰かは訪はん春の故郷」（『新古今集』春）など多くの例がある。実感だけでなく、和歌伝統をふまえたものでもあることを示したもの。

風光の人を感動せしむること…　その土地の風光が人を感動させ催させる詩情は古今を通じて不変であるとの意。すなわち、それぞれの風光の中には、各古今を通じて不変の固有の生命があり、これを本情という。その本情を歌人がとらえたとき、名歌が生まれる。芭蕉が近江に関する古人の詩情につながるものを見いだしたということは、近江の風光の本情をとらえたことを示している。このように本情をとらえた作品においては、「振る」「振らぬ」という問題はおこりえないというのが去来の悟得の主旨である。

◆

海士の家は…　季語「いとど」（秋）。『猿蓑』に病雁の句と並出。「いとど」は体長三センチ

はせを

海士《あま》の家《や》は小海老《こえび》に混《ま》じる
いとど《ゞ》かな《哉》　同

『猿蓑《さるみの》』撰の時、「この《此》内一句入集《にっしふ》すべし」となり《也》。凡兆《ぼんてう》は、「〈病雁〉はさること《事》なれど、〈小海老に混《雑》じるいとど《ゞ》〉は、句のかけり、事新《あたら》しさ、まこと《誠》に秀逸句なり《也》」と乞ひ、去来は、「〈小海老〉の句は珍しといへど、その《其》物を案じたる時は、予が口にも出《い》でん。〈病雁〉は格高く趣《おもむき》かすかにして、いかでかここ《爰》を案じつけん」と論じ、つひ《終》に両句ともに乞うて入集す。その《其》後、先師いはく《曰》、「〈病雁〉を〈小海老〉などと同じご《ゝ》とく論じけり」と

海士の家は小海老にまじる
　いとどかな　同
（湖畔の漁師の家では、薄暗い土間の片隅の筵の上に、捕ってきた小海老が山と積まれ、その小海老に混じって、海老に形のよく似たいとどが、侘びしく秋を鳴いていることだ。）

凡兆と二人で『猿蓑』の編集に当たっていた時、先生が「この二句のうち、どちらか一句を集に入れるように」と言われた。凡兆は、「〈病雁〉の句も結構ですが、〈小海老に混じるいとど〉というのは、句の把握・表現の自由で透徹している点といい、素材の斬新さといい、まことに秀逸な句だと思います」と言って、入集を希望し、一方、私は、「〈小海老〉の句はなるほど珍しい情景をとらえてはおりますが、そうした素材さえ思いつけば、私にも詠めるでしょう。それに対し、〈病雁〉の句は品格も高く情趣も幽遠で、

ほどのキリギリス科昆虫「えびこおろぎ」。本来鳴かないが、越人「啼くやいとど塩にほこりのたまるまで」（『猿蓑』）など、当時は鳴くとされていた。

凡兆（？～一七一四）野沢氏（宮城氏とも）。前号加生。金沢の人。京に出て医を業とする。去来と『猿蓑』を共編。客観的で印象鮮明な叙景句に優れ、『猿蓑』には最も多い四十二句入集したが、のち芭蕉から離れた。

かけり　「翔り」。把握・表現の自由で透徹していること。歌論や連歌論では格を外れた自由奔放な詠みぶりをさす。蕉門ではこれを肯定的に用いた。

事新しさ　素材の斬新さ。

乞ひ　入集を願い。

笑ひたまひけり　「海士の家」の句は一見純叙景句に見えるが、元禄三年九月二十六日付昌房宛書簡からは、蕉風の歩みを理解できない堅田の俳人たちの間にあって一座をさばきながら芸術的な深い孤独を感じている芭蕉の姿が浮かんでくる。その己の姿を、小海老に混じって、侘びしく秋を鳴いているいとどに見いだしたのが、「海士の家」の句で、まさに孤独の旅愁をかこつ自身の姿を象徴したものといえる。芭蕉は心境象徴句として「病雁」「海士の家」の両句の

笑ひたま《(玉)》ひけり。　（先師評）

◆　◆

岩端《(鼻)》やここ《(ゝ)》にもひとり月の客　　去来

先師上洛《じやうらく》の時、去来いは《(曰)》く、「酒《しや》堂《だう》はこ《(此)》の句を〈月の猿〉と申《まう》しは《(侍)》べれど、予は〈客〉勝《まさ》りなんと申《まう》す。いかが《(ゞ)》は《(侍)》べるや」。先師いは《(曰)》く、「猿とは何事ぞ。汝《なんぢ》こ《(此)》の句をいかに思《おも》ひて作せるや」。去来いは《(曰)》く、「明月に乗じ山

私などには、とうていこうした高い句境は達成できそうにありません」と言って論争し、ついに両句とも先生にお願いして『猿蓑』に入集することとなった。その後、先生は「〈病雁〉の句を〈小海老〉の句などと同列に扱って、とんでもない議論をしたものだ」とお笑いになった。

◆　◆

岩端やここにもひとり月の客　去来

（ひとり明月に浮かれて散策していると、岩頭のあたりにもう一人、自分と同じように月に興じている風流人を見つけた。）

先生が京においでになった時、先生に「酒堂はこの句の下五を〈月の猿〉と改めたほうがよいとの意見でしたが、私は〈月の客〉のほうが優れているだろうと申しました。いかがでしょうか」とお尋ねした。先生は、「〈猿〉とは何事か」と言われて、酒堂の意見を一笑に付される

中から一句を『猿蓑』に入集するつもりでいたのが、去来・凡兆ともに後者を叙景句と理解して論じた。そこで「海士の家」の句が純叙景句としても成り立つことに気づき、改めて、「病雁」の句は心境象徴句、「海士の家」の句は叙景句として『猿蓑』に入集することとした。そして両人の見当違いを軽く揶揄《やゆ》するとともに、「海士の家」の句を叙景句として評価するとすれば、自分では格段に優れていると思っていた「病雁」の句と、同列の議論の対象にもなるのだなという、作者としての苦笑をもらしたのである。

◆　◆

岩端や…　季語「月の客」（秋）。『笈日記』などに所出。『三日月日記』に「山野に逍遥して」と前書し、座五「月の客独《ひとり》」とあるのが初案。

先師上洛の時　元禄七年の最後の上京。

酒堂　（?〜一七三七）浜田氏。前号珍碩。近江膳所の医師。元禄二年冬、芭蕉に入門し『ひさご』を編集。元禄六年大阪に移り、俳諧師として立った。

月の猿　「岩端や」の上五に対して、漢詩世界の「巴峡秋深シ、五夜ノ哀猿月ニ叫ブ」（『和漢朗詠集』）などの詩句や禅宗画の「猿猴《えんこう》図」などを思い寄せての評。しかし芭蕉は、漢詩や画

野吟《(ママ)》歩しはべ《(侍)》るに、岩頭また《(又)》一人の騒客《さうかく》を見付《みつ》けたる」と申《まう》す。先師いは《(曰)》く、「〈ここ《(ゝ)》にもひとり月の客〉と、おのれ《(己)》と名乗り出でたらんこそ、いく《(幾)》ばくの風流ならん。ただ《(ゞ)》自称の句となすべし。この《(此)》句は我も珍重して、『笈《おひ》の小文《こぶみ》』に書き入れける」となん。退《しりぞ》いて考ふるに、自称の句となして見れば、狂者の様《さま》も浮《うか》みて、はじめの句の趣向にまされること《(事)》十倍せり。まこと《(誠)》に作者その心《(こゝろ)》を知《(し)》らざりけり。

(先師評)

とともに、「お前はこの句をどういうつもりで作ったのかね」とお尋ねになった。私は「折からの明月に浮かれて、句を案じながら山野を散策しておりますと、ふと、ある岩の端に腰うちかけて月に興じている、私と同じような風雅の士を見つけた、といった趣を詠んだつもりでございます」と申し上げた。すると先生は「ここにもひとり月の客がいますよ、と月に向かい自分から名乗り出たとするほうが、どれほど風流の趣が濃いかしれない。もっぱら自分から名乗り出た句としたがよい。この句は、私ももてはやして、『笈の小文』に書き入れておいたほどだ」とのことであった。後からよくよく考えてみると、自分から名乗りでた句として見ると、なるほど、風狂の士の面影も彷彿として浮かんで、私の最初の趣向より十倍も優れている。まことに作者である自分自身、その句の真意を知らなか

題による発想をすでに過去のものとしていた。

吟歩 句を案じながら歩むこと。

騒客 風雅人。詩人。

おのれと名乗り出でたらん… ここにもひとり月の客がいますよと、月に向かって呼びかけるさま。

珍重 もてはやすこと。

笈の小文 芭蕉自撰の句集。同名の紀行文とは別で、伝存しない。

狂者 風狂の士。世俗的規範を超脱して美の世界に耽溺する人。蕉風俳諧において理想的生き方とされた。

その心 句の真意。

◆

うづくまる薬罐《やくわん》の下《もと》の寒《さむ》さかな《哉》　丈草《艸》

◆

先師、難波《なには》の病床に、人々に夜伽《よとぎ》の句をすすめ《ゝ》て、「今日《けふ》より我が死後《期》の句なり《也》。一字の相談を加ふべからず」となり《也》。さまざま《ゞ》の吟ども多くはべり《侍》けれど、ただ《ゞ》この《此》一句のみ、「丈草《艸》出来たり」とのたまふ《給》。かかる《ゝ》時はかか《ゝ》る情こそ動《うご》かめ。興を催し景を探《さぐ》る暇《いとま》あらじとは、この《此》時こそ思《おも》ひ知《し》りはべり《侍》ける。

（先師評）

ったことに気づいたのであった。

◆

うづくまる薬罐の下の寒さかな　丈草

（師の病状を心配しながら、薬を煎《せん》じる薬罐《やかん》の傍らにじっとしゃがみ込んでいると、ひとしお冬の寒さが身に沁みることだ）

先生が大阪で最後の病床に臥《ふ》しておられた時、看病に集まった門人たちに、「夜伽」ということを題に句を作るようお勧めになって、「今日以後は、すべて私の死後の句と覚悟せよ。一字も私に相談してはいけない」とおっしゃった。その際、さまざまの句が数多く作られたけれども、その中でこの〈うづくまる〉の一句だけを「丈草、よくぞでかした」とお褒めになった。いかにも、こういう際には、このような悲痛の真情こそ動くべきであろう。わざわざ句作のための感↙

◆

うづくまる…　季語「寒さ」（冬）。『枯尾華』以下の諸書に中七「薬の下の」とあり、『去来抄』の句形は誤伝か。「薬罐」は薬を煎じる銅罐。

丈草　（一六六二〜一七〇四）内藤本常、もと尾張犬山藩士。元禄元年遁世、翌二年芭蕉に入門、隠逸清閑で知られた。

難波の病床　元禄七年十月、大阪御堂筋花屋方に病臥したことをさす。この句の詠まれたのは、死去の前夜、十月十一日。

夜伽　徹夜の看病。

今日よりわが死後…　芸術の世界では自得が重要で、己の道は己の力で切り開くことを教えようとしたもの。

さまざまの吟ども…　其角の「芭蕉翁終焉記」（『枯尾華』）に七句見える。

できたり　でかした。賞賛の意を表す語。景情と心情が一つになった深さを表現している点を賞したもの。

かかる情こそ動かめ…　珍しい感興や新しい趣向より、究極の真情をとらえて表現することの重要性を説いたもの。

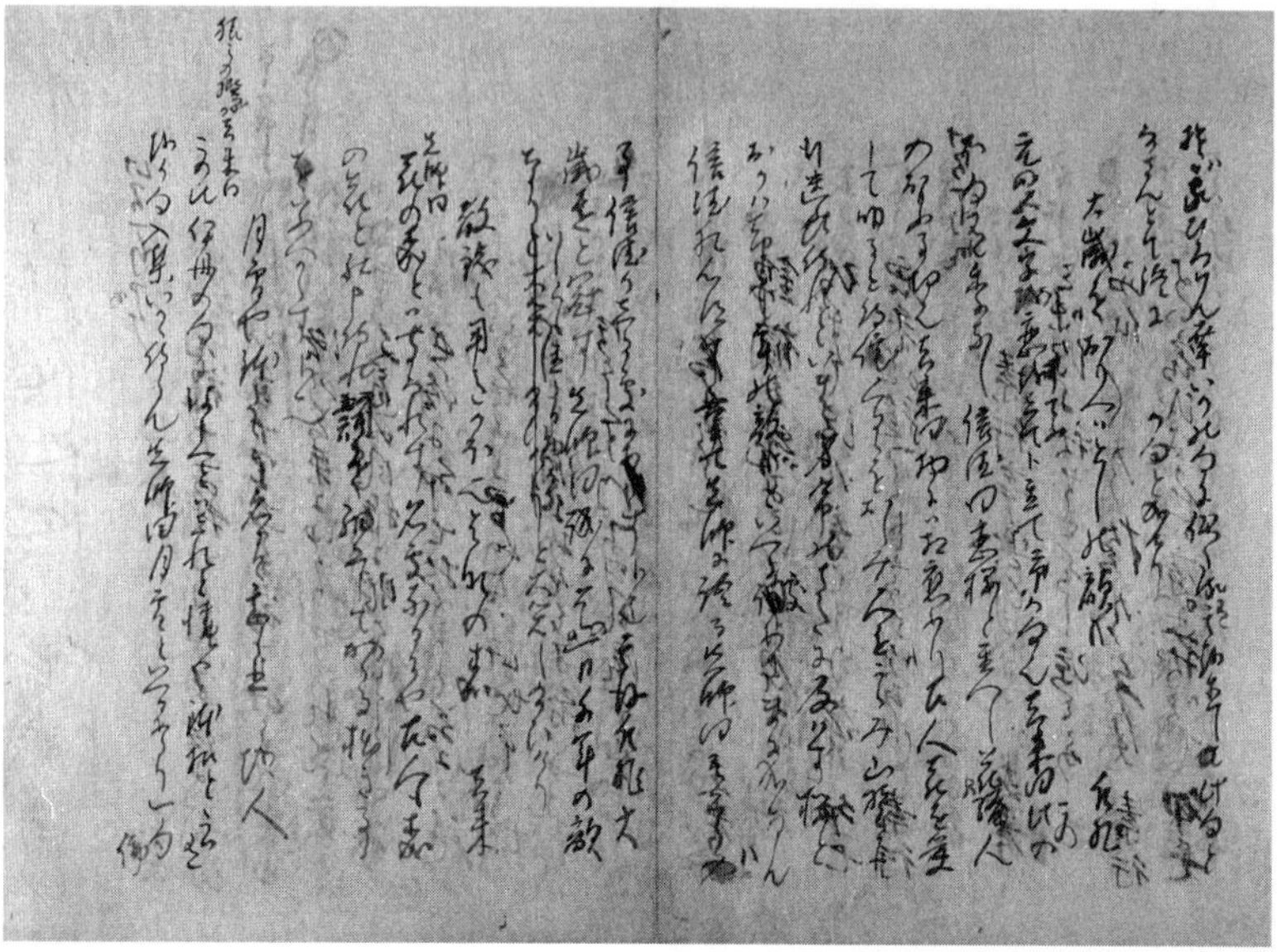

『去来抄』稿本　去来筆

↙興を催したり、特別の景趣を探し求めたりする心の余裕などあるまい（そのような、ぎりぎりの、つきつめた真情を素直にそのまま詠出したからこそ、先生の最後のお褒めにあずかるこのような名句も生まれたのだ）とは、この時つくづく思い知った次第である。

三冊子

詩歌《しいか》連俳はともに風雅なり《(也)》。上《うへ》三つのものには余《あま》す所も、その余す処《ところ》まで《(迄)》、俳は到《(いた)》らずといふ《(云)》所なし。花に鳴く鶯《うぐひす》も、餅《もち》に糞《ふん》する縁《(椽)》の先と、まだ正月もを《(お)》かしきこのころ《(頃)》を見とめ、また《(又)》、水に住む蛙《かはづ》も、古池に飛び込《こ》む水の音、と言《(い)》ひ放《(はな)》して、草に荒《(あ)》れたる中より蛙のはひ《(い)》る響《ひびき》に、俳諧を聞き《(きゝ)》付けたり。見るにあり《(有)》、聞くにあり《(有)》。作者感ずるや句と成《な》る所は、すなはち《(則)》俳諧の誠なり《(也)》。

（白双紙）

漢詩・和歌・連歌・俳諧は、いずれも心を世の俗事から解き放つ詩歌の道である。このうち、上三つの漢詩・和歌・連歌においては、俗であるとして取り上げないところもあるが、俳諧はそれら三つの道の詠み残したところまで、詩趣を探り求めて到らぬところはない。（『古今集』序にも、「花に鳴く鶯、水に住む蛙」と記されて、昔から詩的景物の代表として和歌や連歌の世界で詠み古されてきた）鶯や蛙も、俳諧の眼からは、たとえば「鶯や餅に糞する縁の先」と、（これまでは思いもつかなかった鄙《ひな》びた情景の中に、）まだ正月気分も残る早春の季節感をとらえ、あるいは「古池や蛙飛びこむ水の音」と強く言い切って、あたり一面伸び放題に茂った叢《くさむら》から蛙の飛びこむ水の音に、新しい俳諧的な詩趣を聞きとめる、といったたぐいである。およそ俳諧というものは、すべての対象について

上三つのものには余すところも…　伝統文芸に対する俳諧の特性を、新しい詩趣を求め無限に対象領域を拡充した点に認めたもの。

花に鳴く鶯　「花に鳴く鶯、水に住む蛙の声を聞けば、生きとし生けるもの、いづれか歌を詠まざりける」（『古今集』序）。

餅に糞する…　「鶯や餅に糞する縁の先」（→発⑧⓪）。

古池に飛び込む…　「古池や蛙飛び込む水の音」（→発⑳）。

言ひ放して　強く言い切って余情を喚起すること。

見るにあり聞くにあり…　俳諧は伝統文芸の制約にとらわれることなく、見るにつけ、聞くにつけ、心にひらめく感動を言いとめる点に、その特性がある。

作者感ずるや…俳諧の誠なり　作者も対象も含め万物はすべて、造化（宇宙の根源的主宰者）の本質である誠を分有しているという朱子学的世界観にもとづくもの。作者の感動が、何の計らいもなく句に結晶するというのは、作者の内なる誠と対象の誠とが合一した結果にほかならない、というのである。

◆　◆

師の風雅に万代不易《ばんだいふえき》あり《（有）》、一時の変化あり《（有）》。この二つにきはまり《（究）》、その《（其）》本《もと》一《い》つなり《（也）》。その一《い》つといふは風雅の誠なり《（也）》。不易を知らざれば、まこと《（実）》に知《（し）》れるにあらず。不易といふは、新古によらず、変化流行にもかかはら《（ゝわ）》ず、誠によく立ちたる姿《（すがた）》なり《（也）》。代々《よよ》の歌人の歌を見《（み）》るに、代々その《（其）》変化あり。また新古にもわたらず、今見る所、昔《（むかし）》見《（み）》しにかはらず《（不替）》、あはれなる《（哀成）》歌多し。これ《（是）》まづ不易と心得《こころう》べし。また《（又）》、千変万化する物は自然の理《ことわり》なり《（也）》。変化に移《（うつ）》らざれば、風あらたまらず。これ《（是）》に押《お》し移《（うつ）》らずといふ《（云）》は、一旦《（端）》の流

見たり聞いたりするところに生まれる。見、聞くことに伴って起こる感動のひらめきが、そのまますぐに句に結晶するというのは、とりもなおさず俳諧の誠にほかならない。

◆　◆

わが師芭蕉翁の俳諧には、「万代不易」すなわち永遠不変の面と、「一時流行」つまり時々刻々に変化してゆく面とがある。蕉風俳諧の多種多様の相も、究局においてこの二つに帰着し、その二つはすなわち一つの根源に帰一する。その一つの根源とは、風雅の誠、つまり風雅の道における真実心である。蕉風俳諧における「不易」の面を知らなければ、真に蕉風俳諧を理解したとはいえない。「不易」とは、時代の新古にかかわりなく、また作風の変化や流行とも関係なく、しっかりと「誠」の上に立脚した俳諧の相をいう。歴代の歌人の歌を見ると、時代によ

◆　◆

師の風雅　蕉風俳諧。
万代不易　永遠不変の相。
一時の変化　「一時流行」とも。刻々変化の相。
その本一つなり　不易と流行の根源は一つである。造化（宇宙の根源的主宰者）の万古不動の相を理、流行創造の相を気とし、その本体を誠とする朱子学の世界観により、俳諧の本質を説いたもの。不易と流行は、誠に立脚した俳諧の両側面で、本質的には一つであることをいう。
誠によく立ちたる姿　誠の上に立脚した俳諧の不変の相。単なる旧套墨守とは違う。
口質　詠みぶり。個性的詠風。
誠の変化　誠の上に立脚した変化。単なる新奇追求とは違う。
古人の涎を…　古人の詠み古したかすを真似するな。
四時の押し移るごとく…　四季が不変の秩序に従い不断に変化推移するように、誠の追求による不断の変化に、俳諧の不変の本質があり、俳諧の不変の価値は、誠にもとづく不断の変化から生まれることを説いたもの。

行に口質《こうしつ》時を得たるばかりにて、その誠を責《せ》めざるゆゑ《(へ)》なり《(也)》。責《(せ)》めず心を凝《(こ)》らさざ《(ず)》る者、誠の変化を知《(し)》るといふこと《(事)》なし。ただ《(ゞ)》、人にあやかりて行《(ゆ)》くのみなり《(也)》。責《(せ)》むる者《(もの)》は、その地に足をするゑ《(へ)》がたく、一歩自然に進む理《ことわり》なり《(也)》。行く末幾《(いく)》千変万化するとも《(共)》、誠の変化はみな師の俳諧なり《(也)》。かりにも古人の涎《よだれ》をなむること《(事)》なかれ。四時《しいじ》の押し移《(うつ)》るごとく物あらたまる。皆かくのごとし、とも《(共)》言《(い)》へり。

(赤双紙)

って作風の変化が見られるが、しかしまたその中には、時代の新古に関係なく、いま我々が味わってみても、昔その歌が詠まれた当時、人々が感銘を受けたのと同じように、深い感動を与える歌が多い。こうした、古今にわたって人の心を動かすような面、これをまず「不易」と考えるがよい。一方、天地間の万物が千変万化してゆくのは、自然の原理にもとづくものである。(したがって作風も変化するのが当然である。)もし今の作風にこだわって変化に移ってゆくことがないとすれば、作風の新たな展開はありえない。新たな変化に移ることがないというのは、たまたま一時の作風の変化に際して、その人の詠みぶりが時代の好みに適合したというだけで、それ以上に自己の心を真実ならしめようと努力しないからである。誠の追求に励み、心を純一ならしめようと努めない者は、誠の上に立脚した変化を知ることができない。ただ他人の口真似をして句を詠み、時代の変化に追随してゆくだけである。これに対し真に誠の追求に努力する者は、現在の境地に満足し停滞してはいられなくなって、思わず一歩前進するのが、当然の理である。(これが「流行」の真の意味である。)将来、俳風がどのように千変万化しようとも、誠の追求から生まれた変化であるならば、それはすべて芭蕉流の俳諧であるといってよい。(この不断に誠を追求することによって新たな作風を創造してゆくことについて、)芭蕉翁は、「かりそめにも古人を模倣しその糟粕《そうはく》をなめるようなことがあってはならない。春夏秋冬の四季がたえず推移変化してゆくように、天地の万物はすべて改まってゆく。俳諧もまた同様でなければならない」とも、おっしゃっている。

第三部

芭蕉語彙辞典

あきかぜ〔秋風〕 季語。「秋の風」とも。『世話尽』以下に七月。中国では秋を方位では西、木火土金水の五行では金、五色では白（素）に配することから、「西風」「金風」「素風」ともいう。和歌では「素風」から「色なき風」という歌語も生じた。芭蕉の「石山の石より白し秋の風」（→発59）の句は、そうした伝統を承けたもの。中国の詩文では、万物を零落させ、蕭殺をもって心とするものとされ、わが国の詩歌における「秋風」のとらえ方もそれを受けて展開した。芭蕉も例外ではなく、「猿を聞く人捨子に秋の風いかに」（→発10）「塚も動けわが泣く声は秋の風」（→発56）など、「秋風」に悲愁の心を託したものが少なくない。一方、藤原敏行の「秋来ぬと目にはさやかに見えねども風の音にぞおどろかれぬる」（『古今集』秋上）という歌にもあるように、「秋風」はまた、秋の訪れを告げるものとしてもとらえられてきた。「あかあかと日はつれなくも秋の風」（→発57）などの句はそうした季感を生かしたものである。

あきのくれ〔秋の暮〕 季語。秋の終わり。秋の夕暮れ。『山の井』に「九月尽」の傍題として所出。去来の『旅寝論』に「秋の暮は、秋の夕べなり」とし、許六も『篇突』等で同主旨のことを述べるが、当時の作例を見ると、必ずしも秋の夕暮れをさすとは定めがたい。芭蕉の「枯枝に烏のとまりたるや秋の暮」（→発4）が『東日記』には「秋晩」の部に収められ、「この道や行く人なしに秋の暮」（→発97）が元禄七年（一六九四）九月の吟であること、などを勘案すると、芭蕉も暮秋・秋夕の両様に用いていたとみられる。いずれにしても、ものわびしさ、寂寥感を本意とすることに変わりはない。

あだ 俳論用語。本来は「かりそめ」「はかない」の意で、「許六離別の詞」（→文）に「かりそめに言ひ散らされしあだなる戯れごとも」とあるのは、その例。俳論用語としては、小児のような無心な態度から生まれた無邪気でユーモラスな詩趣をいう。『去来抄』先師評に、荻子《てきし》の「春風にこかすな雛のかごの衆」（『猿蓑』）の句について、芭蕉が「伊賀の作者のあだなる処を作して、もつともなつかし」と評したことを伝えるほか、『去来抄』同門評、『旅寝論』にも用例が見える。いずれも伊賀蕉門の作風について用いているが、去来は芭蕉の「軽み」*のめざす方向の具体的な現れと認識しており、広く「軽み」と関連して理解されるべきものである。

あたらしみ〔新しみ〕 俳論用語。新しさ。「新しみ」の追求は蕉風俳諧に限ったことではないが、『三冊子』に「新しみは俳諧の花なり」とあり、「不《ふ》玉《ぎょく》宛去来書簡」に「この道は心・辞《ことば》ともに新味をもつて命とす」とあるように、蕉風俳諧においては、俳諧の本質としてとらえられている。芭蕉は、早く『常盤屋《ときわや》の句合』跋において「俳諧年々に変じ、月々に新《あらた》なり」と俳諧の著しい変化に着目、「初懐紙《はつかいし》評注」でもしばしば「新し」の評語を用いて「新しみ」への関心を示しているが、『おくのほそ道』の旅を通じて「*不易流行」論に開眼して後、「新しみ」は「*風雅の誠」を追求する不断の自己脱皮によって生じると説くに至った。「*軽み」もまた、そうした「新しみ」の追求の上に生まれたものである。

あたりあう〔当たり合ふ〕 俳論用語。『去来抄』に「世上の句、多くは、とする故《ゆゑ》にかくこそあれと、句中にあたり合ひ」とあるように、一句の表現が理づめであることをいう。同書では別の箇所で、「春風や広野にうてぬ雉子《きじ》の声」という野明《やめい》の句について、「うてる（圧倒されるの意）・うてぬと、あたり合ひていやし」と去来が批評した例が見えるが、これは、広い野と雉子の声とを比較計量した理づめの表現を非難したものである。さらに句の「*位」にふれて同書では「あたり合うたる発句は、大かた位下れる物なり」とも述べている。

あつた〔熱田〕 歌枕。今の名古屋市熱田区にある熱田神宮、また、その門前町である宮《みや》宿をいう。熱田神宮は、筑波の道（連歌）の祖と仰がれる日本《やまと》武尊《たけるのみこと》とゆかりが深く、連歌・俳諧者流の尊信が篤かった。芭蕉も、『野ざらし紀行』『笈の小文』の旅で同神宮に参詣、前者では修覆前の荒廃したさまに目をとめて「忍《しのぶ》さへ枯れて餅食ふやどりかな」の句を詠み、後者では貞享三年（一六八六）の造営修理後のさまを「磨ぎ直す鏡も清し雪の花」と詠んでいる。

あらび〔荒び〕 俳論用語。動詞「荒ぶ」の名詞形。本来は「荒々しいこと」の意だが、蕉門では、「浪化《ろうか》宛去来書簡」に「俳諧あらび申すべく候事は、言葉あらく、道具下品《げぼん》の物取り出し申し候事にては御座《ござ》無く、ただ心も言葉もねばりなく、さらりとあらびて仕《つかまつ》り候事に御座《ござ》候」とあるように、あっさりとした句作りをいう。「探丸《たんがん》等三吟歌仙点巻」で、「月に狸の罠《ワナ》を懸け置く　式之《しきし》」の付句について芭蕉が「句作のあらび、また感心申し候」と批評しているのもその例。「不玉宛去来書簡」に見える「当時の俳諧は梨子地の器に高蒔絵画《か》きたるがごとし。丁寧美つくせりといへども、やうやくこれに飽く。予が門人は桐の器を柿合《かきあはせ》に塗りたらんがごとく、ざんぐりと荒びて句作りすべし」という芭蕉の言葉が示すように、「軽*み」と深く関係している。

あわれ〔あはれ〕　深い感動を表す語。芭蕉の使用例は多いが、情趣、または感銘の意にほぼ大別できる。たとえば、「ともに旅寝のあはれをも見」(『笈の小文』→紀)、「初秋の哀れを訪《と》ふべきものを」(『おくのほそ道』越中路)などは情趣、「中にも、二人の嫁がしるし、先づ哀れなり」(同・飯塚の里)、「哀れさしばらくやまざりけらし」(同・市振→紀)などは感銘の意の例である。芭蕉の特徴的な使用例としては、「秋風を耳に残し、紅葉を俤にして、青葉の梢なほあはれなり」(同・白河の関→紀)、「肴《さかな》わかつ声々に、『つなでかなしも』と詠みけん心も知られて、いとど哀れなり」(同・塩竈の浦)などのように、現実の景観の上に古歌の世界をダブらせることによって生じた深い感銘をいう場合があげられる。姨捨山を「ただ哀れ深き山の姿なり」(『更科姨捨月の弁』)というのもまた、姨捨山にまつわる古典の世界を念頭に置いての感銘深さをいったものにほかならない。

あんぎゃ〔行脚〕　諸国を徒歩で遍歴すること。元来、禅僧が諸国を巡って修行することをいったもので、『野ざらし紀行』の「大和の国に行脚して」、『おくのほそ道』草加の条(→紀)の「奥羽長途の行脚」など、芭蕉の使う「行脚」という言葉には、歌枕巡礼など俳人にとっての旅を修行と見なす意識があるとみていい。一方、「行《あん》脚乞士《ぎゃのきっし》」(元禄四年十一月十三日付曲翠宛書簡)のように、「*乞食《こつじき》」と結んで用いた例のあることは、「乞食順礼ごときの人」(『おくのほそ道』日光→紀)などの例と合わせ、芭蕉の「行脚」が「乞食」の自覚を伴なっていたことを示している。

いいおおせてなにかある〔言ひおほせて何かある〕　芭蕉遺語。表現し尽くして何になるのだ、の意。『去来抄』に、「下臥《したぶし》につかみ分けばや糸桜」の句について、去来が「糸桜の十分に咲きたる形容、よく謂《い》ひおほせたるに侍らずや」と評したのに対する芭蕉の言葉として所出。「言ひおほす」は、十分に表現し尽くす、の意。『去来抄』では、別に「発句はかくのごとく、くまぐままで言ひ尽くすものにあらず」という芭蕉の言葉も紹介している。ともに元禄三年（一六九〇）頃の発言で、発句における余情の大切さを説いたものだが、さらに当時の芭蕉の「軽*み」への志向を示すものでもある。

いが〔伊賀〕 国名。今の三重県北西部。「伊陽」とも。江戸時代には、伊*勢とともに藤堂氏の支配地で、上野に城代が置かれていた。芭蕉の郷里で、山々に囲まれた盆地であることから、芭蕉は「山家*」「山中」「山里」と呼ぶことが多いが、そこには、安らぎの場所としての親しみが込められているとみていい。貞享元年（一六八四）の『野ざらし紀行』の旅で帰省して以降、『笈の小文』の旅の途次、『おくのほそ道』の旅以後の上方漂泊の頃、元禄七年（一六九四）の最後の旅の折など、芭蕉はしばしば伊賀に滞在しており、郷里伊賀への愛着を窺うことができる。伊賀関連の句文には、「伊賀新大仏の記」「『香に匂へ』句文」等があるが、発句では、貞享二年（一六八五）、故郷で越年した折の「誰が聟ぞ歯朶《しだ》に餅負ふうしの年」（『野ざらし紀行』）、「山里は万歳遅し梅の花」（→発(75)）などの句に、伊賀の風土が親愛の情を込めてとらえられている。→ふるさと

いささか〔聊〕 少し。わずかに。芭*蕉の頻用する語の一つで、「草鞋のわが足によろしきを求めんとばかりは、いささかの思ひなり」（『笈の小文』→紀）、「目にはさやかにといひけむ秋立つけしき、（中略）聊昨日に替はる空のながめ哀れなりければ」（「あかあかと」の詞書）などとあるほか、『おくのほそ道』にも、「気力聊取り直し」（飯塚の里）、「五月雨の空聊晴れて」（塩竈の浦）、「聊心ある者と聞きて、知る人になる」（宮城野）と三箇所に用いられている。

いせ〔伊勢〕 歌枕。国名。今の三重県北中部をさす。また、伊勢神宮をいう。芭蕉は、『野ざらし紀行』『笈の小文』『おくのほそ道』の旅の途次、三度にわたって伊勢を訪れた。芭蕉の伊勢での句は、『西行物語』の

一節をふまえた「みそか月なし千歳の杉を抱く嵐」（『野ざらし紀行』）、西行谷での「芋洗ふ女西行ならば歌よまむ」（同）をはじめ、かつてこの地に住んだ西行を思慕した句が多い。『笈の小文』の折の「何の木の花とは知らず匂ひかな」（→発㉙）も西行歌をふまえたもの。一方、神饌に奉仕する少女「子良《こら》」を詠んだ「御子良子の一もとゆかし梅の花」（『笈の小文』）のように、伊勢の清浄感を詠んだ句も見え、そうした伊勢のイメージは、元禄七年（一六九四）の歳旦吟「蓬萊《ほうらい》に聞かばや伊勢の初便り」（『すみだはら』）にもとらえられている。なお、『おくのほそ道』後に訪れた折は遷宮式の年に当たり、多数の参詣客が雲集したさまを「尊さに皆押しあひぬ御遷宮」（『花摘』）と詠んでいる。

いっけん〔一見〕 一通りざっと見ること。『おくのほそ道』に「犬追物の跡を一見し」（黒羽）、「黒塚の岩屋一見し」（浅香山）、「一見すべきよし、人々のすすむるに依りて」（立石寺）と所出。謡曲でワキが登場して名乗る際に多く用いられる。右の例は特に謡曲の声調を模したものともいえないが、「『落来るや』句文」の「陸奥《みちのく》一見の桑門《さうもん》同行《どうぎやう》二人《ににん》、那須《なす》の篠原《しのはら》を尋ねて、猶殺生石見むと急ぎ侍る程に、雨降り出でければ、先づこの所にとどまり候」になると、自らを能のワキに擬する姿勢が著しい。

いやし〔卑し〕 俳論用語。原義は「品がない」の意だが、蕉門の俳論では、「あまり断り過ぎ候ふも、かへつていやしく候はんか」（「浪化《ろうか》宛去来書簡」）、「亡師も、義理を詰むるはいやしといへる、面白し、となり」（『三冊子』）などの例から見て、余情を尊ぶ立場から、説明的な表現、理づめな表現など、いわば実用的散文に近い表現を非難していうことが多い。『去来抄』に、去来の「凩《こがらし》の地まで落とさぬ時雨かな」の句に対し、芭蕉が『地まで』と限りたる『まで』の字、いやし」と言って、「地まで」を「地にも」と直したという話が見えるが、これも「地まで落とさぬ」のストレートな表現を「いやし」と批評したものである。

いらござき〔伊良湖崎〕 「伊良古崎」とも。歌枕。愛知県渥美半島先端の岬。『万葉集』には「伊良虞《いらご》の島」と詠まれ、特に麻績王《おみのおおきみ》配流の地として著名。以後の和歌では、西行の「巣鷹渡る伊良湖が崎を疑ひてなほ木に帰る山帰りかな」（『山家集』）などのように「鷹」が詠まれる。白い碁石の産地としても知られる（『毛吹草』）。芭蕉は、貞享四年（一六八七）、『笈の小文』の旅の途次、この地に蟄居中の杜国を見舞い（→紀）、「鷹一つ見付けてうれし伊良湖崎」（→発㉖）、「伊良古崎似る物もなし鷹の声」（真蹟懐紙）、「夢よりも現《うつつ》の鷹ぞ頼もしき」（『鵲尾冠』）などの吟を得た。いずれも「鷹」によそえて、杜国との再会の喜びを詠じたもの。

うきよ〔浮世〕 現世、世の中、世間。芭蕉の使用例は、「浮世の果ては皆小町なり」（→運）のように、色恋の意で使ったものもあるが、俗世の意で使ったものが多い。西行ゆかりの「とくとくの清水」を訪ねての「露とくとく試みに浮世すすがばや」（『野ざらし紀行』）は、その一例。それらの中で芭蕉の特徴を示すものとしては、自らを世外の徒と見なし、その立場から「浮世」を対比的にとらえたもので、「花にうき世我が酒白く食《めし》黒し」（『みなしぐり』）の句では、花に浮かれる世間と*侘《わ》びの生活に徹しようとする生活とが対比され、「旅寝して見しや浮世の煤払ひ」（『笈の小文』）では、漂泊の旅に生きる境涯と世間の営みとが対比されている。

うぐいす〔鶯《うぐひす》〕 季語。『万葉集』以来、春の訪れを告げる鳥として詩歌に詠まれ、「春告げ鳥」の異名もある。『毛吹草』以下に一月、『はなひ草』などに兼三春。許六の『篇突』に「師のいはく、時鳥はいひあてることもあるべし、鶯はなかなかなりがたかるべし」とあるように、芭蕉は「鶯」について、俳諧の新しみを創造することは容易ではないと考えていたらしい。実作でも、春の鶯を主題とする発句は、「鶯や餅に糞する縁の先」（→発80）、「鶯や柳の後藪《うしろやぶ》の前」（『続猿蓑』）の二句にとどまるが、前者では日常卑近な情景の中に、後者では中七・下五の軽快なリズムに、春を迎えた喜びを本意とする「鶯」の情趣が新しくとらえられている。なお、夏の鶯を「老鶯《おいうぐいす》」というが、俳諧での実作は、季節はずれに鳴く鶯の哀れに自らの老いの自覚を重ねた、芭蕉の「鶯や竹の子藪に老いを鳴く」（『すみだはら』）に始まると見てよく、そこにも「鶯」の新しい把握が見られる。

うし・うさ〔憂し・憂さ〕 自分にとって思いのままにならないことに対する否定的な感情をいう語。いやだ、心苦しい、憂うつだ、などの意。芭蕉では、「憂き我を寂しがらせよ閑古鳥」(→発78)、「人来れば無用の弁あり、出でては他の家業をさまたぐるも憂し」(『閉関の説』→文)のように日常の塵境に対していう場合、「憂き人を枳殻垣《きこくがき》よりくぐらせん」(『猿蓑』、「鳶の羽も」歌仙)のように恋のつらさについていう場合などがあるほか、「道なほ進まず、ただ物憂きことのみ多し」(『笈の小文』)、「旅懐の心憂くて物思ひするにや」(『更科紀行』→紀)、「行衛《ゆくへ》知らぬ旅路の憂さ」(『おくのほそ道』市振→紀)など、旅の憂愁をいう場合も少なくない。

うつり〔移り・映り〕 俳論用語。「移り」は、前句の余韻・余情が付句へ推移すること、「映り」は、前句と付句とが余韻・余情の上で調和していること、といった区別はあるが、いずれにしても付合における調和性をいうものと見ていい。「山中三吟評語」によれば、「銀の小鍋《こなべ》に出だす芹《せり》焼《やき》」という前句に対して、芭蕉は『手枕』移りよし」と言ったという。これは、前句を富裕な数奇人の閑雅な生活と見て、それには「手枕」という言葉が照応することをいったもの。また『去来抄』では、「赤人の名は付かれたり初霞　史邦《ふみくに》／鳥も囀《さへづ》る合点《がってん》なるべし　去来」の付合について、芭蕉が「うつりといひ、にほひ*といひ、誠に去年中三十棒を受けられたるしるし」と評価したことを述べた上で、『つかれたり』といひ、『なるべし』といへるあたり、そのいひぶんのにほひ、相うつり行く所、見らるべし。もし発句、『名は面白や』とあらば、脇は『囀る気色なりけり』といふべし」と注釈している。

うめ〔梅〕 季語。バラ科の落葉高木。『増山井』以下に一月として所出。春の到来を告げるものとして、「春告草」の異名があり、芭蕉の発句でも早春の景物として詠まれたものが多い。「山里は万歳遅し梅の花」(→発75)、「梅が香にのつと日の出る山路かな」(→発88)などもその例だが、両句ではさらに「梅とあらば……山里」(『連珠合璧集』)とされてきた詩的伝統も俳諧の眼で新しくとらえ直されている。漢詩には、高士の脱俗清高の風韻、あるいは禅意の象徴として用いる伝統があるが、三井秋風《みついしゅうふう》の高雅な隠逸をたたえた「梅白し昨日や鶴を盗まれし」(『野ざらし紀行』)、円覚寺の大巓《だいてん》和尚の高徳を偲んだ「梅恋ひて卯の花拝む涙かな」(同)などは、そうした伝統を生かしたもの。園女《そのめ》亭での「暖《のう》簾《れん》の奥物ふかし北の梅」（『菊のちり』）など、相手の風雅をたたえた挨拶句として「梅」を詠むことも少なくない。

うり〔瓜〕 季語。ウリ科のつる性草本、またその果実の総称。『はなひ草』以下に六月として所出。単に「瓜」といえば「真桑瓜」を指す場合が多い。芭蕉の句では、「柳行李《ごり》片荷は涼し初真桑」（『市の庵』）、「朝露によごれて涼し瓜の泥」（→発91）など、「涼しさ」とともに詠まれる場合が多く、「子どもらよ昼顔咲きぬ瓜むかん」（『藤の実』）、「初真桑四つにや断《わ》らん輪に切らん」（真蹟懐紙）などの句は、そうした清涼感あふれる瓜を賞味する心のはずみを表したもの。「瓜作る君があれなと夕涼み」（『あつめ句』）、「山陰に身を養はん瓜畑」（『いつを昔』）などは、秦の東陵侯邵平が、秦滅亡後、隠者となって瓜を作ったという故事をふまえ、「瓜作り」は隠逸を表すものとなっている。

えん〔艶〕 優美華麗なさま。芭蕉の用例では、「艶なる奴《やっこ》花見るや誰《た》が歌の様」（真蹟短冊）のように当世風の華麗さをとらえた天和期の例を別として、「卯月中ごろの空も朧に残りて、はかなき短夜の月もいとど艶なるに」（『笈の小文』須磨）、「四方の花は盛りにて、峰々は霞みわたりたる曙の景色、いとど艶なるに」（『猶見たし』の詞書）と、朧に霞む曙の景を「艶」といっている。連歌師心敬は精神的深さを重視して「心の艶」を説き、冷えさびた「艶」の世界を追求したが、芭蕉も『続の原』句合評で「煤掃きの日の遊び所を侘たるも、優にして艶なり」（十二番）と述べ、また、「ある人の句は、艶をいはんとするによつて、句、艶にあらず。艶は艶をいふにあらず」（『三冊子』）とも言っており、心の艶を重視している。

おい〔老い〕 年寄ること。四十歳を初老というが、芭蕉も「我今は、初めの老いも四年《よとせ》過ぎて」（『古郷や』句文）というように、四十歳以後を「老い」と見なしていた。発句では六句に「老い」「老ゆ」が詠まれているが、延宝期の「白炭やかの浦島が老いの箱」（『六百番誹諧発句合』）は別として、「めでたき人の数にも入らん老いの暮」（真蹟懐紙）以下、いずれも四十歳以後の詠に属する。晩年の作品では、元禄六年（一六九三）の「閉関の説」（→文）に「老い」の語が頻出、老心の貪欲を告発し、その煩悩から脱却して精神の自在を得ることに「老いの楽しみ」があることを説いている。同年暮れの「有明《ありあけ》も三十日に近し餅の音」(↓発87)では、伝兼好の歌をふまえることで老いの嘆きの陰影を深め、最後の年の句では、「鶯や竹の子藪に老いを鳴く」(『すみだはら』)、「この秋は何《なん》で年よる雲に鳥」(↓発98・『笈日記』)などに老いの孤独や悲しみが詠まれている。

おかし〔をかし〕 逸興である。風情がある。芭蕉の場合、「有明の月入りはてて、美濃路近江路の山々雪降りかかりていとをかしきに」(「歩行ならば」句文)のように風情がある意で用いた例もあるが、「灌仏《くわんぶつ》の日は……鹿の子を産むを見て、この日においてをかし」(『笈の小文』)、「笠取山に笠はなくて、黒津の里人の色や黒かりけむと、をかし」(米沢本「幻住庵記」)などのように、ユーモラスな興趣についていった例が多い。ほかに「規矩の正しきよりなかなかにをかしき姿なり」(「笠はり」↓文)、「物事のしどろに後先なるも、なかなかにをかしきことのみ多し」(『更科紀行』↓紀)、「裾をかしうからげて、路の枝折《しをり》と浮かれ立つ」(『おくのほそ道』福井↓紀)などの「をかし」も、風情があるというよりは一風変わっておもしろいの意にとる方がふさわしい。

おのこ〔男《をのこ》〕 男性の意だが、芭蕉の場合、㈠「この口付《くちつき》のをのこ」(『おくのほそ道』殺生石)「年老いたるをのこ」(同・市振↓紀)などのように、僕《しもべ》、召し使いの男についていっているもの、㈡「草刈るをのこ」(同・那須野)「里のをのこども入り来りて」(「幻住庵記」↓文)などのように、農夫等についていっているもの、㈢「かの去来物ぐさきをのこにて」(「落柿舎の記」)「このをのこ(正秀をさす)は何事指《さ》しはさみ候にや、書状もくれ申さず候」(元禄六年十一月八日付曲翠宛書簡)のように、親愛の意を込めて使っているものなどの諸例が見られる。

おばすてやま〔姨捨山〕 ↓さらしな〔更科〕

おもかげ〔面影・俤〕 俳論用語。一般には想像の中に浮かんでくる姿や様子などをいい、芭蕉の発句にも「俤《おもかげ》や姥《うば》ひとり泣く月の友」(↓発39)などと用いられている。俳論用語としては、故事・古典などに取材して付句を付ける際、その事を直接に言わず、ほのかに匂わす表現で付けることをいい、「面影付」ともいう。『去来抄』によれば、「草庵に暫く居てはうち破り」（→運）という芭蕉の前句に、去来が「和歌の奥儀を知らず」云々と付けたところ、芭蕉は、「直《すぐ》に*西行と付けむは手づつならん、ただ面影にて付くべし」と言って、「命嬉しき撰集の沙汰」と直したという。また、確かな故事・古典がなくても、いかにも典拠があるかのように付ける場合についてもいい、『去来抄』には、「いかさま、誰ぞが面影ならん」と芭蕉が評したという「発心のはじめに越ゆる鈴鹿山／内蔵《くら》の頭《かみ》かと呼ぶ人は誰《た》そ」という付合が例示されている。

おもみ〔重み〕 俳論用語。「*軽み」の対語。観念的でもってまわった表現、また連句においては、過剰な表現による付け運びの渋滞感についてもいう。「重くれ」ともいい、類縁の語に「甘味」「念入り」「したるし（べたべたする、の意）」などがある。「*古び」とも関連が深い。『おくのほそ道』中の「山中三吟評語」の中に「重し」の評語が見え、以後、元禄三年四月十日付此筋《しきん》・千川《せんせん》宛書簡で、「俳諧・発句、重くれず、もってまはらざる様に御工案なさるべく候」と述べるなど、「軽み」を志向する過程で、芭蕉は「重み」の打破をしばしば唱えている。『去来抄』にも、越人《えつじん》の「君が春蚊屋は萌黄《もよぎ》に極りぬ」の句に対して芭蕉が「越人が句、已《すで》に落ち付きたりと見ゆれば、また、おもみ出で来たり」と評したことを伝える。芭蕉はまた「俳諧に暫くも住すべからず。住する時は重し」（「不玉宛去来書簡」）と述べ、「重み」を打破するためには、不断の自己脱皮が必要であることを説いている。

かかり 俳論用語。言葉の続けがらによる律動的声調美、すなわち、リズミカルなしらべの美しさをいう。歌論・連歌論・能楽論で用いられてきた用語で、芭蕉の使用例としては、「木《こ》のもとに汁も膾《なます》も桜かな」（→発65）の自句について、「花見の句のかかりを少し心得て、*軽みをしたり」と言ったという例（『三冊子』）があげられる。これは「汁も膾も桜」のリズムに、花見の浮き浮きした気分を定着し得たことを言ったものである。

かけり 俳論用語。原義は「翔《かけ》り」の意。歌論・連歌論では、格をはずれた自由奔放な詠みぶりをいい、好ましくないものとされた。蕉門の俳論では『去来抄』に二例見えるが、凡兆が芭蕉の「海士《あま》の家は小海老《こえび》にまじるいとどかな」の句を「句のかけり、事あたらしさ、誠に秀逸なり」と評し(→論)、去来の「猪《ゐのしし》の寝に行く方《かた》や明《あけ》の月」の句に対して芭蕉が「帰るとて野べより山へ入る鹿の跡吹き送る萩の上風」(『新古今集』)の歌をあげた上で、「和歌優美の上にさへ、かくまでかけり作したるを、俳諧自由の上に、ただ尋常の気色《けしき》を作せんは、*手柄《てがら》なかるべし」と評しているところからみると、従来の型にとらわれない自由清新な把握・表現について、肯定的に用いていることが知られる。

かさ〔笠〕 雨・雪・日光を防ぐために頭にかぶるもの。*草鞋《わらじ》とともに旅に欠かせないもので、「年暮れぬ笠きて草鞋はきながら」(『野ざらし紀行』)のように、旅の象徴として句や文章に用いられることが多い。芭蕉は笠に特別な愛着を寄せ、笠を題材とした句や文章が少なくないが、「笠やどり」(真蹟画賛)では、「坡翁(蘇東坡《そとうば》)雲天の笠」「西行の侘び笠」などの〝笠づくし〟に興じ、また「笠はり」(→文)でも、蘇東坡・*西行・*宗祇の旅に自らもつらなろうと「霰《あられ》に急ぎ、時雨を待ちて、そぞろに愛《め》でて、殊に興」じるなど、芭蕉の笠に寄せる思いには、*風狂の色あいが濃い。それは、「市人よこの笠売らう雪の傘」(『野ざらし紀行』)、「吉野にて桜見せうぞ檜《ひ》の木笠」(『笈の小文』→紀)などの発句においても見ることができる。

かじつ〔花《くわ》実〕 俳論用語。「花《はな》」と「実《み》」。歌論・連歌論以来用いられてきた用語で、一般的に「花」が「詞」に対応、表現の美的形象をさし、「実」が「心」に対応、表現された内容・趣旨・心情をさす。芭蕉の使用例では、『田舎の句合』九番の判詞で「左は虚なり。右は実。花実いづれを取らん」とあるのが早く、ここでは、「花実」を「虚実」(虚構と事実)の意味で使っているが、貞享四年(一六八七)の『蓑虫説』跋」になると、「昔より筆をもてあそぶ人の、多くは花に耽《ふけ》りて実《み》を損ひ、実を好みて風流を忘る。この文や、はた、その花を愛すべし。その実なほ食らひつべし」とあるように、「花」を表現美、「実」を内容の真実性の意味で使い、花実兼備を理想とする考えを示すに至っている。蕉門の俳人では去来が「蕉門の教へ、花実を捨てざる内に、実をもつて句を立て申し候、第一に仕《つかまつ》り候」(『浪化《ろうか》宛去来書簡」)と、花実兼備を理想としつつも「実」を重んじる立場を主張、また支考は初めは「心を実におきて言葉を華にあそぶべき、華実相応の風雅のたつき」(『続五論』)と花実兼備の考えを示していたが、後には「虚実」の論と結びつけて、経験的事実(実)を文学的真実(花)に昇華させることの重要性を唱えている。

かせんはさんじゅうろっぽなり〔歌仙は三十《じふ》六歩なり〕 芭蕉遺語。三十六句から成る歌仙の一句を徒歩の一歩にたとえれば三十六歩、後もどりせず、前へ前へと進むべきものである、の意。『三冊子』に見え、以下、「一歩も後に帰る心なし。行くにしたがひ心の改まるは、ただ先へ行く心なればなり」と続く。連句における変化の大切さを説いた言葉である。

かなし〔悲し・哀し〕 悲しい。「かなし」には愛《いと》しいの意もあるが、芭蕉はほとんど悲哀の意で用いている。その使用例では、「この山のかなしさ告げよ野老《ところ》掘り」(『笈の小文』菩提山)、「上人の貴願いたづらになり侍ることも悲しく」(「伊賀新大仏の記」)など旧寺の荒廃に対してのもの、「松の間々《あひあひ》皆墓原にて、羽を交はし枝を連ぬる契りの末も、終《つひ》にはかくのごときと、悲しさも増りて」(『おくのほそ道』末の松山)のように歌枕の変貌に対してのもの、「『慰めかねし』といひけむも理り知られてそぞろに悲しきに」(「更科姨捨月の弁」)、「義仲の寝覚《ねざめ》の山か月悲し」(『荊口句帳』、「燧《ひうち》が城」と前書)など名所・旧跡に対してのものなどが目立つ。これらには、無常観を背景に、永却の時の流れの中における人間の営みや人生のはかなさへの悲しみが共通して表されているが、人生無常の*観相という点では、「おもしろうてやがて悲しき鵜舟かな」(→発㊳)の句もまた共通する。

かみこ〔紙子・紙衣〕 季語。紙製の衣服。厚い紙に柿渋を塗り、何日も日に干した後、夜露にさらし、揉《も》み柔《やわ》らげて仕立てた。『毛吹草』以下に、十月として所出。芭蕉の句「陽炎のわが肩に立つ紙衣かな」の前書に「冬の紙子いまだ着かへず」(真蹟詠草)とあるように、防寒具として用いられる一方、「夜の料にと紙衣壱つ」(『笈の小文』)、「紙子一衣《いちえ》は夜の防ぎ」(『おくのほそ道』草加→紀)とあるように、軽いことから寝具として旅に携行された。廉価であったので、貧しい人が用い、紙子姿は貧寒な境遇を示すものとして近世の文学に登場する。「狂句木枯の」の句（→発⑮）の前書「紙衣は泊まり泊まりの嵐に揉《も》めたり」（『冬の日』）の「紙衣」も旅の防寒具ではあるが、さらに、そうした「わび*」の境涯を表すものとしても用いられている。

かるみ〔軽み〕 俳論用語。「かろみ」とも。芭蕉が円熟期以降、終生の目標とした俳諧理念。「重み*」の対語。「山中三吟評語」に「重し」の語が見えるように、『おくのほそ道』の旅中、「古*び」の自覚の中から胚胎、最初は、過剰な表現を「重し」として排することが図られた。『ひさご』『猿蓑』期に至り、「重くれずもつてまはらざる様に」（元禄三年四月十日付此筋《しきん》・千川《せんせん》宛書簡）ということが説かれ、素直な自然観照による平明な詠みぶりが志向される。「軽み」の語が現れるのもこの頃からで、『三冊子』によれば、「木《こ》のもとに汁も膾《なます》も桜かな」（→発㊿65）の句を詠んだ時「花見の句のかかり*を少し心得て、軽みをしたり」と言ったというが、これは、内心のリズムがそのまま句姿に定着し得たことを「軽み」と言ったもの。以後最晩年にかけては、点取俳諧や前句付の作為的な句作りに対し、「なかなか新しみ*など、かろみの詮議おもひもよらず」（元禄五年五月七日付去来宛書簡）と反発、それをてこに、日常の生活の中に詩を見出し、平明な言葉で表現する道を模索した。連句では、渋滞感のない疎句付の工夫が一層推し進められ、そうした晩年の「軽み」については、「今思ふ体は浅き砂川を見るごとく、句の形、付心《つけ》ともに軽きなり」（『別座鋪』子柵序）という芭蕉の言葉に最もよく示されている。

がんぜん〔眼前〕 眼の前、まのあたり、の意。芭蕉の用例としては、「道の辺《べ》の木槿《むくげ》は馬に食はれけり」（→発⑪）の前書「眼前」（『野ざらし紀行』真蹟草稿本）、「辛崎《からさき》の松は花より朧にて」（→発⑱）の句について芭蕉が言った「ただ眼前なるは」という言葉（『雑談集』）、「疑ひなき千歳の記念《かたみ》、今眼前に古人の心を閲《けみ》す」（『おくのほそ道』壺の碑）などがある。前二者は、『千家詩』注など漢詩の注にも見えるように、眼前の景をそのまま描いた作の意。『おくのほそ道』の例は文字通り「まのあたり」の意だが、「五百年来の俤《おもかげ》、今日の前に浮かびて、そぞろに珍し」（同・塩釜）と合わせ、古人の心や俤を「眼前」に想起する場合に用いている。

かんそう〔観相〕 俳論用語。人生・世相を観じた句。支考は『葛の松原』で、芭蕉の「鎌倉を生きて出でけむ初鰹《ガツヲ》」の句を「世の観相」の句と解している。また、付合において、前句に人生・世相に対する感慨を読み取って付ける手法についてもいう。『初懐紙《はつかいし》評注』に「有明の梨打烏帽子《なしうちえぼし》着たりけり 芭蕉／うき世の露を宴の見納め 執筆」の付合について「烏帽子を着るといふにて、かへつて世を捨つると言ふ心を儲《まう》けたり。観相なり」と見えるのは、その例。後に支考は『俳諧古今抄』で、この「観相」を付け方の八体の一つにあげている。

きく〔菊〕 季語。キク科の多年草。『はなひ草』以下に九月として所出。九月九日の重陽の節供の景物で、古来、長寿・延命の花として詩歌に詠まれた。「山中や菊は手折《たを》らぬ湯の匂ひ」（『おくのほそ道』山中）、「秋を経て蝶も嘗《な》めるや菊の露」（『笈日記』）などは、そうした伝統をふまえたもの。また、陶淵明が愛し、周茂叔《もしゆく》の「愛蓮説」（『古文真宝』）に「菊ハ花ノ隠逸ナル者ナリ」とあることから隠逸にふさわしい花とされた。木因亭での「隠れ家や菊と月とに田三反」（真蹟懐紙）、素堂の菊園に遊んでの「菊の香や庭に切れたる履《くつ》の底」（『続猿蓑』）などは、そうした菊のイメージに寄せて、相手の風流をたたえたものである。そのほか、「白菊の目に立てて見る塵もなし」（『笈日記』）では、園女《そのめ》の風雅の清冽さが「白菊」に託されている。

きこゆ〔聞こゆ〕 聞こえる、意味がよくわかる、などの一般的な用法のほか、当時、「言ふ」の謙譲語としての「聞こゆ」を、「おっしゃる」という意味の尊敬語として用いることがあった。芭蕉の場合でも、「（仏頂和尚が）いつぞや聞え給ふ」（『おくのほそ道』雲巌寺）、「この柳見せばやなど、折々にのたまひ聞え給ふ」（同・遊行柳）、「かねて物語り聞え侍るぞ」（「木啄《きつつき》も」の詞書）などの例がある。

きさき〔気先〕 俳論用語。気勢、気合。芭蕉は、「俳諧は気先をもつて*無分別に作すべし」（『去来抄』）、「今の俳諧は、日頃に工夫を経て、席に臨んで気先を以て吐くべし。心頭に落すべからず」（同）などと、連句の席に臨んでの気合を重視した。それはまた、作為を構えずに句を作ることにつながるもので、『三冊子』に見える「俳諧は気に乗せてすべし」という芭蕉の言葉も同様のことを述べたものにほかならない。

きせつのひとつもさがしいだしたらんはこうせいによきたまもの〔季節の一つも探し出だしたらんは後世によき賜〕 芭蕉遺語。季語の一つでも創出できたら、それは後世へのすばらしい贈り物である、の意。『去来抄』に芭蕉の「降らずとも竹植うる日は蓑と笠」（真蹟自画賛）の季をめぐって魯町《ろちょう》と去来の間にかわされた問答の中で、去来が引用している芭蕉の言葉。新しい季語の創造を推奨した言葉だが、それは、単に新しい季語を発掘するということではなく、実作による新しい詩情の裏づけをもって季題としての資格を付与することを言ったものと解すべきである。

きそ〔木曾〕 信濃国の歌枕。長野県南西部、木曾山脈西側、木曾川上流域の地名。また、木曾路をいう。木曾路は山深い険路で、『更科紀行』にもその危うさが描かれている。和歌以来「桟《かけはし》」が詠まれ、芭蕉にも「桟や命をからむ蔦かづら」（『更科紀行』）、「桟や先づ思ひ出づ駒迎へ」（同）の両句がある。後者は、毎年八月宮中で行われた駒牽きの行事に信州の御牧《みまき》から貢進された馬を思いやったもの。ほかに、『更科紀行』の旅に向けて美濃を発つ折の留別吟「送られつ送りつ果ては木曾の秋」（『あら野』）では、漂泊の人生の孤独寂寥の行き着く所として、「木曾の橡《とち》浮世の人のみやげかな」（『更科紀行』）、彦根に帰る許六《きょりく》に与えた「椎の花の心にも似よ木曾の旅」（『韻塞』）「憂き人の旅にも習へ木曾の蠅《はへ》」（同）などの句では、*わびの風雅の旅にふさわしい所として「木曾」がとらえられている。

きそよしなか〔木曾義仲〕 源氏の武将（一一五四〜八四）。義賢《よしかた》の二男。武蔵で父を失った後、木曾で成長、木曾次郎と称した。治承四年（一一八〇）以仁《もちひと》王の令旨《りょうじ》を受け挙兵、寿永二年（一一八三）入京して平家を西国に追い落としたが、同三年正月、範頼《のりより》・義経軍のために近江粟津《あわず》で敗死した。芭蕉は、元禄三・四年（一六九〇〜九一）しばしば木曾塚（義仲寺）に逗留、その塚の隣に遺骸を埋葬することを遺言するなど、義仲に対し特別な感懐を寄せるところがあった。発句でも「義仲の寝覚の山か月悲し」（『荊口句帳』）、「木曾の情雪や生えぬく春の草」（『芭蕉庵小文庫』）の二句に詠まれている。また、芭蕉の指導で門人達が

「木曾塚の句」を詠み合ったことが『旅寝論』に見え、『おくのほそ道』多《た》太《だ》神社の条にも、その名が所出する。

きのうのわれにあく〔昨日《きのふ》の我に飽く〕 芭蕉遺語。昨日の自分がいやになる、すなわち、すでに詠んだ作品に満足しない、の意。許六《きょりく》の『篇突《へんつき》』に「昨日の我に飽ける人こそ上手にはなれり」と見えるが、これを受けた去来の『旅寝論』に「許六のいへる、きのふの我に飽くと。誠に善言なり。先師もこの事、折り折り物語りし給ひ侍りき」とあることによれば、この言葉が芭蕉に出ることが知られる。新しみを求めて、不断に自己脱皮することの大切さを示したもの。

きのしたちょうしょうし〔木下長嘯子〕 →ちょうしょう〔長嘯〕

きょう〔興〕 おもしろみ。興趣。感興。芭蕉の使用例は、紀行文・俳文にも見えるが、特に句合などの評語に頻出する。初期の「興」は、「柳に伝ふ蝙蝠《かはほり》、鶯よりもなほ興有り」(『田舎の句合』)、「いぶせき毛虫の影を恥ぢんも興ありながら」(『常盤屋《ときわや》の句合』)などのように素材や趣向のおもしろさをいうものが目立つが、貞享期になると、「鳴海《なるみ》連衆歌仙点巻」で「壁隣砧《きぬた》に夢の花散りて」の句に対して「句作り功者過ぎて興なし」と、巧み過ぎた句を「興なし」といっている例も見られる。また元禄七年六月二十四日付杉風《さんぷう》宛書簡には「先づかるみと興と専らに御はげみ、人々にも御申しなさるべく候」とも見え、晩年、「*軽み」とともに当座の感興を重視していたことが知られる。

きりょ〔羇旅〕 旅、の意。芭蕉は、「羇旅の難」(『おくのほそ道』日光→紀)、「羇旅辺土の行脚」(同・飯塚)、「羇旅の労」(同・壺の碑)、「遠境羇旅の思ひをとどめ候」(元禄三年四月十日付此筋《しきん》・千川《せんせん》宛書簡)、「遠境羇旅叶《かな》はず候間」(元禄三年七月十七日付牧童宛書簡)等、遠境の地の苦しい旅を強調する時に用いている。

きれじ〔切字〕 発句に完結性・独立性を持たせるため、句末・句中に用いて切る働きをする語をいう。助詞(かな・もがな・ぞ・か・よ・や)、助動詞の終止形(けり・む・つ・ぬ・ず・じ)、形容詞の終止形(し)、動詞の命令形、疑問語(いかに・誰・何など)等がこれに当たる。芭蕉は切字について、「昔より用ひ来る文字ども用ゆべし」(『三冊子』)と連歌以来の切字を用いることを基本としながらも、「切字を加へても、付句の姿ある句あり」「切字なくても切るる句あり。その分別、切字の第一なり」(同)と、発句にふさわしい完結性があれば伝統的な切字の有無にこだわらない考えを示し、「切字に用ふる時は四十八字皆切字なり。用ひざる時は一字も切字なし」(『去来抄』)とまで極言している。

くさまくら〔草枕〕 「草の枕」とも。旅寝をいう歌語。もとは「旅」にかかる枕詞。和歌では、露・涙などとともに詠まれ、わびしさが伴う。芭蕉の発句では、「餅を夢に折り結ぶ歯朶《しだ》の草枕」(『東日記』)、「草枕犬もしぐるるか夜の声」(『野ざらし紀行』)、「いざともに穂麦食らはん草枕」(同)などの例があり、侘《わ》び寝に興じる心が見られる。紀行文では、「夜は草の枕を求めて」(『更科紀行』↓紀)、「一夜《いちや》の草の枕もうち解けて休みたまへ」(『おくのほそ道』日光↓紀)などの例がある。

くちをとず〔口を閉づ〕 黙る、の意だが、芭蕉は、「風雅*もよしや是までにして、口を閉ぢむとすれば」(『栖去の弁』↓文)のように、句を詠むことを断念する意に用いている。『笈の小文』吉野の条(↓紀)での「われ言はん言葉もなくて、いたづらに口を閉ぢたる、いと口惜し」、『おくのほそ道』松島の条(↓紀)での「予は口を閉ぢて眠らんとして寝《い》ねられず」も、「景にあうては唖《あ》す」という中国の詩人の姿勢を襲いつつ、感動のあまり句作を断念したことをいったものにほかならない。

くとのわずんばぜっとうにせんてんせよ〔句調はずんば舌頭に千転せよ〕 芭蕉遺語。句がうまく整わない時は、何度も声に出して唱えてみよ、の意。『去来抄』に所出。同書には「実に、畠山左衛門佐《さゑもんのすけ》と言へば大名、山畠作左衛門《さくざゑもん》と言へば、一字をかへず庄屋なり」という例をあげる。芭蕉が言葉の音感、一句の声調を重んじたことを窺わせる言葉である。

くばしり〔句走り〕 ↓ごろ〔語路〕・はしり〔走り〕

くらい〔位《くらゐ》〕 俳論用語。㊀句位のことで、一句の品位・品格をいう。『去来抄』では、「卯の花の絶え間たたかん闇の門」(『すみだはら』)の自句を例示、芭蕉から「句の位尋常ならず」と賞されたことを記した上で、「畢覚《ひつきやう》、句位は格の高きにあり。句中に理屈をいひ、あるいは物をたくらべ、あるいはあたり合うたる発句は、大かた位下れる物なり」と述べている。㈡位付のこと。前句中の人物・事物・場所・言葉などの品格を見定めて付句を付けること。『去来抄』に「前句の位を知りて付くる事なり。たとへば好句ありとても、位応ぜざれば、のらず」とあり、「上置《うはおき》の干菜《ほしな》きざむも上《うは》の空／馬に出ぬ日は内で恋する」（『すみだはら』）の付合について「この前句は、人の妻にもあらず、武家・町家の下女にもあらず、宿屋・問屋等の下女なり」と説明するほか数例をあげている。

けいき〔景気〕 俳論用語。自然の風物・状景の趣を詠んだ句・付合をいう。原義は「けしき」の意。芭蕉の使用例は『常盤屋《ときわや》の句合』から見えるが、新しい付合手法として景気による付合を標榜したのは、貞享三年（一六八六）の『初懐紙《はつかいし》評注』で「砌《みぎり》に高き去年《こぞ》の桐の実　文鱗《ぶんりん》」の脇句について「景気を言ひ添へたるを宜《よろ》しとす」と説いたのが最初である。「景気」は元禄期の俳壇において流行、元禄六年（一六九三）の「秋の夜評語」で「近年の作、心情専らに用ゐる故《ゆゑ》、句体重々し。さ候へば愚句体、多くは景気ばかりを用ゐ候」と述べるように、芭蕉も「景気」を大事にしたが、景気の句が安易に作られる風潮に対しては、「景気の句、世間容易にする、もつての外の事なり」（『宇陀法師《うだのほうし》』）と強く戒めている。なお、景気の句でおもしろさのこもる風体を「景曲」といい、『宇陀法師』に、芭蕉が木導《ぼくどう》の「春風や麦の中行く水の音」の句を、「景曲第一の句なり」と賞したことを伝えている。

けんこんのへんはふうがのたねなり〔乾坤の変は風雅の種なり〕 芭蕉遺語。天地自然の変化は俳諧を生み出すもとになるものだ、の意。『三冊子』に「*新しみは俳諧の花なり」の条に続いて記される言葉で、以下土芳は「静かなる物は不変の姿なり。*動ける物は変なり。時として留めざれば止《とど》まらず。止むるといふは、見とめ聞きとむるなり」云々と注している。俳諧の新しみの「花」は、天地万物の変化流転に目を凝らし耳を傾け、無心な態度でそれを把握することから生まれることを説いたもの。

こうがんのあつものをすててほうそうのしるをすすれ〔鴻雁の羹を捨

てて芳草《はうさう》の汁を啜れ〕 芭蕉遺語。雁の吸い物のようなこってりとした味わいのものを捨てて、芳草の汁のようなあっさりとした味わいにつけ、の意。「不玉《ふぎよく》宛去来書簡」に、ある人が「俳諧の新味」について質問したのに対して芭蕉が答えた言葉として所出。同書には「当時の俳諧は梨子地《なしぢ》の器に高蒔絵《たかまきゑ》画きたるがごとし。丁寧美つくせりといへども、やうやくこれに飽く。予が門人は桐の器を柿合《かきあはせ》に塗りたらんがごとく、ざんぐりと*荒びて句作りすべし」という芭蕉の言葉も見える。ともに「*重み」を捨て「*軽み」をめざすべきことを比喩を用いて説いたものである。

こうごきぞく〔高《かう》悟帰俗〕 俳論用語。詩心を高く保つよう心がけて、卑近な現実を対象とする俳諧を行うこと。『三冊子』に見える「高く心を悟りて、俗に帰るべし」という芭蕉の言葉に基づく。土芳は、さらに「常に*風雅の誠を責め悟りて、今なす所、俳諧に帰るべし」と解説、また別に「師の心を常に悟りて、心を高くなし、その足下に戻りて俳諧すべし」とも述べている。土芳は「高悟」について「*風雅の誠」を追求することとし、その具体的な工夫については、「風雅に古人の心を探り、近くは師の心よく知るべし」と述べているが、これは『笈の小文』冒頭の風雅論（→紀）で諸先達に「貫道する物」を探り、「許六離別の詞」（→文）で「古人の求めたるところを求めよ」と説いた芭蕉の精神にも通じている。また「帰俗」は、俳諧がどこまでも日常卑近な世界を離れた文芸ではないことを示したものである。

こうしつ〔口質〕 俳論用語。「くちつき」とも。句の詠みぶり、特に個人の資質に基づく詠みぶりをいう。芭蕉の使用例としては、元禄三年六月二十日付小春《しようしゆん》宛書簡に「口質他に越え候間、いよいよ風情《ふぜい》御心に懸けらるべく候」と見える。また、芭蕉は門人の「口質」によって指導したことが『旅寝論』『去来抄』などに記されている。

こうしょうのはおく〔江上《かうしやう》の破屋《をく》〕 川のほとりのあばらやの意。隅田河畔の深川芭蕉庵をさす。「破屋」は*杜甫の「秋風破屋歌」（『古文真宝前集』目録題）により、芭蕉庵を浣花渓《かんかけい》に臨む杜甫の浣花草堂に擬したもの。『野ざらし紀行』に「江上の破屋を出づるほど」（→紀）、『おくのほそ道』発端（→

紀）に「江上の破屋に蜘蛛の古巣を払ひて」とあるほか、「筆を江上の潮にそそぎて、つゐに蕉庵雪夜のともし火に対す」（『続の原』跋）という例もある。

ここに〔爰に〕 一般には「さて」と話題を転換する時の発語として使うこともあるが、芭蕉は常に指示代名詞「ここ」＋格助詞「に」として用いている。しかも、「かしこに」と対にして用いた例（『野ざらし紀行』に二例）などを別にして、ほとんど上述の地名（場所）や事柄を受けて使われている。たとえば、「大石田と云ふ所に日和を待つ。爰に古き誹諧の種こぼれて」（『おくのほそ道』最上川）は地名（「大石田」）を受けたもの、「わりなき一巻を残しぬ。このたびの風流爰に至れり」（同）は事柄（「わりなき一巻」）を受けたものであるが、用例からは前者の方が圧倒的に多い。

こじん〔古人〕 昔の人の意だが、芭蕉は、風雅の道における先人の意で用いている。『おくのほそ道』発端（↓紀）の「古人も多く旅に死せるあり」では、*西行・*宗祇・*杜甫・李白等を念頭に置き、同・白河の関の条（↓紀）の「古人冠を正し」では藤原国行を指すなど、具体的な人物は多様で、中には特定の人物を想定せずに使っている場合もあるが、いずれにしても敬慕の思いを込めて用いている。なお、芭蕉は「古人」に対しては、その「跡を求めず、古人の求めたる所を求め」るという考えを持っていた（「許六離別の詞」↓文）。

こつじき〔乞食〕 もとは、僧侶が人家の門に立ち食を乞い求めることで、托鉢に同じ。転じて、物貰い・乞丐人《こつがいじん》の意。芭蕉は、門人の施しによって徒食する生活を卑下するとともに、一切を放下して俳諧に徹しようとする覚悟を示す言葉として用いている。そうした「乞食」の決意は早く『乞食の翁』句文」（↓文）に見えるが、旅を重ねる中でより堅固なものとなり、元禄二年閏一月下旬猿雖《えんすい》（推定）宛書簡には「一鉢《いっぱつ》の境界、乞食の身こそたふとけれと、謡《うたひ》に侘びし貴僧（*増賀《ぞうが》のこと）の跡もなつかしく、なほ今年の旅はやつしやつして菰《こも》をかぶるべき心がけにてござ候」、同二月十六日付猿雖・宗無《そうむ》宛書簡には「道の具」を列挙して、「鉢のこ、柱杖、是二色《このふたいろ》、乞食の支度」と記している。「栖去の弁」（↓文）もまた同様の「乞食」の覚悟を示すもの。『おくのほそ道』日光の条

〔↓紀一一三頁〕の「乞食順礼ごときの人」も、そうした不断の自覚に基づく表現にほかならない。

ごろ〔語路〕 俳論用語。言葉の続き具合、の意だが、「許六《きょりく》宛去来書簡」に「読み下し申し候が、口にたまりもきこえず、語路に*ねばりもきこえず候」とあるように、特に声に出して読み下した時の句の調子をいう。去来は「語路」を「句走り」のこととし、「滞りなき〔渋滞感がない〕」「優をとりたる〔優美である〕」のはよく、「なづみたる」「渋りたる」のは悪いと述べている〔『去来抄』。同趣旨のことは「浪化宛去来書簡」にも見える〕。

さいぎょう〔西行《ぎやう》〕 平安末の歌人〔一一一八〜九〇〕。俗名佐藤義清《のりきよ》、法名円位。「西上人」とも。鳥羽院に下北面の武士として仕えたが、二十三歳で出家、草庵生活を送る一方、二度にわたる陸奥への旅、中国・四国への旅などを行なった。建久元年〔一一九〇〕河内国《かわちのくに》〔今の大阪府〕弘川《ひろかわ》寺にて入寂。芭蕉は、家集の『山家集』のみならず、当時西行作とされていた『撰集抄』や『西行物語』などを通して、西行を漂泊の境涯の中で風雅の道に生きた先達と仰ぎ、なみなみならぬ敬慕の念を寄せた。芭蕉は、早く『みなしぐり』跋で、「侘《わ》びと風雅のその生《ツネ》にあらぬは、西行の山家を尋ねて、人の拾はぬ蝕《ムシクヒ》栗なり」と、『山家集』を「*わび」の風雅の拠りどころとしてあげているが、さらに『忘梅《わすれうめ》』の序では、「和歌は定家・西行に風情あらたまり」と、その和歌革新について述べ、『笈の小文』冒頭の風雅論〔↓紀〕では、「その貫道する物は一なり」としてあげる諸道先達の一人として列挙、「許六離別の詞」〔↓文〕では、その詠歌の「*あはれ」「実《まこと》」「悲しび」について言及している。芭蕉の旅においても、伊勢の「西行谷」〔『野ざらし紀行』〕、吉野の苔清水〔同・『笈の小文』〕、吉野山〔『笈の小文』〕、笠島の形見の薄、遊行柳、象潟の西行桜、汐越の松〔以上『おくのほそ道』〕など、伝承を含め、西行の旧跡、詩魂の跡を訪ねることが多かった。そのほか、「かの西行の侘笠《わびがさ》か」〔「笠はり」↓文〕、「踵《きびす》は破れて西行にひとしく」〔『笈の小文』↓紀〕など旅人としての西行にふれた例も見える。「さびしさなくは憂からまし、と西上人の詠み侍るは、さびしさをあるじなるべし」〔『嵯峨日記』↓日〕のように、西行の和歌を直接引用することも多いが、さらに、それとなく西行の和歌や逸話を下敷きにした例となると、枚挙にいとまがない。

さくい〔作意〕 俳論用語。作者の特に意を用いた表現意図。芭蕉の使用例は、『貝おほひ』以下の句合評に頻出するが、それらの例では、「散る花に山颪《やまおろし》、作意なき心地せらるるか」(『十八番発句合』二番)のように、新しい「作意」を重んじる態度が見られる。俳文についても、芭蕉は「我が徒の文章は、慥《たしか》に作意を立て」と「作意」を明確にすることの必要を説いている。ただし、『三冊子』に「たとへ、ものあらはにいひ出でても、そのものより自然に出づる情にあらざれば、物と我二つに成りて、その情誠に至らず、私意のなす作意なり」とあるように、蕉門では私意による「作意」は強く斥けられた。

さくら〔桜〕 季語。バラ科の落葉高木。『毛吹草』『増山井』に「初桜」「彼岸桜」「糸桜」が二月、「山桜」が三月として所出。芭蕉の句では、初期の句には「姥桜《うばざくら》咲くや老後の思ひ出で」(→発②)のように、桜の名称に発想した機知的な句が見えるが、貞享期以降になると、「桜狩り奇特や日々に五里六里」(『笈の小文』)、「扇にて酒酌む影や散る桜」(同)など、「桜」に寄せる風狂の姿勢が著しい。「木のもとに汁も膾《なます》も桜かな」(→発65)の句でも、花見の浮きたつ心を句の声調の上からも表しており、散る桜に人生の無常を感じてきた和歌以来のしめやかな叙情を大きく一新したものとなっている。そのほか、「さまざまの事思ひ出す桜かな」(→発㉚)では、青春の日々の万感を呼び起こすものとして「桜」が詠まれている。→はな〔花〕

さび 俳論用語。精神的余情美としての閑寂味。江戸時代中期の蕉風復興期以降、「*しおり」とともに蕉風の代表的理念として喧伝されるようになるが、芭蕉自身の言及は乏しく、去来の「花守や白き頭《かしら》をつき合はせ」(『すみだはら』)の句について「さび色よくあらはれ、悦び候」(『去来抄』。「許六《きょりく》宛去来書簡」にも「さび色あらはれ珍重のよし、仰せ下され候」とある)と賞讃した例が見えるのみである。去来は「さび」について、「句の色なり」(『去来抄』)、「ただ内に根ざして外にあらはるるものなり」(『俳諧問答』)と説明しているが、これは、「さび」が単に素材・趣向・用語などの上にあるものではなく、閑寂の中に精神的充実を求める作者の精神が一句の情調として顕れたものであることを示したものである。

さびし〔寂し・淋し〕 寂寥《せきりょう》感を表す語。芭蕉の発句では、「元日や思へばさびし秋の暮」（真蹟短冊）、「日は花に暮れて寂しやあすならう」（→発㉝）、「寂しさや須磨に勝ちたる浜の秋」（『おくのほそ道』種の浜→紀）、「こちら向け我もさびしき秋の暮」（『笈日記』）、「さびしさや釘《くぎ》にかけたるきりぎりす」（『誹諧草庵集』）などがあるが、「憂き我を寂しがらせよ閑古鳥」（→発78）の句もあるように、そうした寂寥感の中に、むしろ閑寂な情趣を味わおうとするところに、芭蕉の志向が見られる。→さび

さみだれ〔五月雨〕 季語。陰暦五月に降り続く雨のこと。今の「梅雨」をいう。水量の多さを詠むことを本意*とするが、「五月雨に隠れぬものや瀬田の橋」（『あら野』）、「五月雨は滝降り埋む水嵩《みかさ》かな」（『葱摺』）、「五月雨を集めて早し最上川」（→発㊿）、「五月雨の空吹き落とせ大井川」（『芭蕉真跡集』）など芭蕉の「五月雨」の句には、水嵩の増した五月雨どきの景観を豪快にとらえた句が少なくない。また、湿気によって物を腐食させることも本意の一つだが、「五月雨の降り残してや光堂」（→発㊼）では、五百年にわたる自然の浸食の力を「五月雨」に象徴し、「五月雨や色紙へぎたる壁の跡」（→発79）では、荒廃したわびしさに「五月雨」を照応させている。

さむし〔寒し〕 季語。冬の骨身にこたえる寒さをいう。『はなひ草』『増山井』以下に十月として所出。芭蕉の句では、天和期には、「貧山の釜霜に啼く声寒し」（『みなしぐり』）などのように、貧寒の生活を「寒し」と表現した例も見えるが、晩年になると、「塩鯛の歯茎も寒し魚の店」（→発82）、「葱白く洗ひ立てたる寒さかな」（『韻塞』）など、日常卑近な情景の中に「寒さ」をとらえた句が見えるようになる。また、妻を失なった李下《りか》に寄せた「被《かづ》き伏す蒲団や寒き夜やすごき」（『かしま紀行附録』）、仙化の父を追善した「袖の色よごれて寒し濃鼠《こいねずみ》」（『蕉翁句集』）などでは、残された者の孤独な悲しみが「寒し」に表されている。

さらしな〔更科・更級〕 信濃国の歌枕。今の長野県更級郡・更埴《こうしょく》市などを含む一帯をいう。「わが心慰めかねつ更級や姨捨山《をばすてやま》に照る月を見て」（『古今集』）以下、姨捨山の月が古来詩

歌に詠まれた。特に、小さく区切られた山田の一つ一つに映る月は「田毎の月」として名高く、芭蕉の句では、元禄元年（一六八八）夏、瀬田の螢狩りの折に詠んだ「この螢田毎の月に比べ見ん」（『三つのかほ』）、翌年の歳旦吟「元日は田毎の日こそ恋しけれ」（真蹟懐紙）などにふまえられている。姨捨山はまた、『大和物語』・謡曲『姨捨』等で棄老伝説の舞台ともなった所で、「俤や姥ひとり泣く月の友」（↓発㊴）の句は、その伝説を下敷きにしたもの。そのほか、「十六夜《いざよひ》もまだ更科の郡《こほり》かな」（『更科紀行』）の句では、「更科」に「去らじ」を言い掛け、更科の月の感銘に去り難い思いが表されている。

しおり〔しほり〕 俳論用語。「しをり（萎り）」とする説もあるが、蕉門の俳論書では「しほり」（「湿り」の意）と表記される。「さび*」と併称される蕉風俳諧の美的理念。余情美としてのしみじみとした情感を指す。『去来抄』に、許六《きよりく》の「十団子《とをだんご》も小粒になりぬ秋の風」（『続猿蓑』）の句について、芭蕉が「この句、しほりあり」と評したこと、凡兆に対して「一句にしほりのあるやうに作すべし」と指導したことが見える。この「しおり」について、去来は、「憐れなる句にあらず」、「句の姿*にあり」（『去来抄』）、「句の余情にあり」（『俳諧問答』）とし、「さび」と同様、「内に根ざして、外にあらはるる」ものであると説いている。

しぐれ〔時雨〕 季語。初冬の頃の、晴れているかと思うとさっと降り、降るかと思うとたちまち止んでしまう通り雨。『はなひ草』などに十月として所出。和歌では、時雨の定めなさに寄せるしめやかな感傷、軒端を濡らす時雨の音に聞きしめる悲哀の情趣などが詠まれてきたが、芭蕉は、そうした時雨の詩的伝統を反芻し、それに興じることに風狂の喜びを見出した。そのことは、室町の乱世を生きた宗祇*が人生の無常を時雨に托した「世にふるもさらにしぐれのやどりかな」の句に対して「世にふるもさらに宗祇のやどりかな」（↓発⑦）と詠んでいることにも窺えるが、さらに「旅人とわが名呼ばれん初時雨」（↓発㉔）、「初時雨猿も小蓑を欲しげなり」（↓発(61)）などでも「時雨」は俳諧風狂の世界を象徴するものとなっている。ただ晩年になると、「けふばかり人も年寄れ初時雨」（『続猿蓑』）などのように、風狂の色を押し沈め、閑寂の心、いわゆる「さび*」の美意識のもとに

「時雨」がとらえられている。

しずか〔間《しづ》か・閑か〕 世事にとらわれぬ生活の閑雅であるさま。「静か」が動・躁の対であるのに対して、「間か」は忙の対で、ひまなこと。環境の静寂さではない。『おくのほそ道』須賀川の条の「橡《とち》ひろふ太山《みやま》もかくやと、間かに覚えられて」、同・松島の条の「落穂・松笠など打ちけぶりたる草の庵、閑かに住みなし」（→紀）、同・立石寺の条の「閑かさや岩にしみ入る蟬の声」（→発㊾、紀）、「机の銘」の「間かなる時はひぢをかけて、嗒焉吹嘘《たるえんすいきよ》の気を養ふ」など、離塵脱俗の清境を示す時に、芭蕉は「間」「閑」の文字を使っている。

しばらく〔暫く〕 「暫時《ざんじ》」とも。芭蕉の頻用語の一つ。はかなく短いかりそめの時間。芭蕉は、永却無限に続くものに対して対比的な意味で用いることが多い。たとえば、「しばらく身を立てむ事を願へども」（『笈の小文』→紀）、「暫時《しばらく》千歳の記念《かたみ》とはなれり」（『おくのほそ道』平泉→紀）、「暫く生涯のはかりごととさへなれば」（「幻住庵記」→文）では、無常観を背景に、永遠の時の流れの中における人間の生涯ないし人間の営みをいう場合に用い、「暫時の旅愁をいたはらむとするほど」（「銀河の序」）、「暫時《しばらく》客愁の思ひ慰むに似たり」（「宿借りて」の詞書）などでは、恒常的に続く旅愁の中のしばしの慰みをいう場合に用いている。「暫時《しばらく》は滝に籠るや夏《げ》の初め」（『おくのほそ道』日光）の句の「暫時」も、滝籠りが恒久的に続く旅の中でのかりそめの営みであることをいったもの。

しらかわのせき〔白河《かは》の関・白川の関〕 陸奥国の歌枕。五世紀の頃に蝦夷に対する防衛拠点として設けられたと伝えられるが、平安時代に入り、廃棄された。正確な位置は定かでないが、現在は福島県白河市旗宿の白河神社の地に比定されている。陸奥への入口に当たり、勿来《なこそ》の関、念珠《ねず》の関とともに奥羽三関の一つ。古来多くの詩歌に詠まれたが、能因*の「都をば霞とともに立ちしかど秋風ぞ吹く白河の関」（『後拾遺集』）の歌は特に名高く、芭蕉の作品でも、『おくのほそ道』発端（→紀）の「春立てる霞の空に、白川の関越えんと」、同・白河の関の条（→紀）の「秋風を耳に残し」、「西か東か先づ早苗にも風の音」（『葱摺《しのぶずり》』）などにふまえられている。そのほか、古歌には、日数、青葉、紅葉、卯の花、雪などが詠まれているが、これらも『おくのほそ道』白河の関の条の記述に散りばめられている。白河越えを詠んだ芭蕉の句には「風流の初めや奥の田植歌」（↓発㊺）、「関守の宿を水鶏《くひな》に問はうもの」（元禄二年四月付何云《かうん》宛書簡）がある。

しるひと〔知る人〕　知友。知りあい。『おくのほそ道』浅香山の条の「いづれの草を花がつみとはいふぞと人々に尋ね侍れども、さらに知る人なし」のように、ある事（この場合は「花がつみ」）を知っている人の意で使った例もあるが、芭蕉は多く知友の意で用いている。同・那須野の条の「那須の黒羽といふ所に知る人あれば」、同・宮城野の条の「いささか心ある者と聞いて、知る人になる」などがその例。同・金沢の条の「一笑といふ者は（中略）世に知る人も侍りしに」の「知る人」も、その名を知る人の意ではなく、同じく知友の意である。

しろし〔白し〕　色名。いわゆる白色だけでなく無色透明をもいう。「曙や白魚白きこと一寸」（↓発⑭）の「白き」は、その例。中国の五行説では、白（素）を秋に配し、秋風を「素風」という。「石山の石より白し秋の風」（↓発59）は、それをふまえたもの。芭蕉の発句では最も多く用いられる色名で、白髪、白魚などの例も含めると二十三句に及ぶ。その用例には、「海暮れて鴨の声ほのかに白し」（↓発⑯）のように、鴨の透明な声に漂泊の思いをかみしめたもの、「葱《ねぶか》白く洗ひたてたる寒さかな」（『韻塞《いんふたぎ》』）のように、葱の白さに寒さを見出したもの、隠士秋風《しゆうふう》の山荘を訪ねての「梅白し昨日《きのふ》や鶴を盗まれし」（『野ざらし紀行』）、熱田《あつた》の梅人亭での「水仙や白き障子のとも映り」（『笈日記』）、園女《そのめ》亭での「白菊の目に立てて見る塵《ちり》もなし」（同）などのように、「白」の清冽さをもって相手の風懐をたたえ挨拶としたものなどがある。

すがた〔姿〕　俳論用語。一句の「心」（表現内容）と「詞」（表現）を統合した表現様態。「風姿」とも。芭蕉には、「右の句も、姿強く、言葉も巧みに聞え侍れども」（『続《つづき》の原』句合評）のような一般的な使用例も見られるが、さらに、説明的な表現を排した、余情のある表現様態を「姿あり」と言った例も見られる。「妻よぶ雉子《きじ》のうろたへて啼く」という去来の付句に対し、芭蕉が下七を「身を細うする」と斧正、「汝いまだ句の姿を知らずや。同じこともかくいへば姿あり」（『去来抄』）と言ったというのは、その例。「俳諧といへども風雅の一筋なれば、姿かたちいやしく作りなすべからず」（『旅寝論』）という芭蕉の教えも、余情のある表現様態を求めた芭蕉の姿勢を示すものである。→ふうてい〔風体〕

すずし〔涼し〕 季語。夏の暑い盛りに感じる涼感をいう。『はなひ草』以下に六月として所出。芭蕉の発句では、「汐越《しほごし》や鶴脛《つるはぎ》濡れて海涼し」（『おくのほそ道』象潟→紀）や「朝露によごれて涼し瓜の泥」（→発91）のように、自然の景観や景物についていったものもあるが、「このあたり目に見ゆるものは皆涼し」（『笈日記』）、「涼しさを我が宿にしてねまるなり」（『おくのほそ道』尾花沢）、「涼しさは指図《さしづ》に見ゆる住居《すまゐ》かな」（『笈日記』）などのように、挨拶句として、主人の心こまやかなもてなしの清々しさを「涼し」と表現することが少なくない。そのほか、「涼しさやほの三日月の羽黒山」（『おくのほそ道』出羽三山）の「涼しさ」のように、霊山の神秘的な景に対する心裡の清涼を打ち出して、その尊厳をたたえたものもある。

すま〔須磨〕 摂津国の歌枕。今の神戸市須磨区のあたりをいう。在原行平配流の地として知られ、『源氏物語』、謡曲『松風』の舞台ともなった。源平の古戦場として名高い一ノ谷、平敦盛《あつもり》愛用の青葉の笛を伝える須磨寺などがある。芭蕉は、元禄元年（一六八八）四月二十日この地を訪れ、源平の争乱、平氏一門の哀史を懐古して、『笈の小文』に「千歳の悲しびこの浦にとどまり」（→紀）と記し、「須磨の海士《あま》の矢先に鳴くか郭公《ほととぎす》」（『笈の小文』）、「須磨寺や吹かぬ笛聞く木下闇」（同）等の句を詠んでいる。また、芭蕉は、『源氏物語』須磨の巻に「またなくあはれなるものは、かかる所の秋なりけり」とあるのによって、「この浦の実《まこと》は秋をむねとするなるべし」（同→紀）と、「須磨」の本情*を秋のあわれとする見方を示している。「月はあれど留守のやうなり須磨の夏」（同）、「寂しさや須磨に勝ちたる浜の秋」（『おくのほそ道』種の浜→紀）などの「須磨」は、そうしたとらえ方によったもの。

すみか〔栖〕 住んでいる所。住みどころ。芭蕉の頻用語の一つで、漢字を用いる時は「栖」を使うのが通例。「なほ栖を去りて器物の願ひなし」（『笈の小文』→紀）、「日々旅にして、旅を栖とす」(『おくのほそ道』発端↓紀)、「四民安堵《あんど》の栖穏やかなり」(同・日光↓紀)、「武蔵野の古き栖も思ひ出でられ」(「幻住庵記」↓文)、「いづれか幻の栖ならずやと」(同)、「なほ放下《はうか》して栖を去り」(「栖去の弁」↓文)、「栖をこの境に移す時」(「芭蕉を移す詞」)などの用例がある。

せいこ〔西湖〕 中国浙江省杭州市の西にある湖。唐以来文人遊賞の地として詩文・画図に名高い。特に蘇東坡の「西湖」の詩(『聯珠詩格』等)や林和靖の隠栖をもって知られる。瀟《しよう》湘《しよう》八景に対する西湖十景があり、芭蕉も「十八楼記」に「かの瀟湘の八つのながめ、西湖の十のさかひも、涼風一味のうちに思ひためたり」と記している。芭蕉の作品では、ほかに『おくのほそ道』松島の条に「凡そ洞庭、西湖を恥ぢず」(↓紀)と見えるが、いずれも美景をたとえる場合の代名詞として使われている。

せいし〔西施〕 中国春秋時代の美女。会稽《かいけい》の戦いに敗れた越《えつ》王勾践《こうせん》が呉王夫差に献じ、呉王がその容色に溺れて国を傾けた故事、病む胸に手を当てて眉をひそめた姿の美しさ(『荘子』天運篇、『蒙求』西施捧心)等で名高い。前者の故事は、鄭解の「苑蠡《はんれい》ヲ嘲ル」の詩に「若シ呉ヲ破ル功ノ第一ヲ論ゼバ、黄金ハ西施を鋳《い》ルベキニ」(『錦繡段』)とうたわれているが、芭蕉の「昔は西施が振袖《ふりそで》の顔《カンバセ》、黄金ハ小紫ヲ鋳ル」(『みなしぐり』跋)は、そのパロディを試みたもの。また、蘇東坡の「西湖」の詩に「若シ西湖ヲ把《とり》テ西子ニ比セバ、淡粧濃抹両《ふたつ》ナガラ相宜《よろ》シカラン」(『聯珠詩格』)とあるように、西湖の美景を西施にたとえることが漢詩の伝統的な型になっているが、芭蕉もそれにならって「象潟や雨に西施がねぶの花」(↓発52)と詠んでいる。なお、「辛崎の松は花より朧にて」(↓発18)の初案「辛崎の松は小町が身の朧」、「名月や座に美しき顔もなし」(『初蟬』)の初案「名月や海に向かへば七小町」など、琵琶湖に臨んで小町の面影を思い描いているのも、右の漢詩の型にならったものにほかならない。

ぜっけいにむかうときはうばわれてかなわず〔絶景に向かふ時は奪はれて叶はず〕 芭蕉遺語。すばらしい景色に対した時は、心が奪われてよい句を詠むことができない、の意。『三冊子』に所出、以下、「ものを見て、取る所を心に留めて消さず、書き写して静かに句すべし。奪はれぬ心得も有る事なり。その思ふ処しきりにして、なほかなはざる時は、書き写すなり。あぐむべからず」と続く。土芳は「師、松島に句なし。大切の事なり」と注し、古来の名所に対し芭蕉が句を詠まなかったことの意義を説いているが、「ものを見て」以下の言葉からすれば、絶景に対すると、あれこれ意識し過ぎて、かえって観念的な句作りに陥りやすいことを戒めたものと見ることもできる。

せっこう〔浙江《かう》〕 中国浙江省の今の銭塘江をいう。特に河口の高潮の壮観で名高く、江南の風物として多くの詩文に詠まれ、また画題とされてきた。芭蕉の作品では、『おくのほそ道』松島の条に「東南より海を入れて、江の中三里、浙江の潮をたたふ」（→紀）、「芭蕉を移す詞」に「浙江の潮、三股《みつまた》（隅田川の下流で、小名木《おなき》川と合流するところ）の淀にたたへて」とある。いずれも、潮が満々としていることをたとえたもの。

せんざい〔千歳〕 千年の意だが、芭蕉は永遠・多年の意で頻用する。それも、「名ばかりは千歳の形見となりて」（『笈の小文』伊賀新大仏寺）、「千歳の悲しびこの浦にとどまり」（同・須磨→紀）、「疑ひなき千歳の記念《かたみ》」（『おくのほそ道』壺の碑）、「暫時《しばらく》は千歳の記念《かたみ》とはなれり」（同・平泉→紀）のように、昔から今に至る悠久な時の流れの中で残されたものをいう時に用いることが多い。これらは「センザイ」と音読する例だが、「今はた千歳《ちとせ》のかたち整ひて」（同・武隈の松）のように「松」と縁語関係にある場合は、「庭上《ていしやう》の松を見るに、およそ千とせも経たるならん」（『当麻寺《たえまじ》まいり』）の例から見て、「チトセ」と訓読するのがふさわしい。

そうか〔造化《ざうくわ》〕 宇宙の根源的主宰者。芭蕉は『笈の小文』に「風雅におけるもの、造化に随《したが》ひて四時《しいじ》を友とす」「造化に随ひ造化に帰れとなり」（→紀）と、造化の根源的創造力と一体となって美を追求し、四季の運行変化に休止がないように、絶えず自己脱皮すべきことを述べ、また『おくのほそ道』松島の条（→紀）では、「造化の天工、いづれの人か筆をふるひ、詞《ことば》を尽くさむ」と、松島の美景の背後にひそむ「造化」の創造力に言及している。宋学では、「造化」の本体は「誠」であると説かれており、「造化」は芭蕉の「*風雅の誠」論、*不易流行の論とも深い関係をもっている。

ぞうが〔増賀〕 平安中期の僧（九一七～一〇〇三）。名利を捨てることに徹するため、数々の奇行を重ねたことで知られる。芭蕉は、その一切を放下した道心に敬慕の念を寄せ、元禄二年閏一月下旬猿雖（推定）宛書簡に「一鉢の境界乞食の身こそたうとけれと、うたひに侘びし貴僧の跡もなつかしく」と記している。この「貴僧」が増賀のことで、ここは、師慈慧《じえ》の慶祝の際、異様の風体で前駆を務め、「名聞《みやうもん》こそ苦しかりけれ。乞食《かたゐ》の身ぞ楽しかり」と歌って去ったという説話（『発心集』）によっている。また、「裸にはまだきさらぎの嵐かな」（『笈の小文』）の句は、伊勢に参詣した増賀が、名利を捨てよとの示現を得て、衣服を全て乞食に与え、赤裸で下向したという説話（『撰集抄』）をもとにしたもので、「西行*の涙、増賀の名利、みなこれまことのいたる処なりけらし」と前書を付し、「何の木の」の句（→[発]㉙）と並記した真蹟懐紙も伝存する。

そうぎ〔宗祇〕 室町時代の連歌師（一四二一～一五〇二）。『新撰菟玖波集』の編者の一人。各地を旅して連歌を指導し、文亀二年（一五〇二）、箱根湯本で客死した。芭蕉は、「世にふるもさらに時雨のやどりかな」（『新撰菟玖波集』）の宗祇の句に対し、俳文「笠はり」（→[文]）で「ふたたび宗祇の時雨に濡れて」と応じ、「世にふるもさらに宗祇のやどりかな」（→[発]⑦）と詠んでいる。また、『笈の小文』冒頭の風雅論（→[紀]）では、「その貫道する物は一なり」として列挙する諸先達の一人にあげ、「『宗祇・宗鑑・守武像』賛」では、これらの人々の言葉の「実《まこと》」をたたえている。

そうし〔荘子〕 中国戦国時代の思想家。名は周。「南華真人」とも称される。紀元前四世紀後半の人で、『荘子』の著者。夢に胡蝶と化し、覚めて、荘周が胡蝶になったのか、胡蝶が荘周となったのかと疑ったという話（『荘子』斉物篇）は、「胡蝶の夢」として名高い。芭蕉の作品にも、「荘周ノ尊像ヲ拝ス」と題した「蝶*よ蝶よ唐土《もろこし》の俳諧問はむ」（真蹟荘子像画賛）、「君や蝶我や荘子か夢心」（推定元禄三年四月十日付怒誰宛書簡）など、この故事をもとにした句がある。『田舎の句合』の判詞の署名に用いた「栩々《くく》斎」の号も、右の故事の「栩栩然トシテ胡蝶ナリ」によったもの。芭蕉やその門人たちは、延宝末年から天和期にかけ、『荘子』を拠りどころとして、通俗化した談林俳諧を乗り越えようとしたが、のちに芭蕉は、『笈の小文』冒頭の風雅論（→紀）に見られるように、自己の俳諧理念の裏づけとするに至った。そのほか、「南花真人のいはゆる一巣一枝の楽しみ」（『世に匂ひ』句文）、「その無能不才を感ずる事は、再び南花の心を見よとなり」（「蓑虫説跋」）、「南華老仙の利害を破却し」（「閉関の説」→文）など、直接「荘子」の名を示した例は無論のこと、それとなくても『荘子』に拠った句文は数多い。

そうもん〔桑門《さう》〕 僧侶の意。『増補下学集』等に「桑門《ヨステビト》」と訓じ、芭蕉も「椹《くはのみ》や花なき蝶の桑《ヨステ》酒」（真蹟句切れ）と用いており、世捨人、すなわち正式の僧侶ではない道心者の意でも用いる。「伊豆《いづ》の国蛭《ひる》が小島の桑門」（『野ざらし紀行』）は、その例。『おくのほそ道』日光の条の「かかる桑門の乞《こつ》食《じき》順礼ごときの人」（→紀）も同様の例だが、この場合はさらに、「落ち来るや」句文懐紙に「陸奥《みちのく》一見の桑門同行二人」とあるように、自らを能のワキ僧に擬した表現となっている。

たけたかし〔長高し〕 俳論用語。格調が高いこと。句がらが大きく端正なさまをいう。歌論以来の用語で、芭蕉も『田舎の句合』『続の原』句合評等でそれを踏襲して用いている。連歌・俳諧では発句において「長高」いことが要求されたが、第三についても芭蕉は「大付《おほづけ》にても転じて長高くすべし」と教えている（『三冊子』）。『去来抄』には、史邦《ふみくに》の「赤人の名は付かれたり初霞」（『薦獅子集《こもじし》』）の句について、芭蕉が「長高く、意味少なからず」と評したことを伝えている。

たのもし〔頼もし〕 期待される、頼りになる、の両意がある。「雨後の晴色また頼もしきと」（『おくのほそ道』象潟→紀）は前者の例。後者の例では、罪を得た門人杜国《とこく》を尋ねる途次、吉田（今の豊橋市）に越人《えつじん》と宿泊した時の句「寒けれど二人寝《ぬ》る夜ぞたのもしき」（『笈の小文』）、杜国を訪ねての句「夢よりもうつつの鷹ぞたのもしき」（『鵲尾冠』）などがあり、門人に対する信頼や連衆心が色濃く流れている。「幻住庵記」の「芦の一本《ひともと》の陰たのもしく」（→文）も、芭蕉に幻住庵を貸し与えた曲翠《きよくすい》への感謝の意が「たのもしく」という言葉に托して表されている。

たび〔旅〕 定住の地を離れ、処々を移動すること。芭蕉が「旅」について論じたものとしては、その功用・楽しみについて触れた『笈の小文』の一節（→紀）が知られるが、さらに『おくのほそ道』発端（→紀）では、生々流転してとどまることのないことが宇宙の不変の真理であるという考えに基づき、旅に終始する生涯こそ最も純粋な生き方であるという、旅即人生の哲学を示している。芭蕉にとって旅は、単に空間的地理的な旅であるばかりでなく、歌枕に古人の詩心をさぐる時間的歴史的な旅でもあったが、そうした風狂の旅は、元禄二年閏一月下旬付猿雖《えんすい》宛（推定）書簡に「今年の旅は、やつしやつして菰《こも》をかぶるべき心がけにてござ候」とあるように、*乞食《こつじき》行脚の旅と不可分のものでもあった。一方、『おくのほそ道』発端で「いづれの年よりか、片雲の風にさそはれて、漂泊の思ひやまず」というように、旅の宿業の深さに対しての自覚も強く、「住みつかぬ旅の心や置炬燵」（→発73）の句には、漂泊者としての心のわびしさが表されている。最後の吟となった「旅に病んで夢は枯野をかけめぐる」（→発100）の句も、そうした自らの宿業の深さを見つめたものにほかならない。↓あんぎゃ〔行脚〕・きりょ〔羇旅〕

たびね〔旅寝〕 旅中、宿泊すること。芭蕉は、「旅寝ながらに年の暮れければ」（『野ざらし紀行』）のように、漂泊の旅そのものを「旅寝」の語で示すことが多い。「旅寝して我が句を知れや秋の風」（『野ざらし紀行絵巻』跋）の句もある芭蕉には「旅寝」を詠んだ発句が多く、十二例を数える。その中には、「花の陰謡に似たる旅寝かな」（『あら野』）のように、*能のワキ僧に自己を擬し、風狂の姿勢を強く打ち出したものもあるが、「死にもせぬ旅寝の果てよ秋の暮」（『野ざらし紀行』）、「旅寝して見しや浮世の煤払ひ」（『笈の小文』）、「病雁の夜寒に落ちて旅寝かな」（→発70）など、漂泊の境涯のうそ寒さや孤独を詠んだものが少なくない。

たびびと〔旅人〕 旅をする人。芭蕉の場合、日常の生活を離脱し、*風雅の世界に生きる人、の意で、*能因・*西行・*宗祇・*杜甫ら、旅に生涯を送った詩人たちを念頭に置いて使っている。「旅人とわが名呼ばれん初時雨」（→発24）、「旅人の心にも似よ椎の花」（『続猿蓑』）などがその例。また、『おくのほそ道』冒頭の「月日は百代《はくたい》の過《くわ》客《かく》にして、行きかふ年もまた旅人なり」(↓紀)では、時の運行を「旅人」にたとえることで、旅人として生きることは、とどまることのない時の流れと一体であることを示している。

ちからあり〔力あり〕 俳論用語。一句の中において、その語が豊かな含意性にとみ、表現機能のすぐれていることを評価した語。『おくのほそ道』日光の条に、曾良の句「剃《そ》りすてて黒髪山に衣更《ころもがへ》」について「衣更の二字力ありて聞こゆ」と述べており、また『三冊子』に「寒菊の隣もありや生大根《いけだいこ》／冬さし籠る北窓の煤《すす》」の付合について「煤の字力ありて句とす」と評している。このほか『常盤屋《ときわや》の句合』『宇陀法師《うだのほうし》』などにも用例が見られる。

ちょう〔蝶《てふ》〕 季語。『毛吹草』『増山井』に二月の季語として所出。『俳諧類船集』に「蝶」の付合語として「荘*子」があげられるように、蝶といえば、『荘子』斉物論の、荘周が夢で胡蝶に化したという「胡蝶の夢」の故事が知られた。芭蕉の句にも「蝶よ蝶よ唐土《もろこし》の俳諧問はむ」(真蹟荘子像画賛)、「起きよ起きよ我が友にせん寝《ぬ》る胡蝶」(『をのが光』)、「君や蝶我や荘子か夢心」(推定元禄三年四月十日付怒誰宛書簡)と、「蝶」を荘子の化身と見なした句が見える。杜国に贈った送別句「白芥子《しらげし》に羽もぐ蝶の形見かな」(『野ざらし紀行』)、「物好きや匂はぬ草にとまる蝶」(『都曲』)では、芭蕉自身を蝶になぞらえているが、この場合も右の故事が下敷きとなっている。ほかに、蝶の軽やかに飛ぶ姿をとらえたものとして、「蝶の羽の幾度《いくたび》越ゆる塀の屋根」(『芭蕉句選拾遺』)などの句がある。

ちょうしょう〔長嘯《ちやうせう》〕 江戸前期の歌人(一五六九～一六四九)。木下長嘯子のこと。名は勝俊。長嘯はその号。若狭国《わかさのくに》小浜《おばま》城主となったが、関ケ原の合戦に際し武士を捨て、京都東山、のちに小塩山に隠棲、文雅を楽しむ生涯を送った。芭蕉は長嘯子を近世隠士の範型と仰ぎ、その家集『挙白集』を愛読した。芭蕉の作品において「長嘯」の名は、発句に「長嘯の墓もめぐるか鉢敲《はちたたき》」(『いつを昔』)、付句に「長嘯の筆きりぎりす啼く」(『俳諧江戸広小路』)と詠まれているほか、『嵯峨日記』四月二十二日条(↓日)、『初懐紙評注』に見える程度だが、「山路来て何やらゆかしすみれ草」(↓発⑰)

をはじめ、長嘯子の和歌や文章を下敷きにした例は少なくない。「幻住庵記」（→文）も、長嘯子の「山家記」がモデルの一つとなっている。

つえ〔杖《つゑ》〕 手に携えて歩行の助けとする竹や木の棒。「杖を曳く」は、出かける、の意だが、芭蕉は「呉天の雪に杖を拕《ひ》かん」（「笠はり」→文）、「雲岸寺に杖を曳けば」（『おくのほそ道』雲巌寺）、「鎌倉に杖を曳き」（「松倉嵐蘭を悼む」）など、特に名所・旧跡などを訪れる場合に使っている。また、「ここに草鞋《わらぢ》を解き、かしこに杖を捨て」（『野ざらし紀行』）などの「杖を捨つ」は、旅泊する意。さらに「宿りせむ藜《あかざ》の杖になる日まで」（真蹟懐紙）では、旅を表象するものとして詠まれている。「昔の人の杖にすがりて」（『野ざらし紀行』→紀）は、心の支えの意で、旅の縁で「杖」といったもの。「家はみな杖に白髪の墓参り」（『続猿蓑』）では、老いを表すものとして用いられている。

つき〔月〕 季語。単に「月」とあれば、秋の月を指す。『白髪集』『はなひ草』以下に八月、『連歌至宝抄』などに兼三秋として所出。陰暦八月十五夜の望月（満月）、九月十三夜の月は、古来ことに賞翫され、前者は「名月」「けふの月」、後者は「後の月」「名残の月」などと呼ばれる。なお、『篇突』『去来抄』によれば、「明月」はおしなべて良夜の月をいい、「名月」と区別された。芭蕉は「月」をとりわけ賞し、『かしまの記』（→紀）、『更科紀行』（→紀）、『おくのほそ道』敦賀の条、あるいは俳文「既望《いざよひ》」「芭蕉庵十三夜」などに見られるように、月見にことさら関心を寄せた。元禄七年（一六九四）、伊賀の新庵で催した月見の会での「月見の献立」も残っている。発句においても、「名月や池をめぐりて夜もすがら」（→発㉑）、「三井寺の門たたかばや今日の月」（『雑談集』）など、月を愛でてやまない風狂心を詠んだ句が見られる。一方、「俤《おもかげ》や姥《うば》ひとり泣く月の友」（→発㊴）、「義仲の寝覚の山か月悲し」（『荊口句帳』）、「月さびよ明智が妻の話せん」（『俳諧勧進帳』）などでは、伝説や歴史に思いを馳せ、悲しみや寂び*の色を深めるものとして「月」が詠まれているが、「月」の艶*に寂びをとらえたという点では、「名月や座に美しき顔もなし」（『初蝉』）の句をあげることもできる。また、「善光寺」と題した「月影や四門四宗もただ一つ」（『更科紀行』）、「月清し遊行《ゆぎやう》の持てる砂の上」（『おくのほそ道』敦賀）などの句は、仏法の真理を「月」にたとえた「真如の月」をはじめ、「月」を神仏の超越性や僧の高徳の象徴とする伝統によったもの。「一つ家に遊女も寝たり萩と月」(→発54)の「月」も、そうした宗教的なイメージをひびかせたものにほかならない。秋以外の月の発句には、「朧月」に「猫の恋止む時閨の朧月」(『をのが光』)等、「夏の月」に「蛸壺やはかなき夢を夏の月」(→発37)等があり、前者では、おぼろに霞む月の艶が、後者では、短夜の月のはかなさが詠まれている。

てがら〔手柄〕 俳論用語。*新しみ、独創性などに注目して相手の技量を讃美激励する語。『去来抄』に「下京や雪つむ上の夜の雨」(『猿蓑』)の、上五が決まらなかった時、芭蕉が「下京や」と置き、作者凡兆に「汝《なんぢ》手柄にこの冠《かむり》を置くべし。もしまさるものあらば、我ふたたび俳諧をいふべからず」と述べたと伝えている。このほか芭蕉の言葉では、「付物にて付けがたからんを、さつぱりと付物にて付けたらんは、また手柄なるべし」(『去来抄』)、「世上未だ無情の句一句も見えず、汝手柄たるべし」(『旅寝論』)などの例が見られる。同時にまた、「俳諧自由の上にただ尋常の気色を作せんは、手柄なかるべし」(『去来抄』)など、「手柄なし」の形で批判する用例もある。

てちょう〔手帳《ちやう》〕 俳論用語。手帳俳諧の略。前もって用意して手帳に記しておくところからいう語。体験の裏付けを欠いた、観念的で奇抜な作り物の句をいう。『去来抄』に、芭蕉は「舟に煩《わづら》ふ西国の馬」の付句を「手帳」であるとし、その理由を「船の中に馬の煩ふことはいふべし。西国の馬とまでは、よくこしらへたるものなり」と批判したと伝える。また元禄五年五月七日付去来宛書簡にも、芭蕉は点取俳諧に言及して「なかなか*新しみなど、かろみの詮議《せんぎ》思ひもよらず、随分耳に立つこと、むつかしき手帳をこしらへ」と述べている。

てんこう〔天工〕 造物主である天のなせるわざ、特にその巧みにして完成度の高い点を強調していう場合が多い。造物主の働きを強調して、特に「*造化の天工」という場合もある。芭蕉の作品では、「三翁は風雅の天工を享《う》け得て、心匠《しんしやう》を万歳《ばんぜい》に伝ふ」(『宗鑑・守武・貞徳像』賛)、「造化の天工いづれの人か筆をふるひ、詞《ことば》を尽くさむ」(『おくのほそ道』松島→紀)などの例がある。なお、美景の背後に、宇宙の根源的主宰者である造化の働きを認める考え方は、『松島眺望集』の隠名翁の文「をのづから天のなせる奇怪」にも見られる。

とうかいどうのひとすじもしらぬひとふうがにおぼつかなし〔東海道《だう》の一筋《すぢ》も知らぬ人風雅におぼつかなし〕 芭蕉遺語。旅は俳人にとって重要であり、東海道の一筋さえ旅をした経験のない者は、俳諧修行の点でおぼつかないことだ、の意。『韻《いん》塞《ふたぎ》』所収の許六「風狂人が旅の賦《ふ》并《ならびに》小序《しょうじょ》」に「今来古往の人、旅懐の情を尽して、風*雅の腸《はらわた》をさらす。（中略）東海道の一筋もしらぬ人、風雅におぼつかなしといひし翁の声、耳の底にとどまる」とある。旅に出ることは、風雅の世界における業平《なりひら》・能*因・実方《さねかた》・西行*・宗祇*といった先人たちの詩心にふれることであり、また旅により、より多くの深い感動を経験できるがゆえに、旅は俳諧修行に欠かせないことを説いたもの。『旅寝論』にも、この言葉を引いて、旅は絵の修行、学問などと同様、俳諧上達の道であると説いているほか、『三冊子』にも引かれている。

とうてい〔洞庭〕 中国湖南省北部の大湖。「洞庭秋月」は瀟湘八景の一つ。杜甫の「岳陽楼ニ登ル」（『杜律集解』）をはじめ、古来多くの詩文にとりあげられ、また画題ともされてきている。芭蕉の作品では『おくのほそ道』松島の条に「凡そ洞庭、西湖を恥ぢず」（→紀）、「幻住庵記」に「魂、呉楚東南に走り、身は瀟湘洞庭に立つ」（→文）と見える。ともに眺望の美景をたとえたもの。

とうるい〔等類〕 俳論用語。和歌・連歌以来の用語で、作意・表現などが先行作品に類似していること。和歌・連歌では「同類」とも。芭蕉は「他の句よりまづわが句にわが句等類することを知らぬものなり。よく思ひ分けて味はふべし」（『三冊子』）と等類をきびしく吟味した。「清滝や浪《なみ》に塵《ちり》なき夏の月」（元禄七年六月二十四日付杉風宛書簡）の句を、園女の許で詠んだ「白菊の目に立てて見る塵もなし」（『笈日記』）にまぎらわしいとして、「清滝や波に散り込《こ》む青松葉」（→発93）と改めたのはその例である。なお『去来抄』では、先行の句の発想を借りて、内容や表現を案じ変えた句を「同巣《どうそう》」とし、「等類」と区別している。

とほ〔杜甫〕 中国盛唐の詩人（七一二～七〇）。字は子美。号は少陵。芭蕉は「老杜」「杜子」と呼ぶ。政治への志を持ちながらも志を得ず、成都の浣《かん》花渓《かけい》に草堂を営んだ三年間を除き、生涯の大半を放浪生活に送った。大暦五年、洞庭湖畔で客死。芭蕉は杜甫に対し理想の詩人として最も傾倒、特に天和期の漢詩文調時代には、深川の草庵を杜甫の浣花草堂になぞらえ、杜甫の詩をもとに「泊船堂」と名付けたことにも示されるように、杜甫にあやかろうとする姿勢が著しい。この時期、杜甫に触れたものには、「『芭蕉野分して』（→発⑥）句文」、「『乞食の翁』句文」（→文）、「老杜ヲ憶フ」と題した「髭《ひげ》風ヲ吹いて暮《ぼ》秋《しう》歎ズルハ誰ガ子ゾ」（『みなしぐり』）の句、「『みなしぐり』跋」などがあるが、杜甫の詩の政治性を切り捨て、もっぱら「わび*」の詩情を支えるものとして受容しているところに特色がある。以後も、「幻住庵記」（→文）、曲翠宛書簡（→書）等で、その詩魂に学ぶべき詩人として杜甫に言及、また、杜甫の詩を典拠とする句や文章も多数にのぼっている。

とり〔鳥〕 花*とともに自然美を代表するもの。「幻住庵記」（→文）の「花鳥に情を労じて」などはその例。また、芭蕉の作品には、漂泊者の宿命の悲しみを分かち合うものとして用いられた例がある。「行く春や鳥啼き魚の目は涙」（→発㊶）、「この秋は何で年よる雲に鳥」（→発98）などがその例だが、さらに「病雁の夜寒に落ちて旅寝かな」（→発70）の「病雁」、『おくのほそ道』山中の条で曾良との別れの悲しみを叙した「隻鳧《せきふ》の別れて雲に迷ふがごとし」の「隻鳧」（鳧はケリの意）なども同様の例に加えることができる。

とりあわせ〔取《と》り合《あは》せ〕 俳論用語。「掛《か》け合せ」とも。句中に二つの題材を配合し、その相互映発により詩趣を生み出す方法。現代の二物衝撃・配合に同じ。「青柳の泥にしだるる汐干かな」（『すみだはら』）「菊の香や奈良には古き仏たち」（元禄七年九月十日付杉風宛書簡）など。芭蕉は門人の才能・性格により、時に「発句は畢竟《ひつきやう》取り合せ物と思ひ侍るべし。二つ取り合はせて、よくとりはやす（効果的に媒介すること）を上手といふなり」（『俳諧問答』）と教え、時に「発句は汝がごとく二つ三つ取り集めてするものにあらず、黄金《こがね》を打ち延べたるごとくなるべし」（『去来抄』）と、頭からすらすらと言い下して詠むのをよしと指導した。

なお〔猶《なほ》〕 芭蕉の頻用する語の一つ。「やはり」「その上」「それでも」といった一般的な用法のほかに、芭蕉の特徴的な用法としては、次のような例がある。㊀古歌の世界と重ねて現実の景物を眺めると、「いっそう」趣の深いことをいう場合に用いたもの。『笈の小文』の「いらご鷹など歌にもよめりけりと思へば、なほあはれなる折りふし」（→紀）、『おくのほそ道』白河の関の条（→紀）の「紅葉を俤《おもかげ》にして、青葉の梢なほあはれなり」、同・出羽三山の条の「遅ざくらの花（中略）行尊僧正の歌も爰《ここ》に思ひ出でて、なほ哀れもまさりて覚ゆ」などの例がある。㊁いったん叙述を終止しながら、その感興がやまず、さらになにがしかの言葉を付け加えようとする場合に用いたもの。*「風雅の魔心なるべし。なほ放下《ほうか》して栖《すみか》を去り」（「栖去の弁」→文）、「細き一筋をたどり失なふる事なかれ。なほ古人の跡を求めず」（「許六離別の詞」→文）などの例がある。『おくのほそ道』日光の条（→紀）の「なほ憚《はばか》り多くて、筆をさし置きぬ」も、さらに付言したいところだが、といった気持ちで下へ続く。㊂下の打ち消しを強調する気持ちを添えたもの。いっこうに。『おくのほそ道』旅立ちの条（→紀）の「行く道なほ進まず」はその例。

なぐさむ〔慰む〕 憂いを晴らす。芭蕉は、「稲葉の山の松の下涼みして、長途の愁ひを慰むほどに」（「『山陰や』の詞書」）、「主《あるじ》情有るもてなしに、暫時客愁の思ひ慰むに似たり」（「『宿借りて』の詞書」）などのように宿の主のもてなしに対する感謝の心を込めて、特に旅の憂さに対していうことが多い。『野ざらし紀行』の「綿弓や琵琶に慰む竹の奥」「行く駒の麦に慰むやどりかな」の句も同様の例。

なごり〔名残・余波〕 原義は、風の吹き止んだ後、なおしばらく波の静まらぬ意で、「余波」はこの原義に基づく用字法。転じて、物事が過ぎ去っても気配が残ること、別離、最後等の意。芭蕉の例では、「なほ夜の余波心すすまず」（『おくのほそ道』飯塚の里）、「さすがに春の名残も遠からず」（「幻住庵記」→文）などが、気配があとに残っている意で、前者では昨夜の苦痛が尾を引いていること、後者では夏になっても春の風情が残っていることをいっている。「牡丹蘂《ぼたんしべ》深く分け出づる蜂の名残かな」（『野ざらし紀行』）、「物書きて扇引きさく余波かな」（『おくのほそ道』天龍寺）などは別離の意で、惜別の情を込めたもの。「もはやこれを歳旦の名残にや」（曲翠宛書簡→書）、「雑煮の餅のおもしろく覚え候こそ、年の名残も近付き候にやとこそ思ひ知られ侍れ」（元禄七年一月二十日付猿雖宛書簡）などは最後の意で死期の近いことをいう時に使っている。

なつかし〔懐し〕 心引かれる、慕わしい、の意。芭蕉の作品では、「初めの老いも四年過ぎて、何事につけても昔のなつかしきままに」（「『古郷や』句文」）のように、亡き父母について、あるいは、「一年《ひととせ》の変化夢のごとくにて、ひとしほ御なつかしく存ぜられ候」（元禄三年七月十七日付牧童宛書簡）のように、門人との交歓について、それぞれ回想したものがあるほか、敬愛する古人、名所、隠棲者などへの憧憬を示したものがある。「謡に侘びし貴僧（*増賀のこと）の跡もなつかしく」（元禄二年閏一月下旬付猿雖宛書簡）が古人、「陸奥の名所名所心に思ひ込めて、まづ関屋（白河の関のこと）の跡なつかしきままに」（「『風流の』句文」）が名所、「草の庵閑かに住みなし、いかなる人とは知られずながら、まづなつかしく立ち寄るほどに」（『おくのほそ道』松島）が隠棲者の例だが、いずれも芭蕉の志向するところをよく示している。

なみだ〔涙・泪〕 芭蕉の「涙」には、母の死を悼んだ「手に取らば消えん涙ぞ熱き秋の霜」（『野ざらし紀行』）のような、故人を追慕して流す「涙」、「幻のちまたに離別の涙をそそぐ」（『おくのほそ道』旅立ち→紀）のような惜別の「涙」など、悲哀によるものもあるが、名所・旧跡を訪れて古人を偲び、永遠の時の流れの中での人の営みに思いを馳せて流す、歴史的な感動による「涙」が少なくないところに特色がある。『おくのほそ道』だけでも、「麓に大手の跡など、人の教ゆるにまかせて泪を落とし」（飯塚の里）、「羇旅の労を忘れて、泪も落つるばかりなり」（壺の碑）、「笠うち敷きて、時の移るまで泪を落としはべりぬ」（平泉→紀）などの例があり、ほかにも、伊賀の国阿波の庄の俊乗上人の旧跡を訪れての「聖人の御影《みえい》はいまだ全くおはしましはべるぞ（中略）、泪こぼるるばかりなり」（『笈の小文』）等の例がある。

ならちゃさんごくくうてのちはじめてはいかいのいみをしるべし〔奈良茶三石食うて後はじめて俳諧の意味を知るべし〕 芭蕉遺語。質素な食事である奈良茶飯を三石食って後、はじめて俳諧の真髄を理解することができる、の意。支考の『俳諧十論』第十法式の論の条に所出。「奈良茶」は奈良茶飯の略で、薄い煎茶で炊いた塩味の飯に、炒《い》り大豆などを混ぜ、濃いお茶をかけて食べるもの。支考は、芭蕉のこの言葉について、「(奈良茶という) 名をさしていへるは、例のさびしみなり」といい、俳諧の本質がさびしみにあることを指摘したものであると説いている。「わび*」の境涯に徹することで、真の俳諧を感得することができることをいったもの。なお、芭蕉には奈良茶飯を詠んだ「侘びてすめ月侘斎が奈良茶歌」(『武蔵《むさし》曲《ぶり》』) の句もある。

におい〔匂ひ《にほひ》〕 俳論用語。連句付合の手法の一つ。前句に感得される余情・余韻《よいん》に照応・調和して、映発するように付けてゆく手法。『去来抄』には「赤人の名は付かれたり初霞／鳥も囀《さへず》る合点なるべし」について「付かれたりといひ、なるべしといへるあたり、そのいひ分《ぶん》の匂ひ、相《あひ》*うつりゆくところ見らるべし。もし発句、名は面白やとあらば、脇は、囀《さへず》る気色なりけりといふべし」と説明し、また『三冊子』には、「色々の名もまぎらはし春の草／打たれて蝶の目を覚ましぬる」の例について「この脇は、まぎらはしといふ心の匂ひに、しきりに蝶の散り乱るるさま思ひ入りて、気《け》色《しき》を付けたる句なり」という。なお、「うつり*」「面影*《おもかげ》」「位*」「ひびき*」による付け方をも含めて、蕉風俳諧の手法全体を「匂ひ付け」と呼ぶこともある。

ねばり 俳論用語。「糊気《のりけ》」(元禄四年三月九日付推定去来宛書簡) とも。発句・付句ともに、発想・表現が説明的で理にかたむき、自然な流動感に欠けること。『去来抄』に「句の走り*よく、心のねばり少なからん」、「語路《ごろ》*滞らず、情ねばりなく」、「浪化《ろうか》宛去来書簡」に「ただ心も言葉もねばりなくさらりと」などと見える。

のういん〔能因〕 平安中期の歌人(九八八〜?)。俗名、橘永愷《たちばなのながやす》。古曽《こそ》部《べ》入道とも。二十六、七歳で出家、再度にわたる陸奥の旅のほか、中国・四国地方にも足跡を残している。「都をば霞とともに立ちしかど秋風ぞ吹く白川の関」(『後拾遺集』)の詠はことに名高い。芭蕉は、『おくのほそ道』出発前の書簡に「能因法師・西行上人の跪《きびす》の痛みも思ひ知らんと」(元禄二年二月十六日付猿雖・宗無宛)と記すように、*西行とともに、陸奥行脚の先達として慕い、『おくのほそ道』でも、*白河の関、(→紀)、武隈の松、象潟(→紀)の条で、能因の詠歌や「三年幽居の跡」(象潟)に思いを馳せている。

はいい〔俳意〕 俳論用語。和歌的伝統と区別すべき俳諧独自の把握・発想をいう語。「俳諧」は滑稽の意であるので、基本的には滑稽、おかしみを中心とした把握・発想となる。しかし、「発句は句強く、俳意確かに作すべし」との芭蕉の教えに対し、去来が「夕涼み疝気《せんき》起こして帰りけり」と詠み、「またこれにてもなし」と芭蕉が大笑いした『去来抄』のエピソードや、「春雨の柳は全体連歌なり。田螺《たにし》とる烏《からす》は全く俳諧なり。『五月雨《さみだれ》に鳰《にほ》の浮巣《うきす》を見に行かん』といふ句は、詞《ことば》に俳諧なし、浮巣を見に行かんと言ふところ俳なり」という『三冊子』の説明を勘案すれば、「俳意」とは、より広く新しい人生と世界の発見をめざした反伝統的・反日常的な観点からの把握・発想と考えられる。

はいかいいまだたわらぐちをとかず〔俳諧いまだ俵口を解かず〕 芭蕉遺語。俳諧の道はまだ手が着けられたばかりで、いわば米を俵から取り出すのに、俵の口を開いたところまでにも達していない。今後開拓すべき分野は無限に残されている、の意。『三冊子』に「師末期《まつご》の枕に、門人この後の風雅を問ふ。師のいはく、この道の我に出でて、百変百化す。しかれどもその境《さかひ》、真《しん》・草《さう》・行《ぎやう》の三つをはなれず。その三つの中にいまだ一二をも尽くさず、となり。生前折り折りの戯れに、俳諧いまだ俵口を解かず、ともいひ出でられしこと度々《たび》なり。高く心を悟りて俗に帰るべしとの教へなり」とある。また『歴代滑稽伝』にも「先師、世に俳諧は三合ほか出でず、七合は残りたりと申されけり」と見える。俳諧には無限の可能性があることを説き、*新しみの追求を忘れてはならないことを示したもの。

はいかいにおいてはろうおうがこつずい〔俳諧においては老翁《らうをう》が骨《こつ》髄《ずゐ》〕 芭蕉遺語。発句では門人中に自分に劣らぬ作者もいるが、俳諧(連句)においてこそ自分の真髄がある、の意。『宇陀法師《うだのほうし》』に、「先師常に語りていはく、発句は門人の中、予に劣らぬ句する人多し、俳諧においては老翁が骨髄、と申されけること毎度なり」と見え、許六はさらに「先師一生の骨折りは、ただ俳諧の上に極まれり」と記している。芭蕉が発句よりも連句を本領と考え、自信を持っていたことを示すもの。

はいかいにこじんなし〔俳諧に古人なし〕　芭蕉遺語。新しみを生命とする俳諧においては、古人の糟粕《そうはく》をなめることなく、つねに新しい境地の開拓に努力すべきである、の意。『葛の松原』に「俳諧に古人なしといふことを、芭蕉庵の叟《おきな》常に嘆き申《まう》されしか」として所出。去来は「この道古人の姿によつて作しがたし。ただ日々流行して、日に新たに、また日に新たなり。この故《ゆゑ》に古人なきにひとし」（『不玉《ふぎょく》宛書簡』）と注し、惟然《いぜん》もまた「俳諧に古人なしと申されけるは、（中略）ただ変化流行するところにおいては、古人に拘《かかは》るべき軌則《きそく》なしとなり」（『初蝉』）と述べている。これらは『三冊子』に伝える「仮りにも古人の涎《よだれ》を嘗むることなかれ。四時《しいじ》の押し移るごとく物あらたまる。皆かくのごとし」（→論）という芭蕉の言葉とともに、芭蕉の不断の自己変革の厳しさを示したものである。

はいかいのえきはぞくごをただすなり〔俳諧の益は俗語を正すなり〕　芭蕉遺語。俳諧の効用は、俗語を詩語として高めることにある、の意。『三冊子』に所出、以下「常にものをおろそかにすべからず。この事は人の知らぬ所なり。大切の所なり」と続く。俗語に高い詩情を付与し詩語として生かすところに、伝統文芸とは違った俳諧の特質があることを示したもの。「俳諧は平話を用ゆ」（『三冊子』）、「我が徒の文章は（中略）事は鄙俗の上に及ぶとも、懐しくいひとるべし」（『去来抄』）などの芭蕉の言葉も同様の考えに基づく。そのほか「*高悟帰俗」「*かるみ」などとも深くつながっている。

はいかいはさんせきのわらべにさせよ〔俳諧は三尺の童にさせよ〕　芭蕉遺語。俳諧は素朴純心な七、八歳の子供にさせるのがよい、の意。『三冊子』に「功者《こうしゃ》に病《やまひ》あり。師の言葉にも、俳諧は三尺《さんせき》の童《わらべ》にさせよ、初心の句こそたのもしけれ、などと、たびたびいひ出でられしも、みな功者の病《やまひ》を示されしなり」とある。「一尺」は二歳半、「三尺」は七、八歳の意。『旅寝論』にも、元禄七年（一六九四）、門人から今の俳風を問われた芭蕉が「ただ子供のすることに心をつくべし」と答えたということが見える。ともに、無垢な子供や初学者が何のたくむところもなく、素直に対象に向き合い、表現するように、無心な態度で句を詠むことが大切であることをいったもので、「*あだ」や「*軽み」につながる言葉である。

はいかいはなくてもありぬべし〔俳諧はなくてもありぬべし〕 芭蕉遺語。作品としての俳諧はなくてもかまわぬ、の意。『続五論』に「先師いはく、俳諧はなくてもありぬべし。ただ世情に和せず、人情に達せざる人は、これを無風雅第一の人といふべし」と見え、また『三冊子』にも「ある門人のことをいひて、彼必ずこの道に離れず、取り付きはべるやうにすべし。俳諧はなくてもあるべし。ただ世情に和せず、人情通ぜざれば人調《ととの》はず。ましてよろしき友なくてはなりがたし」と芭蕉の言葉を伝えている。俳諧の営みを通じて他人とつながりを持ち、生きる楽しみを共有すること、そこに俳諧の人生における意義があることを説いたもの。俳諧と人生の関係について芭蕉は、「世道・俳道、これまた斉物《せいぶつ》にして、二つなきところ」（元禄四年二月二十二日付支幽・虚水宛書簡）とも述べている。

はいかいはろうごのたのしみ〔俳諧は老《らう》後の楽しみ〕 芭蕉遺語。年老いてから、人と和して生きてゆくためには、俳諧がその方法として適しており、俳諧を老後の楽しみとするのがよい、の意。支考の『俳諧十論』俳諧の道の条に所出。支考は、以下、この芭蕉の言葉について、「若き時は友多く、よろづに遊びやすからんに、老いて世の人に交はるべきは、ただこの俳諧のみなれば、これを虚実の媒《なかだち》にして、世情の人和《じんわ》とはいへるなり」と述べている。また、『東西夜話』にも、俳諧をもって四季の変化を知り、天地の本情にあそぶ手段と考えて、老後の楽しみとすべきことを説いているが、芭蕉の真意は、俳諧を通じて真情を通わせ合うこと、そこに生まれる連帯感によって生きることの楽しみにあると考えられる。なおここにいう「老後」とは、禄《ろく》を離れ、家業を譲り、世俗のきずなから自由になった在り方を指したもの。

ばしょう〔芭蕉《しやう》〕 季語。『はなひ草』

以下に七月として所出。中国原産といわれ、観賞用に庭園などに植えられる。深川の草庵にも、延宝九年（一六八一）春、門人李下《りか》の贈った芭蕉が植えられ、以後、草庵を芭蕉庵と呼び、あるじまた芭蕉と号するに至った。「芭蕉植ゑてまづ憎む荻の二葉かな」（『続深川集』）はその折のもの。その葉は秋風に破れやすく、和歌では、そうした姿にもののあわれや無常感が托されてきた。また漢詩では、その葉に落ちる雨の音に愁情を催すのが一つのパターンになっている。「芭蕉野分して盥《たらひ》に雨を聞く夜かな」（→発⑥）の句の「芭蕉」は、そうした詩的伝統を下敷きにしたもの。なお、右の芭蕉の株は以後も門人たちに守られ、元禄五年（一六九二）、新しく成った深川の庵に移された。その経緯を記したのが「芭蕉を移す詞」で、その中で芭蕉は「芭蕉」への愛着をこまやかに述べ「ただこの陰に遊びて、風雨に破れ易きを愛するのみ」と結んでいる。

はしり〔走り〕 俳論用語。「句走り」とも。句の勢い、口調、拍子をいう。「＊ねばり」の対。去来は＊語路を「句走り」のこととし、自作の「忙しや沖のしぐれの真帆片帆」の句について、「有明や片帆に受けて一時雨《しぐれ》といはば、『忙しや』も『真帆』もその中にこもりて句の走りよく、心のねばり少なからん」と述べている。また、連句の付合では、前句の勢い、情感の流れを受けて、口調よく付ける手法をいう。支考は「敵《かたき》寄せ来るむら松の音／有明の梨子打烏帽子《なしうちえぼし》着たりけり」（『葛の松原』）を例にあげるが、同じ例を『三冊子』では「句の勢ひに移りて付けたる句」と説明している。

はたらき〔働き〕 俳論用語。創意工夫に基づく表現効果の顕著な点を評価する語。『去来抄』に越人の句「月雪や鉢叩《たたき》名は甚之丞《じんのじょう》」について、「月雪といへるあたり、一句働き見えてしかも風姿あり」との芭蕉の評を紹介し、また荷兮《かけい》の「凩《こがらし》に二日の月の吹きちるか」（『あら野』）の句に関して「二日の月といひ、吹きちるかと働きたるあたり、予が句にはるかに勝《まさ》れりとおぼゆ」と述べている。このほか「めでたきものにめでたからぬことを結び、一句をよく首尾したるは作者の働きなり」（『旅寝論』）、「月秋の場所に宵《よひ》闇出で合ひたればこそ、不思議の働きもありけれ」（『宇陀法師《うだのほうし》』）など多くの例がある。

はちたたき〔鉢叩・鉢敲〕 季語。京都の空也《くうや》堂に所属する空也僧が、十一月十三日の空也忌から四十八夜にわたって、瓢簞や鉦を打ち鳴らし、無常の和讃や念仏を唱えながら、洛中や洛外の葬場・墓所などをまわることを指す。『はなひ草』以下に、十一月として所出。近世前期の隠士木下*長嘯子に「鉢叩暁方の一声は冬の夜さへも鳴くほととぎす」（『挙白集』巻十）の詠があり、長嘯子の風懐を慕った芭蕉は、元禄二年（一六八九）十二月、鉢叩を聞きに訪れ（去来「鉢扣ノ辞」）、「長嘯の墓もめぐるか鉢敲」（『いつを昔』）と詠んでいる。「干鮭も空也の痩も寒の内」（→発72）の「空也」もこの鉢叩のことをいったもの。そのほか芭蕉には、「納豆切る音しばし待て鉢叩」（『韻塞』）の句がある。

はな〔花〕 季語。単に「花」といえば*桜を指す。『はなひ草』以下に三月として所出。*月・*雪とともに、古来、季節の景物の代表とされ、芭蕉は「月花のこれや実《まこと》の主《あるじ》達」（『宗鑑・守武・貞徳像』真蹟画賛）などのように、*風雅の代名詞としても使っている。芭蕉の作品では、天和期には「盛りぢや花に坐《ソゾロ》浮法師ぬめり妻」（『東日記』）、「艶なる奴《やっこ》花見るや誰《た》が歌の様」（真蹟短冊）など、花見に浮かれる当世風の*艶なる句が見えるが、貞享期になると、「観音の甍《いらか》見やりつ花の雲」（真蹟懐紙）、「花の雲鐘は上野か浅草か」（→発㉒）など、深川の草庵から遠く霞んで見える「花」の美しさが詠まれている。また、『笈の小文』の旅では、*吉野の花見の条（→紀）に見られるように、古人の詩心を追い求める風狂の姿勢が目立ち、発句でも、「花の陰謡に似たる旅寝かな」（『あら野』）、「猶見たし花に明け行く神の顔」（→発㉞）など、「花」に古典的幻想を追った句が見えている。

ばや 願望を示す終助詞。芭蕉の発句には「ばや」を用いたものが多く、「露とくとく試みに浮世すすがばや」（『野ざらし紀行』）、「若葉して御目の雫ぬぐはばや」（→発㉟）、「庭掃きて出でばや寺に散る柳」（『おくのほそ道』全昌寺）、「籠り居て木の実草の実拾はばや」（『後の旅』）、「三井寺の門たたかばや今日の月」（『雑談集』）、「蓬萊に聞かばや伊勢の初便り」（『すみだはら』）等九例を数える。「秋に添うて行かばや末は小松川」（『陸奥衛』）などの例を別として、右にあげた諸例の「ばや」は、日常的な感覚においては願ったりしない事柄を希求する点に特色があり、いわば*風狂の精神の表れを示すものと解することができる。

はるさめ〔春雨〕 季語。春の、降るとも見えず、もの静かに降り続く雨。『三冊子』には、陰暦正月・二月初めに降るのを「春の雨」、二月末から三月に降るのを「春雨」と区別している。これは晩春に「春雨」の情趣が最も濃まやかに感じられるからであろうが、芭蕉の発句（「春雨」五句、「春の雨」二句）を見る限り、さほどの違いは見られない。「音なく、降るともわかぬよしをいひ、幾日も晴れやらで、さびしき心」（『初学和歌式』）を本意とするが、芭蕉は「春雨や蜂の巣つたふ屋根の漏り」（『すみだはら』）で、そうした「春雨」の情趣を蜂の巣を伝う雫に見出し、「不精さやかき起こされし春の雨」（→[発](76)・『猿蓑』）では降り続く春雨のもの憂さを懶惰《らんだ》の情で新しくとらえ直している。また、「春雨」は和歌・連歌で植物を生長させるものとして詠まれた。そうした「春雨」をとらえた芭蕉の句には「春雨や蓬《よもぎ》をのばす草《くさ》の道」（『艸の道』）などがある。

ひびき〔響き〕 俳論用語。付合手法の一つ。前句の声調に感知される鋭く緊張した情調に対し、同じく緊張した気分で、打てば響くように付ける手法。『去来抄』には「くれ縁《えん》に銀《ぎん》土器《かはらけ》を打ち砕き／身細き太刀《たち》の反《そ》る方《かた》を見よ」の付合をあげ、「右の手にて土器を打ちつけ、左の手にて太刀に反りかけ直す仕方して語り給へり」と芭蕉の教えを示している。『三冊子』では「青天に有明月の朝ぼらけ／湖水の秋の比良《ひら》の初霜」を引き、「前句の初五の響き堅きに心を起こし、湖水の秋、比良の初霜、と清く冷《すさま》じく大きなる風景を寄す」と説明している。

ふううん〔風雲〕 芭蕉の頻用語の一つ。風と雲。自然の美景。また、「風雲月露」（花鳥風月を詠じた詩文）の略で、*風雅をいう。「風雲の中に旅寝するこそ」（『おくのほそ道』松島→[紀]）、「されども栄辱《えいじよく》の間に居らず、日々風雲に座して」（「松倉嵐蘭を悼む」）などは自然の美景の意、「風雲の便りとも思ひなして」（『笈の小文』→[紀]）、「風雲の情を狂はす者」（『更科紀行』→[紀]）などは風雅の意の例である。「幻住庵記」（→[文]）の「たどりなき風雲に身を責め」は、風と雲の意に、実生活に益のない風雅の意を利かせたもの。

ふうが〔風雅〕 俳論用語。蕉風で俳諧をさして言う語。「*侘びと風雅のその生《ツネ》にあらぬは」（『みなしぐり』跋）、「予が風雅は夏炉冬扇のごとし」（「許六離別の詞」→文）など、その例は数多い。「風雅」とは、もと『詩経』にあげる詩の六義《りくぎ》のうちの「風」（諸国の民謡）と「雅」（宮廷で行われた正雅な歌）で、ともに「正楽の歌」を意味する。六朝の『文選《もんぜん》』序には「風雅ノ道粲然《さんぜん》トシテ観ルベシ」とあり、「風雅」を文芸の意に用いている。日本でも『太平記』の「歌道数奇《すき》の御翫《おんもてあそび》ありしかば…慈鎮和尚《くわしやう》の風雅にも越えたり」（巻二）と、「風雅」が和歌の意で使われている。芭蕉は、これら漢詩文以来の伝統に立ち、さらに、西行*・宗祇*・雪舟・利休の芸術につらなるもの、貫道するものを意識して、俳諧を「風雅」と称した。

ふうがのまこと〔風雅の誠〕 俳論用語。蕉風俳論において俳諧創作のもっとも基盤となるべき純粋の詩精神・詩情。『三冊子』に「師の風雅に万代不易あり、一時の変化あり。この二つに極《きは》まり、その基《もと》一なり。その一といふは風雅の誠なり」（→論）と述べている。この言葉の根底には宋学の思想が存在する。すなわち宋学では、宇宙の根源である「造化*」の不変の原理を「理《ことわり》」、生成する活動力を「気」とし、その本体を「誠」とする。そして「造化」から生成された小宇宙としての万物の中には、「造化の誠」が分有されており、したがって人は私欲を拭い去り、自分の中に分有されている誠を明らかにしなければならないと説く。それゆえ「風雅の誠」とは、自分の胸中の詩情を宇宙の根源的真実に通ずるものとする把握の方法によるものであり、『三冊子』にいう「誠を責める」とは、私意を払い捨て「造化の誠」の輝き出るまで、自分の詩情を研ぎすますべきことをいったものである。

ふうがのましん〔風雅の魔心〕 俳壇的な名誉心への執着から脱することのできない、風雅（俳諧）に対する驕慢《きようまん》な心の意。「栖去《せいきよ》の弁《べん》*」（→文）に「風雅もよしやこれまでにして、口を閉ぢむとすれば、風情胸中を誘ひて、物のちらめくや、風雅の魔心なるべし」と見える。「魔」はもと仏教語で成道《じやうどう》のさまたげをなすものをいう。元禄四年（一六九一）十月、江戸に帰った芭蕉が江戸俳壇の俗化ぶりに絶望し、口を閉ざそうとするが、やはり俳諧への執着を捨て切れぬことへの自戒を込めて言ったもの。

ふうきょう〔風狂《きやう》〕 世俗的な規範を超越脱却して美の世界に耽溺すること。蕉風俳諧で理想的な生き方とされ、のち俳諧の代名詞ともなった。「風」はもと「瘋」で、風邪の起こす病の意。したがって「風狂」は否定的な意味を伴った狂気・狂人の意であったが、蕉門では肯定的に「風雅の狂」の意味に転換して用いられるに至った。蕉門における同義語として、「狂」「物狂い」、また派生語として、「狂者」「狂夫」「狂客」「酔狂人」「浮狂人《うかれびと》」「狂意」「狂句」などがあげられる。精神史の流れから見れば、宋の朱子が「狂者」と注した『論語』先進篇の曾子、『寒山詩』の寒山・拾得、日本では平安時代名利の拒否に徹した奇僧*増賀、風流に執するがゆえの奇行により、行成《こうぜい》から「痴《おこ》なり」と冷笑された中将実方《さねかた》らの系譜につらなる。芭蕉はその初期の作品から風狂の色彩が濃厚であったが、さらに新風を模索した貞享期（一六八四〜八八）の作品には「狂」の語が頻出し、風狂のポーズが特に強く見られる。しかし幾度かの旅の実践を通じて、芭蕉は、世俗的なすべてを一切放棄・放下した「風雅の*乞食《こつじき》」ともいうべき境涯に、「風狂」の究極の姿を見いだすに至った。

ふうし〔風姿〕 →すがた（姿）

ふうてい〔風体〕 俳論用語。作品の表現様式をいう。作品の歴史的・個性的な様式である「風」と、普遍的・形態的な様式である「体」との結合した語で、単に「*姿」が個々の作品についていうのに対し、「風体」は総括的に述べる時に用いる。「句々たをやかに作新しく（中略）これを今の風体といはんか」（『常盤屋《ときわや》の句合』）、「五六年も経なば一変して、いよいよ風体かろく移りゆかんと教へたまひける」（『旅寝論』）、「あら野・ひさご・猿蓑・炭俵・後猿と段々その風体あらたまり来たるに似たれど」（『宇陀法師《うだのほうし》』）などの例がある。なお、『俳諧問答』に「風体」についての論争が見られる。

ふうりゅう〔風流《りう》〕 優雅な趣、また詩歌・文章の趣味に遊ぶ文雅の道をいう。芭蕉の用例では、『十八番発句合』『常盤屋《ときわや》の句合』の判詞、「初懐紙評注」等では、おおむね前者の意で用いられている。後者の例としては、「風流の初めや奥の田植歌」（→発㊺）などがあるが、「一風流、世外の交り」（元禄六年五月四日付許六宛書簡）という言葉に端的に示されているように、後者の「風流」には、文雅の趣味に遊んで世俗を離れるという意を含んでいる。『おくのほそ道』宮城野の条の「風流のしれもの」は、その意で用いたもの。なお、『笈の小文』吉野の条(→紀)に、「思ひ立ちたる風流いかめしくはべれども」とあるように、芭蕉にとって旅もまた「風流」であった。『おくのほそ道』最上川の条の「このたびの風流、ここに至れり」も、旅路における俳諧を指している。

ふえきりゅうこう〔不易流行《りうかう》〕 俳論用語。「不易」は永遠不変、「流行」は刻々の変化の意で、両者は「*風雅の誠」に基づく点で同一であるとする考え方をいう。俳諧は不断に新しく変化してゆくところに不変の本質があるという文学観と、俳諧の永遠不変の価値は「風雅の誠」を追求する不断の自己脱皮から生まれるという実践論から成り立っている。元禄二年(一六八九)『おくのほそ道』の旅行後、同年冬から門人達に説いたもので、『俳諧問答』『去来抄』『三冊子』(→論)などに祖述されている。宇宙の根源的主宰者である「*造化」の、不変の恒常的原理を「理」、万物創成の創造力を「気」、その本体を「誠」とする宋学の考え方に基づき、俳諧の本質と俳諧作者のあるべき姿について論じたもの。芭蕉は早くから俳諧の流行性と不易性の問題に注目し(『常盤屋《ときわや》の句合』跋、『虚栗《みなしぐり》』跋)、その解決を課題としたが、『おくのほそ道』の旅を通じて、天地自然の不断の変化の相と、古人の詩魂の永遠性を心に深く刻み込むことの中から、誠に基づく絶えざる変化こそ永遠不変の真理であることを悟得し、新たな俳風を切り開くための行動原理として説くに至った。

ふかがわ〔深川《がは》〕 今の東京都江東区西部の地。三次にわたって芭蕉庵のあったところで、たとえば「青くても」(→発81)の句の前書「深川夜遊」のように、「深川」といえば芭蕉庵をさすことが少なくない。第一次芭蕉庵は、「寒夜の辞」に「深川三股《みつまた》の辺りに草庵を佗びて」とあるように、隅田川と小名木《おなぎ》川とが合流する「三股」のほとりにあり、芭蕉はその草庵を*杜甫の浣花草堂になぞらえ、「*江上《こうしやう》の破屋《はおく》」とも呼んでいる。第二次芭蕉庵もおそらく同じ所、第三次芭蕉庵も「芭蕉を移す詞」に「旧《ふる》き庵もやや近う」とあることから、第二次芭蕉庵の近くにあったと推定される。同詞にはまた「*浙江《せつかう》の潮《うしほ》、三股《みつまた》の淀に湛《たた》へて」とあるが、芭蕉庵近くのそうした「深川」の景観は、「名月や門に指し来る潮頭《しほがしら》」（『芭蕉庵三ヶ月日記』）の句にもとらえられている。

ふぜい〔風情〕 情趣。詩的感興。芭蕉の作品では、「花も紅葉もなき風情」（『十八番発句合』）、「東坡が風情、杜子が洒落」（『田舎の句合』）、「己《おの》があやしと思ひし事ども話し続くるぞ風情のさはりとなりて」（『更科紀行』↓紀）、「昔物語にこそかかる風情ははべれ」（『おくのほそ道』福井）などの例が見られる。また、「風情の人の実《まこと》をうかがふ」（『及の小文』↓紀）、「この僧常に風情を好み、市を避けて、年々斗藪《とそう》行脚の身となる」（『僧専吟餞別の詞』）など、風雅*の意としても用いている。

ふる〔振る〕 俳論用語。「動く」とも。一句中の語や素材を、他のものに置き換えることが可能なこと。『去来抄』に、「行く春を近江の人と惜しみける」（↓発66、論）についての、「行く春」と「行く年」、「近江」と「丹波」がそれぞれ置き換えうるかどうかの論争をはじめ、去来の「つかみ合ふ子供のたけや麦畑」（『猿蓑』）、洒堂《しゃどう》の「唐黍《きび》にかげろふ軒や魂祭り」（『すみだはら』）などの句をめぐっての論争が見える。この問題は『祇園拾遺物語』『貞徳永代記』『蝶すがた』『独ごと』などにも見え、元禄期に句評の一基準とされていた。しかし芭蕉は「つかみ合ふ」の句の場合、「振る、振らぬの論かしがまし、無用」とも述べている。

ふるさと〔旧里・故郷〕 芭蕉の場合、伊賀*上野をさす。「旧里や臍の緒に泣く年の暮」（↓発28）の句、あるいは、その句文に「兄弟《はらから》のあまた齢《よはひ》傾きて侍るも見捨てがたく」「猶父母のいまそかりせばと、慈愛の昔も悲しく」とあることに示されるように、芭蕉にとって「旧里」は血縁につながる懐しい地として表現されている。『野ざらし紀行』の旅で帰省した折に亡母に手向けた「手に取らば消えん涙ぞ熱き秋の霜」の前文に「故郷に帰りて」とあるのも同様の例に数えられる。↓やまが〔山家〕

ふるし〔古し〕 芭蕉の作品では、「もとのまま」「古くさい」といった意味の例も「霰《あられ》聞くやこの身はもとの古柏」（『続深川集』）の句などには見られるが、その多くは、懐しさ、ゆかしさを伴う「古し」である。たとえば、「杜鵑《ほととぎす》鳴く音や古き硯箱」（『陸奥鵆』）

の句は、不卜《ふぼく》の一周忌に際して、故人への懐しい思いを「古き硯箱」で表したもの。このほか、「花の上こぐとよみたまひけむ古き桜も、いまだ蚶満《かんまん》寺《じ》の後《しりへ》に残りて」（『夕晴や』の詞書』）、「古き名の角鹿《つぬが》や恋し秋の月」（『荊口句帳』）、「菊の香や奈良には古き仏たち」（元禄七年九月十日付杉風宛書簡）など、文学的伝統や歴史的伝統についていったものも少なくないが、それらにおいても慕わしい思いを込めて使っている。なお、「句作に作をこしらへ、句毎《ごと》に景をのみ好み候はば、やがて古くなるべし」（〈貞享三年〉三月十四日付東藤・桐葉宛書簡）のように、俳諧についていう場合は、新しみ*を追求する立場から否定的な意味で用いている。

ふるび〔古び〕 俳論用語。作意や表現が古くさく陳腐《ちんぷ》なこと。「古ぶ」の動詞形でも用いる。俳諧は本質的に「新しみ*」が重要であるため、「古び」は一般に批判の対象となったが、特に蕉門では、不易流行*の思想に見られるように、他門に比べてきびしく戒められた。芭蕉の言葉に「世間ともに古び候により、少々愚案工夫《ぐあんくふう》これあり候ひて」（元禄三年七月十七日付牧童宛書簡）、「世上の俗諧、皆々古び果て候ところに」（元禄四年十一月五日付曲翠宛書簡）などとあるほか、門人の間でも、「古び付き候は俳諧第一の病《やまひ》にて候」（『浪化宛去来書簡』）、などと言及されている。

ぶんだいひきおろせば、すなわちほうぐなり〔文台引き下ろせば、すなはち反故なり〕 芭蕉遺語。俳諧（連句）の生命は、座における瞬間的な詩情の交感にあり、句を書き留めた懐紙を文台から下ろしたら、すなわち、一巻を詠み終えたら、その懐紙は反《ほ》古紙《ごがみ》同然である、の意。「文台」は、執《しゅ》筆《ひつ》が懐紙に句を書き留める時に用いる台。『三冊子』に「学ぶ事は常にあり。席に望んで、文台と我と間《かん》に髪を入れず、思ふ事速《すみや》かに言ひ出でて、ここに至りて迷ふ念なし」に続いて所出、同様の芭蕉の言葉は、許六の『篇突』、去来の「答許子問難弁」（『俳諧問答』）にも見える。連句文芸が当座の感興を生命とすることを説いたものだが、それはまた、渋滞のない付け運びを達成することにもつながり、「軽み*」の教えとも無縁ではない。

ほうすん〔方《はう》寸〕 一寸四方の意で、わずかの大きさをいい、また、胸中方寸の間にあるところから心の意に用いる。芭蕉の用例では、「病変やふりわきけんなど、方寸を砕くのみに候」（元禄三年一月十七日付杜国《とこく》宛書簡）「かれは予が宵寝をたたきて方寸を汲み知り」（「嗒山送別」）など、いずれも心の意に用いている。「象潟に方寸を責む」（『おくのほそ道』象潟→紀）、「杜子が方寸に入る」（曲翠宛書簡→書）も同様に心の意だが、これらは特に詩心についていったもの。

ほそみ〔細み〕 俳論用語。「さび*」「しおり*」と深い関連性をもつ蕉風俳諧の美的理念で、優雅な詩心、こまやかな感受性から生まれる繊細であえかな余情《よせい》美をいう。『去来抄』では、「細み」は「句意にあり」とし、芭蕉が「細みあり」と評した路通の句「鳥どもも寝入りてゐるか余吾《よご》の湖《うみ》」（『猿蓑』）を例としてあげている。また、許六は『俳諧問答』に「師が風、閑寂《かんじやく》を好んで細し」と、「細み」と芭蕉の俳風の関係を指摘している。連歌論等にも、ふとく、こわごわしく、無骨なことの反対概念として「細し」の語が見えており、蕉風俳諧の「細み」も、そういう中世の美的理念を継承して生まれたものにほかならない。

ほっくのことはゆきてかえるこころのあじわい〔発句のことは行きて帰《かへ》る心の味《あぢは》ひ〕 発句の特質は、句を読んだ時の心の動きが一つの方向に流れるだけでなく、また逆の方向へ流れ帰って来る、その二つの流れの交響するところに発句の世界が成立する、の意。『三冊子』に所出、以下、土芳は「山里は万歳《まんざい》遅し梅の花」（→発75）の例をあげ、「山里は万歳遅し、と言ひ放して、梅は咲けりといふ心のごとくに、行きて帰るの心、発句なり。山里は万歳の遅し、といふばかりの一重《ひとへ》は、平句《ひらく》の位なり」と説明している。芭蕉の言葉とは記していないが、「山里は」の句が伊賀での作であることから見て、おそらく芭蕉の指導に基づく言葉であると見られる。*切字《きれじ》によって切断されている発句は、一句の中に「行き」と「帰り」とを内包し、その両者の交響から生まれる余情に発句の生命があることをいったもので、発句の本質を道破した言葉ということができる。

ほととぎす〔郭公・時鳥・杜宇〕 季語。夏に日本に渡来する鳥で、『はなひ草』以下に四月として所出。古来、一瞬鋭く鳴き過ぎる一声の珍しさが賞美された。中国では、亡命客死した蜀の望帝の魂魄の化したものと伝えられ、「蜀魂」とも表記される。芭蕉の「郭公声横たふや水の上」（↓発83）の「郭公」は、そうした死者の魂の化身とされてきた伝説をふまえ、亡き桃印《とういん》の幻影を追い求めたもの。この句では、ほととぎすが鳴き過ぎたあとの余韻が詠まれているが、その余韻を追い求めるという点では、「ほととぎす消え行く方や島一つ」（『笈の小文』）、「野を横に馬牽《ひ》き向けよほととぎす」（↓発43）なども共通する。後者の句は、「那須野」という名所に「ほととぎす」を新しく取り合わせたものだが、貞享・元禄期の芭蕉の「ほととぎす」の句は、このように新しい配合を示した句が少なくない。たとえば、「須磨の海士《あま》の矢先に鳴くか郭公」（『笈の小文』）では、古戦場としての須磨の「ほととぎす」をとらえたところに新味があり、また、「ほととぎす大竹藪を漏る月夜」（↓発77）では「大竹藪」、「木隠れて茶摘も聞くやほととぎす」（『すみだはら』）では「茶摘」との配合に新しさを見せている。

ほんい〔本意〕 俳論用語。対象のもっとも詩的な、それらしい在り方・性質として、詩歌の伝統の中で公認されてきた考え方をいう語。和歌・連歌・俳諧のほか能楽などにも用いられる。その代表的な記述は紹巴の『連歌至宝抄』に見られ、たとえば、春風・春雨について、「たとひ春も大風吹き、大雨降るとも、雨も風も物静かなるやうにつかまつり候こと本意にてござ候」と述べている。しかしこの本意という考え方は、それを推し進めると類型化をまぬがれず、現実との対応、実感から離れることとなりがちである。『去来抄』の「行く春を近江の人と惜しみける」（↓発66）の句をめぐる論（↓論）によれば、芭蕉は実景・実感を尊重するとともに、伝統的本意も、代々の歌人たちによるその時々の対象の＊本情《ほんせい》の把握を通して形成されたものと考えていたことが明らかである。

ほんせい〔本情〕 俳論用語。「本性」「ほんじょう」とも。対象のもっとも本質的な固有の性情をいう。朱子学に、天より与えられた純然たる性を「本然の性」とする考えから出たもの。『去来抄』に「およそ物を作するに本性を知るべし」とあるように、蕉門俳諧では創作に際して「本情」の把握がもっとも重要とされた。また支考は『続五論』で、有情のものはもちろん、草木瓦石の無情のものも、それぞれ「本情」を備えていることを述べた上で、芭蕉の「金屏《きんびやう》の松の古さよ冬籠り」（→発85）の句を例にあげ、「金屏はあたたかに、銀屏は涼し。これおのづから金屏・銀屏の本情なり」云々と説明している。『三冊子』に「物に入りて、その微の顕れて、情感ずるや句となる」とある「物の微」も「本情」のことをいったもの。さらに芭蕉の句「行く春を近江の人と惜しみける」（→発66）をめぐる論争（『去来抄』→論）も「本情」の問題と深く関わっている。

まず〔先づ〕 最初に、何はともあれ、の両義があるが、芭蕉は、何をおいても、真っ先に、といった強い意味で使うことが多い。たとえば、『おくのほそ道』発端の条の「松島の月先づ心にかかりて」（→紀）についていえば、*松島の月に寄せる芭蕉の関心の強さを汲むべきであろう。『おくのほそ道』ではほかに七例見られ、発句でも「物の名を先づ問ふ芦の若葉かな」（『笈の小文』）、「桟《かけはし》や先づ思ひ出づ駒迎へ」（『更科紀行』）等十二句に用いられていて、芭蕉の頻用する言葉の一つである。

まつしま〔松島〕 陸奥国の歌枕。今の宮城湾一帯をさす。湾内の二六〇余の島々で知られる景勝地。和歌でも月が詠まれることが少なくないが、芭蕉は特に松島を月の名所ととらえ、天和二年刊の『松島眺望集』に「武蔵野の月の若ばえや松島種」の句を寄せているのをはじめ、元禄二年閏一月下旬（推定）猿雖《えんすい》宛書簡、同二月十五日付桐葉《とうよう》宛書簡、同二月十六日付猿雖・宗無《そうむ》宛書簡で陸奥の旅の目標として松島の朧月に言及、『おくのほそ道』発端の条（→紀）でも「松島の月」について特筆している。『おくのほそ道』松島の条（→紀）では、松島の美景の背後に*造化の働きを見ているところに芭蕉の一つの特質が表れているが、それは、同書には採録されなかった松島の句「島々や千々にくだきて夏の海」（『蕉翁全伝附録』）にも窺うことができる。なお、松島を詠み入れた句には、別に「朝よさを誰《たれ》まつ島ぞ片心」（『桃舐集』）の句もあるが、これは「松」に「待つ」を言い掛ける和歌伝統によったもの。

まつのことはまつにならえ〔松の事は松に習へ〕 芭蕉遺語。松を詠もうと思えば、松そのものに肉迫し、その*本情《ほんせい》を把握せよ、の意。『三冊子』に「松の事は松に習へ、竹の事は竹に習へ」として所出、『智周発句集』にも「翁常に教へたまふは」として同様の言葉が見える。土芳は、この芭蕉の言葉について、「私意を離れよといふこと」だと説明、さらに「習へといふは、物に入りて、その微《び》の顕はれて情感ずるや句となるところなり。たとへものあらはに言ひ出でても、そのものより自然に出づる情にあらざれは、物と我二つになりて、その情誠に至らず。私意のなす作意なり」と説いている。土芳のいうところは、私意を払い捨て、対象に肉迫することによって見えてくる対象固有の生命（誠）と作者の内なる誠とが感合する時、句がおのずから結晶することを述べたもの。この考えには、万物は造化*の本質である誠を分有しているとする宋学の思想が基盤となっている。

みの〔蓑〕 菅・茅などで作った雨具。芭蕉の用例は、「貴さや雪降らぬ日も蓑と笠」（『をのが光』）、「降らずとも竹植うる日は蓑と笠」（真蹟自画賛）、「木曾の檜笠《ひがさ》・越《こし》の菅蓑《すがみの》ばかり、枕の上の柱に懸けたり」（「幻住庵記」→文）などのように、「笠*」とともに使われることが多い。「貴さや」の句は、乞食となって漂泊する小町を思い描いたもので、「幻住庵記」の例とともに旅の象徴として「蓑」の語が用いられている。「降らずとも」の句も蓑と笠の姿を風情あるものととらえており、「初時雨猿も小蓑を欲しげなり」（→発61）の例を含め、芭蕉の「蓑」には、風狂*にはずむ心が示されている。

むちむふんべつ〔無智無分別〕 世間的常識の眼から見たら、無智蒙昧《もうまい》であること。『おくのほそ道』日光の条（→紀）に、仏五左衛門《ほとけござえもん》について「ただ無智無分別にして正直偏固の者なり。剛毅木訥《がうきぼくとつ》の仁に近きたぐひ、気《き》稟《ひん》の清質、もつとも尊ぶべし」と述べた例がある。この「無智無分別」は、無智蒙昧であることと、世間的知恵分別を越えた絶対的思念との両義を利かせたもの。芭蕉が禅的素養や『荘子』の味読から、分別知を退け、無分別の境地をよしとしたことは、「ただ小道小技に分別動き候ひて、世上の是非やむ時なく、自智物をくらますところ、日々より月々年々の修行ならでは物我一智の場所へ至るまじく存じ候」（〈元禄七年〉一月二十九日付怒《ど》誰《すい》宛書簡）、「俳諧は気先*をもつて無分別に作すべし」（『去来抄』）などに明らかである。また去来も、伊賀の「あだなる風*」について、「その無智なるには及びがたし」と賞讃している（『去来抄』）。

めでたし　みごとである、立派である。芭蕉の例では、「蓬《よもぎ》・忍《しのぶ》、心のままに生ひたるぞ、なかなかにめでたきよりも、心とどまりける」（『野ざらし紀行』）、「今はた千歳《ちとせ》の形ととのひて、めでたき松のけしきになんはべりし」（『おくのほそ道』武隈の松）、「霊山霊地の験効《げんかう》、人貴《たふと》びかつ恐る。繁栄とこしなへにして、めでたきお山と謂《い》つつべし」（同・出羽三山）などがある。当時、日常語としては、今日と同じように、祝うべきであるの意に用いられており、芭蕉の書簡などでもその意味で使われている。従って、右の例などは、擬古的雅語意識のもとに使用したものと見ることができる。

もの〔物〕　物体の意のほか、芭蕉の作品には、神霊・霊魂、もしくはそれが憑《つ》いたもの、の意で用いた例がある。たとえば、「そぞろ神の物につきて心を狂はせ」（『おくのほそ道』発端→紀）、「風情胸中を誘ひて、物のちらめくや、風雅の魔心なるべし」（『栖去の弁』→文）などの「物」は、神霊が憑いたものの意で、これらでは、詩の霊のとり憑く花や鳥などの景物をいう。また、「百骸九竅《ひやくがいきうけう》の中に物あり」（『笈の小文』→紀）の「物」は、霊魂の意に、造化*の理を分有した心という宋学的な意味を重ねたものである。

もののみえたるひかり、いまだこころにきえざるうちにいいとむべし〔物の見えたる光、いまだ心に消えざる中に言ひとむべし〕　芭蕉遺語。対象の生命の輝きが、まだ心の中に消えないうちに、句に結晶させなければいけない、の意。『三冊子』に「句作りに師の詞あり」として所出。土芳はさらに「趣向を句のふりに振り出だすといふ事あり」という芭蕉の言葉を紹介し、「これ皆、その境に入つて、物のさめざるうちに取りて姿を究《きは》むる教へなり」と説明している。この言葉の直前にも、「飛花落葉の散り乱るるも、その中にして見とめ聞きとめざれば、収まると、その活きたる物だに消えて跡なし」とあるように、万物は刻々と変化してやまないのであるから、対象の生命の輝きは瞬時に句に定着しなければならないことをいったもの。それはまた、私意を払って対象の本質をとらえることともつながっている。

やさし〔優し〕　芭蕉の作品には、優美・優雅の意と風流・風雅の意の二つの用法がある。「ひとりは小娘にて名をかさねと云ふ。聞きなれぬ名のやさしかりければ」（『おくのほそ道』那須野）、「むぐらさへ若葉はやさし破れ家」（『後の旅』）などは、優美の意で、それぞれ、かさねの名、若葉について「やさし」といっている。風流の意で用いられているものには、「書林風月と聞きしその名もやさしく覚えて」（「『いざ出でむ』の詞書」）、「口付きのをのこ、短冊得させよと乞ふ。やさしき事を望みはべるものかなと」（『おくのほそ道』殺生石）などの例がある。

やまが〔山家〕 山中の家。郷里伊賀*をさしていう芭蕉の慣用語。『野ざらし紀行』に「山家に年を越えて」、「『香に匂へ』句文」に「伊陽の山家に、うに（石炭）といふ物有り」などと見え、「『古郷《ふるさと》や』句文」等には「伊陽の山中」とも見える。一般語としては、「甲斐の国山家に立ち寄る」（真蹟草稿本『野ざらし紀行』）等の例もあるが、その場合も、都塵を絶し、心安らぐ場所のニュアンスが込められていると見ていい。なお、「三井秋風が鳴瀧《なるたき》の山家を訪《と》ふ」（『野ざらし紀行』）などの「山家」は、隠者の山中の閑居の意で、「サンカ」と読むのがふさわしい。

ゆかし 慕わしい、の意。「山路来て何やらゆかしすみれ草」（→発⑰）が、大江匡房《まさふさ》、木下長嘯子*らの「すみれ」に寄せる詩心の伝統を背景にしているように、芭蕉の使う「ゆかし」には、文学的あるいは歴史的な伝統に対して用いたものが少なくない。「御《お》子良子《こらご》の一もとゆかし梅の花」（『笈の小文』）では、梅の木が子良の館（神饌のお供えに奉仕する少女の詰め所）にのみあるという伊勢神宮の伝統、「春の夜や籠り人《ど》ゆかし堂の隅」（→発㉛）では、長谷寺を舞台とした様々な王朝文学がそれぞれ背景となっている。「狂客何某《なにがし》、白良《しらら》・吹上《ふきあげ》と語り出でければ、月も一際《ひときは》栄えあるやうにて、なかなかゆかしき遊びなりけらし」（「芭蕉庵十三夜」）の「ゆかし」も、『平家物語』の語りが一層月見の興を引き立たせることをいったもの。

ゆき〔雪〕 季語。『白髪集』『はなひ草』以下に十一月、『通俗志』以下に兼三冬として所出。月*、花*とともに風雅の代表的景物とされた。「月雪とのさばりけらし年の暮」（『続虚栗』）の「雪」は、そうしたとらえ方によったもの。芭蕉は「笠ハ重シ呉天ノ雪」（『詩人玉屑』等）の詩句をことさら愛し、「夜着《よぎ》は重し呉天に雪を見るあらん」（『みなしぐり』）、「市人《いちびと》よこの笠売らう雪の傘」（『野ざらし紀行』）、「呉天の雪に杖を拕《ひ》かん」（「笠はり」↓文）など、この詩句をふまえた句文が少なくない。そこには、旅空に見る雪に憧れる風狂*の姿勢が見えるが、ほかにも「いざさらば雪見にころぶ所まで」（↓発㉗）など、芭蕉の「雪」の句には、雪に浮き立つ風狂心を詠んだものが目立ち、中には、「君火を焚《た》けよきもの見せむ雪まるげ」（『続虚栗』）、「雪の中に兎《うさぎ》の皮の髭作れ」（↓発㊷）など童心さながらの句もある。また、旅中の雪を詠んだ句が多いのも特色の一つで、「馬をさへながむる雪の朝《あした》かな」（『野ざらし紀行』）、「京まではまだ半空《なかぞら》や雪の雲」（『笈の小文』）などでは、「雪」に旅情が托されて詠まれている。

ゆめ〔夢〕　古来、夢は他者あるいは神仏にまみえる場とされ、芭蕉も、『嵯峨日記』四月二十八日条に「夢に杜国が事をいひ出だして、涕泣して覚む。心神相交はる時は夢をなす」と記している。「旅に病んで夢は枯野をかけめぐる」（↓発100）の「夢」も、「夢」がそうした場であることをふまえながら、誰にもまみえることのない孤独な旅姿を思い描いたもの。また、古来、はかなさの象徴としても用いられ、芭蕉の作品でも「蛸壺やはかなき夢を夏の月」（↓発㊲）、「夏草や兵どもが夢の跡」（↓発㊻）で、人生のはかなさを表すものとして「夢」が用いられている。

よしの〔吉野〕　大和国の歌枕。今の奈良県吉野郡一帯をさす。芭蕉は、『野ざらし紀行』の旅、『笈の小文』の旅の両度にわたって吉野を訪れているが、前者においては、隠遁の地吉野の伝統に応えて、俗塵を離れた幽邃《ゆうすい》境としての吉野がとらえられ、「唐土の廬山《ろざん》」になぞらえられている。また、西行庵跡の「とくとくの清水（苔清水）」、「後醍醐帝の御廟」について特に言及、西行隠閑の地、南朝の哀史をとどめた所としての把握も見える（「苔清水」については、『笈の小文』にも句がある）。後者においては、桜の名所としての吉野が主にとらえられ、吉野の地に刻まれた古人の詩情を追い求める風狂の姿勢が著しい（↓紀）。なお、元禄七年の「今宵《こよひ》誰吉野の月も十六里」（『笈日記』）の句は、伊賀での月見に際し、吉野の月を思いやったもの。

よしなか〔義仲〕　↓きそよしなか

〔木曾義仲〕

わび〔侘び〕　俳論用語。感覚的で華麗な美を否定し、精神的余情美を深く追求する美的理念で、芭蕉の人生と芸術に深くかかわる根本理念。もと失望や窮乏を意味する「わぶ」から出た語。芭蕉は、中世のわび茶の精神を継承、深川の草庵における貧寒の生活の中から「わび」を俳諧に生かし、蕉風俳諧を樹立した。「月をわび、身を侘び、つたなきをわびて」に始まる俳文「『侘びてすめ』の詞書」をはじめとして、「『乞食の翁』句文」（↓図）、さらには「狂句木枯の身は竹斎に似たるかな」（↓発⑮）の句の前書「わびつくしたるわび人、我さへあはれにおぼえける」（『冬の日』）などに、芭蕉の「わび」の精神をうかがうことができる。

わらじ〔草鞋《わらぢ》〕　藁製のはき物。旅の必需品で、芭蕉も「草鞋のわが足によろしきを求めんとばかりは、いささかの思ひなり」（『笈の小文』↓紀）と述べている。「年暮れぬ笠着て草鞋はきながら」（『野ざらし紀行』）、「今年も草鞋にて年を暮らし申すべくと、嬉しく頼もしく」（元禄二年閏一月下旬〈推定〉猿雖宛書簡）のように、芭蕉は「草鞋」を*風狂の旅の象徴として用いている。『おくのほそ道』宮城野の条で、画工加右衛門から「紺の染緒付けたる草鞋二足」を餞別にもらい、「さればこそ、*風流のしれ者、ここに至りてその実《まこと》を顕す」として、「あやめ草足に結ばん草鞋の緒」の句を掲げているのも、「草鞋」に加右衛門の*風狂の実を認めたからにほかならない。

わりなし　芭蕉の頻用語の一つ。もとは「道理《ことわり》なし」の意だが、芭蕉は、止むに止まれぬ、何とも止むを得ない、の意で用いている。特に矛盾したありさまに対していうことが多い。たとえば、「月の夜、雪の朝《あした》のみ友の慕はるるもわりなしや」（『閑居の箴《しん》』）は、閑居の孤独に徹しようとしても友が慕われて仕方がないことに対して、また「痩《や》せながらわりなき菊のつぼみかな」（『続虚栗』）は、痩せ細りながらもつぼみをつける菊の生命力に対して用いたもの。そのほか、「さりがたき餞《はなむけ》などしたるは、さすがに打ち捨てがたくて、路次《ろし》の煩《わづら》ひとなれるこそわりなけれ」（『おくのほそ道』草加↓紀）、「降り積む雪の下に埋れて、春を忘れぬ遅桜の花の心わりなし」（同・出羽三山）などの例がある。

第四部

資料編

芭蕉をめぐる人々

芭蕉と親しく交流のあった門人・友人を中心に二十七人を選び、生没年・出自・業績・芭蕉との交流を中心に記述し、五十音順に配列した。

惟然《いぜん》　?~正徳元（一七一一）。本名、広瀬源之丞。別号、素牛・鳥落人ほか。美濃国関の酒造家の家に生まれたが、庭前の梅花が鳥の羽風に散るのを見て、妻子を捨て遁世したという。元禄元（一六八八）年、岐阜を訪れた芭蕉に入門。同三・四年ごろ、湖南滞在中の芭蕉に随従し、蕉門の人々と交流する。芭蕉没後は、諸国を放浪行脚し、晩年は帰郷して弁慶庵に隠棲した。元禄一〇（一六九七）年ころより、大胆に俗語を取り入れた独自な口語調の作風を得意とした。

越人《えつじん》　明暦二（一六五六）~享保（一七一六~三六）末年。本名、越智十(重)蔵。北越の人。名古屋へ出て紺屋を営む。貞享元（一六八四）年、『冬の日』成立のころ、芭蕉に対面、入門したか。同五年、『更科紀行』の旅の芭蕉に随行して江戸に下る。『あら野』に大量に入集し、『ひさご』では序文を請われるなどしたが、次第に師風の進展に従えず離反、消息を絶つ。正徳五（一七一五）年俳壇に復帰、『鵲尾琴《しゃくびかん》』を編み、また支考・露川と論争を交わしたが、往年の精彩はなかった。

乙州《おとくに》　生没年未詳。本名、河合又七（次郎助）。別号、杙々庵《だいだいあん》・設楽堂。近江国大津の荷問屋・伝馬役佐右衛門の妻智月の弟で、のち養嗣子となり家業を継ぐ。はじめ尚白門。元禄二（一六八九）年、商用で加賀国金沢にある時芭蕉と邂逅する。以後、上方滞在中の芭蕉を自宅に迎えたり、無名庵や幻住庵に訪れ、智月とともに、師の経済生活を支えた。また、加賀・江戸への家業の旅を通じて、蕉風伝播者の役割も果たす。宝永六（一七〇九）年には、師の遺稿をもとに『笈の小文』を上梓した。

荷兮《かけい》　慶安元（一六四八）~享保元（一七一六）。本名、山本周知。通称、武右衛門・太一。初号、加慶。尾張国名古屋で医を業としたと伝えられる。早くから貞門俳人として頭角を現し、のち宗因流俳諧にも親しむ。貞享元（一六八四）年、『野ざらし紀行』の旅の芭蕉を迎えて「尾張五歌仙」を興行、『冬の日』以下の撰集を編み、尾張蕉門の主導的地位を確立する。のち、芭蕉の新風に従えず復古趣味の『曠野《あらの》後集』以降、蕉風から離反、晩年は連歌師に転向した。

其角《きかく》　寛文元（一六六一）~宝永四（一七〇

七）。榎本氏、のち宝井氏。名、侃憲。別号に、螺舎・晋子・宝晋斎・渉川など。医師竹下東順の子として江戸に生まれる。十四、五歳ごろ芭蕉に入門、生来の資質と才気で頭角を現し、天和三（一六八三）年には、漢詩文の句調の『みなしぐり』を編む。俳諧宗匠立机は、貞享三（一六八六）年か。常に蕉門の高足として影響力を発揮し、芭蕉の死に際しては追善集『枯尾花』を上梓した。芭蕉は其角の句風を自らの閑寂に対し、「伊達を好んでほそし」と評した。師没後は、都会風で新奇壮麗な表現を好み、蕉門以外の江戸俳壇の後進からも広く洒落風《しゃれふう》の祖と仰がれた。

曲翠《きょくすい》　万治三（一六六〇）～享保二（一七一七）。本名、菅沼定常。通称、外記。初号、曲水。別号、馬指堂・己卯庵。近江国膳所藩の重臣。貞享ごろ、江戸出府中に芭蕉に入門。元禄二（一六八九）年、芭蕉が膳所を訪れて以来、親交を結び、新風の伴侶として期待され、『ひさご』の歌仙に一座する。幻住庵を提供するなど、芭蕉の信頼厚く、芭蕉書簡では曲翠宛が最も多い。芭蕉が「勇士」と呼ぶ清廉な人柄は、奸臣を討ち、自刃して果てた最期にも現れている。

去来《きょらい》　慶安四（一六五一）～宝永元（一七〇四）。本名、向井兼時。通称、喜平次・平次郎。肥前国長崎の聖堂祭酒・儒医向井元升の次男として生まれる。兄元端も儒医。弟魯町・牡年、妹千子《ちね》、妻可南《かな》も俳諧を嗜む。八歳の時、一家で京に移住。のち福岡の久米氏に養われ武道を修めたが、二十五歳ごろ京に戻る。貞享元（一六八四）年、其角を介し芭蕉に入門。元禄四（一六九一）年、芭蕉の監修のもと、凡兆と『猿蓑』を編集刊行する。師の『嵯峨日記』は嵯峨の別墅《べっしょ》落柿舎における同年の作。温厚篤実な人柄は同門の人々から敬愛され、「西三十三ヶ国の俳諧奉行」に擬せられる。また、俳論書『旅寝論』『去来抄』は、師説を忠実に伝え、後世に多大な影響を与えた。

許六《きょりく》　明暦二（一六五六）～正徳五（一七一五）。本名、森川百仲《ももなか》。通称、五介。別号、五老井《ごろうせい》ほか多数。致仕号、菊阿仏。近江国彦根藩士。性多能、漢詩・和歌などのほか、特に狩野安信門と伝える画業に優れ、芭蕉から師と仰がれた。元禄五（一六九二）年、参勤出府の折、芭蕉に入門、「かるみ」の伴侶として嘱望される。帰国後彦根蕉門の指導者となり『韻《いん》塞《ふたぎ》』を編む。師の没後、『篇突』『宇陀法師』などで、血脈《けちみゃく》説・取り合せなどの俳論を展開し蕉風俳諧の格式を立て、また芭蕉の遺志を継いで俳文集『本朝文選』を刊行した。

杉風《さんぷう》　正保四（一六四七）～享保一七（一七三二）。杉山氏。通称、鯉屋市兵衛。別号、採荼庵《さいたあん》など。江戸日本橋小田原町の幕府御用の魚問屋の長男。芭蕉庵を提供するなど、芭蕉東下以来、終生援助を惜しまなかった。芭蕉の「杉風は東三十三ヶ国の俳諧奉行」の言には、篤実な人柄に寄せる信頼がうかがえる。延宝八（一六八〇）年の『桃青門弟独吟二十歌仙』で巻頭を飾って以来、元禄七（一六九四）年の『別座鋪』まで、師の変風によく追随した。句風は、平明率直。

支考《しこう》　寛文五（一六六五）〜享保一六（一七三一）。各務《かがみ》氏。別号、東華坊・見龍・獅子庵。変名、蓮二坊など。美濃国山県郡北野の人。元禄三（一六九〇）年、近江国で芭蕉に入門。同四年、奥羽を行脚し『葛の松原』を上梓。同七年、芭蕉の最後の旅に従い、伊賀で『続猿蓑』の撰を助ける。師没後は、師翁追善法会に力を注ぐ一方、美濃・伊勢を拠点に、北越・九州まで行脚を重ね、手俗調の美濃派を確立した。自らの終焉記を作り佯死《ようし》するなど、悪評を被ることもあったが、蕉風を全国に伝播させた功績は大きい。また蕉門随一の論客として、多数の俳論書を残し、『本朝文鑑』など俳文集編纂にも意欲を示した。

洒堂《しゃどう》　寛文中期〜元文二（一七三七）。浜田氏。のち高宮氏。通称、治助。初号、珍夕・珍碩。近江国膳所の医師。はじめ尚白門。元禄二（一六八九）年、芭蕉に入門。翌年、自亭に招いた芭蕉から「洒落堂記」を与えられ、『ひさご』の編者として急速に頭角を現す。同五年、江戸芭蕉庵の食客となり、諸家と風交を重ね『深川』を編む。同六年、大阪に移居し、俳諧師として門戸を構えたが、同地の之道と門葉獲得の確執を生じ、仲裁を図った師の臨終・葬儀にも姿を見せなかった。晩年は俳諧への興味を失う。

丈草《じょうそう》　寛文二（一六六二）〜元禄一七（一七〇四）。本名、内藤林右衛門。名、本常。別号、懶窩《らんか》など。尾張国犬山藩士の長子に生まれ、十四歳で出仕。漢学を修め、玉堂和尚について参禅した。貞享五（一六八八）年、二十七歳で病気を理由に遁世、丈草は僧名でもある。元禄二（一六八九）年、落柿舎で芭蕉に入門、『猿蓑』の跋を書く。同六年、近江の無名庵に入る。芭蕉没後、随筆『ねころび草』を執筆。三年の心喪に服し、のち龍ヶ岡仏幻庵で清貧の生涯を送る。

尚白《しょうはく》　慶安三（一六五〇）〜享保七（一七二二）。本名、江佐大吉。別号、木翁・芳斎・老贅子。近江国大津の医師。はじめ原不《ふ》卜《ぼく》門。貞享二（一六八五）年、『野ざらし紀行』の旅の途次、大津に立ち寄った芭蕉に、千那らと入門。同四年、『孤松《ひとつまつ》』を編み、近江蕉門の中心としての地位を確立するが、『猿蓑』期の新風に追随できず、また、元禄四（一六九一）年、『忘梅』編集をめぐり師と確執を生じて疎遠となる。許六評に「器の鈍くして重き」とあるが、貞門風の旧染を脱しきれなかった。

千那《せんな》　慶安四（一六五一）～享保八（一七二三）。三上氏。法号、明式。別号、官山子・千那堂官江・蒲萄坊など。近江国堅田の本福寺十一世住職。法橋権律師。はじめ高政門。貞享二（一六八五）年、『野ざらし紀行』の旅の芭蕉に、大津で入門。近江蕉門の古老として活躍したが、元禄三（一六九〇）年ごろから、乙州らの新進の台頭に押され、また『忘梅』の序をめぐり師と確執を生じ、蕉門から離反した。宝永五（一七〇八）年、親鸞の遺跡を巡拝し、『白馬紀行』などを刊行。

素堂《そどう》　寛永一九（一六四二）～享保元（一七一六）。本名、山口信章。字、子晋・公商。別号、来雪・蓮池堂・今日庵など。芭蕉とは互いに「我が友」と呼び合う生涯の友人。甲斐国北巨摩郡教来石山口の人。酒造業を弟に譲り、江戸で林家の塾に入る。一時、上京して和歌・書道を学ぶ。延宝三（一六七五）年、江戸下向中の連歌師宗因と一座した素堂と芭蕉は、翌年『江戸両吟集』を編み、江戸談林の推進者となる。同七年、官を辞し上野不忍池畔に隠棲。素堂の漢学の素養は、天和・貞享期の芭蕉に多大な影響を与えた。元禄五（一六九二）年、『芭蕉庵三ヶ月日記』などにも、両者の親交の様がうかがえる。

園女《そのめ》　寛文四（一六六四）～享保一一（一七二六）。「そのじょ」とも。享保三（一七一八）年、剃髪後は智鏡と号す。伊勢国山田の神官秦師貞の娘。同地の医師で談林系俳人の斯波《しば》一有（渭川）の妻。貞享五（一六八八）年、伊勢参宮の芭蕉に入門。元禄五（一六九二）年、夫と大阪へ移住、西鶴・来山らと交わり、雑俳点者としても活躍した。同七年、死の十余日前の芭蕉を自邸に招いた。夫の没後、宝永二（一七〇五）年其角を頼り江戸に出、眼科医をしながら、俳諧を続け『菊のちり』を編む。磊落で男勝りの性格とされるが、女性らしい佳句も多い。

曾良《そら》　慶安二（一六四九）～宝永七（一七一〇）。本名、岩波庄右衛門正字《まさたか》。通称、河合惣五郎。信濃国上諏訪の人。伊勢長島藩を致仕し、江戸で吉川惟足に神道・和歌を学ぶ。天和三（一六八三）年、芭蕉に邂逅し、以後深川の芭蕉庵近くに住んで親交を結ぶ。鹿島詣、奥羽行脚に随行、特に旅日記の几帳面な記録は、『おくのほそ道』における、芭蕉の動静と創作を考究するうえで貴重である。晩年、幕府の諸国巡見使の随員となったが、壱岐国で客死した。

桃隣《とうりん》　？～享保四（一七一九）。天野氏。別号、太白堂・呉竹軒・桃翁。伊賀国上野の人。芭蕉の血縁者（従弟とも甥とも）。武士であったが、早くに出奔し大阪に住むという。元禄元（一六八八）年、芭蕉に入門か。同四年、上方から江戸に下る師に随行し、そのまま江戸に定住。俳諧点者として身を立てたが、芭蕉はしばしば激励と戒めの言葉を寄せている。芭蕉三回忌には『おくのほそ道』の足跡を辿り『陸奥鵆』、十七回忌には追善集『粟津原』を編む。

杜国《とこく》 ?〜元禄三（一六九〇）。本名、坪井庄兵衛。尾張国名古屋御園町の町代を務めた富裕な米商に生まれる。貞享元（一六八四）年、『冬の日』五歌仙の連衆に加わり、芭蕉に入門。翌年、空米売買の罪で領内追放となり、三河国保美村に隠棲した。芭蕉から人柄と才能を愛され、同四年の『笈の小文』の旅では芭蕉がその隠棲地を訪問、翌春には万菊丸と称して吉野・高野に同行する。『嵯峨日記』には、三十余歳で世を去った愛弟子への芭蕉の痛切な思いが記されている。

土芳《どほう》 明暦三（一六五七）〜享保一五（一七三〇）。伊賀国上野の富商の五男で、藤堂藩士服部家の養嗣子となる。名、保英。通称、半左衛門。初号、芦馬。芭蕉とは幼少時から親交があったが、貞享二（一六八五）年、近江国水口で再会して以来、一途に芭蕉に傾倒する。元禄元（一六八八）年、家督を辞して蓑虫庵に隠棲、俳諧に専念する。伊賀蕉門の重鎮として、独身のまま風流三昧の生涯を送った。芭蕉晩年の俳論を体系化した俳論書『三冊子』は、師説を忠実に伝える。

史邦《ふみくに》 生没年未詳。名、保潔。通称、中村春庵・大久保荒右衛門・根津宿之助。はじめ尾張国犬山藩主の子寺尾直竜の侍医となったが、のちに上洛して仙洞御所に出仕し、また京都所司代の与力を務めた。去来の手引きで芭蕉に入門し、『猿蓑』編集のころ、親しく指導を受ける。元禄五（一六九二）年に致仕し、翌年秋、江戸に移住する。芭蕉からは二見形文台や自画像を贈られ、師没後は、いち早く遺句・遺文を集めて追悼集『芭蕉庵小文庫』を刊行した。

北枝《ほくし》 ?〜享保三（一七一八）。立花氏・土井氏。通称、研《とぎ》屋源四郎。別号、鳥翠台・寿夭軒。加賀国小松の人で、金沢で兄（俳号牧童）と研刀業を営む。金沢の貞門系俳書に入集していたが、元禄二（一六八九）年、『おくのほそ道』行脚の芭蕉を迎え入門、越前松岡まで随行する。山中三吟では、師の添削・評語を書き留める。再び芭蕉にまみえることはなかったが、同四年、北陸蕉門俳書の嚆矢『卯辰集』を編み、同俳壇の重鎮として「北方之逸士」と称された。

凡兆《ぼんちょう》 ?〜正徳四（一七一四）。野沢氏。名、允昌。別号、加生・阿圭。加賀国金沢の人。京の医師。元禄元（一六八八）年ころの入門か。同三年ごろ、自宅にしばしば芭蕉を迎え、妻羽紅とともに親炙した。同四年、去来と

『猿蓑』を編む。客観的で印象鮮明な叙景句は、集中最多の入集句を誇り、一躍蕉門の代表作家となる。のち、急速に芭蕉から離反し、事に連座して入獄。出獄後は大阪に移住、同一四年『荒小田』に多数入集するが、往年の精彩を欠いた。

正秀《まさひで》　明暦三（一六五七）～享保八（一七二三）。水田氏。通称、伊勢屋孫右衛門。別号、竹青堂など。医号、清庵。近江国膳所藩の町年寄。はじめ尚白門。元禄三（一六九〇）年、近畿滞在中の芭蕉に入門、乙州・洒堂らと第二次湖南蕉門を形成し、『ひさご』の二歌仙に一座する。義仲寺の傍らに無名庵を建立したり、師の終焉に駆けつけるなど、芭蕉に尽くした。文考は「正秀が性はあらし」と評するが、力強い情趣に特色がある。師没後も『白馬』『百雀』を編む。

野坡《やば》　寛文二（一六六二）～元文五（一七四〇）。志太氏。通称、竹田弥助。別号、樗子・浅生など。越前国福井の人。江戸日本橋の越後屋両替店の手代を勤める。はじめ其角に俳諧を学び、元禄六（一六九三）年秋ごろから芭蕉の指導を受ける。「かるみ」の俳風を理解し、同僚の孤屋・利牛とともに『すみだはら』を編集する。宝永元（一七〇四）年、大阪で樗木社を起こし、中国・九州方面に行脚を重ね、西国俳壇に一大勢力を築いて蕉風を普及させた。

嵐雪《らんせつ》　承応三（一六五四）～宝永四（一七〇七）。本名、服部孫之丞・彦兵衛。別号、雪中庵・玄峰堂など。下級武士の子として江戸に生まれる。芭蕉入門は延宝三（一六七五）年ころか。『桃青門弟独吟二十歌仙』に、嵐亭治助の号で入集。貞享三（一六八六）年、三十年に及ぶ武士奉公を辞し、翌年宗匠となる。元禄三（一六九〇）年、『其袋』を刊行し、雪門の勢力を世に誇る。其角と並ぶ江戸蕉門の双璧として、他門からも重視された。のち、杉風らとの軋轢《あつれき》を生じ、点取俳諧にも手を染め、師の怒りを買う。師没後は、師の喪に服し『芭蕉一周忌』を上梓、専ら禅を修め、江戸俳壇の主流から退いた。

路通《ろつう》　慶安二（一六四九）～元文三（一七三八）。斎部《いんべ》氏・八十村氏。名、伊紀。通称、与次衛門。二十六歳ごろより乞食僧として諸国を行脚。貞享二（一六八五）年、近江国膳所で芭蕉に入門し、元禄元（一六八八）年、江戸に出て芭蕉庵近くに住む。同四年、観音の霊夢を得て『俳諧勧進牒』を上梓。不実軽薄な性行が同門間の不評を買い、師の勘気にも触れる。しかし、その詩才を愛した芭蕉は、門人と和解するよう遺言し、路通も、『芭蕉翁行状記』を著し師恩に報いた。

芭蕉全発句一覧

（季語別）

一、掲出の発句は『新編芭蕉大成』（三省堂）の本位句（定稿）により、季語別に配列した。本文については、現代の読者の便を配慮し、送りがな・ルビ等を施し、一部表記を改めた。

二、季語は、できるだけ句中に用いられている語形で抜き出す方針をとった。一句中に二つ以上の季語を含むものについては、原則として主要な方に従ったが、場合によりそれぞれを採った。その場合、同一句には・印を付した。

新年

新年　・春立つや新年古き米五升
元日　元日や思へばさびし秋の暮
　元日は田毎の日こそ恋しけれ
春　於《ああ》春々大ナル哉《カナ》春と云々
今朝《けさ》の春　・人も見ぬ春や鏡の裏の梅
　庭訓《ていきん》の往来誰が文庫より今朝の春
　誰やらが形に似たり今朝の春
千代の春　天秤や京江戸かけて千代の春
花の春　二日にもぬかりはせじな花の春
　薦《こも》を着て誰人います花の春
浦の春　疑ふな潮の花も浦の春
君が春　甲比丹《かびたん》もつくばはせけり君が春
宿の春　発句なり松尾桃青宿の春
蓬莱《ほうらい》　蓬莱に聞かばや伊勢の初便
門松　門松やおもへば一夜三十年
松飾り　幾霜に心ばせをの松飾り
飾り縄　・春立つとわらはも知るや飾り縄
庭竈《にはかまど》　叡慮にて賑ふ民の庭竈
筆始め　大津絵の筆の始めは何仏
若夷《わかえびす》　年は人にとらせていつも若夷
万歳　・山里は万歳遅し梅の花
餅花　・餅花やかざしにさせる嫁が君
子の日　子の日しに都へ行かん友もがな
嫁が君　・餅花やかざしにさせる嫁が君
歯朶《しだ》　餅を夢に折り結ぶ歯朶の草枕
　誰が聟ぞ歯朶に餅負ふ丑の年
若菜　・梅若菜丸子《まりこ》の宿《しゅく》のとろろ汁
　蒟蒻《こんにゃく》にけふは売り勝つ若菜かな
薺《なづな》　古畑や薺摘み行く男ども
　四方に打つ薺はしどろもどろかな
　一年に一度摘まるる薺かな
雑　年々や猿に着せたる猿の面

春

時候

（三春）

春　春なれや名もなき山の薄霞
　おもしろやことしの春も旅の空
春の暮　・春もややけしきととのふ月と梅
　入りかかる日も程々に春の暮
　鐘つかぬ里は何をか春の暮
　入相の鐘も聞えず春の暮

春の夜　・春の夜や籠り人《ど》ゆかし堂の隅
　・春の夜は桜に明けて仕廻《しまひ》けり

（初春）

春立つ　・春立つとわらはも知るや飾り縄
　・春立つや新年古き米五升
　春立ちてまだ九日の野山かな

初春　初春先づ酒に梅売るにほひかな

（仲春）

如月　裸にはまだ衣更着《きさらぎ》の嵐かな

（晩春）

永き日　・永き日も囀《さへずり》たらぬひばりかな

行く春　行く春に和歌の浦にて追ひ付きたり
　行く春や鳥啼き魚の目は涙
　行く春を近江の人と惜しみける

夏近し　・夏近しその口たばへ花の風

天文

（三春）

春風　・春風にふき出し笑ふ花もがな

春雨　笠寺や漏らぬ窟《いはや》も春の雨
　春雨の木下《こした》につたふ清水かな
　春雨や二葉に萌ゆる茄子種《なすびだね》
　不精さやかき起こされし春の雨
　春雨や蜂の巣つたふ屋根の漏
　春雨や蓬をのばす草の道
　・春雨や蓑吹きかへす川柳

霞　大比叡やしの字を引きて一霞
　春なれや名もなき山の薄霞

（初春）

東風《こち》　・あち東風や面々さばき柳髪

（中春）

陽炎《かげろふ》　枯芝やや陽炎の一二寸
　丈六に陽炎高し石の上
　陽炎の我が肩に立つ紙衣《かみこ》かな
　陽炎や柴胡《さいこ》の糸の薄曇り

糸遊《いとゆふ》　糸遊に結びつきたる煙かな

朧《おぼろ》　・辛崎《からさき》の松は花より朧にて

朧月　・花の顔に晴《はれ》うてしてや朧月
　・猫の恋止むとき閨《ねや》の朧月

地理

（初春）

凍《いて》解け　凍どけて筆に汲み干す清水かな

雪のひま　山は猫ねぶりていくや雪のひま

雪間　・雪間より薄紫の芽独活《めうど》かな

（晩春）

潮干《ひ》　龍宮もけふの潮路や土用干し
　・青柳の泥にしだるる塩干かな

人事

（初春）

野老《ところ》掘り　この山のかなしさ告げよ野老掘り

（中春）

初午《はつうま》　初午に狐の剃りし頭かな

水取り　水取りや氷の僧の沓《くつ》の音

涅槃《ねはん》像　神垣や思ひもかけず涅槃像

花を待つ　待つ花や藤三郎が吉野山

代掻《しろか》く　世を旅に代掻く小田の行き戻り

畑打つ　畑打つ音や嵐の桜麻

（晩春）

雛　内裏雛人形天皇の御宇《ぎょう》とかや
　草の戸も住み替はる代ぞ雛の家
草の餅　・両の手に桃と桜や草の餅
花見　京は九万九千群集《くんじゅ》の花見かな
　艶《えん》なる奴《やっこ》花見るや誰が歌の様
　景清も花見の座には七兵衛《しちびょうえ》
　草枕まことの花見しても来よ
　花見にとさす船遅し柳原
花守《はなもり》　四つ五器のそろはぬ花見心かな
　一里《ひとさと》はみな花守の子孫かや
花生《いけ》　呑み明けて花生けにせん二升樽
花衣　きてもみよ甚べが羽織花ごろも
桜狩　桜狩奇特《きどく》や日々に五里六里
　似合しや豆粉飯《まめのこめし》に桜がり
茶摘　摘みけんや茶を凩《こがらし》の秋とも知らで

動物

（初春）

獺《かはうそ》の祭　獺の祭見て来よ瀬田の奥
鶯　・鶯を魂《たま》に眠るか嬌《タヲ》柳
　・鶯の笠落したる椿かな
　鶯や餅に糞する縁の先
　・鶯や柳の後藪の前
白魚　藻にすだく白魚や取らば消えぬべき
　鮎の子の白魚送る別れかな
　白魚や黒き目を明く法《のり》の網

（中春）

猫の恋　・猫の恋止むとき閨《ねや》の朧月
　またうどな犬踏みつけて猫の恋
猫の妻　猫の妻竈《へつひ》の崩れより通ひけり
　麦飯にやつるる恋か猫の妻
雉《きじ》　父母のしきりに恋し雉の声
　・雲雀《ひばり》なく中の拍子や雉子の声
　虵《へび》食ふと聞けば恐ろし雉の声
雲雀　・永き日も囀《さへず》り足らぬひばりかな
　原中や物にもつかず鳴く雲雀
　草も木も離れ切りたるひばりかな
　雲雀より空にやすらふ峠かな
　・雲雀なく中の拍子や雉子の声
燕　盃に泥な落しそむら燕
雀子《すずめご》　雀子と声鳴きかはす鼠の巣
鳥の古巣　旅鳥古巣は梅に成りにけり
　古巣ただあはれなるべき隣かな
　闇の夜や巣をまどはして鳴く千鳥
蝶　蝶よ蝶よ唐土《もろこし》の俳諧問はむ
　起きよ起きよ我が友にせん寝《ぬ》る胡蝶
　蝶の飛ぶばかり野中の日影かな
　蝶の羽の幾度《いくたび》越ゆる塀の屋根
　物好きや匂はぬ草にとまる蝶
　君や蝶我や荘子か夢心
蛙　古池や蛙飛び込む水の音
蟾《ひき》　這ひ出でよ飼ひ屋が下の蟾の声
田螺《たにし》　袖よごすらん田螺の蜑《あま》の隙《ひま》をなみ

（晩春）

鮎の子　鮎の子の白魚送る別れかな

植物

（三春）

春の草　木曽の情雪や生きぬく春の草

海苔《のり》

海苔汁の手際見せけり浅黄椀
蠣《かき》よりは海苔をば老いの売りもせで
衰ひや歯に喰ひあてし海苔の砂

（初春）

梅

盛りなる梅にす手引く風もがな
この梅に牛も初音と鳴きつべし
我も神のひさうや仰ぐ梅の花
・梅柳さぞ若衆かな女かな
旅烏古巣は梅に成りにけり
初春先づ酒に梅売るにほひかな
世ににほへ梅花一枝のみそさざい
梅白し昨日や鶴を盗まれし
留守に来て梅さへよその垣穂かな
忘るなよ藪の中なる梅の花
里の子よ梅折り残せ牛の鞭
阿古久曾《あこくそ》の心も知らず梅の花
手鼻かむ音さへ梅の盛りかな
梅の木に猶やどり木や梅の花
暖簾《のうれん》の奥物ふかし北の梅
御子良子《おこらご》の一本ゆかし梅の花
香《か》に匂へうに掘る岡の梅の花
・梅若菜丸子《まりこ》の宿《しゅく》のとろろ汁
梅が香やしらら落窪京太郎
・山里は万歳遅し梅の花
月待つや梅かたげ行く小山伏《こやまぶし》
・人も見ぬ春や鏡の裏の梅
・数へ来ぬ屋敷屋敷の梅柳
・春もややけしきととのふ月と梅
蒟蒻《こんにゃく》の刺身も少し梅の花
梅が香にのつと日の出る山路かな
梅が香に昔の一字あはれなり
梅が香に追ひ戻さるる寒さかな
梅が香や見ぬ世の人に御意を得る
・この槌は昔椿か梅の木か

柳

・あち東風《こち》や面々さばき柳髪
餅雪を白糸となす柳かな
・梅柳さぞ若衆かな女かな
・鶯を魂《タマ》に眠るか嬌《タヲ》柳
・鶯や柳の後藪の前
・数へ来ぬ屋敷屋敷の梅柳
・春雨や蓑吹きかへす川柳
傘《からかさ》に押し分け見たる柳かな
腫物に柳のさはるしなへかな
八九間空で雨降る柳かな
・青柳の泥にしだるる塩干かな
古川にこびて芽を張る柳かな

若草

前髪もまだ若草の匂ひかな

芹

我がためか鶴食み残す芹の飯

（中春）

紅梅

紅梅や見ぬ恋作る玉すだれ

椿

・鶯の笠落としたる椿かな
葉にそむく椿や花のよそ心
・この槌は昔椿か梅の木か

初花

初花に命七十五年ほど

初桜

初桜折しも今日は能日《よい》なり
咲き乱す桃の中より初桜
顔に似ぬ発句も出《いで》よ初桜

姥《うば》桜

姥桜咲くや老後の思ひ出で

児《ちご》桜

植うる事子のごとくせよ児桜

糸桜

糸桜こや帰るさの足もつれ

目の星や花を願ひの糸桜
菜の花　・山吹の露菜の花のかこち顔なるや
菜畠に花見顔なる雀かな
薺《なづな》の花　よく見れば薺花咲く垣根かな
独活《うど》　・雪間より薄紫の芽独活かな
薊《あざみ》　花は賤《しづ》の目にも見えけり鬼薊
芦《あし》の若葉　物の名を先づ問ふ芦の若葉かな
荻《おぎ》の二葉　芭蕉植ゑてまづ憎む荻の二葉かな
土筆《つくし》　真福田《まふくだ》が袴よそふかつくつくし

（晩春）

花　・花の顔に晴うてしてや朧月
花にあかぬ嘆きや我が歌袋
・春風にふき出し笑ふ花もがな
・夏近しその口たばへ花の風
花に厭《いや》よ世間口より風の口
阿蘭陀《おらんだ》も花に来にけり馬に鞍
花にやどり瓢簞斎と自《みづか》らいへり
花に酔へり羽織着て刀指す女
盛りぢや花に坐《そぞろ》浮法師ぬめり妻
花にうき世我が酒白く食《めし》黒し
樫《かし》の木の花にかまはぬ姿かな
・辛崎の松は花より朧にて
花咲きて七日鶴見る麓かな
地に倒れ根により花の別れかな
鸛《こう》の巣も見らるる花の葉越かな
西行の庵もあらん花の庭
花に遊ぶ虻な食らひそ友雀
何の木の花とは知らず匂ひかな
紙衣《ぎぬ》の濡《ぬ》るとも折らん雨の花
花を宿に始め終りや廿日《はつか》程
このほどを花に礼いふ別れかな
竜門の花や上戸《じやうご》の土産《つと》にせん
酒飲みに語らんかかる滝の花
花の陰謡に似たる旅寝かな
日は花に暮れてさびしや翌檜《あすならう》
猶《なほ》見たし花に明け行く神の顔
鐘消えて花の香は撞く夕べかな
土手の松花や木深き殿作り
四方より花吹き入れて鳰《にほ》の海
・年々や桜をこやす花の塵
暫くは花の上なる月夜かな
花に寝ぬこれも類《たぐひ》か鼠の巣
この心推せよ花に五器一具
散る花や鳥も驚く琴の塵
世にさかる花にも念仏申しけり
子に飽くと申す人には花もなし
蝙蝠《かうもり》も出でよ浮世の華に鳥
花盛り　宇知《うち》山や外様《とざま》知らずの花盛り
花盛り山は日ごろの朝ぼらけ
・種芋や花の盛りに売り歩く
花の雲　観音の甍《いらか》見やりつ花の雲
花の雲鐘は上野か浅草か
鶴の毛の黒き衣や花の雲
蝶鳥のうはつきたつや花の雲
花の雪　先づ知るや宜竹《ぎちく》が竹に花の雪
桜　命二つの中に生きたる桜かな
鸛《こう》の巣に嵐の外のさくらかな
さまざまの事思ひ出す桜かな
吉野にて桜見せうぞ檜《ひ》の木笠
扇にて酒汲む影や散る桜

声よくは歌はうものを桜散る
木のもとに汁も膾《なます》も桜かな
・年々や桜をこやす花の塵
・両の手に桃と桜や草の餅
・春の夜は桜に明けて仕廻《しまひ》けり
山桜　うかれける人や初瀬の山桜
草履の尻折りて帰らん山桜
山桜瓦葺くもの先づふたつ
うらやまし浮世の北の山桜
八重桜　奈良七重《ななへ》七堂伽藍《がらん》八重桜
犬桜　風吹けば尾細うなるや犬桜
桃　我が衣《きぬ》に伏見の桃の雫せよ
船足も休む時あり浜の桃
わづらへば餅をも喰はず桃の花
・両の手に桃と桜や草の餅
藤の花　草臥《くたび》れて宿借る頃《ころ》や藤の花
躑躅《つつじ》　躑躅生けてその陰に干鱈《ひだら》割《さ》く女
独《ひとり》尼藁屋《わらや》すげなし白つつじ
山吹　・山吹の露菜の花のかこち顔なるや
ほろほろと山吹散るか滝の音
山吹や笠に指すべき枝の形《なり》
山吹や宇治の焙炉《ほいろ》の匂ふ時
菫《すみれ》　山路来て何やらゆかしすみれ草
当帰よりあはれは塚の菫草
種芋　・種芋や花の盛りに売り歩く
葎《むぐら》の若葉　芋植ゑて門《かど》は葎の若葉かな
むぐらさへ若葉はやさし破れ家

夏

時候

（三夏）
夏　世の夏や湖水に浮かむ浪の上
夏来てもただひとつ葉の一葉かな
夏の夜　夏の夜や崩れて明けし冷し物
（初夏）
四月　思ひ立つ木曾や四月の桜狩り
明け易し　足洗うてつい明け易き丸寝《まろね》かな
（仲夏）
五月《さつき》　海は晴れて比叡降り残す五月かな
・笈《おひ》も太刀《たち》も五月にかざれ帋幟《かみのぼり》
笠島はいづこ五月のぬかり道
目にかかる時やことさら五月富士
竹植うる日　降らずとも竹植うる日は蓑と笠
（晩夏）
六月　六月や峰に雲置く嵐山
水無月《みなづき》　雪の鰒《ふく》左勝水無月の鯉
・水無月は腹病病《や》みの暑さかな
水無月や鯛はあれども塩鯨
暑し　・石の香や夏草赤く露暑し
暑き日を海に入れたり最上川
暑さ　・水無月は腹病病みの暑さかな
・湖や暑さを惜しむ雲の峰
涼し　南無仏草の台《うてな》も涼しかれ
このあたり目に見ゆるものは皆涼し
汐越《しほごし》や鶴脛《はぎ》ぬれて海涼し
小鯛指す柳涼しや海士《あま》が家
・朝露によごれて涼し瓜の泥
松風の落葉か水の音涼し

涼しさ　涼しさを我が宿にしてねまるなり
涼しさやほの三日月の羽黒山
涼しさは指図に見ゆる住居かな
涼しさや直《すぐ》に野松の枝の形《なり》
涼しさを絵にうつしけり嵯峨の竹

秋近し　秋近き心の寄るや四畳半

天文

（三夏）

夏の月　夏の月御油《ごゆ》より出《いで》て赤坂や
月はあれど留主《るす》のやうなり須磨の夏
月見ても物たらはずや須磨の夏
蛸壺やはかなき夢を夏の月
手を打てば木魂《こだま》に明くる夏の月

（仲夏）

五月雨《さみだれ》　五月雨に御物遠《おんものどほ》や月の顔
五月雨も瀬ぶみ尋ねぬ見馴河《みなれがは》
五月雨や龍燈あぐる番太郎
五月雨に鶴の足短くなれり
五月雨や桶の輪切るる夜の声
五月雨に鳰《にほ》の浮き巣を見に行かむ
五月雨に隠れぬものや瀬田の橋
五月雨は滝降り埋む水嵩《みかさ》かな
五月雨の降り残してや光堂
五月雨を集めて早し最上川
五月雨や色紙へぎたる壁の跡
さみだれや蚕煩ふ桑の畑
五月雨の空吹き落とせ大井川

五月雨《さつきあめ》　髪生えて容顔蒼《アヲ》し五月雨
・日の道や葵傾く五月雨

五月の雨　五月の雨岩ひばの緑いつ迄ぞ

（晩夏）

梅の雨　降る音や耳も酸《す》う成る梅の雨

風薫る　風の香も南に近し最上川
有難や雪をかをらす南谷
風薫る羽織は襟もつくろはず
松杉をほめてや風のかをる音
さざ波や風の薫の相拍子

雲の峰　雲の峰幾つ崩れて月の山
・閃《ひら》々と挙ぐる扇や雲の峰
・湖や暑さを惜しむ雲の峰

地理

（三夏）

夏山　夏山に足駄を拝む門出かな

夏野　馬ぼくぼく我を絵に見る夏野かな
もろき人にたとへむ花も夏野かな
秣《まぐさ》負ふ人を枝折《しをり》の夏野かな

夏の海　島々や千々に砕きて夏の海

（晩夏）

清水　さざれ蟹足はひのぼる清水かな
城跡や古井の清水先づ問はむ
湯を掬《むす》ぶ誓ひも同じ岩清水

泉　掬ぶより早歯《はや》にひびく泉かな

人事

（初夏）

衣がへ　一つ脱いで後に負ひぬ衣がへ

夏衣　夏衣いまだ虱《しらみ》を取り尽くさず

夏羽織　別ればや笠手に提《さ》げて夏羽織

蚊帳《かや》　近江蚊帳《あわみがや》汗やさざ波夜の床
青ざし　青ざしや草餅の穂に出でつらん
夏《げ》　暫時《しばらく》ハ滝に籠るや夏の初め
灌仏　・灌仏の日に生まれあふ鹿の子かな
　灌仏や皺手《しはで》合はする数珠の音

（仲夏）

紙幟《かみのぼり》　・笈《おひ》も太刀《たち》も五月にかざれ帋幟
粽《ちまき》　明日は粽難波《なには》の枯葉夢なれや
　粽結ふ片手にはさむ額髪
田植　田一枚植ゑて立ち去る柳かな
田植歌　風流の初めや奥の田植歌
田植樽　柴付けし馬の戻りや田植樽
鵜舟《うぶね》　おもしろうてやがて悲しき鵜舟かな

（晩夏）

夏座敷　山も庭に動き入るるや夏座敷
涼む　・昼顔に米搗《つ》き涼むあはれなり
　忘れずは佐夜の中山にて涼め
　夕晴や桜に涼む波の花
夕涼み　・瓜作る君があれなと夕涼み
　あつみ山や吹浦かけて夕涼み
　川風や薄柿着たる夕涼み
　唐破風《からはふ》の入日《いりひ》や薄き夕涼み
　飯あふぐ嬶《かか》が馳走や夕涼み
宵涼み　皿鉢もほのかに闇の宵涼み
下涼み　命なりわづかの笠の下涼み
　百里来たりほどは雲井の下涼み
土用干し　亡き人の小袖も今や土用干し
氷室《ひむろ》　水の奥氷室尋ぬる柳かな
簟《たかむしろ》　窓形《まどなり》に昼寝の台や簟
扇　・閃々《ひらひら》と挙ぐる扇や雲の峰
団扇《うちは》　団扇とってあふがん人の後むき
道明寺《だいみやうじ》　水向けて跡とひたまへ道明寺
心太《ところてん》　清滝の水汲ませてやところてん
干瓢剥《かんぺう》く　・夕顔に干瓢むいて遊びけり
湯殿詣　語られぬ湯殿にぬらす袂《たもと》かな
御祓《みそぎ》　吹く風の中を魚飛ぶ御祓かな

動物

（初夏）

鹿の袋角　鹿の角先づ一節の別れかな
時鳥《ほととぎす》　岩躑躅《つつじ》染むる涙やほととぎ朱《す》
　しばし間も待つやほととぎす千年
　待たぬのに菜売りに来たか時鳥
　戸の口に宿札なのれほととぎす
　・郭公《ほととぎす》招くか麦のむら尾花
　ほととぎす正月《むつき》は梅の花咲けり
　清く聞かん耳に香焼《た》いて郭公
　・時鳥鰹を染めにけりけらし
　ほととぎす今は俳諧師なき世かな
　鳥さしも竿や捨てけんほととぎす
　ほととぎす鳴く鳴く飛ぶぞいそがはし
　須磨の海士《あま》の矢先に鳴くか郭公
　ほととぎす消え行く方や島一つ
　ほととぎす裏見の滝の裏表
　・田や麦や中にも夏の時鳥
　野を横に馬牽《ひ》き向けよほととぎす
　落ち来るや高久《たかく》の宿《しゆく》の郭公
　あけぼのやまだ朔日《ついたち》にほととぎす
　・橘やいつの野中の郭公
　京にても京なつかしやほととぎす

ほととぎす大竹藪を漏る月夜
杜鵑《ほととぎす》鳴く音や古き硯箱
・ほととぎす啼くや五尺の菖草《あやめぐさ》
郭公声横たふや水の上
烏賊《いか》売りの声まぎらはし杜宇《ほととぎす》
木隠《こがく》れて茶摘みも聞くやほととぎす

閑古鳥　憂き我をさびしがらせよ閑古鳥
行行子《ぎやうぎやうし》　能なしの眠たし我を行行子
蚊　わが宿は蚊の小さきを馳走なり
初鰹　鎌倉を生きて出《いで》けむ初鰹

（仲夏）

鹿の子　・灌仏の日に生まれあふ鹿の子かな
蛇の衣　・夏草に富貴を餝《かざ》れ蛇の衣
水鶏《くひな》　関守の宿を水鶏に問はうもの
水鶏啼くと人のいへばや佐屋《さや》泊り
この宿は水鶏も知らぬ扉《とぼそ》かな
老鶯　・鶯や竹の子藪に老いを鳴く
螢　愚に暗く棘《いばら》をつかむ螢かな
この螢田毎《たごと》の月にくらべみん
目に残る吉野を瀬田の螢かな
草の葉を落つるより飛ぶ螢かな
螢火の昼は消えつつ柱かな
螢見や船頭酔うておぼつかな
己《おの》が火を木々の螢や花の宿
蝸牛　かたつぶり角ふりわけよ須磨明石
鮎　またたぐひ長良の川の鮎鱠

（晩夏）

蟬　梢よりあだに落ちけり蟬のから
いでや我よき布着たり蟬衣
撞鐘《つきがね》もひびくやうなり蟬の声
閑かさや岩にしみ入る蟬の声
頓《やが》て死ぬけしきは見えず蟬の声
蠅　憂き人の旅にも習へ木曾の蠅
蚤　山のすがた蚤が茶臼の覆《おほひ》かな
蚤虱馬の尿《ばり》する枕もと
鰹　・時鳥鰹を染めにけりけらし
鰹売りいかなる人を酔はすらん

植物

（三夏）

夏草　・石の香や夏草赤く露暑し
夏草や兵どもが夢の跡
・夏草に富貴を餝《かざ》れ蛇の衣
夏草や我先達ちて蛇からむ

（初夏）

若葉　若葉して御目の雫拭はばや
あらたふと青葉若葉の日の光
茂り　雲を根に富士は杉形《なり》の茂りかな
嵐山藪の茂りや風の筋
篠《ささ》の露袴にかけし茂りかな
夏木立　夏木立佩《は》くや深山《みやま》の腰ふさげ
木啄《きつつき》も庵《いお》は破らず夏木立
先づ頼む椎の木も有り夏木立
木下闇《こしたやみ》　須磨寺や吹かぬ笛聞く木下闇
卯の花　梅恋ひて卯の花拝む涙かな
卯の花も母なき宿ぞ冷《すさま》じき
卯の花や暗き柳の及び腰
牡丹　牡丹蘂《しべ》深く分け出づる蜂の名残かな
寒からぬ露や牡丹の花の蜜
竹の子　うきふしや竹の子となる人の果て

竹の子や稚き時の絵のすさび
・鶯や竹の子藪に老いを鳴く

笋《たかうな》
笋や雫もよの篠の露

葵
・日の道や葵傾く五月雨

芥子
白芥子《しらげし》に羽もぐ蝶の形見かな
海士の顔先づ見らるるや芥子の花
白芥子や時雨の花の咲きつらん

杜若《かきつばた》
杜若似たりや似たり水の影
杜若我に発句の思ひあり
杜若語るも旅のひとつかな
有難き姿拝まん杜若

麦
・郭公《ほととぎす》招くか麦のむら尾花
いざともに穂麦喰らはん草枕
行く駒の麦に慰むやどりかな
・田や麦や中にも夏の時鳥
一日《ひとひ》一日麦あからみて啼く雲雀《ひばり》
麦の穂を便《たよ》りにつかむ別れかな

（仲夏）

橘
・橘やいつの野中の郭公
駿河路や花橘も茶の匂ひ

柚《ゆ》の花
柚の花や昔偲ばん料理の間

樗《あふち》
どむみりと樗や雨の花曇り

栗の花
世の人の見付けぬ花や軒の栗

合歓《ねむ》の花
象潟《きさがた》や雨に西施がねぶの花

椎の花
旅人のこころにも似よ椎の花

桑の実
椹《くはのみ》や花なき蝶の世捨て酒

松の落葉
清滝や波に散り込む青松葉

紫陽花《あぢさゐ》
紫陽草や藪を小庭の別座敷
紫陽草や帷子《かたびら》時の薄浅黄《うすあさぎ》

菖蒲《あやめ》
あやめ生ひけり軒の鰯《いわし》のされかうべ
あやめ草足に結ばん草鞋の緒
・ほととぎす啼くや五尺の菖草《あやめぐさ》
花あやめ一夜に枯れし求馬《もとめ》かな

紅粉《べに》の花
眉掃きを俤《おもかげ》にして紅粉の花

藜《あかざ》
やどりせむ藜の杖になる日まで

早苗
早苗にも我が色黒き日数かな
西か東か先づ早苗にも風の音
早苗とる手もとや昔しのぶ摺り
雨折り折り思ふ事なき早苗かな

茄子《なすび》
めづらしや山を出羽《いでは》の初茄子

苣《ちさ》はまだ青葉ながらに茄子汁

（晩夏）

桜麻《さくらあさ》
畑打つ音や嵐の桜麻

蓮
蓮の香を目にかよはすや面の鼻

撫子
酔うて寝むなでしこ咲ける石の上
撫子にかかる涙や楠《くす》の露

葎《むぐら》
山賤《やまがつ》のおとがひ閉づる葎かな

昼顔
・昼顔に米搗《つ》き涼むあはれなり
昼顔の短夜《みじかよ》眠る昼間かな
昼顔に昼寝せうもの床の山

夕顔
・子ども等よ昼顔《ひるがお》咲きぬ瓜むかん
夕顔に見とるるや身もうかりひよん
夕顔の白ク夜ルの後架《こうか》に紙燭《しそく》とりて
夕顔や秋はいろいろの瓢《ふくべ》かな
夕顔や酔うて顔出す窓の穴
・夕顔に干瓢《かんぺう》むいて遊びけり

瓢《ひさご》
もの一つ我が世はかろき瓢かな

瓜
・瓜作る君があれなと夕涼み
山陰や身を養はん瓜畑
瓜の花雫いかなる忘れ草

夕べにも朝にもつかず瓜の花
・子ども等よ昼顔咲きぬ瓜むかん
・朝露によごれて涼し瓜の泥
花と実と一度に瓜の盛りかな
瓜の皮剝《む》いたところや蓮台野《れんだいの》

姫瓜　うつくしきその姫瓜や后ざね

真桑瓜　闇夜《やみのよ》《スゴク》と狐下ばふ玉真桑
初真桑四つにや断《わ》らん輪に切らん
我に似るな二つに割れし真桑瓜
柳行李《ごり》片荷は涼し初真桑

雑　桜より松は二木を三月越し

秋

時候

（三秋）

秋　雨の日や世間の秋を堺町
見渡せば詠《なが》むれば見れば須磨の秋
秋十年《ととせ》却《かへつ》て江戸を指す故郷
秋を経て蝶も嘗《な》めるや菊の露
この松の実生へせし代や神の秋
・刈りかけし田面《たづら》の鶴や里の秋
送られつ送りつ果ては木曽の秋
秋涼し手毎にむけや瓜茄子
寂しさや須磨に勝ちたる浜の秋
胡蝶にもならで秋ふる菜虫かな
憂きわれをさびしがらせよ秋の寺
・雁聞きに京《みやこ》の秋におもむかむ
秋の色糠《ぬか》味噌壺もなかりけり
秋に添うて行かばや末は小松川
・初茸やまだ日数経ぬ秋の露
幾秋のせまりて芥子《けし》に隠れけり
風色やしどろに植ゑし庭の秋
・秋もはやばらつく雨に月の形《なり》
面白き秋の朝寝や亭主ぶり
この秋は何で年よる雲に鳥
何喰うて小家は秋の柳蔭

秋の暮　かれ朶《えだ》に烏のとまりけり秋の暮
愚案ずるに冥途もかくや秋の暮
死にもせぬ旅寝の果てよ秋の暮
こちら向け我もさびしき秋の暮
この道や行く人なしに秋の暮

秋の夜　秋の夜を打ち崩したる話かな

（初秋）

秋来る　秋来にけり耳をたづねて枕の風
・秋来《き》ぬと妻恋ふ星や鹿の革

今朝の秋　張り抜きの猫も知るなり今朝の秋

初秋　初秋や海の青田の一みどり
初秋や畳ながらの蚊帳《かや》の夜着《よぎ》

文月　文月や六日も常の夜には似ず

残暑　牛部屋に蚊の声闇《くら》き残暑かな

冷やひや　ひやひやと壁をふまへて昼寝かな

身に入《し》む　野ざらしを心に風のしむ身かな
鳩の声身に入《し》みわたる岩戸かな

（晩秋）

秋深し　秋深き隣は何をする人ぞ

肌寒　湯の名残今宵は肌の寒からむ

夜寒　・病雁《びやうがん》の夜寒に落ちて旅寝かな
入麪《にゆうめん》の下焚き立つる夜寒かな

暮秋《ぼしう》　髭風ヲ吹いて暮秋歎ズルハ誰ガ子ゾ
秋暮る　松風や軒をめぐつて秋暮れぬ
行く秋　行く秋や身に引きまとふ三布蒲団《みのぶとん》
蛤のふたみに別れ行く秋ぞ
行く秋のなほ頼もしや青蜜柑
・行く秋や手をひろげたる栗のいが

天文

（初秋）

天の川　水学《すいがく》も乗り物貸さん天の川
荒海や佐渡に横たふ天の河
秋風　秋風の遣戸《やりど》の口や尖《とが》り声
・荻《をぎ》の声こや秋風の口うつし
枝もろし緋唐紙《ひたうし》破る秋の風
蜘蛛《くも》何と音《ね》をなにと鳴く秋の風
猿を聞く人捨子に秋の風いかに
義朝《よしとも》の心に似たり秋の風
秋風や藪も畠も不破の関
旅寝して我が句を知れや秋の風
東西あはれさひとつ秋の風
旅にあきてけふ幾日《いくか》やら秋の風
見送りの後ろや寂し秋の風
身にしみて大根からし秋の風
物言へば唇寒し秋の風
あかあかと日は難面《つれなく》も秋の風
塚も動け我が泣く声は秋の風
桃の木のその葉散らすな秋の風
石山の石より白し秋の風
秋の風伊勢の墓原猶すごし
・秋風の吹けども青し栗のいが
・秋風や桐に動いて蔦の霜
秋風に折れて悲しき桑の杖
霧　松なれや霧えいさらえいと引くほどに
雲霧の暫時《ざんじ》百景を尽くしけり
湯の名残幾度《いくたび》見るや霧の下
・名月に麓の霧や田の曇り
霧時雨　霧時雨富士を見ぬ日ぞ面白き
霧雨　・霧雨の空を芙蓉の天気かな
稲妻　稲妻を手にとる闇の紙燭《しそく》かな
あの雲は稲妻を待つたよりかな
稲妻に悟らぬ人の貴《たつと》さよ
・稲妻や顔のところが薄《すすき》の穂
稲妻や闇の方行く五位の声
露　露とくとく試みに浮世すすがばや
・秋を経て蝶も嘗《な》めるや菊の露
今日よりや書付消さん笠の露
西行の草鞋《わらぢ》もかかれ松の露
・菊の露落ちて拾へばぬかごかな
硯《すずり》かと拾ふやくぼき石の露
・白露もこぼさぬ萩のうねりかな
・初茸やまだ日数経ぬ秋の露
・道細し相撲とり草の花の露

（仲秋）

月　月ぞしるべこなたへ入らせ旅の宿
影は天《あめ》の下照る姫か月の顔
桂　男《かつらをとこ》すまずなりけり雨の月
詠《なが》むるや江戸にはまれな山の月
実《げに》や月間口千金の通り町
侘てすめ月侘斎が奈良茶歌
武蔵野の月の若ばへや松島種

月十四日今宵三十九の童部《わらべ》
馬に寝て残夢《ざんむ》月遠し茶の煙
三十日《みそか》月なし千年《ちとせ》の杉を抱くあらし
わが宿は四角な影を窓の月
月はやし梢は雨を持ちながら
・芋の葉や月待つ里の焼畑《やけばたけ》
あの中に蒔絵書きたし宿の月
月影や四門四宗も只一つ
その魂《たま》や羽黒にかへす法《のり》の月
・一《ひと》つ家《や》に遊女も寝たり萩と月
明日《あす》の月雨占なはん比那《ひな》が嶽《たけ》
月に名をつつみ兼てや痘瘡《いも》の神
義仲の寝覚めの山か月悲し
中山や越路も月はまた命
国々の八景更に気比《けひ》の月
月清し遊行《ゆぎよう》の持てる砂の上
月いづく鐘は沈める海の底
・月のみか雨に相撲もなかりけり
古き名の角鹿《つぬが》や恋し秋の月
衣着て小貝拾はん種《いろ》の月
其のままよ月もたのまじ伊吹山
・隠れ家や月と菊とに田三反
月さびよ明智《あけち》が妻の話しせん
鎖《じやう》あけて月さし入れよ浮御堂《うきみだう》
柴の戸の月やそのまま阿弥陀坊
九《ここの》たび起きても月の七つかな
名月はふたつ過ぎても瀬田の月
・芭蕉葉を柱に懸けん庵《いを》の月
入る月の跡は机の四隅かな
月やその鉢の木の日の直面《したおもて》
今宵誰吉野の月も十六里
・秋もはやばらつく雨に月の形《なり》
月澄むや狐こはがる児《ちご》の供

月代《しろ》

月代や膝に手を置く宵の宿

宵月夜

見る影やまだ片なりも宵月夜
・菊に出て奈良と難波は宵月夜

名月

名月や池をめぐりて夜もすがら
名月の見所問はん旅寝せむ
名月や北国日和《ほつこくびより》定めなき
名月や座に美しき顔もなし
名月はふたつ過ぎても瀬田の月
名月や門に指し来る潮頭《しほがしら》
夏かけて名月暑き涼みかな
・名月に麓の霧や田の曇り
名月の花かと見えて棉《わた》畠

明月

明月の出《いづ》るや五十一ヶ条

今日の月

たんだすめ住めば都ぞけふの月
命こそ芋種よ又今日の月
木を伐《き》りて本口《もとくち》見るやけふの月
蒼海《さうかい》の浪酒臭し今日の月
三井寺の門たたかばやけふの月

今宵の月

今宵の月磨出《とぎだ》せ人見出雲守《いづものかみ》
盃に三つの名を飲むこよひかな

三日月

・三ケ月や朝顔の夕べつぼむらん
明け行くや二十七夜も三日の月
何事の見たてにも似ず三日の月
・三日月に地はおぼろなり蕎麦の花
見しやその七日は墓の三日の月

十六夜《いざよい》

十六夜もまだ更科の郡《こほり》かな
・十六夜のいづれか今朝に残る菊

十六夜や海老煎る程の宵の闇
十六夜はわづかに闇の初めかな
いざよふ月　やすやすと出《いで》ていざよふ月の雲
野分《のわき》　・芭蕉野分して盥《たらひ》に雨を聞く夜かな
吹き飛ばす石は浅間の野分かな
猪もともに吹かるる野分かな
・見所のあれや野分の後の菊

（晩秋）

後の月　木曽の痩《やせ》もまだなほらぬに後《のち》の月
栗名月　・夜ル竊《ひそか》ニ虫は月下の栗を穿《うが》ツ
豆名月　嫁はつらき茄子枯るるや豆名月
月の名残　橋桁のしのぶは月の名残かな
秋の霜　手にとらば消えん涙ぞ熱き秋の霜

人事

（初秋）

七夕　七夕の逢はぬ心や雨中天《うちゆうてん》
・秋来ぬと妻恋ふ星や鹿の革
嘸《さぞ》な星ひじき物には鹿の革
合歓《ねぶ》の木の葉越しもいとへ星の影
・七株の萩の千本《ちもと》や星の秋
高水に星も旅寝や岩の上
七夕や秋を定むる夜のはじめ
相撲《すまひ》　・月のみか雨に相撲もなかりけり
むかし聞け秩父殿さへ相撲とり
魂祭《たままつり》　蓮池や折らでそのまま魂祭
熊坂がゆかりやいつの玉祭
魂祭けふも焼き場の煙かな
数ならぬ身とな思ひそ魂祭
墓参り　家はみな杖に白髪の墓参り
扇裂く　物書きて扇引きさく余波《なごり》かな

（仲秋）

月見　今日の今宵寝る時もなき月見かな
雲をりをり人を休める月見かな
座頭かと人に見られて月見かな
寺に寝てまこと顔なる月見かな
あさむつや月見の旅の明けばなれ
月見せよ玉江の芦を刈らぬ先
升買うて分別かはる月見かな
月を見る・賤《しづ》の子や稲摺りかけて月を見る
月の友　俤《おもかげ》や姥ひとり泣く月の友
川上とこの川下や月の友
月の客　米くるる友を今宵の月の客
駒迎へ　町医師や屋敷がたより駒迎へ
桟《かけはし》や先づ思ひ出《い》づ駒迎へ
稲刈る　世の中は稲かる頃か草の庵
田を刈る・刈りかけし田面《たづら》の鶴や里の秋
稲扱《いねこき》　・稲扱の姥もめでたし菊の花
稲摺る　・賤《しづ》の子や稲摺りかけて月を見る
籾《もみ》摺る　冬知らぬ宿や籾する音霰《あられ》
砧《きぬた》　砧打ちて我に聞かせよや坊が妻
声澄みて北斗にひびく砧かな
猿引は猿の小袖を砧かな
衣うつ　針立や肩に槌《つち》うつから衣

（晩秋）

菊の節句・菊の香にくらがり登る節句かな
菊の酒　草の戸や日暮れてくれし菊の酒
御遷宮　たふとさに皆押しあひぬ御遷宮

動物

（初秋）

蜻蛉《とんぼう》　蜻蛉やとりつきかねし草の上

蟋蟀《きりぎりす》　むざんやな甲《かぶと》の下のきりぎりす

白髪抜く枕の下やきりぎりす

淋しさや釘にかけたるきりぎりす

猪の床にも入るやきりぎりす

朝な朝な手習ひ進むきりぎりす

竈馬《いとど》　海士《あま》の屋は小海老にまじるいとどかな

蓑虫鳴く　蓑虫の音を聞きに来よ草の庵

（仲秋）

鹿　女夫鹿《めをと》や毛に毛が揃うて毛むつかし

武蔵野や一寸ほどな鹿の声

ひれふりて女鹿もよるや男鹿島《をがのしま》

びいと啼く尻声悲し夜の鹿

渡鳥　日にかかる雲やしばしの渡り鳥

雁　・病雁《びやうがん》の夜寒に落ちて旅寝かな

・雁《かり》聞きに京《みやこ》の秋におもむかむ

・鶏頭や雁の来る時尚あかし

鶉《うづら》　桐の木に鶉鳴くなる塀の内

鷹の目も今や暮れぬと鳴く鶉

稲雀《いなすずめ》　稲雀茶の木畠や逃げ処

椋鳥《むく》　・榎《え》の実散る椋鳥の羽音や朝嵐

四十雀《しじゆふから》　老いの名の有りとも知らで四十雀

かじか　漁り火にかじかや浪の下むせび

（晩秋）

鴫《しぎ》　・刈り跡や早稲《わせ》かたかたの鴫《しぎ》の声

植物

（初秋）

一葉　よるべをいつ一葉《ひとは》に虫の旅寝して

木槿《むくげ》　花木槿裸童《わらは》のかざしかな

道のべの木槿は馬に食はれけり

散る柳　庭掃いて出《いで》ばや寺に散る柳

芭蕉　・芭蕉野分して盥《たらひ》に雨を聞く夜かな

鶴鳴くや其の声に芭蕉破《や》れぬべし

・芭蕉葉を柱に懸けん庵《いほ》の月

この寺は庭一杯の芭蕉かな

草の花　草いろいろおのおの花の手柄かな

萩　薬欄《やくらん》にいづれの花を草枕

寝たる萩や容顔無礼花の顔

萩原や一夜はやどせ山の犬

・一つ家に遊女も寝たり萩と月

・しをらしき名や小松吹く萩すすき

ぬれて行くや人もをかしき雨の萩

小萩散れますほの小貝小盃

浪の間や小貝にまじる萩の塵

・蕎麦も見てけなりがらせよ野良の萩

・七株の萩の千本や星の秋

・白露もこぼさぬ萩のうねりかな

・荻の声こや秋風の口うつし

・唐秬《たうきび》や軒端《のきば》の荻の取りちがへ

荻の穂や頭をつかむ羅生門

女郎花《をみなへし》　見るに我《が》も折れるばかりぞ女郎花

ひよろひよろと尚露けしやをみなへし

朝顔　朝顔に我は食《めし》くふ男かな

・三ケ月や朝顔の夕べつぼむらん

笑ふべし泣くべし我朝顔の凋《しぼ》む時

僧朝顔幾死に返る法《のり》の松

蕣《あさがほ》は下手《へた》の書くさへ哀れなり
朝顔は酒盛り知らぬ盛りかな
蕣や昼は鎖《じやう》おろす門の垣
蕣や是も又我が友ならず
蘭　蘭の香や蝶の翅《つばさ》に薫《たき》物す
門に入れば蘇鉄に蘭のにほひかな
香を遺《のこ》す蘭帳蘭のやどりかな
秋海棠《しゆうかいだう》　秋海棠西瓜の色に咲きにけり
相撲取草・道細し相撲とり草の花の露
早稲・刈り跡や早稲かたかたの鴫《しぎ》の声
早稲の香や分け入る右は有磯海《ありそうみ》
唐辛子　隠さぬぞ宿は菜汁に唐がらし
この種と思ひこなさじ唐辛子
・草の戸を知れや穂蓼《たで》に唐辛子
青くても有るべきものを唐辛子

（仲秋）

薄紅葉　色付くや豆腐に落ちて薄紅葉《うすもみぢ》
芙蓉　枝ぶりの日ごとにかはる芙蓉かな
・霧雨の空を芙蓉の天気かな
薄　何ごとも招き果てたる薄かな

・しをらしき名や小松吹く萩すすき
・稲妻や顔のところが薄の穂
鶏頭・鶏頭や雁の来る時尚あかし
蔦《つた》　蔦植ゑて竹四五本のあらしかな
苔埋《うづ》む蔦のうつつの念仏かな
桟《かけはし》や命をからむ蔦かづら
・秋風や桐に動いて蔦の霜
小葱《こなぎ》の花　なまぐさし小葱が上の鮠《はえ》の腸《わた》
野菊　撫子《なでしこ》の暑さ忘るる野菊かな
穂蓼《ほだて》・草の戸を知れや穂蓼に唐辛子
鬼灯《ほほづき》・鬼灯は実も葉も殻も紅葉かな
零余子・菊の露落ちて拾へばぬかごかな
稲　里人は稲に歌よむ都かな
新藁　新藁《しんわら》の出初《でそ》めて早き時雨かな
粟　よき家や雀よろこぶ背戸の粟
・粟稗《ひえ》にまづしくもなし草の庵《いほ》
稗・粟稗にまづしくもなし草の庵
蕎麦の花・蕎麦も見てけなりがらせよ野良の萩
・三日月に地はおぼろなり蕎麦の花
蕎麦はまだ花でもてなす山路かな

唐黍《たうきび》・唐黍や軒端の荻の取りちがへ
草の実・籠り居て木の実草の実拾はばや
芋　芋洗ふ女西行ならば歌よまむ
手向《たむ》けり芋は蓮《はちす》に似たるとて
芋の葉・芋の葉や月待つ里の焼畑《やけばたけ》
冬瓜《とうがん》　冬瓜やたがひに変わる顔の形《なり》

（晩秋）

紅葉　人毎の口に有るなりした紅葉
・鬼灯は実も葉も殻も紅葉かな
蔦紅葉　蔦の葉は昔めきたる紅葉かな
色葉　文ならぬいろはもかきて火中《かちゆう》かな
木の実・籠り居て木の実草の実拾はばや
橡の実　木曾の橡《とち》浮世の人のみやげかな
榎の実・榎《え》の実散る椋《むく》鳥の羽音や朝嵐
藤の実　藤の実は俳諧にせん花の跡
柿・祖父《おほぢ》親孫の栄えや柿蜜柑
里古《ふ》りて柿の木持たぬ家もなし
栗・夜ル竊《ひそか》ニ虫は月下の栗を穿《うが》ッ
いが栗・秋風の吹けども青し栗のいが
・行く秋や手をひろげたる栗のいが

蜜柑　・祖父親《おほぢ》孫の栄えや柿蜜柑
盃の下行く菊や朽木《くつき》盆
菊　盃や山路の菊と是を干す
有㆓蘭‐草《ニホヒグサ》ノ㆒菊《ソヘガミニ》ノ宜シト云リ　止
白菊よ白菊よ恥長髪よ恥長髪よ
・秋を経て蝶も嘗《な》めるや菊の露
起きあがる菊ほのかなり水のあと
痩せながらわりなき菊のつぼみかな
・十六夜のいづれか今朝に残る菊
山中や菊は手折《たを》らぬ湯の匂ひ
はやく咲け九日《くにち》もちかし菊の花
・菊の露落ちて拾へばぬかごかな
・隠れ家や菊と月とに田三反
蝶も来て酢を吸ふ菊の酢和《あ》へかな
折ふしは酢になる菊のさかなかな
朝茶飲む僧静かなり菊の花
初霜や菊冷初《ひえそむ》る腰の綿
・稲扱《いねこき》の姥もめでたし菊の花
影待《かげまち》や菊の香のする豆腐串
菊の花咲くや石屋の石の間《あひ》

琴箱や古物店《ふるものだな》の背戸の菊
菊の香や庭に切りたる履《くつ》の底
菊の香や奈良には古き仏達
菊の香や奈良は幾代《いくよ》の男ぶり
・菊の香にくらがり登る節句かな
・菊に出て奈良と難波は宵月夜
白菊の目に立てて見る塵もなし
・見所のあれや野分の後の菊
忍草　御廟《ごべう》年経て忍《しのぶ》は何をしのぶ草
松茸　松茸や知らぬ木の葉のへばりつく
松茸やかぶれた程は松の形《なり》
初茸　・初茸やまだ日数経ぬ秋の露

冬

時候

（三冬）

冬　石枯れて水しぼめるや冬もなし
冬の日　・冬の日や馬上に氷る影法師

（初冬）

小春　月の鏡小春に見るや目正月
寒さ　ごを焼《た》いて手拭ひあぶる寒さかな
・葱《ねぶか》白く洗ひたてたる寒さかな
寒し　・貧山《ひんざん》の釜霜に啼く声寒し
水寒く寝入りかねたる鷗《かもめ》かな
寒けれど二人寝《ぬ》る夜ぞ頼もしき
・被《かづ》き伏す蒲団や寒き夜やすごき
・人々をしぐれよ宿は寒くとも
袖の色よごれて寒し濃鼠《こいねずみ》
水寒く寝入りかねたる鷗かな
塩鯛の歯ぐきも寒し魚の店《たな》

（晩冬）

師走　・雪と雪今宵師走の名月か
月白き師走は子路《しろ》が寝覚めかな
旅寝よし宿は師走の夕月夜
何にこの師走の市に行く烏
・節季候《せきぞろ》の来れば風雅も師走かな
隠れけり師走の海のかいつぶり
中々に心をかしき臘月《しはす》かな

寒《かん》　・干鮭《からざけ》も空也《くうや》の痩せも寒《かん》の中《うち》
雁騒ぐ鳥羽の田面《たづら》や寒の雨
月花の愚に針立てん寒の入り
小晦日　春や来《こ》し年や行きけん小晦日《こつごもり》
年の暮　成りにけり成りにけりまで年の暮
わすれ草菜飯に摘まん年の暮
・暮れ暮れて餅を木魂《こだま》の佗び寝かな
年暮れぬ笠きて草鞋《わらぢ》はきながら
めでたき人の数にも入らん老の暮
月雪とのさばりけらし年の暮
旧里《ふるさと》や臍《へそ》の緒に泣く年の暮
皆拝め二見の七五三《しめ》を年の暮
蛤の生《いけ》るかひあれ年の暮
盗人に逢うた夜もあり年の暮
分別の底たたきけり年の暮
古法眼《こほふげん》出所あはれ年の暮

天文

（三冬）
冬の雨　・面白し雪にやならん冬の雨

（初冬）
初時雨　旅人と我が名呼ばれん初しぐれ
初しぐれ猿も小蓑をほしげなり
けふばかり人も年よれ初時雨
初時雨初の字を我が時雨かな
時雨　・時雨をやもどかしがりて松の雪
一時雨 礫《つぶて》や降《ふ》つて小石川
いづく霽《しぐれ》 傘を手にさげて帰る僧
この海に草鞋《わらんぢ》捨てん笠時雨
山城へ 井手の駕籠《かご》借るしぐれかな
作りなす庭をいさむる時雨かな
宿借りて名を名乗らするしぐれかな
馬方は知らじしぐれの大井川
村時雨　行く雲や犬の駆尿《かけばり》むらしぐれ
夕時雨　茸狩りやあぶなきことに夕時雨
時雨る　笠もなき我をしぐるるかこは何と
草枕犬も時雨るか夜の声
・一尾根はしぐるる雲か富士の雪
・人々をしぐれよ宿は寒くとも
しぐるるや田の新株《あらかぶ》の黒む程

霜　霜を着て風を敷寝の捨子かな
霜を踏んでちんば引くまで送りけり
・貧山の釜霜に啼く声寒し
火を焚きて今宵は屋根の霜消さん
さればこそ荒れたきままの霜の宿
薬飲むさらでも霜の枕かな
・霜の後《のち》撫子咲ける火桶かな
借りて寝む案山子《かかし》の袖や夜半の霜
葛の葉の面《おもて》 見せけり今朝の霜
みな出《いで》て橋をいただく霜路かな
・夜すがらや竹凍らするけさの霜
からからと折ふしすごし竹の霜
初雪　初雪や幸ひ庵《あん》に罷《まかり》 有る
・初雪や水仙の葉の撓《たは》むまで
初雪やいつ大仏の柱立て
初雪や聖《ひじり》 小僧の笈の色
初雪やかけかかりたる橋の上
木枯　狂句木枯の身は竹斎に似たるかな
木枯や竹に隠れてしづまりぬ
木枯らしや頬腫《ほほばれ》痛む人の顔

・凩《こがらし》に匂ひやつけし帰花《かへりばな》
京にあきてこの木枯らしや冬住ひ
木枯に岩吹きとがる杉間かな

（仲冬）

雪
・時雨をやもどかしがりて松の雪
萎《しほ》れふすや世はさかさまの雪の竹
・波の花と雪もや水の返り花
富士の雪廬生《ろせい》が夢を築《つか》せたり
・今朝の雪根深を薗の枝折《しをり》かな
雪の朝独リ干鮭《からざけ》を噛《かみ》得タリ
黒森を何といふともけさの雪
・夜着《よぎ》は重し呉天《ごてん》に雪を見るあらん
雪の中は昼顔枯れぬ日影かな
河豚《ふく》釣らん李陵《りりよう》七里の浪の雪
馬をさへながむる雪の朝《あした》かな
市人よこの笠売らう雪の傘
・雪と雪今宵師走の名月か
酒飲めばいとど寝られね夜の雪
・一尾根はしぐるる雲か富士の雪
京まではまだ半空《なかぞら》や雪の雲
雪や砂馬より落ちよ酒の酔ひ
・面白し雪にやならん冬の雨
磨《とぎ》直す鏡も清し雪の花
箱根越す人も有るらし今朝の雪
雪散るや穂屋の薄《すすき》の刈り残し
二人見し雪は今年も降りけるか
・米買ひに雪の袋や投頭巾《なげづきん》
雪の中に兎の皮の髭作れ
少将の尼の話や志賀の雪
日頃憎き烏も雪の朝かな
比良三上《ひらみかみ》雪指し渡せ鷺の橋
貴さや雪降らぬ日も蓑と笠
雪を待つ上戸の顔や稲光り
・ともかくもならでや雪の枯尾花
庭掃きて雪を忘るる箒《ははき》かな
撓《たは》みては雪待つ竹のけしきかな

帷子雪《かたびら》
・霰まじる帷子雪は小紋かな

霰《あられ》
・霰まじる帷子雪は小紋かな
霰聞くやこの身はもとの古柏
琵琶《びは》行《かう》の夜や三味線の音霰
いかめしき音や霰の檜木笠《ひのきがさ》
いざ子ども走り歩かん玉霰
霰せば網代《あじろ》の氷魚《ひを》を煮て出さん
石山の石にたばしる霰かな
雑炊に琵琶聴く軒の霰かな

露凍つ
露凍《いて》て筆に汲み干す清水かな

地理

（三冬）

冬庭
冬庭や月もいとなる虫の吟

（初冬）

枯野
旅に病《や》んで夢は枯野をかけ廻《めぐ》る

初氷
・芹焼やすその田井の初氷

（仲冬）

氷
氷苦く偃鼠《えんそ》が咽《のど》をうるほせり
瓶《かめ》破るる夜の氷の寝覚めかな
一露もこぼさぬ菊の氷かな
櫓《ろ》の声波ヲ打つて腸《はらわた》氷ル夜や涙

凍る
・冬の日や馬上に氷る影法師
・生きながら一つに氷る海鼠《なまこ》かな

・夜すがらや竹凍らするけさの霜
油凍りともし火細き寝覚めかな

人事

（三冬）
火燵《こたつ》　きりぎりす忘れ音《ね》に鳴く火燵かな
置炬燵　住みつかぬ旅の心や置炬燵
（初冬）
神の旅　都出《いで》て神も旅寝の日数かな
神の留守・留主《るす》の間に荒れたる神の落葉かな
夷講《えびすこう》　振売の雁《がん》あはれなり夷講
夷講酢売りに袴《はかま》着せにけり
御命講《おめいこう》　菊鶏頭切り尽くしけり御命講
御命講《おめいこ》や油のやうな酒五升
冬籠り　先づ祝へ梅を心の冬籠り
冬籠りまたよりそはんこの柱
屛風には山を絵書きて冬籠り
折々に伊吹を見ては冬籠り
難波津や田螺《たにし》の蓋も冬籠り
金屛の松の古さよ冬籠り
炉開《ろびらき》　炉開や左官老い行く鬢《びん》の霜
口切《くちきり》　口切に堺の庭ぞなつかしき
火桶　・霜の後《のち》撫子咲ける火桶かな
囲炉裏　五つ六つ茶の子にならぶ囲炉裏かな
炭　白炭やかの浦島が老いの箱
消し炭に薪割る音か小野の奥
小野炭や手習ふ人の灰せせり
埋火《うづみび》　埋火も消《き》ゆや涙の烹《にゆ》る音
埋火や壁には客の影法師
綿弓　綿弓や琵琶に慰む竹の奥
紙衣《かみこ》　・ためつけて雪見にまかる紙衣かな
頭巾《づきん》　をさな名や知らぬ翁の丸頭巾
・米買ひに雪の袋や投《なげ》頭巾
蒲団　・被《かづ》き伏す蒲団や寒き夜やすごき
夜着　・夜着《よぎ》は重し呉天に雪を見るあらん
夜着ひとつ祈り出《いだ》して旅寝かな
河豚汁《ふくと》　あら何ともなやきのふは過ぎて河豚汁
芹焼　悲しまむや墨子《ぼくし》芹焼を見ても猶
・芹焼やすそわの田井の初氷
大根引　鞍壺に小坊主乗るや大根《だいこ》引き
網代　・霰《あられ》せば網代の氷魚《ひを》を煮て出さん
（仲冬）
雪見　・ためつけて雪見にまかる紙衣かな
いざさらば雪見にころぶ所まで
雪丸げ　君火を焚けよきもの見せむ雪まるげ
鉢叩《はちたたき》　長嘯《ちやうせう》の墓もめぐるか鉢敲
納豆切る音しばし待て鉢叩
空也念仏《くうや》・干鮭《からざけ》も空也の痩せも寒《かん》の中《うち》
（晩冬）
梅を探る　香を探る梅に蔵見る軒端かな
打ち寄りて花入れ探れ梅椿
節季候《せきぞろ》　・節季候の来れば風雅も師走かな
節季候を雀の笑ふ出立《でたち》かな
煤払ひ　旅寝して見しやうき世の煤《すす》払ひ
これや世の煤にそまらぬ古盒子《がふし》
煤掃き　煤掃きは杉の木の間の嵐かな
煤掃きは己《おの》が棚釣る大工かな
餅搗き　・暮れ暮れて餅を木魂《こだま》の佗び寝かな
有明も三十日に近し餅の音
年忘れ　半日は神を友にや年忘れ

人に家を買はせて我は年忘れ
魚鳥の心は知らず年忘れ
せつかれて年忘れする機嫌かな
年取物　須磨の浦の年取るものや柴一把
年の市　年の市線香買ひに出《いで》ばやな

動物

（初冬）
鴨　海暮れて鴨の声ほのかに白し
毛衣に包みてぬくし鴨の足
千鳥　・冬牡丹千鳥よ雪のほととぎす
星崎の闇を見よとや啼く千鳥
千鳥立ち更け行く初夜の比叡おろし
河豚《ふく》　河豚釣らん李陵《りりよう》 七里の浪の音
遊び来ぬ河豚釣りかねて七里迄
氷魚《ひを》　・霰せば網代の氷魚を煮て出さん
白魚一寸　曙や白魚白きこと一寸
海鼠《なまこ》　・生きながら一つに氷る海鼠かな
（仲冬）
鷹　鷹一つ見付けてうれし伊良湖崎《いらござき》
伊良古崎似る物もなし鷹の声
夢よりも現《うつつ》の鷹ぞ頼母《たのも》しき
鷹の目も今や暮れぬと鳴く鶉《うづら》
都鳥　塩にしてもいざことづてん都鳥

植物

（三冬）
冬菜　さしこもる葎《むぐら》の友か冬菜売り
（初冬）
落葉　宮人よ我が名を散らせ落葉川
百歳《ももとせ》の景色を庭の落葉かな
・留主の間に荒れたる神の落葉かな
木の葉　柴の戸に茶を木の葉搔《か》くあらしかな
木の葉散る桜は軽し檜木笠《ひのきがさ》
三尺の山も嵐の木の葉かな
散る紅葉　たふとかる涙や染めて散る紅葉
帰花　・波の花と雪もや水の返り花
・凩《こがらし》に匂ひやつけし帰花《かへりばな》
霜枯《しもがれ》　霜枯に咲くは辛気《しんき》の花野かな
枯木　そのかたち見ばや枯木の杖の長《たけ》
枯草　花皆枯れて哀《あはれ》をこぼす草の種
枯忍　しのぶさへ枯れて餅買ふやどりかな
枯尾花《をみなへし》　・ともかくもならでや雪の枯尾花
冬牡丹　・冬牡丹千鳥よ雪のほととぎす
寒菊　寒菊や醴《あまざけ》 造る窓の前
寒菊や粉糠《こぬか》のかかる臼の端
麦蒔く　麦生えてよき隠れ家や畑村
大根　菊の後大根の外更《ほか》になし
武士《もののふ》の大根苦き話かな
（仲冬）
水仙　・初雪や水仙の葉の撓《たは》むまで
水仙や白き障子のとも映り
その匂ひ桃より白し水仙花《か》
葱　・今朝の雪根深を薗の枝折《しをり》かな
・葱《ねぶか》白く洗ひたてたる寒さかな
（晩冬）
早咲の梅　梅椿早咲きほめむ保美《ほび》の里
早咲の椿　梅椿早咲きほめむ保美の里

雑

世にふるもさらに宗祇のやどりかな
月花の是やまことの主達《あるじたち》
歩行《かち》ならば杖突坂を落馬かな
月花もなくて酒のむひとりかな
あさよさを誰まつしまぞ片心
月か花か問へど四睡《しすい》の鼾《いびき》かな
妻こうて根笹かつぐや□
物ほしや袋のうちの月と花
武蔵野やさはるものなき君が笠

本書に掲載した図版目録

第一部　扉　「芭蕉画竹図」（天理図書館蔵）
13 頁「上野城下絵図」（平凡社『松尾芭蕉』・山本茂貴氏蔵）
16 頁「貝おほひ」（平凡社『松尾芭蕉』・天理図書館蔵）
18 頁「『芭蕉翁絵詞伝』深川芭蕉庵」（平凡社『松尾芭蕉』・義仲寺蔵）
21 頁「野坡本『おくのほそ道』」（岩波書店『芭蕉自筆奥の細道』・中尾堅一郎氏蔵）
第二部　扉　「たび人と」発句色紙（岩波書店『芭蕉全図譜』・芭蕉翁記念館蔵）
28 頁「『猿蓑』歌仙─市中の巻」（『連歌俳諧研究』・中尾堅一郎氏蔵）
30 頁「枯枝に」発句短冊（岩波書店『芭蕉全図譜』・「俳人の書画美術 2『芭蕉』」（集英社）所収）
35 頁「自筆自画『甲子吟行画巻』」（岩波書店『芭蕉全図譜』・「図説日本の古典 14『芭蕉・蕪村』」（角川書店）所収）
38 頁「ふる池や」発句短冊（柿衛文庫蔵）
39 頁「蓑虫の」発句自画賛（出光美術館蔵）
51 頁「荒海や」発句色紙（岩波書店『芭蕉全図譜』・『芭蕉翁遺芳』所収）
52 頁「あかあかと」発句自画賛（岩波書店『芭蕉全図譜』・天理図書館蔵）
59 頁「鉢叩き」（『人倫訓蒙図彙』）
75 頁「猿引き」（『人倫訓蒙図彙』）
85 頁「自筆自画『甲子吟行画巻』」（岩波書店『芭蕉全図譜』・「図説日本の古典 14『芭蕉・蕪村』」（角川書店）所収）
90・91 頁「かしまの記」巻子（岩波書店『芭蕉全図譜』・天理図書館蔵）
94 頁「下沓」（『和漢三才図絵』）
118 頁　上「『奥の細道画巻』旅立ち」（逸翁美術館蔵）
下「野をよこに」発句切（出光美術館蔵）
119 頁　上「『奥の細道図屏風』末の松山・塩竈」（山形美術館蔵）
下「『奥の細道図屏風』市振」（山形美術館蔵）
141 頁「乞食の翁」句文（平凡社『松尾芭蕉』・いわき市小林家蔵）
150 頁「幻住庵記」成稿系二巻子（岩波書店『芭蕉全図譜』・個人蔵）
161 頁「曲翠宛書簡」（岩波書店『芭蕉全図譜』・個人蔵）
172 頁「去来抄」（大東急記念文庫蔵）
第三部　扉　「み所の」発句扇面（逸翁美術館蔵）
第四部　扉　「芭蕉旅立ちの図」（柿衛文庫蔵）

「芭蕉紀行足跡図」・さし絵制作　オフィス・ガラバート

芭蕉略年譜

○印下は芭蕉の動静を、日次順に、
●印下には、四囲の情勢を、政界・経済界・思想界・文芸界等の順に、それぞれ簡略に示した。

寛永二十一年（甲申）　一六四四　一歳
正保元年

○伊賀国阿拝郡小田郷上野赤坂（農人町。今の三重県上野市赤坂町）に出生。幼名、金作。父松尾与左衛門は伊賀土豪の末裔の郷士。上に兄半左衛門および姉が一人、下に妹が三人あった。

●十二月十六日改元。後光明天皇即位後一年、徳川家光三代将軍宣下後二十二年、鎖国令後五年目にあたる。●文芸界では貞門俳諧が興隆し、前年貞徳の「新増犬筑波集」が刊行された。

明暦二年（丙甲）　一六五六　十三歳

○二月十八日、父没（享年不明）。

●後西天皇即位後二年。徳川家綱四代将軍宣下後五年。●貞徳没後三年。季吟、宗匠として独立。

寛文二年（壬寅）　一六六二　十九歳

○「春や来し年や行けん小晦日」の歳暮吟成る。現在知られる芭蕉最初期の作。○侍大将五千石藤堂新七郎良精《よしきよ》の嫡子良忠（俳号蟬吟《せんぎん》。当時二十一歳）に出仕したのは、この前後か。役職は台所用人、料理人ともいう。忠右衛門宗房と名乗る。

●伊藤仁斎、古義堂開塾。●二、三年前より、和泉・河内・大和等に前句付が起こる。

寛文四年（甲辰）　一六六四　二十一歳

○重頼撰「佐夜中山集」に蟬吟とともに初めて松尾宗房の名で二句入集。

●前年、霊元天皇即位。

寛文五年（乙巳）　一六六五　二十二歳

○十一月十三日、蟬吟主催貞徳十三回忌追善五吟俳諧百韻に一座、付句十八。季吟、脇句を贈る。

●宗因、点者として大坂俳壇に進出する。

寛文六年（丙午）　一六六六　二十三歳

○四月二十五日、主君蟬吟没、二十五。弟良重家嫡となり、蟬吟の未亡人小鍋を室とす。

○六月十四日、蟬吟の位牌・日牌を高野山報恩院へ納める使者を勤め、帰国後、致仕を乞うも許されず、主家を退転して京都に遊学したと伝えられるも、延宝初年までの諸俳書に「伊賀上野」の肩書で入集しており、にわかに従いがたい。○風虎撰「夜の錦」（「詞林金玉集」所引）に発句四入集。

●「遠近集」に西鶴の発句初出。

寛文七年（丁未）　一六六七　二十四歳

○湖春撰「続山井」に伊賀上野宗房として発句二十八・付句三、「耳無草」（「詞林金玉集」所引）に発句一入集。

寛文九年（己酉）一六六九　二十六歳
○安静撰「如意宝珠」（寛文九成・延宝二刊）に発句六入集、句引伊賀の部に松尾宗房と見える。
●執政保科正之致仕。●立圃没、七十五。
寛文十年（庚戌）一六七〇　二十七歳
○正辰撰「大和順礼」に伊賀上野住宗房として発句二入集。
●大坂十八両替制成立。
寛文十一年（辛亥）一六七一　二十八歳
○友次撰「誹諧藪香物」に伊賀上野宗房として発句一入集。
●三都間金飛脚制度成立。
寛文十二年（壬子）一六七二　二十九歳
○一月二十五日、上野天満宮に自判の三十番発句合「貝おほひ」を奉納、発句二入集、「伊賀上野松尾氏宗房釣月軒にしてみづから序す」と署す。
○この春東下すというも、入集句の肩書、「誹諧埋木」の相伝や改号の時期より見て、なお決しがたい。○重頼撰「時勢粧」に伊賀宗房、梅盛撰「山下水」に伊賀住宗房として、各発句一入集。
●藤堂新七郎家の嫡子良重没、二十四。蟬吟の男良長（俳号探丸）後嗣となる。●河村瑞賢による日本一周航路完成。●石川丈山没、九十。
延宝二年（甲寅）一六七四　三十一歳
○三月十七日、季吟より「誹諧埋木」の伝授を受ける。○蘭秀撰「後撰犬筑波集」、素閑撰「音頭集」に各発句一入集。
●藤堂新七郎良精没、七十四。良長九歳にして家禄を襲ぐ。●前年、西鶴の「生玉万句」に談林新風の第一声があげられ、この年、宗因の「蚊柱百韻」を巡り貞門との抗争が表面化した。●冬、信章（素堂）上洛、季吟と会吟する。
延宝三年（乙卯）一六七五　三十二歳
○この春、甚七郎と改名し東下したか。○「時節嘸伊賀の山越え華の雪　杉風」「身ハ爰元に霞武蔵野　桃青」以下の両吟歌仙はこの春の作か。○五月、宗因の東下を迎えての百韻興行に桃青号で一座、付句七。○宗信撰「千宜理記」に伊賀上野住宗房として発句六、露沾判「五十番句合」（「芭蕉翁句解参考」所引）に発句二以上入集。○この当時、幽山の執筆を勤めたという。
●「大坂独吟集」「談林十百韻」等刊、談林新風の気勢大いに揚がる。
延宝四年（丙辰）一六七六　三十三歳
○二月、信章と両吟百韻二巻を巻き天満宮に奉納、「江戸両吟集」と題して刊行。宗因新風に心酔のさまが著しい。○六月、伊賀に帰省、甥桃印を伴って江戸に帰る。○蝶々子撰「誹諧当世男」に発句三・付句三、季吟撰「続連珠」に伊賀上野松尾宗房・江戸松尾桃青（句引に「松尾氏本住伊賀号宗房、桃青」）として発句六・竹句四入集。
延宝五年（丁巳）一六七七　三十四歳
○このころから小田原町に借宅、生活のたずきに以後四年ほど神田上水関係事務に携わる。○冬、信章・信徳と三吟百韻一巻を巻く。○杉風《さんぷう》との両吟百韻もこの秋の作であろう。○風虎催「六百番誹諧発句合」に二十句入集、勝九・負五・持六。
●西鶴、独吟千六百句興行。

延宝六年　（戊午）　一六七八　　三十五歳

○正月、歳旦帳を上梓。前年中に宗匠立机したか。○春、信章・信徳と三吟百韻二巻を巻き、前年冬の一巻と合わせ、「江戸三唫」と題して刊行。○春、岩付城下の志候ら六吟百韻に加点、「坐興庵桃青」と署し「素宣」の印を使用。○十月、「十八番発句合」を判し、「坐興庵桃青」と署し、「素宣」の印を使用。○冬、千春・信徳と三吟歌仙を巻く。○二葉子撰「江戸通町」に歌仙一・発句五・付句五、言水撰「江戸新道」に発句三、不卜《ふぼく》撰「俳諧江戸広小路」に発句十七・付句二十、春澄撰「江戸十歌仙」に歌仙三入集。
●卜養没、七十二。

延宝七年　（己未）　一六七九　　三十六歳

三月、千春撰「仮舞台」に「松尾宗房入道、始伊賀住」と見え、すでに剃髪していた。○四月、調和撰「富士石」所収等躬の春季の句の前書に「桃青万句に」と見え、すでに万句を興行して宗匠となっていたことが確認される。また、桃青の批点を収める「俳諧関相撲」（天和二刊）に、三年前に諸家の批点を得た由が見え、このころ点者としての名が三都に知られていた。○秋、似春・四友と三吟百韻二巻を巻く。○言水撰「江戸蛇之鮓」に発句三、宗臣撰「詞林金玉集」に発句十一、蝶々子撰「玉手箱」に発句一、西治撰「二葉集」に付合四、才麿撰「坂東太郎」に発句四入集。
●高政の「誹諧中庸姿」を巡り上方俳壇に新旧入り乱れての論戦が起こり、翌年に続く。

延宝八年　（庚申）　一六八〇　　三十七歳

○四月、「桃青門弟独吟二十歌仙」刊。「桃青の園《ソノ》には一流ふかし」と見え、杉風・卜尺・嵐蘭・楊水・嵐雪・其角らの門弟を擁し、俳壇的地歩確立のさまが窺われる。○七月、知足催「大柿鳴海桑名名古屋四ッ替り」百韻巻に加点、「栩々斎主桃青」と署し「松尾桃青」「素宣」の印を使用。○秋、「俳諧合」（田舎・常盤屋）の判詞を書く。「栩々斎主桃青」「華桃園」と署名。「荘子」への傾倒が著しい。○冬、深川に移居、「泊船堂」と号す。○不卜撰「俳諧向之岡」（下、散逸）に発句九入集。
●五月、家綱没、四十。●七月、綱吉五代将軍宣下。●八月、後水尾法皇崩、八十五。●東海道諸国凶作。●五月七日、西鶴独吟四千句興行。●六月、維舟（重頼）没、七十九。

延宝九年 天和元年　（辛酉）　一六八一　　三十八歳

○春、李下より贈られた芭蕉の株を植える。「芭蕉」の庵号はこれにもとづく。○七月、信徳らの「七百五十韻」を次いだ「俳諧次韻」刊。○冬、「寒夜の辞」「乞食の翁」の句文を草す。○このころ深川臨川庵留錫中の仏頂との交遊が生じたか。○言水撰「東日記」に発句十五、清風撰「おくれ双六」に発句一入集。なお、「ほのぼの立」序に「枯枝に烏《イの》とまりたりや秋の暮」の句が当風の代表句として引かれる。俳壇全般に漢詩文調による談林超克の気運が高まり、ことに芭蕉において〝わび〟への志向が著しい。
●九月二十九日改元。●堀田正俊大老となる。
●凶作により米価騰貴。

天和二年　(壬戌)　一六八二　　三十九歳
○二月、木因宛書簡に「はせを」と署名。○三月、千春撰「武蔵曲」に「芭蕉」号で発句六・百韻一入集。○八月十四日、麋塒催月見の会に一座。○十二月二十八日、江戸の大火に類焼。○「歳旦発句牒」、風黒撰「高名集」、如扶撰「三ケ津」、三千風撰「松島眺望集」に各発句一入集。
●凶作前年に続く。●山崎闇斎没、六十五。
●宗因没、七十八。●西鶴「好色一代男」刊。

天和三年　(癸亥)　一六八三　　四十歳
○夏、甲斐谷村を訪れ、麋塒《びじ》・一晶《いっしょう》との三吟歌仙成る。○五月、江戸に帰り、其角撰「みなしぐり」跋に新風の特色を宣示。発句十三・漢句一・歌仙三入集。○六月二十日、郷里の母没。○九月、素堂の「芭蕉庵再建勧化簿」序成り、門人らによる芭蕉庵の再建が図られた。○冬、第二次芭蕉庵(深川元番所森田惣左衛門屋敷内)に入庵。

天和四年
貞享元年　(甲子)　一六八四　　四十一歳
○八月、千里と同行、「野ざらし」の旅に出立。○九月上旬帰郷、大和・山城を経て、九月末、大垣に木因《もくいん》を訪問、初冬のころ熱田に入る。○冬、名古屋において荷兮《かけい》らと「冬の日」五歌仙を巻き、蕉風の確立を示す。○熱田にて唱和後、十二月二十五日、伊賀に帰り越年。
●二月二十一日改元。●八月、大老堀田正俊刺殺さる。●二月、義太夫、竹本座の櫓をあげる。●六月、西鶴、二万三千五百句独吟。

貞享二年　(乙丑)　一六八五　　四十二歳
○二月、奈良に出て水取の行事を拝して後、京・湖南の間に滞在、秋風《しゅんぷう》・任口《にんこう》に会う。
○三月末、熱田にて歌仙二を巻く。前年の一巻と合わせ、「熱田三謌僊」という。○四月十日、鳴海の知足亭を発し、甲斐を経て、四月末帰庵。○六月二日、清風を迎え、古式百韻興行。○風瀑撰「一楼賦」、其角撰「新山家」に各発句一入集。
●正月、貞享暦施行。●山鹿素行没、六十四。
●風虎没、六十七。

貞享三年　(丙寅)　一六八六　　四十三歳
○正月、其角らと「初懐紙」百韻を巻く。○春、「古池や蛙飛びこむ水の音」を巻頭に衆議判「蛙合」を催す。○秋、去来の「伊勢紀行」に跋を草す。○「歳旦三物集」に発句二、西吟撰「庵桜」に発句一、風瀑《ふうばく》撰「丙寅紀行」に発句一・端物連句一、荷兮撰「はるの日」に歌仙一入集。
●下河辺長流没、六十一。●任口没、八十一。

貞享四年（丁卯）　一六八七　　四十四歳

○春、去来の東下を迎えて四吟歌仙を巻く。
○八月、曾良・宗波と「鹿島詣」の旅に赴き、仏頂和尚・本間自準を訪う。○秋、素堂に「蓑虫の」の句を贈り、「蓑虫説跋」を草す。
○秋、「あつめ句」成る。○九月、露沾《ろせん》邸にて、十月十一日、其角亭にて、芭蕉の帰郷を送る餞別会が催された。○十月、不卜撰「続の原」発句合冬の部判詞および跋を草す。○十月二十五日、「笈の小文」の旅に発足、鳴海・熱田・保美・名古屋等で吟席を重ね、十二月末帰郷。伊賀に越年。○尚白《しょうはく》撰「孤松」に発句十七、其角撰「続虚栗」に発句二十四・世吉一・三物一入集。
●正月、生類憐令発布。●四月、東山天皇即位。

貞享五年／元禄元年（戊辰）　一六八八　　四十五歳

○二月初め、新大仏寺に詣で、同四日、伊勢神宮参拝、尾張の杜国《とこく》と落ち合い、益光らと会吟する。○二月十八日、郷里の亡父三十三回忌追善法要に列席。後、藤堂探丸邸に招かれる。○三月十九日、杜国と吉野に出立、高野山・和歌浦・奈良・大坂・須磨・明石を巡り、四月二十三日、京に入る。（笈の小文）
○五月、己白《きはく》に誘われ岐阜を訪問、同下旬、大津に至る。○六月、岐阜を経て尾張に入り、七月、鳴海・熱田に滞在、諸所に唱和を重ねた。○八月十一日、越人と更科の月見の旅に出立、下旬江戸に帰る。（更科紀行）○九月十三日、芭蕉庵に後の月見の会を催す。○十二月十七日、依水らと深川八貧の句を詠む。
○嵐雪撰「若水」に発句二、不卜撰「続の原」に発句四入集。
●九月三十日改元。●十一月、柳沢吉保、側用人となる。

元禄二年（己巳）　一六八九　　四十六歳

○二月下旬、芭蕉庵を譲り、杉風の別野に移る。三月中旬荷兮撰「あら野」に序を草す。
○三月二十七日、曾良を伴い「おくのほそ道」の旅に出立、白河・松島・平泉・羽黒・象潟・山中と風吟を重ね、八月二十一日、大垣着、九月六日伊勢の遷宮を拝みに楫斐川を下る。○九月下旬、伊勢より伊賀に帰り、十一月まで滞在、吟席に重ねた。○十一月末、路通を伴い奈良を経て京に入り、落柿舎《らくししゃ》に鉢叩きを聞いて、湖南に赴き、膳所に越年。○言水撰「前後園」に発句四、荷兮撰「あら野」に発句三十五・歌仙一、挙白撰「四季千句」に発句五、等躬《とうきゅう》撰「葱摺」に発句五・歌仙一・三物二・端物一入集。
●季吟、幕府に召される。●京俳壇を中心に景気の句を標榜する新気運が興隆する。

元禄三年（庚午）　一六九〇　　四十七歳

○正月三日、伊賀に帰る。諸門人と唱和。○三月下旬、膳所に出、「ひさご」所収歌仙を巻く。○四月六日、幻住庵に入る。前年の旅の疲労から、健康すぐれず。○六月初めより十八日まで、一時上洛し凡兆・去来と歌仙を巻く。この間、去来・凡兆と「猿蓑」の撰に着手。○六月下旬、膳所の珍碩方に逗留。○七月二十三日、幻住庵を去り、九月末まで大津・膳所・京・堅田の間を転々する。○八月、「幻住庵記」定稿成る。○九月下旬、伊賀に帰る。○十二月、京より大津に移り、一時乙《おと》州《くに》新宅に滞在後、膳所義仲寺の草庵に越年。

○珍碩撰「ひさご」をはじめ蕉門の撰集ようやく数を加え、諸俳書への入集句とみにふえる。（以下、入集書名の記載省略）

●契沖「万葉集代匠記」成る。●杜国没。

元禄四年（辛未）　一六九一　　四十八歳

○正月初め、伊賀に帰る。○二月中旬、奈良に赴き、ふたたび伊賀に帰る。○三月末、一時奈良に滞在。○四月十八日より五月四日まで嵯峨落柿舎に滞在、この間の日記を「嵯峨日記」という。○五月五日、京の凡兆宅へ移る。以後九月まで京・大津・膳所の間を往復、風吟を重ねた。○七月三日、「猿蓑」刊。人生象徴的な作風に、蕉風の円熟境を示す。○九月二十八日、義仲寺無名庵を発って桃隣を同伴、帰東の途につく。○九月末、平田の李由を訪ね、垂井規外亭・大垣千川亭・熱田梅人亭・新城白雪亭・島田如舟亭を経て、支考と同道、十月二十九日、江戸着。○橘町彦右衛門方仮寓に越年。

●林信篤、大学頭に叙せられる。●熊沢蕃山没、七十三。●西鶴、「石車」を著し、可休《かきゅう》撰「物見車」の批難を反駁する。

元禄五年（壬申）　一六九二　　四十九歳

○二月、「栖居《せいきょ》之《の》弁《べん》」を草す。○五月中旬、杉風らの好意で新築された芭蕉庵に移る。○八月上旬、「芭蕉を移す詞」「芭蕉庵三日月日記」成る。○八月九日、彦根の許六入門。○九月六日、膳所の珍碩（洒堂）東下、芭蕉庵に滞在。この間、「深川」の歌仙その他成り、〝軽み〟の作風へ移る萌しを示す。○健康とみに衰えを加えた反面、仲秋以後諸門人との往来しげく、身辺多忙を極めた。

●雑俳集「咲やこの花」刊。前句付盛行。

元禄六年（癸酉）　一六九三　　五十歳

○一月下旬、洒堂《しゃどう》芭蕉庵を辞す。○春、不玉独吟歌仙に評を加える。○三月中旬末、猶子桃印、芭蕉庵にて没、三十三歳。物・心ともに芭蕉を労することがはなはだしかった。四月末、帰国を控えた許六のため、「柴門の辞」を草す。○七月中旬、「閉関の説」を草し、門戸を閉ざして客を謝すこと一月に及んだ。○八月二十七日、嵐蘭没、九月三日、その誄を草した。○十月二十日、野坡《やば》らと深川に会し、「炭俵」所収歌仙一を巻く。なお、諸門人と会吟が少なくない。

●十二月、江戸新大橋架橋。●八月十日、西鶴没、五十二。●呂丸・東順没。

元禄七年（甲戌）　一六九四　　五十一歳

○この年、しきりに〝軽み〟を唱道する。○五月十一日、二郎兵衛を伴い江戸を出立、帰郷の途につく。曾良箱根まで随行。島田如舟亭・鳴海知足《ちそく》亭・名古屋荷兮亭・佐屋・長島・久居を経て、二十八日、伊賀着。閏五月十五日まで滞在。○閏五月十六日、伊賀を発ち、山城加茂を経て、十七日、大津乙州亭着。十八日、膳所曲翠《きよくすい》亭に移る。○二十二日、上洛、落柿舎に入り、六月まで滞在。この間、浪化入門す。○六月八日、江戸よりの寿貞の訃報に返信。○六月十五日、京を発ち、膳所曲翠亭・大津木節亭・義仲寺無名庵に遊吟。○七月五日、無名庵を去り、京去来亭に赴く。○七月中旬、盆会のため伊賀に帰り、九月七日まで滞在。○八月十五日、伊賀赤坂に無名庵新築成り、月見の宴を催す。○九月初旬、「続猿蓑」の撰ほぼ成る。○九月八日、支考・惟然《ゆいぜん》・二郎兵衛らを伴い出郷、奈良に一泊、九日夜大坂洒堂亭に至る。○十日の晩より悪感、頭痛に悩む。○十三日住吉、十四日畦止亭、十九日其柳亭、二十一日車庸亭、二十六日新清水浮瀬、二十七日園女亭、二十八日畦止亭に遊吟。○二十九日夜、泄痢臥床。○十月五日、花屋仁右衛門方に病床を移す。七日、去来ら来たる。八日深更、病中吟を示す。十日、遺書を認める。十一日、其角到着。○十二日申の刻（午後四時ごろ）没。○十四日、義仲寺境内に埋葬。

●十一月、柳沢吉保、老中格となる。翌八年、金銀貨改鋳、翌々年、荻生徂徠の登用と、時代の前途には大きな転換の気運が孕まれていた。

参考文献

全集・講座・事典・年譜

小宮豊隆他『校本芭蕉全集』11巻　平成2　富士見書房　全作品に頭注を施し、評伝・年譜・索引を付す。

尾形仂他『新編芭蕉大成』　平成11　三省堂　芭蕉に関する一次資料に厳密な校訂を施し一冊に収める。

潁原退蔵他『芭蕉講座』11巻　昭和18~26　三省堂　発句・連句・俳論・書簡・紀行・俳文の評釈。なお潁原退蔵、能勢朝次執筆の連句評釈、俳論評釈はそれぞれ『潁原退蔵著作集』『能勢朝次著作集』に収録。補訂版『新芭蕉講座』9巻も刊行。

『芭蕉講座』5巻　昭和57~60　有精堂「生涯と門弟」「表現」「文学の周辺」「発句・連句・紀行・日記」の鑑賞等を収める。

中村幸彦他『芭蕉の本』7巻　昭和45~48　角川書店「作家の基盤」「詩人の生涯」「蕉風山脈」等及び別冊『図説芭蕉』。

栗山理一他『総合芭蕉事典』　昭和57　雄山閣　総説および用語・人名・書名等一〇七項目に解説を施す。

加藤楸邨他『俳文学大辞典』　平成7　角川書店　連歌・俳諧から現代俳句に至る大辞典で芭蕉関係の項目も多い。

今栄蔵『芭蕉年譜大成』　平成6　角川書店　芭蕉に関する詳細な年譜。

総説

小宮豊隆『芭蕉の研究』　昭和8　岩波書店「芭蕉論」「不易流行」「芭蕉の恋の句」などの論を収める。

潁原退蔵『芭蕉講話』　昭和19　出来島書店　芭蕉の生涯と文学を平易に解説する。なお数多くの論考が『江戸文芸研究』『潁原退蔵著作集』に収められる。

井本農一『芭蕉の文学の研究』　昭和53　角川書店　俳句イロニー説を論じた「俳句本質論」のほか作品論を収める。

尾形仂『芭蕉の世界』上下　昭和53　日本出版放送協会（現、講談社学術文庫）座の文学の視点および中国思想との関連に注目しながら芭蕉の生涯と作品を講説した書。

尾形仂『芭蕉・蕪村』　昭和53　花神社（現、岩波現代文庫）芭蕉研究の課題、「幻住庵記」『笈の小文』『おくのほそ道』等の評論、蕪村との比較を含む。

尾形仂・大岡信『芭蕉の時代』　昭和56　朝日新聞社　日本文学の伝統との関連を主に、芭蕉とその時代を論じた書。

ハルオ・シラネ『芭蕉の風景　文化の記憶』　平成13　角川書店　西洋詩学の術語や卓抜な隠喩を駆使し芭蕉の詩学を解明する。

評釈

潁原退蔵『芭蕉俳句新考』上下　昭和26　岩波書店　発句四六〇句の基礎的な研究と評釈。『潁原退蔵著作集7』所収。

山本健吉『芭蕉その鑑賞と批評』　昭和32　新潮社　発句一三八句を連句的世界との関

連を重視して精密に評釈した書。

岩田九郎『諸注評釈芭蕉俳句大成』昭和42　明治書院　近世以降の諸注を紹介・批評し、簡明な評釈を施した書。

加藤楸邨『芭蕉全句』上下　昭和44・50　筑摩書房　発想契機の理解に主眼を置いた評釈。

尾形仂『松尾芭蕉』（日本詩人選17）昭和46　筑摩書房　四十一句について成立事情を詳説し、空間的・歴史的共同体の視点から評釈を加えた書。

山本健吉『芭蕉全発句』上下　昭和49　河出書房新社　簡明を旨に芭蕉全発句を評釈した書。

森田蘭『猿蓑発句鑑賞』昭和54　永田書房　『猿蓑』の全発句を詩語の伝統に留意しつつ鑑賞したユニークな書。

上野洋三他『芭蕉七部集』（新日本古典文学大系70）平成2　岩波書店

阿部正美『芭蕉発句全講』5巻　平成6~10　明治書院　全発句の詳細な注釈。

井本農一他『松尾芭蕉集一』（新編日本古典文学全集70）平成7　小学館　全発句の読みやすい評釈。

阿部正美『芭蕉連句抄』12巻　昭和40~平成1　明治書院　詳細な評釈。

安東次男『芭蕉七部集評釈』正続　昭和48　集英社　従来の注にとらわれぬ新見を示した連句評釈。

中村俊定『芭蕉の連句を読む』（岩波セミナーブックス16）昭和57　岩波書店　主として『猿蓑』の連句を例に、わかりやすく説いた書。

井本農一他『松尾芭蕉集二』（新編日本古典文学全集71）平成9　小学館「冬の日」「あら野」「ひさご」「猿蓑」「深川」などの連句十二巻の評釈。

潁原退蔵・山崎喜好『芭蕉俳文集』（角川文庫）昭和33　角川書店　俳文一三四篇に注および現代語訳を施す。柳沢毅の評に特色がある。

井本農一他『松尾芭蕉集二』（前出）一一八篇の俳文および紀行・日記のわかりやすい評釈。

尾形仂『野ざらし紀行評釈』平成10　角川書店　連衆心の文学としての性格と、和漢の詩的伝統に注目した評釈。

尾形仂『おくのほそ道評釈』平成13　角川書店　最新の研究成果に立脚した詳密な評釈。

白石悌三・尾形仂『俳句・俳論』（鑑賞日本古典文学33）昭和52　角川書店「笈の小文」「去来抄」「三冊子」「不玉宛去来論書」等の重要部分の評釈。

岡本明『去来抄評釈』昭和24　三省堂『去来抄』全体の最初の評釈。

能勢朝次『三冊子評釈』昭和29　三省堂『三冊子』全体の最初の評釈、『能勢朝次著作集10』所収。

南信一『三冊子總釈』昭和55　風間書房『俳諧無言抄』その他多くの連歌論書・俳論書との比較研究が特色。

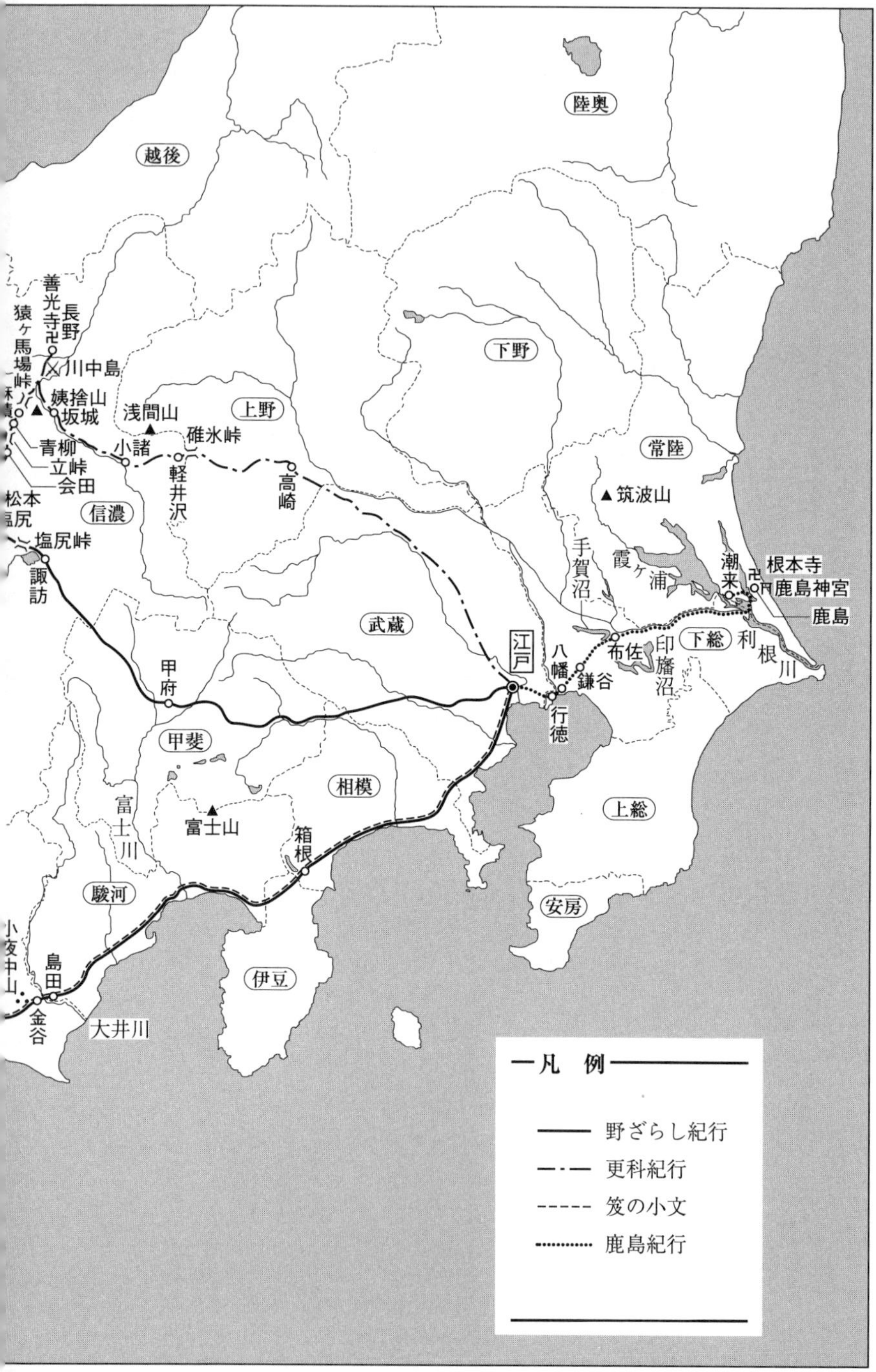
陸奥
越後
下野
上野
常陸
信濃
武蔵
甲斐
相模
下総
上総
安房
伊豆
駿河
善光寺
長野
猿ヶ馬場峠
川中島
姨捨山
坂城
浅間山
小諸
碓氷峠
軽井沢
高崎
青柳
立峠
会田
松本
塩尻峠
諏訪
甲府
江戸
八幡
行徳
鎌谷
布佐
印旛沼
手賀沼
霞ヶ浦
筑波山
潮来
根本寺
鹿島神宮
鹿島
利根川
富士川
富士山
箱根
島田
金谷
大井川
凡例
野ざらし紀行
更科紀行
笈の小文
鹿島紀行

芭蕉紀行足跡図①

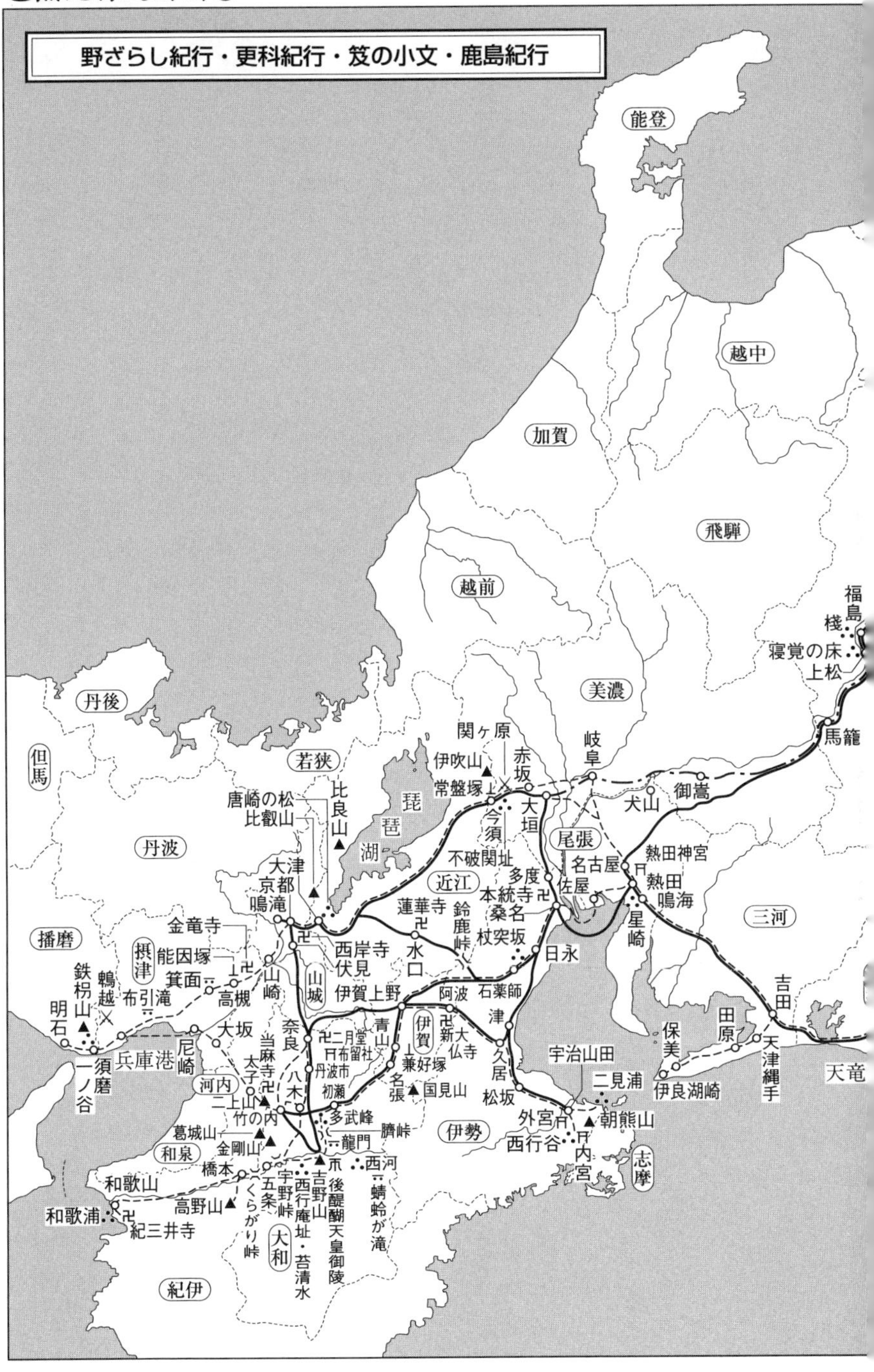

野ざらし紀行・更科紀行・笈の小文・鹿島紀行
能登
越中
加賀
飛騨
越前
福島
桟
寝覚の床
上松
美濃
丹後
但馬
若狭
関ヶ原
伊吹山
赤坂
岐阜
馬籠
常盤塚
今須
大垣
犬山
御嵩
唐崎の松
比叡山
比良山
琵琶湖
丹波
尾張
大津
京都
鳴滝
不破関址
近江
多度
本統寺
桑名
名古屋
熱田神宮
熱田
鳴海
佐屋
星崎
蓮華寺
鈴鹿峠
杖突坂
三河
播磨
摂津
金竜寺
能因塚
箕面
西岸寺
伏見
水口
日永
鉄枴山
鵯越
布引滝
高槻
山崎
山城
伊賀上野
阿波
石薬師
吉田
明石
大坂
尼崎
兵庫港
須磨
一ノ谷
奈良
二月堂
布留社
丹波市
初瀬
青山
伊賀
新大仏寺
津
久居
田原
保美
天津縄手
当麻寺
太子
河内
八木
兼好塚
名張
国見山
宇治山田
二見浦
伊良湖崎
天竜
二上山
竹の内
多武峰
臍峠
松坂
外宮
朝熊山
葛城山
金剛山
和泉
龍門
伊勢
西行谷
内宮
橋本
西河
志摩
和歌山
吉野山
宇野峠
五条
西行庵址・苔清水
後醍醐天皇御陵
蜻蛉が滝
高野山
和歌浦
紀三井寺
くらがり峠
大和
紀伊

塩越
千満珠寺
象潟
むやむやの関
鳥海山
大物忌神社
吹浦
最上川
酒田
仙人堂
古口
清川
大山
新庄
堺田
鳴子
小黒崎
衣川
平泉
一関
気仙
北上川
戸伊摩
板敷山
元合海
温海
鶴岡
羽黒山
月山
湯殿山
尾花沢
岩手山
鼠ヶ関
中村
葡萄峠
瀬波
村上
築地
大石田
瑞巌寺
松島
石巻
金華山
立石寺
仙台
塩竈
多賀城趾
出羽
山形
岩沼
阿武隈川
白石
桑折
飯塚
瀬の上
福島
相馬
会津根
二本松
黒塚の岩屋
安積山
檜皮
三春
陸奥
郡山
須賀川
白河の関跡
那須湯本
白河
矢吹
殺生石
岩城
蘆野
勿来関
高久
余瀬
雲巌寺
黒髪山
東照宮
玉入
黒羽
鉢石
日光
今市
鹿沼
下野
宝の八島
常陸
間々田
筑波山
栗橋
粕壁
武蔵
草加
千住
江戸川
下総
利根川
江戸
相模
上総
安房

芭蕉紀行足跡図②

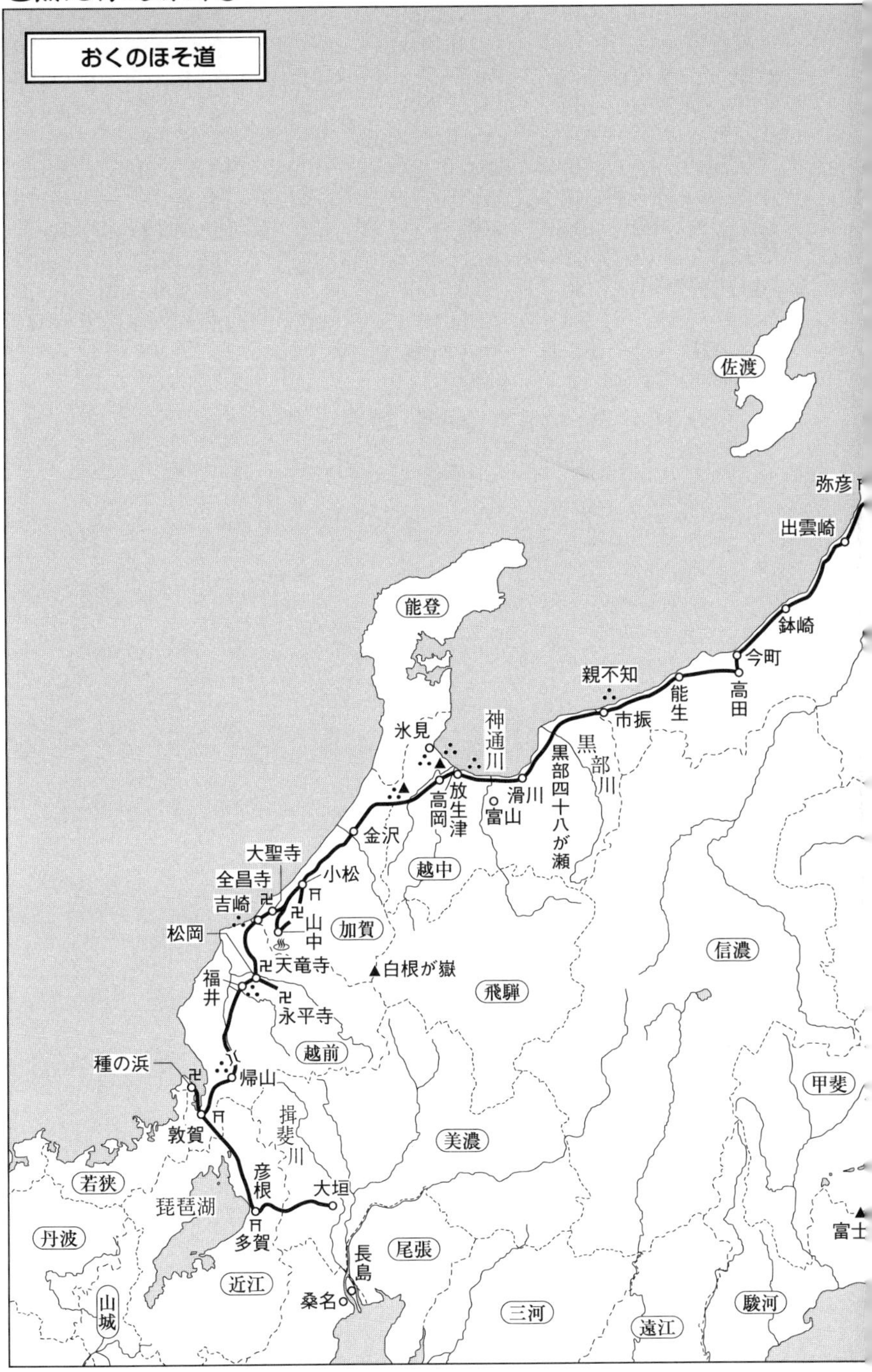
おくのほそ道
佐渡
弥彦
出雲崎
鉢崎
今町
高田
能生
市振
親不知
黒部川
黒部四十八が瀬
滑川
富山
神通川
放生津
高岡
氷見
能登
金沢
越中
大聖寺
小松
全昌寺
吉崎
山中
松岡
加賀
天竜寺
白根が嶽
福井
永平寺
飛騨
信濃
越前
種の浜
帰山
敦賀
揖斐川
美濃
甲斐
若狭
彦根
大垣
琵琶湖
多賀
丹波
長島
尾張
近江
桑名
山城
三河
駿河
遠江
富士

さ 行

た 行

か　行

人名・地名・書名索引

・本索引は、第一部「芭蕉への招待」、第二部「芭蕉鑑賞事典」に所出する人名・地名・書名（作品名「山家記」など）についての索引である。俳人については、俳号で掲出し、芭蕉（宗房・桃青・風羅坊を含む）は省略した。

芭蕉発句初句索引

・本索引は、本書（第四部を除く）に所出する芭蕉の発句の初句による索引である。句に付した数字は頁数を示す。配列は表音式五十音順とし、初句を同じくするものが二句以上ある場合は、第二句まで掲げて区別した。

芭蕉ハンドブック

2002年2月20日　第1刷発行

編　者　尾形　仂（おがた・つとむ）

発行者—株式会社　三省堂　代表者　五味敏雄

発行所—株式会社　三省堂
〒101-8371　東京都千代田区三崎町2-22-14
電話　編集（03）3230-9411　営業（03）3230-9412
http://www.sanseido-publ.co.jp/
振替口座　00160-5-54300

印刷所—三省堂印刷株式会社

装　幀—菊地信義

落丁本・乱丁本はお取替えいたします

〈芭蕉ハンド・288 pp.〉
ISBN4-385-41040-2